Herz-Jesu-Feuer

Bent Ohle, 1973 in Wolfenbüttel geboren, wuchs in Braunschweig auf und studierte zunächst in Osnabrück, bis er an die Filmhochschule in Potsdam-Babelsberg wechselte, wo er als Film- und Fernsehdramaturg seinen Abschluss machte. Heute lebt er mit seiner Familie wieder in Braunschweig.

BENT OHLE

Herz-Jesu-Feuer

KRIMINALROMAN

emons:

Bibliografische Information der Deutschen Nationalbibliothek
Die Deutsche Nationalbibliothek verzeichnet diese Publikation
in der Deutschen Nationalbibliografie; detaillierte bibliografische
Daten sind im Internet über http://dnb.d-nb.de abrufbar.

Umschlagmotiv: iStockphoto.com/FuatKose
Umschlaggestaltung: Tobias Doetsch
Gestaltung Innenteil: César Satz & Grafik GmbH, Köln
Lektorat: Marit Obsen
Druck und Bindung: CPI – Clausen & Bosse, Leck
Printed in Germany 2015
ISBN 978-3-95451-666-7
Originalausgabe

Für Tayfun

Ein Vater muss lernen,
das Handeln seiner Söhne zu akzeptieren,
und zwar nicht gemessen an seinen Wünschen,
sondern an deren Möglichkeiten.

Niccolò Machiavelli

Man verdirbt einen Jüngling am sichersten,
wenn man ihn anleitet,
den Gleichdenkenden höher zu achten
als den Andersdenkenden.

Friedrich Nietzsche

Teil I

Im Namen des Vaters

1

Feiner Steinsand rieselte in einem schmalen Vorhang von der rissigen Decke herab, als draußen ein schwerer Laster über die Brücke an der Via Marconi in Richtung Drususallee fuhr. Fernando lenkte seinen Blick nach oben. Unter dem blassgelb gestrichenen Putz konnte er bereits den nackten Stein erkennen. Mit der Hand wischte er den Staub vom Tisch und hinterließ dabei einen trockenen weißen Film auf der dunklen Tischplatte. Er hatte das Gefühl, dass man ihn heute länger warten ließ als sonst. Seit einer Viertelstunde saß er nun schon hier in dem fast quadratischen Raum im zweiten Stock. Mit den Kniekehlen schob er im Aufstehen den Stuhl zurück und ging hinüber zum vergitterten Fenster. Die Bäume auf der Via Dante beschatteten die Straße, sodass sich das Sonnenlicht nur in unregelmäßigen Flecken auf den gegenüberliegenden Häusern zeigte. Ein leichter Schimmelgeruch stieg Fernando in die Nase, was vermutlich von den dunklen Sprenkeln in den Ecken der Zimmerdecke herrührte. Obwohl es Juni und sommerlich warm war, fröstelte er.

Endlich vernahm er Schritte. Die Tür wurde aufgesperrt, und der Carabiniere, der ihn eingelassen hatte, trat ein. »Signor Lovecchio, der Insasse Branzo kann aufgrund einer Fußverletzung nicht kommen. Aber der Capitano erlaubt es Ihnen, ihn in seiner Zelle zu besuchen.«

Der junge Mann, Fernando hatte ihn schon ein paarmal bei seinen bisherigen Besuchen gesehen, blickte ihm leidenschaftslos aus dunklen Augen unter kräftigen schwarzen Brauen entgegen.

»Gern«, sagte Fernando und bewegte sich auf den Polizisten zu, der ihn aus der Polizeistation hinaus und in ein zweites Gebäude führte: das Gefängnis von Bozen. Man kannte Fernando hier bereits seit einigen Jahren. Er hatte mehrere Mörder und Gewaltverbrecher zu Recherchezwecken interviewt und war also schon ein wenig an dieses Gebäude gewöhnt, in dem eine gespenstische Stimmung herrschte. In den langen Gängen hallten das Gemurmel und die Geräusche sowie die Stimmen von Hunderten Insassen wider. Verrückte, traurige, beängstigende, verwirrende Geräusche. Einen niederschmetternderen Ort hatte Fernando niemals gesehen, er stand in einem unglaublichen Gegensatz zu seinem Leben da draußen, außerhalb der maroden Mauern. Trotzdem kam er immer wieder hierher. Trotzdem traf er sich mit diesen Menschen, die dazu verurteilt waren, den Rest ihres Lebens hier zu verbringen. Er hatte sich nie ernsthaft gefragt, warum das so war, warum er sich ausgerechnet mit ihnen beschäftigte.

Was war es, das ihn antrieb? Er hatte keine Antwort, außer der, dass es sein Wunsch war, sein Interesse, sich mit diesen Männern auseinanderzusetzen, mit ihnen zu sprechen, in der Hoffnung, sie dadurch besser verstehen zu können.

Der Carabiniere blieb stehen, zog einen rasselnden Schlüsselbund hervor und öffnete mit einem großbärtigen Schlüssel den Riegel einer Metalltür. Mit der Hand an der Dienstwaffe schob er die Tür auf und ging voran. »Signor Branzo, Ihr Besuch ist da.«

Er verpasste dem auf dem Bett liegenden Mann ein Paar Handschellen, während Fernando in der Tür stehen blieb und wartete. Ein routinemäßiger Vorgang für beide Männer. Es dauerte kaum drei Sekunden, dann ließ der junge Mann Fernando mit Branzo allein. »Wie lange brauchen Sie?«, fragte er beim Rausgehen.

»Ich schätze ein, zwei Stunden.«

Der Carabiniere schaute unzufrieden auf seine Armbanduhr. »Um zwölf hole ich Sie wieder ab. Eine Wache ist immer auf dem Gang. In Notfällen klopfen Sie bitte.«

»Ich weiß, danke.«

Der Carabiniere zog die Tür zu, und Fernando drehte sich zu Branzo um. Der Gefangene war Mitte sechzig, stoppelbärtig und trug einen Kranz aus kurz rasierten grauen Haaren um seinen flachen Schädel. Die kleinen, runden Augen in seinem breiten Gesicht blickten listig, und die Fältchen in seinen Augenwinkeln hätte man bei anderen Menschen für Lachfalten halten können. Bei ihm rührten sie jedoch nicht vom Lachen, sondern von einem mimischen Automatismus her, der einem Lächeln nur optisch gleichkam.

»Buongiorno!«, grüßte Branzo und hielt Fernando seine angekettete rechte Hand hin.

Fernando schüttelte sie und nahm dabei gleichzeitig den beißenden Körpergeruch des Mannes und einen stechenden Uringestank wahr, der von der Kloschüssel in der Ecke der Zelle herrührte. »Buongiorno. Was ist mit Ihrem Fuß?«, fragte er und wies auf Branzos geschwollenen linken Knöchel.

»Keine Ahnung, manchmal wird er einfach dick, und ich kann kaum noch auftreten vor Schmerzen. Hab eine Salbe vom Arzt bekommen. Mal sehen, ob's was bringt.«

Fernando sah sich in dem engen Raum um. Ein schmaler Schrank mit aufgeplatztem Furnier direkt neben der Tür. Ein Tisch ohne Stuhl an der Fensterwand, die Pritsche, und das war es auch schon.

»Sie können sich draufsetzen«, meinte Branzo und deutete auf die Tischplatte. Das Fenster über Branzos Kopf stand offen. Die Stahlgitter warfen Schattenstreifen an die gegenüberliegende Wand mit dem schmutzigen Spiegel über einem gelblichen Waschbecken.

Auch hier in der Zelle war der Putz rissig und porös. Es roch nach feuchtem Stein, und die Hitze stand wie ein Block im Raum. In einem fast schon gehässig zu nennenden Gegensatz dazu blickte man durch das Fenster hinaus auf die grünen, sonnenbeschienenen Berge, die Bozen umsäumten, und ihre in der Ferne leuchtenden Weinfelder. Der Talferbach plätscherte vorbei, und auf dem diesseitigen Ufer verlief ein Grünstreifen, der gern von Spaziergängern genutzt wurde. Die Freiheit und Schönheit des Ortes lagen direkt vor diesem Fenster. Branzo hatte mit Klebeband zwei Rasierspiegel an den Gitterstäben befestigt, sodass er hinausschauen konnte, wenn er im Bett lag oder am Tisch saß.

»Gibt es keinen Stuhl?«, fragte Fernando und ließ sich auf der Tischplatte nieder.

»Kaputt. Vielleicht kriege ich irgendwann einen neuen.« Branzo kratzte sich an der Schläfe.

»Na gut, wir haben mal wieder wenig Zeit«, begann Fernando.

»Was woll'n Sie denn diesmal wissen?«

Fernando lauschte einen Moment der flachen Atmung des Mannes und sah zu, wie sich dessen Brustkorb hob und senkte. Auf Branzos weißem T-Shirt lag ein Kruzifix, das an einer Kette um seinen Hals befestigt war.

Marco Antonio Branzo war ein Serienmörder. Er hatte fünfzehn Frauen innerhalb von zwanzig Jahren brutal ermordet und Dutzende weitere Überfälle begangen, bei denen die Frauen zum Teil schwer verletzt worden waren. Die Presse hatte ihn »Die Bestie von Bozen« getauft, weil er alle seine Taten in und im Umkreis von hundert Kilometern um Bozen herum begangen hatte. Seine Vorgehensweise war so simpel, dass es ein Wunder war, dass er nicht schon viel früher gefasst wurde. Er suchte sich immer einen bestimmten Ort oder einen Stadtteil aus, in dem er sich dann den ganzen Tag aufhielt und zu Fuß durch die Straßen lief. Von Mal zu Mal tarnte er sich lediglich mit verschiedenen Hüten oder ließ sich einen Bart stehen. Oft hatte er einen Hund dabei, um den Eindruck zu vermitteln, einfach nur mit diesem spazieren zu gehen. Während seiner Fußmärsche hielt er nach Frauen Ausschau, die allein lebten oder deren Männer an dem jeweiligen Tag nicht zu Hause waren. Er wählte sein Opfer aus, beobachtete es und stieg in der Nacht durch ein Fenster oder eine Terrassentür ein. Dann überfiel er die Frauen im Schlaf.

»Ich würde heute gern über Ihre Eltern sprechen. Wie waren sie so? Was haben sie gemacht? Welche Erinnerungen haben Sie an sie?«

Fernando zog ein kleines, an den Ecken zerknittertes Notizbuch aus der Gesäßtasche seiner Jeans und schlug es auf. Trotz der Hitze trug er lange Hosen und lederne Bergstiefel. Einen bis auf fünf Zentimeter heruntergeschriebenen Bleistift fand er in seiner anderen Tasche.

Branzo drehte sich halb auf die Seite und sah ihn an. Schweißperlen standen auf seinem Schädel. »Meine Eltern? Wieso meine Eltern?«, fragte er verständnislos und legte sich wieder gerade hin. Jetzt erst bemerkte Fernando, dass Branzo aus seiner Position direkt in den Spiegel über dem Waschbecken schauen konnte, in dem wiederum der am Fenster angebrachte Spiegel zu sehen war, sodass er von dort aus tatsächlich auf die Uferpromenade blicken konnte.

»Glauben Sie, dass man böse auf die Welt kommt?«, fragte Fernando.

»Gott hat uns alle geschaffen. Das Böse gehört ebenso zu dieser

Welt wie das Gute. Ich bin einfach auf der falschen Seite gelandet, schätze ich.«

»Glauben Sie an Gott?«

»Sicher, ich bin Katholik.«

»Dann haben Ihre Eltern Sie katholisch erzogen. Niemand ist von Geburt an gläubig.«

Wieder drehte Branzo sich zu Fernando um, und diesmal lief diesem ein kalter Schauer über den Rücken. Schnell lenkte er seinen Blick ins Buch und notierte sich etwas.

»Meine Eltern waren gute, großzügige Menschen. Einfach und … heilig.«

»Heilige?«, hakte Fernando aufmerksam nach, bemüht, seinen Unglauben nicht zu zeigen.

»Sie wissen, was ich meine. Sie waren immer freundlich, umsorgten mich und kümmerten sich.«

Fernando kritzelte die Worte »umsorgten mich« in sein Heft und unterstrich sie. »Haben Sie Geschwister?«

»Das wissen Sie nicht? Sie haben doch sicher alles über mich gelesen.« Branzo wackelte ungehalten mit seinem verletzten Fuß.

»Sie hatten einen Bruder«, gab Fernando zu. »Was passierte mit ihm?«

Branzo faltete seine Hände über dem Bauch und löste sie gleich wieder, um sie an die Seiten seines Körpers zu legen. Seine Finger spielten mit dem schmutzigen Stoff seines Hemdes. »Er starb, als er zehn war.«

»Ein Unfall, richtig?«

»Er stürzte. In den Bergen. Ich hab ihn gefunden.«

»Das war sicher schlimm für Sie. Wie alt waren Sie da?«

»Ich war sieben.«

»Und liebten Sie Ihren Bruder?«

Ohne eine Vorankündigung schlug Branzo plötzlich mit beiden Fäusten gegen die Wand, dass es einen dumpfen Knall gab.

»Herrgott, fragen Sie schon, ob ich es war«, zischte er, und Speichel flog ihm aus dem Mund. Unterdrückte Wut zeichnete sich in seinem geröteten Gesicht ab. Fernando bekam eine ungefähre Ahnung davon, wie er aussehen musste, wenn er andere zu Opfern machte.

»Schon gut. Mein Fehler«, sagte Fernando. »Ich habe in unserem letzten Gespräch wohl nicht ausreichend deutlich gemacht, worum es mir geht. Ich bin kein Polizist, das wissen Sie, ich schreibe völlig unabhängig. Was ich will, sind echte, ehrliche Informationen. Ich hatte Sie gefragt, ob Sie mit mir sprechen wollen, und Sie hatten eingewilligt. Das ist aber keine Märchenstunde hier, ich will, dass Sie mir die Wahrheit sagen und nicht irgendeinen Quatsch erzählen, von wegen ›meine heiligen Eltern umsorgten mich‹. Entweder wir reden Klartext oder gar nicht. Und ja, ich glaube wie viele andere auch, dass Sie Ihren Bruder getötet haben, das stimmt. Es spricht einiges dafür. Aber ich will kein Schuldeingeständnis von Ihnen, sondern die Wahrheit. Sie sitzen sowieso den Rest Ihres Lebens in dieser Zelle, also können Sie auch ehrlich sein.«

Fernando war voll auf Konfrontationskurs gegangen. So, wie er Branzo einschätzte, nützte es nichts, ihm Honig um den Mund zu schmieren. Und er mochte es, direkt zu sein.

Branzo entspannte sich und atmete aus. »So einer sind Sie also«, sagte er so leise, dass man es für ein Selbstgespräch halten könnte.

Danach dauerte es eine gefühlte Ewigkeit, bis Branzo wieder den Mund aufmachte. Er musste sehr gut über seinen nächsten Schritt nachgedacht haben. Ein Stöhnen drang aus seiner Kehle, als er seine Hände aufs Gesicht legte. Dann stieß er einen langen, hohlen, verzweifelten Schrei aus. Sein ganzer Körper war angespannt, und seine Halsschlagader trat hervor.

Fernando meinte, dass nun sofort eine Wache kommen müsste, doch draußen auf dem Flur war nichts zu hören. Die Wache, die zu seiner Hilfe hätte kommen sollen, wenn Branzo ihn angegriffen hätte, war entweder gar nicht da, oder es war ihr egal.

Branzo krallte die Finger in sein Gesicht und ließ sie langsam nach unten gleiten, was seine Züge in eine Fratze verwandelte. Er atmete tief durch und schüttelte den Kopf. »Nein. Keine Heiligen«, sagte er. Sein trüber Blick war starr an die Decke geheftet.

Fernando bemerkte eine Gänsehaut auf Branzos Armen, er schien leicht zu zittern.

»Sie waren Feldarbeiter. Mein Vater ein Schwächling, meine Mutter eine Hexe. Sie war die Königin. Eine schmutzige, verdorbene, eiskalte Königin, die mich hasste. Ich hab nie gewusst, warum. Ich denke heute, dass sie mich so gehasst hat, weil ich ein uneheliches Kind bin. Ich sah keinem ähnlich. Nicht meinem Vater, nicht meiner Mutter oder meinem Bruder. Sie hat mich dafür bestraft. Selbst hat sie sich nie die Hände schmutzig gemacht. Das erledigten andere für sie. Mein Vater musste es tun. Im Stall. Sie stand nur da und schaute zu. Aber es machte ihr Spaß. Sie hatte Freude daran, zuzusehen.« Er schloss die Augen. Ein kurzes Schaudern ging durch seinen Körper. »Ich musste mich ausziehen. Dann bekam ich das Ochsenjoch umgehängt. Und mein Vater musste mich mit den Holzscheiten schlagen. ›Auf die Knöchel‹, hat sie immer gesagt, ›auf die Knöchel.‹ Mein Bruder durfte zusehen. Er sollte dann auf der Flöte spielen, auf dieser verdammten Scheiß-Flöte. Damit man mich nicht hörte, wenn ich schrie. Einmal warfen sie mich zu den Kühen, und sie befahl ihm, die Tiere mit einer Forke zu stechen. Sie trampelten auf mir herum, bis ich ohnmächtig wurde. Danach sagte sie den Leuten im Dorf, ich sei krank. Keiner solle zu uns raufkommen, um sich nicht anzustecken.«

Branzos Stimme war immer schwächer geworden, und jetzt pausierte er. Fernando traute sich nicht, etwas zu sagen, er ließ ihm die Zeit, die er brauchte.

»Es war an einem Sonntag, nach der Kirche. Es war kalt und neblig. Cesare und ich waren in den Bergen unterwegs. Er setzte sich auf einen Felsen, während ich nach Holz zum Schnitzen suchte, und er fing an, auf seiner Flöte zu spielen. Da hab ich einen Stein genommen, bin zu ihm hin und hab so fest zugeschlagen, wie ich nur konnte. Dafür komme ich in die Hölle, das weiß ich. Aber schlimmer als hier kann es da auch nicht sein.«

Branzo atmete so lange aus, dass Fernando schon glaubte, er täte seinen letzten Atemzug. Er hatte ihm gestanden, seinen Bruder ermordet zu haben. Wieder verdeckte er sein Gesicht mit den geketteten Händen. Da hörten sie, wie das Schloss entriegelt wurde. Fernando blickte auf seine Uhr. Es war drei Minuten vor zwölf.

»Die Zeit ist um«, verkündete der Carabiniere und kam herein, um die Handschellen zu öffnen.

»Lovecchio, tun Sie mir einen Gefallen?«, fragte Branzo gehetzt, als Fernando aufstand und sein Notizbuch einsteckte.

»Natürlich.«

»Hängen Sie bitte den einen Spiegel um? Heute ist Herz-Jesu-Nacht. Ich will die Berge sehen.«

Fernando blickte aus dem Fenster. Tatsächlich, auf einem der Gipfel hatte man ein Kreuz errichtet, das heute Nacht brennen würde. Er nahm den Spiegel aus seiner mit Klebeband gebastelten Vorrichtung heraus und hängte ihn auf die andere Seite.

»Danke«, sagte Branzo und reichte ihm die Hand. Fernando schüttelte sie.

»Kommen Sie bitte«, sagte der Polizist und machte eine auffordernde Geste in Richtung Tür.

»Ich danke Ihnen«, sagte Fernando zu Branzo und folgte dem Carabiniere nach draußen.

***

Fernando trat aus der Polizeistation heraus und genoss für einen Augenblick die frische Luft. Schräg gegenüber, vor dem Auditorium, stand eine gut gekleidete, attraktive Frau mit einer Laptoptasche unter dem Arm. Sie lächelte ihn fast mitleidig an, und Fernando fragte sich, ob sie ihn für einen Häftling hielt, der gerade entlassen worden war. Mit seinem dichten braunen Vollbart und den schulterlangen Haaren, mit seinem karierten, offen stehenden Hemd über dem weißen T-Shirt glich er mehr einem Holzfäller als einem Autor.

Er hatte seinen Land Rover Defender an der Via Marconi geparkt, weil er seine Gitarre beim Musikhaus Walter in Reparatur gegeben hatte und jetzt abholen wollte, bevor es nach Hause ging. Die alte Höfner brauchte einen neuen Steg.

»Ah, da kommt ja Kenny Loggins!«, rief der Besitzer, als Fernando eintrat. Tatsächlich hatte er ein wenig Ähnlichkeit mit dem amerikanischen Sänger, und der Besitzer machte sich einen Spaß daraus, seine Kunden mit den Namen berühmter Musiker anzusprechen.

Sie hatten einen Knochensteg eingebaut und neue Saiten aufgezogen. Gute Arbeit. Fernando bezahlte, packte seine Gitarre in den Koffer und stieg in seinen Defender. Er fuhr in Richtung

Norden auf die Autobahn 22 und folgte ihr bis zur Abfahrt Waidbruck, die über den Eisack verlief. Die Straße ins Grödnertal, ins Val Gardena, führte ihn durch einen Tunnel und anschließend in eine enge Schlucht, die immer weiter hinaufführte, bis sich das Tal hinter dem kleinen Ort Sankt Peter öffnete.

In Sankt Ulrich kaufte Fernando in dem kleinen Spar-Laden in der Via Rezia etwas Hartwurst und Weißbrot für sich und eine Wurst für Dante, damit sie es sich heute Abend auf dem Berg gut gehen lassen konnten. Dante, ein Irischer Terrier mit leuchtend rotem Fell und einer herzförmigen Blässe auf der Brust, war Fernandos einziger Freund und Gesprächspartner in der Einsamkeit seiner Berghütte. Er hatte dieses Leben abseits der Menschen und ohne jeglichen Kontakt zu ihnen selbst gewählt. Nach seinem Studium in Mailand war er in sein Heimattal zurückgekehrt, um zu schreiben, und hatte sich dort nach dem Erfolg seines ersten Buches eine kleine, fernab der Zivilisation gelegene Hütte gekauft, im Annatal, mitten in den bewaldeten Hängen zwischen dem Raschötz und dem Seceda. Die einzige Verbindung zur Außenwelt waren sein Laptop und ein Handy, das er nur zu Notfallzwecken besaß. Im Ort war er bekannt als »der Mann aus den Bergen«, der einsame Schriftsteller mit seinem Hund. Man kannte ihn, weil er hier einkaufte, aber so gut wie niemand hatte seine Bücher gelesen. Und wenn doch, hatte der- oder diejenige mit Unverständnis darauf reagiert.

Nur die wenigsten konnten seiner Arbeit etwas Positives abringen. Er war bei seinen Lesern als »Mörderfreund« verschrien. So hatte ihn einmal ein Kunde bei Amazon in seiner Bewertung tituliert, und Fernando hatte zwar erwirken können, dass man diesen Beitrag aus den Bewertungen strich. Aber ein Großteil der übrigen Kritiken hatte einen ganz ähnlichen Tenor.

»Schreibst du gerade ein neues Buch?«, fragte Maria, die Bedienung an der Fleischtheke. Sie war eine sehr freundliche und hübsche junge Frau, die immer lächelte und stets gute Laune zu haben schien. Sie war einer der Gründe, warum Fernando gerade hier einkaufen ging.

»Ja, ich bin sozusagen mittendrin, muss aber noch ein paar Interviews führen«, antwortete er, und eine ältere Dame hinter ihm in der Schlange beäugte ihn misstrauisch von der Seite. »Ich komme eben aus Bozen«, fügte Fernando erklärend hinzu. Maria wusste, was er dort tat, also nickte sie nur und zwinkerte ihm zu.

»Was machst du heute Abend?«, fragte sie. »Es ist Herz-Jesu-Nacht.«

Es klang fast wie eine Einladung, aber er wusste, dass es nicht so gemeint war.

»Ich geh auf den Raschötz.«

»Ich auch, vielleicht sehen wir uns ja.«

»Das wär schön.«

»Dann bis heute Abend.«

»Ciao«, sagte Fernando, nahm sein Paket entgegen und ging zur Kasse.

Der Ort war in geschäftiger Aufregung. Die Straßen voll von Menschen, viele Frauen in Trachten, die Männer vom Südtiroler Schützenbund in ihren typischen Lederhosen, Trachtenjacken, Kniestrümpfen und federbeschmückten Hüten. An den Hängen der Berge konnte man bei genauerem Hinsehen Männer erkennen, die die herzförmigen Feuerstellen an den Hängen installierten. Bald würden die Schützenmärsche durch den Ort beginnen.

Fernando wollte diesem Trubel so schnell es ging entfliehen. Er mochte große Menschenansammlungen nicht. Auch heute Abend auf dem Gipfel des Raschötz würde er sich abseits halten.

Die schmale Straße, die zu seinem Haus führte, schlängelte sich zwischen Häuserzeilen durch, in denen vielerorts gebaut und renoviert wurde. Nachdem er den kurzen Tunnel oberhalb des Ortes durchfahren hatte, standen nur noch vereinzelt Anwesen an den Hängen. Der Defender erklomm die steiler werdende Straße bis zu deren Ende, woraufhin Fernando in einen matschigen Seitenweg einbog, auf dem man nur zu Fuß oder mit geländegängigen Fahrzeugen unterwegs sein konnte. Es ging durch einen dichten Fichtenwald, bis er eine nahezu kreisrunde Lichtung erreichte, ein Plateau, das direkt auf das Seceda-Massiv blickte. Die Hütte aus dunklem, wettergezeichnetem Holz stand am hinteren Rand, mit der Veranda und einer Sitzbank und Tisch links des Eingangs in der Sonne. Dante bellte aufgeregt und sprang um das Auto herum. Er hatte das Motorengeräusch längst erkannt und konnte es kaum noch abwarten, bis sein Herrchen ausstieg.

»Hey, Dany«, begrüßte Fernando ihn und wuschelte dem Hund durch das rote Fell. »Hast du gut aufgepasst? Keine bösen Buben hier gewesen? Oder hattest du einen zum Frühstück?«

Der Hund leckte ihm die Hände und roch daran das Fleisch, das Fernando eingekauft hatte. Er war ein recht großes Exemplar für einen Irischen Terrier, sah mit seinen treuen braunen Augen jedoch wie ein harmloses, verspieltes Hündchen aus. Dieser Eindruck konnte sich allerdings als ganz falsch erweisen, wenn es darum ging, Fernando zu verteidigen. Irische Terrier waren für ihre unbedingte Zuneigung zu ihren Herren bekannt und zudem hartgesottene Kämpfernaturen, denen Schmerzen nicht viel ausmachten.

»Na komm, ich mach uns Kaffee«, sagte Fernando, holte seine Einkäufe und die Gitarre von der Rückbank und ging ins Haus.

Sein amerikanischer Briefkasten, der unten an der asphaltierten Straße stand, hatte vier Briefe für ihn gehabt. Mit seiner dampfenden Tasse Kaffee und den Umschlägen setzte er sich raus auf die Veranda. Dante nahm neben ihm Platz und genoss die warmen Sonnenstrahlen.

»Oh, vom Verlag«, sagte Fernando, als er die Absenderadresse des zweiten Briefes las. Mit dem Finger schlitzte er den Umschlag auf und entnahm ihm das Schreiben. »Sehr geehrter Herr Lovecchio, mit Interesse haben wir Ihr Manuskriptangebot gelesen, sehen jedoch keine Möglichkeit, das Buch in unserem Verlag zu veröffentlichen. Das ist kein Urteil über die Qualität Ihres Manuskripts, es ist lediglich … bla, bla, bla.« Er atmete frustriert aus und hielt Dante den Brief hin. »Hier, willst du ihn fressen?«

Der Terrier schnüffelte müde und blickte sein Herrchen verständnislos an.

»Das ist die … zwölfte Absage, glaube ich«, meinte Fernando und nahm einen Schluck Kaffee. »Irgendwann werden wir doch noch mit 'ner Hundenummer auftreten müssen, um Geld zu verdienen.«

Dante spitzte die Ohren, als ahnte er, dass er ein Teil dieser Überlegung war.

Fernando sah ihn an. »Branzo hat mir heute gestanden, dass er seinen Bruder umgebracht hat, kannst du dir das vorstellen? Er war sieben Jahre alt.« Nachdenklich blickte er rüber zum Seceda, dessen Spitzen bereits in ein goldenes Licht getaucht waren.

Hatte es überhaupt noch Sinn, weiterzumachen? Sein Buch war halb fertig, und die Interviews mit Branzo entwickelten sich vielversprechend. Aber kein Verlag wollte es haben. Wenn Branzo auch über die Taten Auskunft gab, wegen denen er verurteilt worden war, könnte er vielleicht etwas erreichen. Die sensationsgierigen Medien würden sich darauf stürzen, wenn Südtirols gefährlichster Serienmörder, die Bestie von Bozen, sein Schweigen brach. Aber das wiederum wäre Fernando nicht recht. Er wollte diese Sensationsgier nicht für seine Zwecke nutzen müssen. Wenn er allerdings seine Finanzen betrachtete, blieb ihm womöglich keine große Wahl. Es musste langsam ein finanzieller Fluss zustande kommen. Er lebte ausschließlich von seinen Reserven, die nicht gerade astronomisch waren. Seine letzten beiden Bücher hatten ihm mehr Arbeit als Geld eingebracht – und Missgunst. Das war vielleicht ein Teil des Problems, ein möglicher Grund, warum Verlage nicht mit ihm zusammenarbeiten wollten: Er war unpopulär. Und dieser Fakt verkaufte eben keine Bücher.

»Scheiß drauf«, murmelte er, ging hinein und holte seinen Laptop nach draußen. Es gab noch drei weitere Verlage, die er kontaktieren wollte, und für die schrieb er nun einen neuen Bewerbungstext, der ganz auf Marco Antonio Branzo und seine schrecklichen Geheimnisse gemünzt war.

2

Gegen siebzehn Uhr hatte Fernando seinen Rucksack gepackt: das Essen, etwas Wein und Wasser, ein Fernglas, eine Taschenlampe und eine wärmere Jacke für den Abstieg am späten Abend. Er nutzte den Aufstieg, um eine schöne Tour mit Dante zu unternehmen, der die Hänge des Raschötz als sein Revier betrachtete. Aufgeregt lief er durch den Wald und suchte alle Verstecke, Höhlen und Rastplätze der hier lebenden Tiere auf. Stets reichte ein Pfiff von Fernando, um ihn wieder zurück an dessen Seite zu holen.

Sie marschierten zwei Stunden abseits der Wege und kamen gegen neunzehn Uhr an der Flitzer Scharte heraus, wo sie den Weg in Richtung Raschötz einschlugen. Hier begegneten sie bereits vielen Touristen und einheimischen Herz-Jesu-Anhängern. Von der Alm aus hatte man einen wunderbaren Blick auf die Berge und die Almen rund um das Grödnertal. Es war die blaue Stunde. Der Himmel leuchtete kobaltfarben, und die Bergmassive zeichneten sich schwarz wie Scherenschnitte dagegen ab. Die Spitzen der Berge waren gesäumt von golden funkelnden Feuern, Kreuze und Herzen leuchteten an den Hängen, und der in den Abendhimmel aufsteigende Rauch schwebte als blaugrauer Dunst über der Alm.

Unter dem großen Gipfelkreuz des Raschötz brannte ein hoch aufgetürmter Holzhaufen, der das Bild des gekreuzigten Jesus flackernd und weithin sichtbar beleuchtete. Ein Kreis aus Menschen umgab das Feuer, Stimmen, Lachen und Musik drangen durch die Dunkelheit. Auch unten in der Raschötz-Hütte herrschte reges Treiben, und die Almwiesen waren bevölkert von Menschen.

Fernando ging bis zu der Bank mit dem geschnitzten Adler, sah kurz den Feierlichkeiten zu und setzte sich dann ab, um für sich zu sein und den Blick auf die Feuer zu genießen. Irgendwo zwischen den vielen Leuten war Maria, doch er hatte kein Interesse, sie suchen zu gehen. Mit Dante, der die Aufregung in der Herz-Jesu-Nacht bereits kannte, ließ er sich auf einem Felsen nieder und holte Brot, Wein und Wurst aus dem Rucksack. Hin und wieder knallten Schüsse der Kanonen des Schützenbundes weit durch das Tal, und die Berge warfen ihr Echo zurück.

Zufrieden genossen die beiden ihr Mahl und schwiegen miteinander. Es war ein wunderbarer, milder Abend, und der Lichterreigen hatte etwas Erhebendes für Fernando, auch wenn es nicht sein Fest war. Aber er nahm gern Anteil daran, ganz für sich.

Die Flasche war geleert, und es ging auf zehn Uhr zu, da packte er seine Sachen zusammen, zog sich die Jacke über und machte sich auf den Heimweg. »Na komm, alter Junge. Heimwärts«, sagte er, und der Terrier lief voran.

Sie erreichten die Hütte um elf Uhr. Fernando ging sofort zu Bett und schlief unruhig und nicht sehr tief, weil die Geräusche ringsum so ungewohnt waren.

Der nächste Morgen begann mit Frühnebel, der aber bald der Sonne wich und einen klaren Tag freigab, der versprach, sehr warm zu werden. Gleich nach dem Frühstück machten Fernando und Dante ihren morgendlichen Spaziergang. Der Geruch von fast erkalteten Feuerstellen lag in der Luft, und als die beiden auf der Raschötz-Alm ankamen und einen Blick zurück auf das Gipfelkreuz warfen, unter dem sich gestern Abend alle um das große Feuer versammelt hatten, bemerkten sie etwas Ungewöhnliches. Blaues Licht schlug in regelmäßigen Abständen über die grünen Hänge. Anscheinend war ein Rettungswagen hier oben unterwegs. Manchmal gab es bei den Feierlichkeiten Verletzte. Zumeist waren das Brandverletzungen, aber die Vorstellung, dass jetzt noch ein solcher Notfall zu bergen war, stieß Fernando komisch auf.

Sie widmeten sich wieder ihrer Strecke und liefen bis zur Brogleshütte, wo sie vom Wirt mit einem herzlichen Winken begrüßt wurden. Später, als sie zu Hause ankamen, packte Fernando die Briefe für die Verlage ein und fuhr mit seinem Hund hinunter zur Post.

Kurz bevor er die Anschreiben in den Schlitz fallen ließ, hielt er inne. »Das ist unsere letzte Chance«, verkündete er, und Dante sah ihn so traurig an, dass er tröstend hinzufügte: »Aber es tun sich immer wieder neue Möglichkeiten auf, keine Angst, Dany.«

Die Briefe plumpsten in den Kasten, und Fernando glaubte sein weiteres noch unbekanntes Schicksal besiegelt.

Als sie danach zu Fuß durch den Ort gingen, um noch ein paar Besorgungen zu machen, fielen Fernando die ungewöhnlich vielen Carabinieri auf, die hier unterwegs waren und Passanten befragten. Fernando betrat das alteingesessene Schnitzereien-Geschäft an der Ecke und stellte sich an den Tresen. Es war niemand zu sehen, doch aus einer Tür, die ins Lager führte, vernahm er Geräusche. Also wartete er, umringt von Hunderten Figuren, die in allen möglichen Größen den Verkaufsraum füllten und ihn wie eine stumme, fast anklagende Menge, die Fernando nicht wohlgesinnt war, beobachteten. Es war lächerlich, aber er fühlte sich bedrängt und war froh, als der Besitzer endlich durch die Tür trat.

»Ah, Herr Lovecchio, guten Morgen. Ihre Bestellung ist gestern angekommen.« Schon verschwand er wieder ins Lager und kam mit einem länglichen Päckchen zurück. »Da ist es«, verkündete er, legte es auf den Tresen und öffnete den Deckel für Fernando zur Begutachtung.

Es war ein Schärfleder für Messer. Fernando schätzte diese alte Art des Schärfens und zog sie handelsüblichen Schleifsteinen oder deren billigen Äquivalenten aus den Supermärkten vor. Sie schadeten der Klinge mehr, als dass sie sie schärften.

»Wunderbar, vielen Dank.«

»Freut mich. Zahlen Sie bar oder mit Karte?«

»Bar.«

Der kleine Mann mit dem Rundrücken und den stets aufgekrempelten Hemdsärmeln tippte etwas in seine Kasse ein, und die Schublade sprang auf. Fernando bemerkte einen weiteren Polizeiwagen, der am Schaufenster vorbei die Straße hinauffuhr.

»Sagen Sie, was ist hier eigentlich heute los?«, fragte er und legte das Geld auf den Teller.

»Haben Sie's noch nicht gehört?«

»Nein, was denn?«

»Na, gestern Nacht, beim Herz-Jesu-Fest oben auf dem Raschötz, ist jemand ermordet worden. Ein junger Mann. Erschossen«, raunte der Besitzer und sah ihn bedeutsam an.

»Ach, wirklich?« Fernando war wie vor den Kopf gestoßen. So

etwas hatte er nicht erwartet. Ein Mord, das war ein so fremdes Wort hier im Tal, dass es ihm gänzlich unwirklich vorkam.

»Ja, doch«, fügte der alte Mann hinzu. »Die haben ihn dort oben gefunden, als sie heute Morgen aufräumen wollten. Er lag direkt unterm Gipfelkreuz. Die stehen alle unter Schock.«

»Und weiß man, wer es ist?«, fragte Fernando.

»Ich glaube nicht. Aber jetzt werden alle befragt, ob sie was gesehen haben. Deshalb das ganze Aufgebot.«

Er drückte Fernando das Wechselgeld in die Hand. »Waren Sie nicht auch oben?«, wollte er wissen und stützte beide Hände auf den Glastresen.

»Ja, schon.«

Daraufhin nickte der Besitzer nur mit düsterem Blick, und Fernando verabschiedete sich.

Es war später Nachmittag, Fernando brachte gerade die Aufzeichnungen von Branzos letzter Befragung in das Manuskript ein. Er saß mit dem Laptop auf der Veranda, und Dante, der zu seinen Füßen unter dem Tisch lag, begann zu knurren.

»Dany, was ist los?«

Der Hund stand auf und stierte witternd in die Zufahrt. Nach wenigen Minuten konnte auch Fernando ein sich näherndes Motorengeräusch hören. Kurz darauf tauchte ein Geländefahrzeug der Polizei auf, und Dante preschte los, als gelte es, den Angriff eines Bären abzuwehren.

Das Auto hielt direkt vor den Stufen zur Veranda, und der Hund bellte das Gefährt so laut an, dass zunächst keiner der Fahrzeuginsassen aussteigen wollte. Es saßen drei Männer darin, vorn zwei Carabinieri und hinten ein Mann in Zivil. Fernando pfiff und klopfte gegen sein Bein. Sofort setzte sich Dante an seine Seite, ließ allerdings weiterhin ein unzufriedenes Grummeln hören.

Jetzt öffneten sich die Türen, und der Mann in Zivil bedeutete den beiden anderen, dass er allein gehen wolle.

»Buongiorno!«, grüßte er von Weitem.

Fernando erkannte an seinem Akzent und an seinem Aussehen, dass er kein Italiener war.

»Guten Tag«, antwortete er.

»Aufmerksamer Hund«, meinte der Mann und sah Dante mit gehörigem Respekt an.

»Ja, er ist ein Heißsporn. Was kann ich für Sie tun?«

Der Mann trat auf ihn zu und streckte die Hand aus. Fernando schlug ein.

»Mein Name ist Stefan Sassner. Ich bin stellvertretender Hauptkommissar bei der Quästur Bozen, Abteilung Kriminalpolizei«, stellte er sich vor und zeigte seinen Ausweis.

Fernando schob unmerklich die Unterlippe vor. Ein Südtiroler in einer so hohen Position der Bozener Polizei, das war ungewöhnlich.

»Fernando Lovecchio«, zog er gleich und fügte an: »Aber das wissen Sie ja bestimmt schon.«

Der Kommissar lächelte. »Ja, in der Tat. Und wie heißt Ihr braves Hundchen?«

»Dante.«

Jetzt lachte er laut auf. »Oh, ein fabelhafter Name für einen Hund.« Sein Lächeln verschwand wieder. »Ich möchte mich kurz mit Ihnen unterhalten, ginge das?«

»Ja, bitte.« Fernando machte eine einladende Geste in Richtung Veranda und ging vor.

»Sie leben hier ganz allein?«, fragte der Kommissar und warf einen schnellen, aber konzentrierten Blick durch die offen stehende Tür in die Hütte.

»Ich und der Hund.«

Sassner wandte sich um, und sein Blick heftete sich sofort an den Bildschirm. Ungeniert überflog er das, was Fernando geschrieben hatte.

Fernando setzte sich und klappte den Laptop zu. Sassner nahm auf der Bank Platz, schlug die Beine übereinander und legte die Hände auf dem Knie ab.

»Darf ich fragen, was Sie beruflich hier oben tun?«, wollte er wissen.

»Ich bin Autor. Ich schreibe hier.«

»Oh, das wusste ich nicht«, sagte Sassner überrascht. »Was schreiben Sie denn so? Hab ich schon etwas von Ihnen gelesen?«

»Das würden Sie wissen. Ich bin Sachbuchautor und schreibe

vorwiegend über Schwerverbrecher, die ich für meine Bücher interviewe.«

»Ach. Dann sind Sie ja quasi vom Fach«, entgegnete Sassner. »Lovecchio, Lovecchio ...«, wiederholte er und blickte dabei nachdenklich in die Luft.

»›Die Saat des Bösen‹ war mein erstes Buch und auch das erfolgreichste«, erklärte Fernando.

»Stimmt, ich meine sogar, ich habe es gelesen. Ist schon ein paar Jahre her. Sie brechen darin eine Lanze für die Schwerverbrecher.«

»So würde ich das nicht ausdrücken«, widersprach Fernando. »Ich plädiere nur dafür, dass man diese Menschen nicht einfach als Teufel hinstellt, sondern genau analysiert, wie sie zu dem geworden sind, was sie sind.«

»So, so. Verstehe.« Sassner blickte auf den Computer. »Und Sie arbeiten gerade an einem neuen Buch?«

»Richtig. Es handelt von Serientätern. Tinto, Fischnaller und Branzo, um genau zu sein.«

»Und mit denen sprechen Sie tatsächlich?«

»Das ist Teil meiner Arbeit, ja.«

Sassner ließ sich das eine Weile durch den Kopf gehen, bevor er endlich zur Sache kam. »Gut, aber der Grund, warum ich eigentlich hier bin, ist der, dass gestern Nacht oben auf dem Gipfel des Raschötz ein Mord verübt wurde.« Er sah Fernando forschend an.

»Ich hab davon gehört.«

»Im Dorf sagte man uns, dass Sie hier oben leben und die Gegend sehr gut kennen. Deswegen wenden wir uns an Sie. Sie waren nicht zufällig auch bei den Feierlichkeiten am Raschötz?«

»Doch, wir waren dort, aber abseits von dem ganzen Trubel.«

»Tatsächlich? Das ist ja großartig, dann können Sie uns sicher helfen.«

Sassner holte einen Notizblock und einen Kugelschreiber aus der Innentasche seines Jacketts. Fernando musste grinsen, weil der Beamte ähnlich verfuhr wie er selbst bei seinen Interviews.

»Können Sie mir sagen, um wie viel Uhr Sie dort waren?«

»Wir haben einen Spaziergang gemacht und kamen gegen neunzehn Uhr dreißig auf der Alm an. Wir gingen kurz zum Kreuz und zogen uns dann in ein etwas erhöhtes Gebiet über der Bank östlich vom Kreuz zurück.«

»Die Bank mit dem Adler, ja, die habe ich gesehen. Wie lange blieben Sie etwa?«

»Um zehn Uhr machten wir uns auf den Heimweg und waren eine Stunde später hier.«

»Sind Ihnen auf Ihrem Weg vielleicht verdächtige Personen aufgefallen?«, fragte Sassner.

Fernando hob abschätzend seine Augenbrauen. »Ich weiß nicht, was als verdächtig gilt. Es waren sehr viele Menschen unterwegs.«

»Verdächtig sind alle, die sich anders verhalten als die große Masse«, erläuterte Sassner und schrieb dabei weiter.

»Ich schätze, dann hab nur ich mich verdächtig verhalten.«

Der Kommissar sah auf und blickte ihn regungslos an. »Und Geräusche? Wie steht's damit?«, fragte er dann. »Das Opfer wurde erschossen, und zwar gegen ein Uhr nachts.«

»Da schlief ich bereits«, antwortete Fernando, »aber ich habe in der Nacht ständig irgendwas gehört. Die vom Südtiroler Schützenbund haben ja immer wieder Salutschüsse abgegeben.«

»Das hat sich der Täter wohl zunutze gemacht.« Sassner lenkte den Blick in die Ferne, kniff leicht die Augen zusammen und sinnierte.

Er war ein kräftiger Mann mit muskulösen Schultern und einem kurzen Hals. Seine aschblonden Haare waren kurz geschnitten und lichteten sich am Hinterkopf. Die sehr eng stehenden Augen waren auffällig dunkel, seine schmalen Lippen verliefen wie ein waagerechter Strich zwischen zwei tiefen Wangenfalten. Er machte einen sehr energischen Eindruck, und irgendwie wusste Fernando nicht genau, woran er bei ihm war. Seine Augen waren schwer zu lesen, fand er.

»Sind Sie auf Ihrem Weg einzelnen, auffälligen Personen begegnet? Männern, vorzugsweise, die vielleicht nicht unbedingt ins Bild passten? Der Täter muss ja irgendwie auf den Berg gekommen sein, so viele Möglichkeiten gibt es nicht.«

»Nur auf dem Hinweg haben wir Leute gesehen. Die ersten trafen wir an der Flitzer Scharte. Aber das waren alles Gruppen.«

»Wo ist das? Ich bin leider noch nicht sehr ortskundig.« Sassner holte eine zusammengefaltete Karte aus seiner Tasche und breitete sie auf dem Tisch aus. Er hatte sich bereits einige Notizen darauf gemacht und Markierungen gesetzt.

»Wir sind hier hochgelaufen, und dort ist die Flitzer Scharte. Dann ging es diesen Weg entlang.« Fernando fuhr die Strecke mit seinem Finger nach. »Bis zum Gipfelkreuz. Aber niemand ist mir aufgefallen. Und Dante hat einen guten Riecher für zwielichtige Personen.«

Sassner blickte zu dem Hund, der aufmerksam vor der Bank saß und seinen Blick zu erwidern schien.

»Das glaube ich ohne Weiteres.« Er wandte sich wieder der Karte zu. »Also gibt es eigentlich nur zwei Wege. Den von Osten her, den Sie genommen haben, und den westlichen, der runter zur Bergbahn führt.«

»Richtig. Den kann man auch mit dem Wagen bis maximal zur Kapelle befahren. Eine dritte Möglichkeit wäre es, von der nördlichen Seite des Raschötz hochzukommen, doch der Weg ist sehr steil. Man käme dann auch an der Flitzer Scharte heraus«, sagte Fernando.

Sassner nickte stumm, griff noch einmal in seine Tasche und legte ein Foto auf die Karte. Es zeigte einen Mann um die vierzig mit schwarzem Haar und einem offenen Lächeln.

»Haben Sie diesen Mann gesehen?«

»Nein.«

»Das ist das Opfer. Ein Italiener.«

Fernando mochte es nicht, dass er das so betonte.

»Sein Name ist Enzo Giordano. Sagt Ihnen das was?«

»Ich kenne ihn nicht.«

»Er ist der Sohn eines hier ansässigen Winzers und Millionärs. Antonio Giordano.«

»Doch, den Namen habe ich schon mal gelesen«, sagte Fernando. »Ich meine, den Wein kann man sogar hier im Supermarkt kaufen. Guter Wein.«

»Ja, ja, das wissen wir bereits. Haben Sie jemals von Problemen erfahren, die diesen Enzo Giordano betreffen?«

»Ich?«, fragte Fernando erstaunt. »Wie sollte ich?«

»Gerüchte, Herr Lovecchio, in so kleinen Gemeinden wie

Sankt Ulrich gehen Gerüchte doch schnell herum. Enzo Giordano wohnte in einem Haus am Ortseingang von Sankt Ulrich«, entgegnete Sassner.

»Ich lebe ziemlich zurückgezogen.«

»Verstehe. Dann will ich Sie auch nicht weiter von Ihrer Arbeit abhalten.« Sassner stand auf, und sie gaben sich die Hand zum Abschied. »Sie kennen also Branzo?«, hakte Sassner wie beiläufig nach, und Fernando schien es, als festigte er seinen Handgriff.

»Ja, ich befrage ihn.«

»*Ich* habe ihn gefasst.« Er sah Fernando eindringlich, vielleicht sogar angriffslustig an.

Fernando nickte nur, und der Kommissar gab seine Hand frei.

»Auf Wiedersehen, Herr Lovecchio. Wenn Ihnen noch etwas einfällt, melden Sie sich bitte bei mir.« Er streckte ihm mit zwei Fingern eine Visitenkarte entgegen.

»Das mache ich«, antwortete Fernando und sah zu, wie die Beamten in ihren Wagen stiegen und von der Lichtung fuhren.

Der nächste Tag begann ähnlich diesig wie der zuvor, doch als Fernando im Wagen in Richtung Bozen fuhr, setzte Nieselregen ein. Dante lag im Fußraum der Fahrerkabine. Eigentlich saß er gern auf dem Sitz und schaute hinaus, doch die Carabinieri hatten sie schon mehrere Male angehalten und verwarnt. Oben im Tal konnten sie das problemlos machen, doch wenn es wie heute Richtung Bozen ging, musste der Hund sich fügen, obwohl er ein besserer Beifahrer war als mancher Mensch.

Sie fuhren in eine kleine Ortschaft südlich von Bozen, die sich mit ihren schmutzig weißen Häuschen an einen weinbewachsenen Hügel schmiegte. Die meisten der Fensterläden, deren braune Farbe bereits abblätterte, waren geschlossen, und keine Menschenseele war auf der Straße zu sehen. Sicher waren die meisten der Bauern auf dem Feld.

Fernando hielt am Marktplatz vor einem Café und ging mit Dante vorneweg in eine enge Gasse, die von Wäscheleinen überdacht war, an denen die Kleidung unachtsam im Regen hing. Man hörte Geräusche aus den Häusern dringen, Pfannengeklapper, Fernsehstimmen und schreiende Kinder. An der ersten Gabelung bogen sie links ab. Der Weg wurde immer steiler, und schließlich erreichten sie eine rot gestrichene Tür mit drei Klingelschildern. Die Namen waren mit Kugelschreiber auf kleinen Zetteln hinter dem beschlagenen Glas geschrieben worden und witterten dort womöglich schon seit Jahrzehnten vor sich hin. Fernando drückte den Knopf neben dem Namen Branzo und wartete sehr lange, bis jemand in den Flur geschlurft kam. Eine alte Dame, in eine schwarze Stola gehüllt, öffnete.

»Signora Branzo, Fernando Lovecchio. Wir waren verabredet.«

»Ja, ich weiß. Kommen Sie rein«, sagte die alte Dame und lotste ihn in ihre Wohnung. Als sie den Hund sah, gab sie ein erstauntes Glucksen von sich.

»Er kann auch hier im Flur warten, wenn Sie ihn nicht in der Wohnung haben möchten«, bot Fernando an, doch die Dame winkte ab.

»Nein, nein, schon gut. Wenn er nichts kaputtmacht.«

Sie betraten die dunkle, kalte Wohnung, die dicht mit alten Eichenmöbeln zugestellt und in mehreren Lagen mit ausgetretenen, angegrauten Teppichen ausgelegt war. Es roch nach Schimmel und Zigarettenrauch. Frau Branzo schlurfte ins Wohnzimmer, bot ihm einen Sessel an und ging dann in die Küche. Dante setzte sich dicht an Fernandos Bein und schnüffelte vorsichtig. Die Signora kam mit einer Kaffeekanne und zwei Tassen zurück, die sie erstaunlich sicher trug. Sie hatte sich für ihr heutiges Treffen wahrscheinlich extra die Haare frisieren lassen und etwas Schminke aufgelegt.

Sie lächelte ihn freundlich an, als sie beide einen Schluck Kaffee genommen hatten, ordnete ihre Stola und atmete aus wie jemand, der eine schwere Last mit sich herumtrug, sich aber seit Jahren damit abgefunden hatte.

Fernando lächelte zurück. »Vielen Dank, dass Sie Zeit für mich haben, Signora Branzo. Wie ich am Telefon bereits sagte, geht es um Ihren Sohn. Ich habe ihn schon mehrere Male im Gefängnis getroffen und mich mit ihm unterhalten. Ich dachte, dass Sie mir vielleicht auch ein bisschen was über ihn erzählen könnten, das sein …«, er stockte einen Moment, »Verhalten besser erklären könnte.«

Eine Falte, die Fernando nicht genau deuten konnte, grub sich in ihren linken Mundwinkel. Dante trat von einem Vorderbein aufs andere und entspannte sich einfach nicht, wie er es sonst tat. Eine ungemütliche Atmosphäre hing im Raum.

Fernando wusste nicht, wie er das Gespräch auf die schreckliche Vergangenheit der Familie lenken sollte, ohne die alte Dame von Anfang an so zu verletzen oder zu verärgern, dass sie von dem, was sie wusste, nichts mehr preisgeben würde. Nichts von dem, was er heute besprechen wollte, warf ein gutes Licht auf ihren Sohn, ihren Mann und ihre eigene Person.

»Ihr Sohn erwähnte ein gespaltenes Verhältnis zu seinem Bruder«, begann Fernando vorsichtig. Sogleich gefror ihre Miene, und ihre Augen blickten stumpf und hart in die Tasse in ihren Händen. Vielleicht hatte sie grauen Star oder eine andere Augenkrankheit. Es konnte aber auch sein, dass daraus die pure Gefühlskälte sprach. Fernando konnte sich vorstellen, wie sie ihren kleinen Sohn angeschaut haben mochte.

»Sie waren wie Feuer und Wasser«, sagte sie mit tiefer Stimme.

»Wer war der Ältere?«, fragte Fernando, obwohl er es bereits wusste.

»Cesare. Er war drei Jahre älter.«

»Waren sie immer schon so verschieden, oder war es Neid, was meinen Sie?« Fernando stellte leise seine Tasse zurück auf den Tisch.

»Neid?«, wiederholte sie müde. »Ich wüsste nicht, wer auf wen hätte neidisch sein sollen. Wir waren arm, hatten nicht viel.«

»Musste Cesare vielleicht mehr auf dem Feld helfen, weil er älter war, und hat seinen Bruder das spüren lassen?«

»Nein. Sie waren einfach …« Sie seufzte und beendete den Satz nicht.

»Ihr Sohn erwähnte mir gegenüber, dass er sich der Familie nicht so zugehörig fühlte«, sagte Fernando zögernd.

»Was meinen Sie damit?« Sie starrte ihn an, ohne zu blinzeln, ihr von Falten überzogenes Gesicht wirkte wie eine fahle Maske.

»Das waren seine Worte. Ich denke, er fühlte sich wie ein Außenstehender«, formulierte Fernando neu.

Sie wandte sich ab und blickte fast beleidigt zum Fenster, vor dem kaputte Rollläden schief in ihren Halterungen hingen. »Es lag an ihm. Es war immer er. Wenn es Ärger gab, konnte man sicher sein, dass er dahintersteckte. Er hat mir viele Sorgen bereitet«, sagte sie abwesend, während ihre Gedanken wohl in die Vergangenheit schweiften.

Fernando wollte soeben eine weitere Frage an sie richten, da hob sie erneut die Stimme.

»Er hat uns zu Geächteten gemacht. Was er getan hat, kann nur Gott ihm verzeihen, ich kann es nicht. Es ist unmenschlich. Mein Sohn ist ein Tier, anders kann ich es mir nicht erklären.« Sie schlang die Arme um ihren Körper, als fröre sie. »Was er für Leid über uns und all die anderen Familien gebracht hat, kann man nicht wiedergutmachen. Ich bin froh, dass er ist, wo er ist. Er hat seine gerechte Strafe bekommen.«

Fernando entdeckte in einer dunklen Ecke einen mit einem Tuch notdürftig zugedeckten Vogelkäfig. Doch hinter den schwarzen Gitterstäben war kein Tier zu erkennen.

»Und Ihr Mann? Was hatte er für ein Verhältnis zu Marco?«, fragte Fernando. Die alte Dame blinzelte, als habe sie die Frage nicht verstanden.

»Er war sein Vater, was meinen Sie?«

»Nun, ob er ihn mochte oder ob er oft Streit mit ihm hatte. Gab es ein Vertrauensverhältnis zwischen den beiden?«

»Mein Mann behandelte seine Söhne so, wie sie es verdient hatten.« Sie strich ihren Rock glatt und zupfte mit einer Hand ihre Stola fester zusammen. »Möchten Sie noch Kaffee?«, fragte sie, doch es klang eher so, als wolle sie ihm raten, besser keine zweite Tasse zu nehmen.

»Nein, vielen Dank«, antwortete Fernando freundlich und fand, dass es nun an der Zeit war, etwas deutlicher nachzuhaken. »Ihr Sohn erwähnte mir gegenüber etwas von Strafen, die er bekam. Können Sie mir darüber etwas sagen? Gab es Strafen in Ihrem Haus?«

»Natürlich gab es die, wie in jedem anderen Haus auch. Kinder müssen erzogen werden«, sagte sie mit einem fast belehrenden Unterton.

»Das ist sicher richtig. Und es war ja auch eine andere Zeit damals«, gestand Fernando ein. »Marco sagte allerdings, dass er willkürlich und sehr brutal bestraft wurde. Sie hätten da eine sehr fragwürdige Rolle eingenommen. Er glaubte, Sie hassten ihn aus einem bestimmten Grund.«

Jetzt blickte sie ihm direkt ins Gesicht, und es war kaum zu beschreiben, wie böse diese eiskalten Augen funkeln konnten. »Was hat er Ihnen erzählt?«, fragte sie so langsam, als würde sie jedes einzelne Wort genießen.

»Er sprach von …«, Fernando räusperte sich. Ihm saß plötzlich ein dicker Kloß im Hals. »Von sehr drastischen Strafen, die Sie ihm auferlegten und die Ihr Mann und Cesare ausführen mussten. Körperliche Züchtigungen und Erniedrigungen.«

Ihr Gesicht durchlief eine seltsame Metamorphose. Zunächst sah es aus, als lächelte sie, doch dann zogen sich ihre Mundwinkel nach unten, und ihre Augen bekamen einen besorgten, ja bekümmerten Ausdruck. Irgendwie schien sie dadurch jünger auszusehen, und ihre Wangen leuchteten rötlich.

»Mein armer Junge. Das wird er mir wohl nie verzeihen«, jammerte sie und legte ihren Kopf schief.

Fernando war zwar begierig darauf zu erfahren, wovon sie sprach. Ihre abrupte Verjüngung irritierte ihn jedoch zusehends.

»Wir hatten einen Streit, und ich war so wütend auf ihn, dass mir die Hand ausgerutscht ist. Ich weiß gar nicht mehr genau, worum es ging, ich wollte es überhaupt nicht, aber ich habe ihn geschlagen, und das hat er mir nie verziehen. Er war noch sehr klein, aber vergessen hat er es wohl nie.« Sie neigte betroffen den Kopf.

»Dann stimmt das alles nicht?«

»Nein«, sagte sie sanft, »Marco hatte schon immer eine blühende Phantasie. Er dachte sich Geschichten und Freunde aus, und wir fanden später heraus, dass das alles nur seinem Kopf entsprungen war.«

Fernando sah sie lange an. Ihre Blicke rangen förmlich miteinander. Doch sie konnte ihn nicht täuschen. Er wusste, dass sie gerade ein Schauspiel inszenierte, und sie wusste, dass er es wusste. Sie schien sich hinter dieser Maskerade unglaublich sicher zu fühlen, geradezu selbstbewusst.

Es gab an dieser Stelle eigentlich nichts mehr zu fragen oder zu sagen. Jede weitere Antwort würde eine Lüge sein, und diese Frau hätte vermutlich noch eine ungeheure Freude daran, sie zu erzählen. Also musste Fernando seine Taktik ändern.

»Marco hat Cesare erschlagen. Er nahm einen Stein und schlug ihn gegen seinen Kopf, als er auf seiner Flöte spielte«, sagte er laut und lehnte sich dabei zurück.

Schlagartig vollzog sich die nächste Metamorphose, und die kalten Augen starrten ihn wieder an. Der Satz hing unangenehm lange in dem dunklen Raum. Fernando meinte, dass es kälter geworden war. Dante ließ ein leises Knurren hören.

»Diese Flöte spielte Cesare doch immer, wenn Marco bestraft wurde. An diesem Tag war es der Auslöser für den ersten Mord Ihres Sohnes.«

Er hatte »den ersten Mord« noch nicht ganz ausgesprochen, da schlug sie mit der Hand, die ihre Stola zusammenhielt, ihre Kaffeetasse vom Tisch. Sie flog gegen den verrosteten Heizkörper unter dem Fenster und zerschellte mit einem klirrenden Knall.

Fernando und Dante zuckten zusammen und blickten auf den Scherbenhaufen.

Frau Branzo entblößte ihre Zähne zu einem verächtlichen Lächeln. »Das räume ich später weg«, sagte sie.

»Marco scheint sich sicher zu sein, dass er ein uneheliches Kind war. Ist dem so? Und wenn ja: Wer ist Marcos leiblicher Vater?«, fragte Fernando.

Ihr Lächeln wurde breiter, und ihre Augen glänzten amüsiert.

»Haben Sie ihn deshalb so gehasst und Cesare bevorzugt?«

Sie lachte laut auf und schüttelte den Kopf. Dann zog sie Fernandos Tasse zu sich heran, erhob sich und brachte sie mit ihrem verbliebenen Unterteller in die Küche. Fernando stand auf und folgte ihr. Die Küche war eng, und es roch beißend. In der schmutzigen Spüle stapelte sich das alte Geschirr. Auf nicht mehr identifizierbaren Essensresten auf einem zerkratzten Holzbrett tummelten sich die Fliegen. Der Kühlschrank brummte laut. Der Gasherd war verkrustet. Getrocknete Kräuter hingen an der Wand.

»Signora Branzo, es würde mir helfen, Ihren Sohn besser zu verstehen, wenn Sie mir die Wahrheit sagen würden.«

Sie drehte sich zu ihm um. »Sie müssen gar nichts verstehen.

Es geht Sie überhaupt nichts an, was in diesem Haus geschehen ist. Das ist allein meine Sache. Hier gehört alles mir. Sie sind ein Fremder und stecken Ihre Nase in Dinge, die Sie einen feuchten Schmutz angehen. Verschwinden Sie gefälligst, und lassen Sie mich in Ruhe.«

»Sie könnten es versuchen, Signora. Es wäre vielleicht auch eine Erleichterung für Sie«, sagte Fernando etwas versöhnlicher.

»Raus, du kleine Schmeißfliege«, zischte sie.

Fernando nickte.

»Und nimm deinen stinkenden Köter mit.«

»Danke für den Kaffee.« Fernando drehte sich um und ging in Richtung Haustür. In seinem Rücken begann die alte Frau zu lachen. Es war ein gackerndes, süßliches Lachen, das ihm einen kalten Schauer über den Rücken jagte.

Er war froh, als er mit Dante draußen im Tageslicht stand und frische Luft inhalierte. »Na komm, Dany. Die war dir auch unheimlich, was?«

Der Hund bellte einmal und schüttelte sich. Lachend tätschelte er seinen Kopf, und sie gingen durch die engen Gassen zurück zum Auto.

Zu ihrem Erstaunen parkte direkt hinter ihnen ein schwarzer Mercedes SLK, sodass sie nicht aus ihrer Parklücke fahren konnten. Ein Mann lehnte mit dem Rücken zu ihnen am Kofferraum und betrachtete eine Wolkenformation, die sich durch das Eisacktal schob. Er blies Zigarettenrauch in die warme Luft, der sich träge erhob und langsam auflöste, während er auf den Boden aschte.

Dante blieb stehen, seine Nackenhaare sträubten sich. Auch Fernando stoppte. Es war ein schöner Ausblick von hier, doch dieser Wagen und sein Fahrer passten einfach nicht in dieses schrullige kleine Dreihundert-Seelen-Dorf. Fernando machte einen Schritt vorwärts und trat mit Absicht gegen einen Stein, der daraufhin über den Asphalt polterte. Sofort drehte sich der Fremde um. Seine Augen verengten sich, und er schien Fernando zu erkennen, denn nun entspannten sich seine Gesichtszüge, und er warf fast schuldbewusst seine Zigarette weg.

»Signor Lovecchio?«

»Ja, das bin ich«, antwortete Fernando.

Der Mann streckte die Hand aus und kam auf ihn zu. Er lächelte Dante an, und der setzte sich vollkommen beruhigt auf sein Hinterteil. »Mein Name ist Tedeschi, ich arbeite für Signor Giordano.«

Fernando meinte, den zweiten Namen schon mal gehört zu haben, konnte ihn aber nicht gleich einordnen. War das jemand vom Verlag? Aber woher wusste er, dass er hier war? Oder war der Mann etwa von der Polizei?

»Ich muss mich entschuldigen«, fuhr Tedeschi fort. »Ich bin Ihnen hierher gefolgt.«

»Und warum, wenn ich fragen darf?« Fernando versuchte, einen Blick in den schwarzen Mercedes zu werfen, doch die Scheiben spiegelten zu sehr.

»Signore Giordano möchte Sie sprechen. Wenn es Ihnen nichts ausmacht, würde ich Sie gern zu ihm fahren.«

»Jetzt?« Fernando war perplex. »Aber wieso, ich wüsste nicht, was –«

»Es geht um Ihre Arbeit. Signor Giordano möchte Ihnen ein Angebot machen.«

Fernando verstand nicht. Hatte es mit seinem neuen Manuskript zu tun? »Ich weiß nicht«, erwiderte er unsicher.

»Ich fahre Sie. Und bringe Sie auch wieder zurück. Sie haben keine Unannehmlichkeiten. Und es ist sehr dringend.«

»Aber ich kenne Signor Giordano nicht.«

»Er wüsste es sehr zu schätzen, wenn Sie mich begleiten würden«, erklärte der Mann ernst. Wieder lächelte er aufmunternd.

»Na gut. Aber ich fahre mit meinem Wagen«, sagte Fernando.

»Dann müssten Sie mir folgen. Aber wie kann ich sicher sein, dass Sie nicht einfach davonfahren?«, fragte er skeptisch.

»Ich gebe Ihnen mein Wort«, entgegnete Fernando.

»Ist gut«, sagte er lächelnd und öffnete seine Autotür. »Wir brauchen nur eine Viertelstunde.«

»Va bene.«

Tedeschi fuhr voraus in Richtung Bozen, wo sie die nördliche Abfahrt nahmen und einer Landstraße bis in die umliegenden Weinberge folgten. Fernando blickte über den Rückspiegel zu Dante, der aufmerksam auf der Rückbank saß und aus dem Seitenfenster schaute. »Was hältst du davon?«, fragte er.

Dante sah ihn mit großen Augen an und bellte zweimal.

»Ja, hab ich mir gedacht«, antwortete Fernando.

Der Mercedes bog nach links in einen unscheinbaren Weg ab. Eine Schotterpiste, die in Serpentinen durch ein Meer von Weinreben führte. Kurz vor dem Gipfel eines Hügels tauchte ein großes schwarzes eisernes Tor auf, das den Weg mit einem angrenzenden Zaun vom Rest des Berges abschnitt. Die beiden bestimmt drei Meter hohen Pforten öffneten sich automatisch, und die Wagen fuhren hindurch. Weiter vorn, hinter der Wolke aus Staub, die sie aufwirbelten, erkannte Fernando eine im alten italienischen Stil gebaute Villa. Die Fassade war altrosa, grüne Weinranken wuchsen an ihr empor. Die hölzernen braunen Fensterläden waren geschlossen.

Sie hielten vor dem Eingang, und Tedeschi ging mit ihnen die Stufen zu der imposanten Eingangstür hinauf, die er für sie aufschloss.

»Darf der Hund mit rein?«, fragte Fernando aus Höflichkeit.

»Selbstverständlich«, antwortete der Mann und wies mit einer einladenden Geste in die Eingangshalle. Teurer, italienischer Marmor reflektierte das einfallende Licht. Im Halbdunkel konnte Fernando große goldgerahmte Gemälde erkennen. »Folgen Sie mir bitte«, forderte Tedeschi sie auf, und sie durchschritten die Halle, in der man ihre Schritte und das Klackern von Dantes Krallen widerhallen hörte.

Geradeaus konnte Fernando durch eine halb geöffnete Tür und eine mächtige Fensterfront im Raum dahinter einen Blick in den Garten hinter dem Haus erhaschen. Er war üppig umwuchert von Bäumen und Pflanzen, Blumen und Weinranken. Ein schmaler Weg führte ein Stück bergab zu einem kleinen Pavillon, von dem aus man mit Sicherheit das gesamte Tal überblicken konnte. Doch Tedeschi machte halt und klopfte an eine Tür zu ihrer Rechten.

»Avanti!«, hörte man eine dumpfe, müde Stimme von innen sagen.

»Bitte sehr.« Er öffnete ihnen die Tür, und Fernando und Dante betraten einen abgedunkelten Raum.

Das Sonnenlicht, das durch die Fensterläden drang, lag in feinen, waagerechten Streifen auf einem sich sanft bewegenden weißen

Vorhang. Es war kühl, und es roch nach Zigarre und Aftershave. Die Tür wurde hinter ihnen geschlossen, und Tedeschis Schritte entfernten sich. Jetzt waren sie allein mit ihrem geheimnisvollen Gastgeber.

Fernandos Augen mussten sich erst an die Dunkelheit gewöhnen, bevor er links einen antiken Sekretär erkennen konnte. Rechts standen ein ebenfalls antiker Stuhl mit einer übermäßig hohen Lehne und ein Sofa an einem runden Tisch. An der hinteren Wand prangte ein wundervoller Kamin und daneben ein Servierwagen mit verschiedenen Weinen und stärkeren Alkoholika.

»Kommen Sie näher«, sagte die Stimme, die sie hereingebeten hatte, und endlich konnte Fernando den Mann, dem sie gehörte, im Schatten des Lehnstuhls ausmachen.

Dante knurrte leise, aber nicht aus der Witterung einer Gefahr heraus, sondern vielmehr aus Unsicherheit.

Jetzt lehnte der Mann sich vor, und seine kräftige, gedrungene Gestalt löste sich halb aus der Schwärze. Er hatte weißes Haar und einen weißen Vollbart. Er trug eine Art Morgenmantel in einer dunklen, rötlichen Farbe, und seine Augen glänzten wie zwei kohleschwarze polierte Steine.

»Entschuldigen Sie bitte, aber ich kann zurzeit kein Licht vertragen«, sagte er. »Setzen Sie sich doch. Bitte.«

Fernando trat näher. Er spürte den gespannten Körper seines Hundes an seinem Bein und legte ihm beruhigend eine Hand auf den Kopf. Dann setzte er sich auf das Sofa. Es war mit Samt bezogen.

»Es freut mich, dass Sie meiner Einladung gefolgt sind«, sagte der Mann. Seine Stimme war tief und schwer und klang sehr müde, so als sei er gerade aus einem langen Schlaf erwacht. »Mein Name ist Antonio Giordano«, fügte er hinzu.

Fernando konnte sich nicht erinnern, den Mann zu kennen. Doch dann machte es bei ihm plötzlich klick. Der Weinberg, auf dem sie sich befanden. Giordano. Den Namen hatte er doch erst gestern …

»Es geht um meinen Sohn, Signor Lovecchio. Er ist ermordet worden, in der Herz-Jesu-Nacht.«

Jetzt wurde alles so deutlich, als hätte jemand die Läden vor den Fenstern aufgerissen. Fernando nickte. Er wusste, wo und bei wem er war. Allerdings hatte er noch immer keinen Schimmer, was Giordano wohl von ihm wollen könnte.

»Enzo starb auf dem Gipfel des Raschötz, und die Polizei tappt völlig im Dunkeln.«

»Das tut mir sehr leid«, sagte Fernando und erschrak ein wenig über seine eigene Stimme, denn es waren seit einer Weile die ersten Worte, die er über die Lippen brachte.

»Hinzu kommt, dass der verantwortliche Kommissar Südtiroler ist. Ich habe also wenig Vertrauen in die Fähigkeit unserer Polizei, den Mörder meines Sohnes zu finden. Zumal ich glaube, dass in eine völlig falsche Richtung ermittelt wird.«

Fernando faltete die Hände im Schoß und räusperte sich. »Aber Signor Giordano, ich verstehe nicht, was ich damit zu tun habe.«

Der alte Mann lehnte sich zurück und stützte seinen Kopf auf eine Hand. »Ich habe Ihre Bücher gelesen«, sagte er.

»Oh, da sind Sie einer der wenigen ...«

»Mag sein, doch ich finde, dass Sie eine ... fundierte Arbeit abgeliefert haben. Ich schätze Ihren Ansatz und bin der Meinung, dass Sie der Einzige sind, der mir helfen kann.«

»Ich?«, platzte es ungläubig aus Fernando heraus.

»Sie haben wie kein anderer die Serientäter dieses Landes analysiert und versucht, ihrer ... Krankheit, wie ich es mal nennen will, auf den Grund zu gehen. Sie kennen die Fakten natürlich noch nicht, doch ich bin der festen Überzeugung, dass ein Serienmörder meinen Sohn auf dem Gewissen hat.«

Das musste Fernando erst mal verarbeiten. »Wie kommen Sie darauf, wenn ich das fragen darf?«

Giordano fuhr sich mit dem Daumen über die Spitzen seiner Finger, so als hätte er eine fremdartige Substanz berührt.

»Ich habe aufmerksam gelesen, was Sie über Tatorte, die Modi Operandi der Täter und den Zustand und die Fundorte ihrer Opfer geschrieben haben«, antwortete er. Seine Gedanken schienen kurz abzuschweifen, bis er schwermütig Luft holte und fortfuhr. »Es gibt in dieser Hinsicht gleich mehrere Anzeichen, die für einen Serienmord sprechen.«

»Sie glauben also, dass ich vielleicht wissen könnte, wer es gewesen ist? Signor Giordano, ich habe im Rahmen der Recherchen für meine Bücher ausschließlich mit bereits inhaftierten Verbrechern gesprochen, keiner kann für diese Tat verantwortlich sein. Meines Wissens sitzen alle, mit denen ich gearbeitet habe, noch Jahre oder Jahrzehnte ein.«

Giordano beugte sich erneut vor, diesmal so weit, dass Fernando sein ganzes Gesicht deutlich sehen konnte. Die schwarzen Augen lagen in einem kantigen Schädel mit kräftigen, runden Wangenknochen und blickten ihn mit einer Traurigkeit und Wut an, dass es ihm kalt den Rücken hochkroch.

»Der Mörder meines Sohnes ist frei und läuft irgendwo da draußen rum. Und ich will, dass *Sie* ihn finden.«

Fernando wusste nicht, wie er reagieren sollte. Es entstand eine zum Bersten gespannte Stille zwischen ihnen. Dante winselte unruhig.

»Signor Giordano«, sagte Fernando fast flüsternd, »ich bin Schriftsteller, kein Privatdetektiv. Ich *schreibe* über Mörder, ich suche sie nicht.«

»Trotzdem«, antwortete der Alte sofort, »Sie sind der Einzige, der es kann. Ich will *Sie*.«

Fernando schüttelte den Kopf. »Das geht nicht, bei allem Respekt.«

»Ich verstehe Sie ja, Lovecchio. Sie werden hierhergebracht und treffen einen alten, verrückten Mann, dem das Herz gebrochen ist. Sie haben nichts mit mir zu schaffen, wir sind Fremde füreinander. Aber ich flehe Sie an, helfen Sie mir. Bitte helfen Sie mir.« Seine Stimme zitterte jetzt.

Fernando saß wie versteinert da und starrte auf diesen Mann, dessen Worte ihn berührten, obwohl sein Anliegen fernab jeglicher Vernunft lag.

Giordano zog ein Handy aus der Tasche seines Morgenmantels und drückte eine Kurzwahltaste.

»Vito, kommst du bitte?«

Dann legte er sofort wieder auf.

»Signor Giordano«, hob Fernando erneut an, »ich kann diesen … Ihren Wunsch nicht erfüllen. Ich bin nicht der Richtige.«

In dem Moment öffnete sich die Tür, und ein Mann kam

herein. Er trug schwarze Anzughosen und ein weißes Hemd. Vito überreichte Giordano eine lederne Mappe, nachdem er Fernando mit einem höflichen Nicken begrüßt hatte.

»Grazie«, sagte der alte Mann, und Vito verschwand wieder.

Giordano richtete seine Aufmerksamkeit wieder auf Fernando. »Sie sind ein einsam lebender Mann und für uns nicht leicht zu finden gewesen, Signor Lovecchio«, sagte er, während er die Mappe öffnete. »Ich habe alle Ihre Bücher gelesen. Arbeiten Sie gerade an einem neuen?«

»Ich ... ja, in der Tat. Aber ich habe mich nicht gerade beliebt gemacht in der Vergangenheit«, antwortete Fernando, »also kann ich nicht mit Bestimmtheit sagen, ob es einen Verlag finden wird.«

»Wie hoch ist Ihr Honorar, wenn ich fragen darf?«

»Ich bekomme neun Prozent von jedem verkauften Buch. Bei einem neuen Verlag vielleicht weniger.«

»Neun Prozent von zehn Euro netto?«

»Ja, das kommt ungefähr hin.«

»Wie können Sie davon leben?«

Fernando blickte zu Dante. »Wir sind sparsam.«

»Ein schönes Tier«, meinte Giordano und schrieb etwas in seine Mappe. Dann riss er ein Stück Papier ab, und Fernando erkannte am Klang, dass es ein Scheck sein musste. »Ich zahle Ihnen fünfhunderttausend Euro, wenn Sie den Mörder meines Sohnes finden. Finden Sie ihn, und das Geld gehört Ihnen.«

Er legte den Scheck vor Fernando auf den Tisch. Dante schnüffelte und wedelte vorsichtig mit dem Schwanz. Fernando sah die Zahlen nur undeutlich in dem schummrigen Licht, doch allein die Länge des Betrages brachte ihn zum Schlucken.

»Das kann ich nicht annehmen.«

»Es ist kein Geschenk, Lovecchio, sondern ein Erfolgshonorar. Sie müssen hart dafür arbeiten.«

»Nein, das geht nicht«, lehnte Fernando das Angebot ab. Es tat ihm leid, den alten Mann enttäuschen zu müssen, es tat ihm auch ein wenig leid um diesen Fall, denn wenn er ehrlich mit sich war, war er sehr wohl von Interesse für ihn. In der Vergangenheit hatte er sich mit jedem Mord in diesem Land, der einem

Einzeltäter zuzuschreiben war, beschäftigt. Das hier würde ein neues Kapitel öffnen. Nur dass er diesmal sein Wissen anders gebrauchen müsste.

»Sie sind ein sehr stolzer Mann«, sagte Giordano anerkennend, »Sie haben Prinzipien. Das ist eine wunderbare Eigenschaft. Ich meine, aus Ihrer Arbeit herausgelesen zu haben, dass Sie Ihre Bücher nicht zuletzt auch deshalb geschrieben haben, weil Sie anderen Menschen helfen möchten. Opfern wie Tätern. Jetzt haben Sie die einmalige Gelegenheit, ganz direkt jemandem zu helfen. Sie helfen mir, und damit auch meinem Sohn und allen anderen Opfern, die Enzos Mörder auf dem Gewissen hat und die er noch umbringen wird, wenn man ihn nicht überführt. Sie müssten selbst erkennen, wozu Ihr Wissen gut ist.«

Fernando meinte plötzlich, alle Geräusche stärker und deutlicher vernehmen zu können. Er hörte den Stoff des Morgenmantels, der über das Sitzpolster glitt. Er hörte den Wind, der sich durch die Lamellen der Fensterläden drückte, die Grillen draußen und das Rascheln der Blätter. Er hörte sein eigenes Blut im Kopf pulsieren.

»Ihre finanziellen Sorgen wären mit einem Schlag erledigt«, fuhr Giordano fort. Seine Stimme war ohrenbetäubend laut. »Und wenn Sie, wie ich Sie einschätze, darüber Ihre Arbeit nicht vernachlässigen wollen, mache ich Ihnen ein zusätzliches Angebot: Ich garantiere Ihnen, dass Ihr neues Buch veröffentlicht wird.«

Fernando schnaubte etwas verwirrt. »Wie könnten Sie das?«

»Nun, mit Geld kann man alles erreichen. Ich finde einen Verlag für Sie, und Ihr Werk wird professionell vermarktet werden. Lassen Sie das ganz meine Sorge sein.«

Fernando stützte einen Arm auf die Lehne und massierte seine Stirn. Im Grunde kam diese Offerte für ihn zu einem perfekten Zeitpunkt. Sein Geld würde nicht mehr lange reichen. Dante stupste ihn mit der Nase an, und Fernando kraulte seinen Hals.

»Bitte, Signor Lovecchio«, flüsterte der Alte aus dem Schatten heraus, »bitte.«

Fernando sah auf und erkannte, dass Giordano ihm seine kräftige, behaarte rechte Hand entgegenstreckte. Das letzte Glied des kleinen Fingers fehlte, das fiel ihm auf, bevor er den Arm hob und seine Hand in die von Giordano legte. Der packte beherzt zu und schüttelte sie.

»Va bene. Dann ist es abgemacht«, sagte er und lächelte erleichtert. »Mille grazie.«

3

Der Defender glitt über die Autobahn Richtung Norden. Prasselnder Regen hatte eingesetzt, und die Scheibenwischer arbeiteten auf Höchststufe. Dante hatte sich hinten auf der Rückbank zusammengerollt und döste vor sich hin. Neben Fernando auf dem Beifahrersitz lag eine Mappe mit dem Obduktionsergebnis von Enzos Leichnam. Antonio Giordano hatte sie ihm ausgehändigt und auf die Frage, wie er da rangekommen sei, wiederum geantwortet, dass man mit Geld alles erreichen könne.

Sie hatten den Deal mit einem Schluck selbst gebranntem Grappa aus dem Hause Giordano begossen und besiegelt. Fernando lag dieser Schluck irgendwie schwer im Magen. Vielleicht war es auch die Tatsache, dass er ein Geschäft eingegangen war, das ihm eigentlich widerstrebte, für das er sich nicht geschaffen fühlte. Obwohl er zugeben musste, dass er nicht nur durch seine Kenntnis über Serientäter, sondern auch wegen seiner guten Ortskenntnisse eigentlich eine ideale Besetzung für die Rolle des privaten Ermittlers darstellte.

Eine halbe Million Euro. Das wäre eine ungeheure Summe für ihn, eine immense Erleichterung und ein beruhigendes Polster für eine sehr lange Zeit. Bedingungen für die Auszahlung gab es nur eine: die Identifizierung des Täters.

Zu Hause angekommen, machte er mit Dante einen Spaziergang im Regen. Nach einer heißen Dusche setzte sich Fernando schließlich mit einem Kaffee an den Tisch und schlug die Mappe auf. Sie beinhaltete neben dem Bericht des Rechtsmediziners auch Fotos von den Verletzungen des Opfers.

Fernando war entsetzt, als er las, was dem Mann in seinen letzten Stunden für Qualen zugefügt worden sein mussten. Enzo Giordano war erschossen worden, doch sein Körper wies auch eine Vielzahl von schweren Hämatomen auf. Sie ließen darauf schließen, dass das Opfer wiederholt mit einer Eisenstange oder einem schweren Holzschläger geschlagen worden war. Speziell die Arme, Hände und Beine waren davon betroffen. Zwei Finger der rechten Hand wiesen Frakturen auf, ebenso wie die Speiche des linken Armes.

Hand- und Fußgelenke wiesen Fesselspuren auf, und Faserspuren im Mund deuteten darauf hin, dass der Täter das Opfer geknebelt hatte.

Die tödlichen Schüsse in den Kopf und in die Brust stammten von einer Beretta Kaliber 9. Der Täter musste Enzo Giordano von vorn erschossen haben, als dieser auf seiner rechten Seite lag. An Armen und Beinen wies sein Körper Schürfwunden auf, die post mortem entstanden waren, was bedeutete, dass das Opfer erst nach seinem Tod zum Fundort verbracht wurde.

Fernando schüttelte fassungslos den Kopf. Es war unmöglich, ungesehen eine Leiche mit dem Wagen auf den Berggipfel zu befördern. Das konnte nur eins bedeuten: Während oben auf dem Gipfel Hunderte Menschen feierten, war irgendwo in der Nähe dieser Mann fast zu Tode geschlagen und dann erschossen worden. Er überlegte, wo er mit seinen Ermittlungen beginnen sollte, und rief, um sicherzugehen, dass er alle Informationen erhalten hatte, noch mal bei Antonio Giordano an. Es klingelte eine ganze Weile, bis der endlich abnahm.

»Giordano?«

»Hier spricht Fernando Lovecchio«, meldete sich Fernando und schlug dabei die Mappe zu. Er konnte nicht mit dem Vater telefonieren, während hier die grausamen Bilder vor ihm lagen.

»Lovecchio, was gibt's?«

»Haben Sie den Bericht auch gelesen?«

»Selbstverständlich.«

Wie kann er sich nur so quälen?, dachte Fernando. Es muss doch unerträglich für ihn sein, seinen Sohn so zu sehen.

»Ich wollte wissen, was die Polizei Ihnen außerdem schon gesagt hat. Ist zum Beispiel die Mordwaffe aufgetaucht?«

»Nein, leider nicht. Wie gesagt, ich vertraue der Polizei nicht. Der zuständige Kommissar –«

»Sassner«, warf Fernando ein.

»Sie kennen ihn?«, fragte Giordano erstaunt.

»Er war bei mir und hat mich befragt, weil ich hier oben wohne.«

»Ach so, das wusste ich nicht.«

»Die Polizei hat jeden in der Gegend befragt, auch die Leute im Dorf. Aber was wollten Sie über ihn sagen?«

»Er hat sich mir gegenüber merkwürdig verhalten. Ich weiß nicht, was es war, aber ich hatte das Gefühl, dass er mir Dinge verschweigt.« Man hörte deutlich Giordanos Missmut darüber.

»Wie soll ich denn der Polizei gegenüber auftreten? Dürfen die wissen, dass ich für Sie arbeite?«, wollte Fernando wissen.

»Nein, ich möchte, dass das unter uns bleibt. Wenn die davon Wind bekommen … nein.«

»Ist gut.«

»Fangen Sie mit der Liste an, die ich Ihnen gegeben habe. Und vor allen Dingen: Suchen Sie nach ähnlichen Morden. Nutzen Sie alles, was Sie wissen. Wenn Sie Geld brauchen, melden Sie sich. Wir schöpfen alle Möglichkeiten aus.«

»Ich habe verstanden. Auf Wiederhören.«

Fernando legte auf. Die Liste, die ihm Giordano gegeben hatte, beinhaltete die Namen einiger Freunde seines Sohnes – die derjenigen, die Giordano kannte. Enzo war nicht verheiratet gewesen und hatte auch in keiner Partnerschaft gelebt. Das war ungewöhnlich für einen Mann von fünfundvierzig Jahren, fand Fernando. Doch bevor er ins Privatleben von Enzo eintauchte, ließ er sich am nächsten Morgen im Dorf die Namen derjenigen geben, die die Leiche entdeckt hatten. Es waren drei junge Männer des hiesigen Schützenvereins, die das Feuer mit organisiert hatten. Fernando hatte Glück, alle drei hatten zugesagt, ihm Auskunft zu geben. Er traf sich mit ihnen im Heim der freiwilligen Feuerwehr.

Sepp, Daniel und Bernd warteten stumm an einem Tisch in der Küche. Als Fernando die steile Treppe hinaufkam, sahen sie ihn regungslos an. Sie waren nicht nur mitgenommen, sondern standen noch immer vollkommen unter Schock. Er setzte sich zu ihnen.

»Grüßt euch, Jungs.«

Sie nickten nur und blickten verlegen auf die massive Tischplatte.

»Ihr kennt mich ja, glaube ich. Ich schreibe gerade an einem neuen Buch, und dieser Fall ist von großem Interesse für mich«, eröffnete Fernando seine Befragung und bog die Wahrheit dabei ein wenig zurecht. »Ihr habt ihn also gefunden?«

Wieder erntete er ein kollektives Nicken. Die Blicke blieben starr auf das Holz geheftet.

»Könntet ihr mir kurz beschreiben, wie der Leichnam dort lag? Wie muss ich mir das vorstellen?«

Die drei verständigten sich mit Blicken darüber, wer antworten sollte. Daraufhin erhob Sepp die Stimme. Sie klang brüchig und überschlug sich manchmal, als sei er gerade im Stimmbruch. Doch die Jungs waren Mitte zwanzig.

»Wir wollten wieder hoch am nächsten Morgen und aufräumen. Also nahmen wir den Jeep der Feuerwehr und fuhren bis zur Kapelle. Da guckten wir hoch und sahen oben den verbrannten Haufen liegen. Und Bernd meinte noch, dass wir oben bestimmt eine Schnapsleiche am Kreuz finden würden.« Er zuckte leicht zusammen, als er das Wort »Schnapsleiche« benutzte. Es war ihm wohl rausgerutscht, ohne dass er es wollte. »Als wir oben ankamen, sahen wir, dass da tatsächlich jemand direkt unter dem Gipfelkreuz auf den Steinen lag. Wir haben alle gedacht, dass er nur besoffen sei und schlafen würde. Doch als wir näher kamen … Man sah irgendwie gleich, dass er tot war. Danach bemerkten wir erst das Blut und die Verletzungen. Wir sind sofort zurück zum Jeep gerannt und haben die Polizei gerufen.« Er ließ seinen Kopf hängen.

»Was hatte der Mann an?«, fragte Fernando.

»Lange Hosen, eine Jeans. Kein Hemd, keine Schuhe«, antwortete Sepp nach kurzem Überlegen.

»Er war barfuß? Und hatte außer der Jeans nichts weiter an?«

Alle drei schüttelten die Köpfe.

»Lag er auf dem Rücken?«

»Ja. Mit ausgebreiteten Armen. So, als würde er die Jesusfigur anschauen.«

»Also könnte es sein, dass jemand ihn bewusst so hingelegt hat?«, forschte Fernando nach.

Die drei sahen sich an.

»Auf jeden Fall«, sagte Sepp.

»Und andere Dinge oder Gegenstände habt ihr nicht entdeckt? Seine Jacke vielleicht.«

»Nein, da waren nur Blutspuren auf den Felsen. Rechts vom Kreuz. Und die Pistole lag halt zwischen seinen Beinen.«

Fernandos Kopf schoss in die Höhe.

»Moment. Die Waffe lag da?«

»Ja, zwischen seinen Füßen«, erklärte Sepp.

Fernando versuchte, die Fassung zu bewahren. Er fragte sich, wieso die Polizei Giordano dieses wichtige Detail verschwiegen hatte.

»Meint ihr, dass das auch Absicht war?«

»Ganz bestimmt. Keiner ist so dumm und vergisst oder verliert die Waffe direkt neben der Leiche«, war Sepp sich sicher. »Die konnte man nicht übersehen, wenn man den Toten betrachtete.«

»Okay, Jungs. Vielen Dank. Ihr habt mir sehr geholfen.«

»Über was schreiben Sie denn diesmal?«, meldete sich Bernd zu Wort.

»Über Serienmörder.«

»Meinen Sie, dass es einer war?«, fragte er leise.

»Es ist zu früh, um darüber etwas zu sagen. Ein, zwei Dinge würden dafür sprechen. Aber es kann ebenso gut eine Beziehungstat sein.«

Fernando erhob sich und hielt noch mal inne, bevor er ging. »Hat man … seid ihr in psychologischer Betreuung?«

Peinlich berührt senkten alle den Blick.

»Ja«, sagte Sepp kleinlaut.

»Das ist gut.«

Er klopfte ihm auf die Schulter und verließ das Feuerwehrhaus.

Vor dem großen Tor der Feuerwehreinfahrt wurde Fernando von einer immer wärmer werdenden Sonne begrüßt. Das gestrige Regengebiet hatte sich vollkommen aufgelöst, und nun lag ein feuchter Dunst über Sankt Ulrich, der einen schwülen Tagesverlauf ankündigte. Dante hatte geduldig auf dem Hof neben dem Defender gelegen und gewartet. Schwanzwedelnd sprang er ins Auto, als es weiterging.

Sie fuhren zu Enzo Giordanos bestem Freund, Salvatore Stesi, der am westlichen Ortseingang einen Fahrradverleih betrieb.

»Der Chef ist in Mailand und besorgt neue Räder«, gab ihm der Mann am Verkaufstresen bereitwillig Auskunft. »Am Ende der Saison wollen wir alles komplett umstellen auf eine italienische Marke.« Er hatte Fernando als Einheimischen erkannt, und da

Fernando nur Salvatores Vornamen benutzt hatte, hielt er ihn wohl für einen Freund.

»Wann kommt er denn zurück?«, wollte Fernando wissen.

»Heute. Vielleicht hast du Glück und erwischst ihn, wenn du etwas wartest. Magst du ein Fahrrad ausprobieren?«

»Nein, danke«, lehnte Fernando ab. »Ich seh mich einfach nur um.«

»Einige Räder stehen auch zum Verkauf. Die sind noch nicht ausgepreist, aber wenn du uns ein Angebot machst, können wir drüber reden.«

Fernando lächelte dankend und schlenderte durch den weiträumigen Laden. Er fragte sich, ob Sassner die Pistole Antonio Giordano gegenüber aus ermittlungstechnischen Gründen nicht erwähnt hatte. Die Kugel stammte aus einer 9 mm Beretta, wie es im Bericht stand. Er kannte sich nicht mit Waffen aus, aber vielleicht war es ein ungewöhnliches oder seltenes Kaliber.

»Wie lange ist Salvatore denn schon in Mailand?«, erkundigte er sich bei dessen Mitarbeiter.

»Oh, ich schmeiß den Laden schon seit vier Tagen allein«, rief der Mann ihm zu und wedelte mit seiner Rechten in der Luft herum, diese typische italienische Handbewegung.

»Ach, dann weiß er noch gar nicht …«, meinte Fernando betroffen.

»Was denn?«

»Na, von dem –«

»Ah, da kommt er«, fiel ihm Stesis Mitarbeiter ins Wort. Er kam hinter dem Tresen hervor und schubste die Tür auf. »He, Salva, hier drin ist ein Kumpel von dir!«

Salvatore Stesi kam in den Laden und begrüßte seinen Mitarbeiter mit einem Handschlag.

Fernando versuchte, in seinem Gesicht zu lesen, ob er schon etwas von dem Tod seines Freundes wusste. Es hatte nicht den Anschein.

»Ja, bitte?«, fragte Stesi fröhlich, aber mit einer zögernden Geste, als er feststellte, dass es sich bei dem Besucher nicht wie angenommen um einen seiner Freunde handelte.

»Salvatore Stesi?«, fragte Fernando.

»Ja, der bin ich, guten Tag.« Sie gaben sich die Hände. »Was kann ich für Sie tun?«

»Nun, es ist eine private Angelegenheit, könnten wir irgendwo unter vier Augen sprechen?«

Man sah deutlich die Zweifel in Stesis Blick, doch er bat Fernando in sein Büro. Sein Mitarbeiter schaute ihnen misstrauisch hinterher.

Das kleine Hinterzimmer, das als Büro diente, war kaum größer als ein Gästebad. Überall stapelten sich Fachzeitschriften, Rechnungen und Aktenordner. Ein Monitor stach auf dem Tisch aus einem Berg an Papier heraus, und über dem Besucherstuhl lagen noch eingepackte Fahrradhosen und -hemden. Salvatore Stesi schmiss einfach alles auf den Boden, bot Fernando den Stuhl an und setzte sich hinter seinen Schreibtisch.

»Um was geht es? Ich komme gerade erst von einer Geschäftsreise zurück«, kündigte er seine Zeitknappheit an.

»Es tut mir leid, wenn ich Sie so direkt fragen muss«, begann Fernando vorsichtig, »aber hat man Sie schon informiert?«

»Informiert, worüber?«

»Über Enzo Giordano.«

»Nein, warum? Was ist mit ihm?«

Als Fernando antworten wollte, riss der Mitarbeiter die Tür auf und lugte herein. »Ach, Salva, jemand von der Polizei war gestern hier und wollte dich sprechen, die Karte liegt da auf dem Tisch.«

»Die Polizei?«

Salvatore Stesi sah sich nach der Karte um. Fernando entdeckte sie und stellte fest, dass er die gleiche besaß. Es war die von Kommissar Sassner.

»Ich kann das erklären«, sagte er.

»Sind Sie von der Polizei?«

»Nein, ich bin Schriftsteller. Fernando Lovecchio. Signore Stesi, es geht um Enzo. Er … er ist nicht mehr am Leben.«

Fernando spürte eine unangenehme Hitze in sich aufsteigen. Sein Gesicht glühte förmlich. Er sah, wie Salvatore Stesi völlig versteinerte. Dann lächelte er gequält.

»Was reden Sie da?«

»Es tut mir sehr leid, dass Sie das jetzt so erfahren. Aber Enzo ist am Morgen nach der Herz-Jesu-Nacht tot auf dem Raschötz aufgefunden worden.«

Stesi schüttelte langsam den Kopf, als wollte er es nicht wahrhaben.

»Leo!«, rief er plötzlich laut. Sein Mitarbeiter öffnete erneut die Tür. »Ist da ein Toter auf dem Raschötz gefunden worden?«

»Ja, stimmt. Irgendwer hat so was erzählt.«

Stesi wandte sich ab.

Leo merkte, dass etwas nicht stimmte, und schloss ganz leise die Tür.

»Signor Stesi …«, begann Fernando aufs Neue, doch Stesi hob seine Hand.

»Nein, halt. Ich glaube Ihnen nicht. Was sind Sie? Ein Schriftsteller? Und erzählen mir hier irgendwelche Horrorgeschichten?« Er kniff energisch die Lippen zusammen und griff zum Telefonhörer. Er tippte eine Nummer ein und wartete. Als sich eine Männerstimme meldete, erkannte Fernando sie gleich, obwohl er zwei Meter entfernt saß.

»Giordano?«

»Ciao, Antonio, hier ist Salva. Da ist so ein komischer Typ in meinem Büro und erzählt mir, dass Enzo tot ist. Das ist doch Quatsch, oder?«

Die Pause, die nun entstand, saugte förmlich die Kraft aus dem Mann. Er sank in seinem Stuhl zurück.

»Antonio?«, jammerte er.

»Tut mir leid, mein Junge«, sagte Giordano nur.

Stesi versteckte sein Gesicht hinter seiner Hand.

»Wer ist bei dir?«

»So ein Typ. Ein Schriftsteller.«

»Der ist von mir. Sag ihm, was du weißt«, instruierte ihn Giordano und legte auf.

Stesi ließ den Telefonhörer sinken. »Was ist passiert?«, flüsterte er durch seine Hand hindurch.

»Enzo ist getötet worden. Jemand hat ihn erschossen.«

»Was?«

»Es gibt noch keine Anhaltspunkte, warum und wieso. Signor Giordano hat mich beauftragt, diesen Fall zu untersuchen.«

Stesi verstand die Welt nicht mehr. Er blickte vom Telefon auf die Visitenkarte, zurück zum Telefon und wieder zu Fernando. »Und was wollen Sie von *mir*?«

»Ich brauche Informationen. Wer war Enzo? Was machte er? Mit wem traf er sich? Hatte er eine Freundin? Hatte er Ärger mit irgendwelchen Leuten? Schulden?«

Stesi rutschte in seinem Sessel ein Stück nach unten und rieb sich das Gesicht. »Das kann doch nicht wahr sein«, murmelte er. »Das kann einfach nicht wahr sein.«

Fernando wartete geduldig, bis er sich einigermaßen wieder gefangen hatte. Die Enge des Büros wirkte fast bedrohlich auf ihn, wenn er sich so umsah. Diese vielen instabilen Stapel von Papier in den vollgestopften Regalen schienen auf ihren Besitzer einstürzen zu wollen, der völlig schutzlos und klein in seinem Sessel kauerte.

»Enzo ist ein guter Kerl. Er hat keine Feinde. Er arbeitet bei seinem Vater in der Kellerei, Sie kennen sie sicher.«

Fernando nickte nur und korrigierte ihn auch nicht, als er von Enzo sprach, als sei dieser noch am Leben.

»Freunde hat er eigentlich nur mich und Gaudio Baldini. Der arbeitet auch im Betrieb.« Er machte eine Pause und schien sich über seine nächsten Worte uneins zu sein. Man sah förmlich, wie er abwägte. »Dann ist da noch … Sarah«, sagte er leise.

»Wer ist das?«

»Enzos Freundin.«

Im Gegensatz zu Gaudio Baldini stand Sarah nicht auf Antonios Liste.

»Warum sagen Sie das so verschwiegen?«, wollte Fernando wissen.

»Weil sie sich nur heimlich treffen. Sein Vater will nicht, dass er mit ihr zusammen ist.«

»Aber Enzo war fünfundvierzig Jahre alt. Er war doch mehr als erwachsen«, hielt Fernando ungläubig dagegen.

»Antonio Giordano ist sehr traditionell und konservativ eingestellt, müssen Sie wissen. Er konnte es einfach nicht ertragen, dass Enzo mit einer Südtirolerin liiert war. Das verstehen Sie sicher, Sie sind doch Italiener«, sagte Salvatore.

»Na ja«, entgegnete Fernando. »So traditionell bin ich dann auch wieder nicht. Aber Sie wussten davon und haben Enzos Wahl gutgeheißen? Oder stehen Sie auf der Seite seines Vaters?«

Er rutschte wieder hoch in seinem Sitz und legte die Arme auf den Tisch. »Mir ist das doch egal, in wen er sich verliebt. Natürlich ist es was anderes, wenn es eine Tirolerin ist. Aber ich verurteile ihn deshalb nicht.«

»Antonio Giordano wusste also von der Beziehung und hat sie dann verboten?«

»Ja. Enzo hat sie seinem Vater selbst vorgestellt. Er war lange allein und sehr froh, endlich jemanden gefunden zu haben. Aber den Zahn hat Antonio ihm schnell gezogen.«

»Und Enzo ließ das einfach zu?«

»Oh, es gab Streit zwischen ihnen. Sehr heftigen sogar. Aber er und sein Vater leiten den Familienbetrieb zusammen. Sie müssen sich irgendwie arrangieren. Enzo ist abhängig von ihm.«

»So, so, verstehe«, sagte Fernando. »Wie heißt diese Sarah denn weiter, und wo kann ich sie finden?«

Salvatore senkte den Blick. »Sarah Templer. Sie wohnt in Bozen und arbeitet da bei einer Zeitung.«

»In Ordnung. Vielen Dank. Sollte Ihnen noch etwas einfallen, zum Beispiel jemand, der einen Streit mit Enzo hatte, irgendetwas Auffälliges, dann rufen Sie mich doch bitte an.« Fernando notierte seine Nummer auf einer Seite seines Notizblocks und riss sie heraus. »Ach ja, und eine Bitte habe ich noch. Es wäre gut und ist auch ganz im Sinne von Antonio, wenn Sie der Polizei nichts von mir sagen. Das muss keiner wissen.«

»Okay.«

Fernando ließ Salvatore allein und fuhr nach Bozen. Er wollte diesen Gaudio sprechen und Enzos Freundin finden.

Der Betrieb mit Kellerei und Abfüllanlage lag im nördlichen Gewerbegebiet von Bozen. Eigentlich noch etwas außerhalb davon, direkt an der Landstraße. Es war die einzige ihm bekannte Kellerei in der Region, die einen italienischen Namen trug. Ansonsten waren alle Betriebe in Südtiroler Hand. Fernando stellte den Defender auf dem Parkplatz von Enzo ab, dessen Name auf einem kleinen

Schild in einem gepflegten Beet steckte, das mit mannshohen italienischen Pinien den Parkplatz säumte.

Mit Dante an seiner Seite ging er auf einen größeren Hof zu, auf dem die zu verarbeitende Ware angeliefert und der fertige Wein verladen wurde. Er sah dort drei Personen einen Laster beladen und sprach einen der Männer an.

»Entschuldigen Sie bitte, ich suche einen Gaudio Baldini.«

Der Mann blickte Fernando unverwandt an, schaute auf Dante und deutete dann in eine Halle, in der riesige Metallfässer lagerten und silbern funkelten. »Da drin. Aber der Hund muss draußen bleiben«, sagte er wenig höflich.

»Ist gut, danke.« Fernando tippte sich an einen imaginären Hut und befahl Dante, vor der Halle zu warten.

Er betrat das großräumige Lager durch eine offen stehende Tür. Das Tageslicht, das durch sie einfiel, war die einzige Lichtquelle, abgesehen von einigen Monitoren, die bläulich in der Dunkelheit schimmerten. Es herrschte eine merkwürdig stille Atmosphäre, ein wenig wie in einer Höhle. Das Echo eines entfernten Tropfens schallte durch den Raum und ebenso ein hintergründiges Rauschen.

»Entschuldigung?«, hörte Fernando eine Stimme zu seiner Linken sagen und drehte sich um. Ein kräftiger groß gewachsener Mann kam auf ihn zu. Er hatte dichtes schwarzes Haar, Augenbrauen, die sich an der Nasenwurzel berührten, und einen grau durchsetzten Vollbart. Blaue Augen stachen aus dem wettergebräunten Gesicht hervor. Er vermittelte eine ungeheure Ruhe. Seine Stimme klang tief und angenehm.

»Mein Name ist Fernando Lovecchio. Ich arbeite für Antonio Giordano und suche einen Mann namens Gaudio Baldini.«

Der Mann kam näher, lächelte höflich und reichte ihm die Hand. »Ich bin Gaudio.«

Fernando war nicht verwundert, dass gerade dieser Mann, auch wenn der Tote sonst eher wenige Kontakte gehabt hatte, Enzos Freund geworden war. Eine ungemein positive Aura ging von ihm aus.

»Hallo, Gaudio. Ich würde mich gern mit Ihnen unterhalten, ich soll für Signor Giordano ein wenig mehr über den Tod seines Sohnes herausfinden«, sagte Fernando vertraulich. Sofort verfinsterte sich das Gesicht des Mannes.

»Ach …«, brachte er nur hervor. »Kommen Sie«, forderte er ihn dann mit einem Blick auf die Männer draußen auf und führte Fernando tiefer in die Halle hinein.

»Signor Giordano gab mir eine Liste mit Namen, und auch Salvatore Stesi erwähnte Sie«, flüsterte Fernando. Die großen Metallbehälter wirkten wie akustische Verstärker, und seine Stimme hallte durch den kühlen hohen Raum. »Sie und Enzo waren Freunde?«

»Das ist wahr. Enzo war zwar mein Chef, aber wir haben uns von Anfang an gut verstanden«, sagte Gaudio. Seine sonore Stimme schien in der Luft zu vibrieren.

»Als was arbeiten Sie hier?«

»Ich bin derjenige, der Tag für Tag den Wein probieren darf«, meinte er, und sein Lächeln kehrte zurück.

»Dann haben Sie viel mit Enzo zu tun gehabt?«

»Ja, wir haben jeden Tag mehrere Stunden miteinander verbracht. Und privat haben wir uns auch regelmäßig getroffen.«

»Was war Enzo für ein Mensch?«, fragte Fernando.

Gaudio rieb sich die Stirn, während er überlegte. »Ein schüchterner, würde ich sagen. Er war nicht der draufgängerische Typ und auch kein Chef, der gern den Chef raushängen ließ, wenn Sie verstehen, was ich meine. Er hatte … na ja, er und sein Vater waren nicht immer derselben Meinung. Die beiden hatten oft Auseinandersetzungen, und am Ende gab immer Enzo nach.«

»Verstehe«, antwortete Fernando. »Und worum ging es dabei?«

»Na, um den Betrieb.« Gaudio schlug bekräftigend mit der flachen Hand gegen eines der bis unter die Decke reichenden Metallfässer. »Enzo kam seinerzeit mit vielen neuen Ideen von der Uni, vor allem, was den technischen Bereich anging. Antonio Giordano dagegen ist ein Mann alter Schule und nicht sehr offen für Neues. Aber wenn man heutzutage Wein verkaufen und mit den anderen mithalten will, muss man einfach diverse Dinge umstellen und modernisieren. Da waren Enzo und ich immer einer Meinung, und das war mit ein Grund, warum wir auch privat Freunde geworden sind.«

»Dann wussten Sie sicher auch von Sarah«, sagte Fernando ganz direkt.

Man sah, dass das ein heikles Thema war. Gaudios kräftige Augenbrauen zuckten argwöhnisch. Schließlich war Antonio Giordano Fernandos Auftraggeber.

»Das war zuletzt das zweite große Streitthema zwischen den beiden. Und das hat Enzo richtig verbittert. Ich weiß nicht, wie viele Stunden wir darüber diskutiert haben. Ich war immer dafür, dass er sich mal gegen seinen Vater behauptete. Erst recht, wenn es um so etwas ging. Aber Enzo traute sich nicht. Giordano ist ein großer Name, wissen Sie, aber manchmal kann er auch zur Last werden.«

»Ja, das hat mich verwundert. Ein Mann in seinem Alter, und verheimlicht die Beziehung zu einer Frau«, meinte Fernando. »Aber die Treffen gingen weiter?«

Gaudio schnaubte traurig. »Es war wie bei Romeo und Julia. Antonio Giordano hatte gedroht, ihn zu enterben, die beiden gifteten sich nur noch an. Es war kein gutes Arbeitsklima, das können Sie mir glauben. Und ich sah, wie es Enzo kaputtmachte.« Er fingerte mit seinen muskulösen Händen am Abfüllhahn des Fasses herum.

»Signor Giordano leidet sehr, das konnte sogar ich als Fremder erkennen«, gab Fernando zu verstehen.

Gaudio zog missmutig die Augenbrauen zusammen, und eine tiefe, gekrümmte Falte bildete sich über seinem Nasenrücken. »Jetzt ist keiner mehr da, dem er das alles vererben kann.« Seine Augen schimmerten feucht, und er sog lautstark Luft durch seine Nase ein. »Warum hat er Sie engagiert?«

»Ich soll den Fall aufklären. Er vertraut der Polizei nicht.«

»Ja, das sieht ihm ähnlich. Sind Sie Polizist oder so was?«

»Nein, ich bin Schriftsteller. Ich beschäftige mich mit Kapitalverbrechen in Italien.«

Gaudio registrierte das mit einem Augenflackern, das Fernando nicht zuordnen konnte.

»Kennen Sie einen Luigi?«, fragte Fernando mit einem Blick auf den letzten Namen auf Antonios Liste.

»Ein Schulfreund von Enzo«, erklärte Gaudio. »Ist aber vor ein paar Jahren nach Australien ausgewandert. Sein Vater weiß das bestimmt nicht einmal.«

»Kennen Sie jemanden, mit dem Enzo Streit hatte? Und der ihm deswegen nach dem Leben getrachtet haben könnte?«

»Natürlich nicht. Enzo war ein …«, seine Stimme versagte, und er musste schlucken. »Er war ein ganz normaler Kerl. Es kann niemand gewesen sein, den er kannte.«

»Wissen Sie, ob Sarah Templer vielleicht einen Exfreund hatte, der sich aus Eifersucht an Enzo gerächt haben könnte?«

»Enzo hat nie etwas Derartiges erwähnt.«

»Na gut. Dann will ich Sie nicht weiter aufhalten. Vielen Dank für Ihre Auskünfte«, sagte Fernando.

»Gern.«

Fernando wandte sich zum Gehen, doch Gaudio bewegte sich nicht. Er war ganz in Gedanken versunken.

»Gaudio?«, fragte Fernando vorsichtig.

Er kam zurück in die Realität und lächelte. »Wollen Sie vielleicht mal probieren?«, fragte er.

Fernando drängte die Zeit, wenn er Enzos Freundin heute noch finden und eventuell sogar sprechen wollte. Aber er wollte Gaudio auch nicht vor den Kopf stoßen. Er sah ihm an, dass dieser Wein sein ganzer Stolz und zu einem großen Teil auch die Erinnerung an seinen Freund war. »Warum nicht?«, antwortete er, und Gaudio holte eilig zwei Becher aus einem Spender. Er hielt sie unter den Hahn an einem der Riesenfässer, füllte sie und reichte Fernando einen.

»Das ist ein Merlot von 2014«, erklärte er, und sie nahmen einen Schluck.

»Mmmh, hervorragend«, lobte Fernando.

»Ja, ein guter Wein«, meinte Gaudio und leerte den Becher.

***

Das Verlagshaus der »Neuen Südtiroler Tageszeitung« lag in der Silbergasse der Bozener Altstadt. Fernando kannte es bereits vom Vorbeigehen. Der unscheinbare Eingang lag direkt neben einem Restaurant, wo er und Sarah vielleicht zusammen einen Kaffee trinken konnten, wenn sie Zeit für ihn hatte, überlegte er sich und betrat das Gebäude. Er ging zur Rezeption und sagte, er wolle Sarah Templer sprechen. Der kleine weißhaarige Mann hinter der Scheibe rief daraufhin in der Redaktion an und gab Sarah Bescheid.

»Worum geht es?«, fragte er nach.

»Um Enzo Giordano«, sagte Fernando und biss sich gleich darauf auf die Unterlippe. Es war nicht klug gewesen, den Namen zu nennen. Vielleicht hatte er sie damit abgeschreckt. Inwieweit ihre heimliche Liebe hier an ihrem Arbeitsplatz bekannt war, wusste er nicht.

»Einen Moment bitte«, sagte der Rezeptionist, und kurze Zeit später vernahm Fernando Schritte auf der Treppe. Ein junger Mann mit einer schwarzen Hornbrille und wilden Locken erschien.

»Wollten Sie Frau Templer sprechen?«, fragte er.

»Richtig, ist sie da?« Fernando ging auf den Mann zu und reichte ihm die Hand.

»Darf ich fragen, wer Sie sind?«, wollte der wissen.

»Fernando Lovecchio.«

Der Kollege, der, aus welchem Grund auch immer, als Vorhut heruntergeschickt worden war, rief Sarah über sein Handy an und gab den Namen weiter.

»Ist gut. Sie kommt gleich.«

»Danke«, sagte Fernando, dem das alles ein wenig merkwürdig aufstieß, und der Mitarbeiter verschwand eilig im Treppenaufgang.

Sarah Templer kam zwei Minuten später mit ihrer Handtasche über dem Arm ins Foyer und begrüßte Fernando distanziert und abschätzig. Es war unschwer zu erkennen, dass sie über Enzos Tod Bescheid wusste.

»Guten Tag, Frau Templer, ich …«

Fernando wusste nicht, wie er sich erklären sollte. Sie standen in einem besseren Flur, und dieser kleine Mann am Empfang blinzelte so feindselig durch sein Glas, dass man Angst bekommen konnte, er würde jeden Moment die Polizei rufen.

»Es tut mir leid, das mit Enzo«, sagte er daher zunächst einmal mitfühlend und mit gedämpfter Stimme. Dieser Satz traf sie, denn ihre Augenlider begannen zu flattern. »Ich bin Fernando

Lovecchio, und Enzos Vater hat mich beauftragt, seinen Tod zu untersuchen«, ergänzte er leise.

Sofort wurde ihr Blick eisig und abweisend. »Was wollen Sie denn diesmal? Will er mir jetzt vielleicht noch die Schuld an seinem Tod in die Schuhe schieben?«, zischte sie wütend und schob sich an Fernando vorbei. »Entschuldigen Sie mich. Ich muss gehen.«

Sie stieß die Tür auf und ging energischen Schrittes hinaus. Fernando eilte ihr nach.

»Frau Templer, bitte, ich weiß, dass Sie nicht gut auf Signor Giordano zu sprechen sind, aber ich möchte Ihnen nur ein paar Fragen stellen.«

Sie senkte den Kopf und ging weiter, ohne ihn zu beachten.

»Frau Templer, bitte«, rief er ihr nach, doch sie reagierte nicht.

Fernando war stehen geblieben, es hatte keinen Sinn. »Tut mir leid«, murmelte er und gab jeden weiteren Versuch auf, sie umzustimmen. Stattdessen schaute er sich nach seinem Hund um. »Scheiße«, fluchte er.

Dante saß vor dem Restaurant und stierte gierig auf die Teller eines Pärchens, das dort früh zu Abend aß.

»Dany, lass das«, befahl er, und sein Hund lief ihm schuldbewusst entgegen. »Komm, wir fahren nach Hause.«

Er hatte seinen Wagen in der Via Dante geparkt und nutzte den Weg dorthin, um das heute Gehörte zu überdenken.

Für den ersten Tag seiner Ermittlungen hatte er schon einiges an Informationen und Eindrücken gesammelt. Hauptsächlich Dinge, die ein anderes Licht auf Antonio Giordano warfen. Er war nicht nur der trauernde Vater, den Fernando kennengelernt hatte. Es hatte Vorfälle zwischen ihm und Enzo gegeben, die ihn als Verdächtigen nicht ausschlossen, sollte es sich bei dem Mord um eine Beziehungstat gehandelt haben. Wichtig wäre zu wissen, wem die Waffe am Tatort gehörte und ob Enzo ein ausgewähltes oder nur zufälliges Opfer gewesen war.

Als er den Wagen erreicht hatte und gerade den Schlüssel ins Türschloss steckte, tippte ihm jemand auf die Schulter.

»Herr Lovecchio?«

Er drehte sich um und erkannte zu seiner Überraschung Sarah

Templer. Dante schien sie zu mögen, er lehnte sich schwanzwedelnd an ihr Bein und ließ sich von ihr zur Begrüßung streicheln.

»Hallo, wer bist du denn?«, fragte sie lachend.

»Das ist Dante.«

Sie lachte erneut, nur lauter.

»Haben Sie es sich anders überlegt?«, fragte Fernando.

»Jemand, der einen so süßen Hund hat, kann eigentlich nicht von Grund auf schlecht sein.« Sie richtete sich auf und reichte ihm die Hand. »Starten wir einen zweiten Versuch?«, fragte sie. »Ich bin Sarah Templer.«

»Fernando Lovecchio.«

»Kennen Sie das kleine Café hinter dem Kunstmuseum?«

»Gute Idee.« Fernando nickte erfreut, und sie gingen über die Straße und auf das hohe, kastenförmige Glasgebäude zu, das mitten zwischen den alten Gebäuden in der Straße in der Sonne leuchtete.

Schweigend liefen sie nebeneinander rechts am Museum vorbei. Sie hatten Glück, dass gerade ein älteres Pärchen von einem Tisch aufstand, den sie rasch okkupierten. Eine Bedienung in schwarzen Jeans, T-Shirt und weißer Schürze räumte sofort den Tisch ab und nahm ihre Bestellung entgegen. Dann lehnten sie sich in den Loungesesseln zurück und genossen den schönen Blick auf den Fluss mit der geschwungenen Brücke. Nur fünfzig Meter weiter lag das Gefängnis, in dem Branzo jetzt wahrscheinlich auf seinem Bett lag und über seine beiden Spiegel nach draußen auf die Promenade schaute.

Fernando verdrängte den Gedanken und blickte zu Sarah Templer. Sie hatte ein hübsches schmales Gesicht und sehr offene eisblaue Augen. Eigentlich war es von der Farbtemperatur her nicht möglich, doch sie wirkten warm und freundlich. Die Ringe unter ihren Augen allerdings deuteten an, dass sie in letzter Zeit wenig Schlaf bekommen hatte, und ein trauriger Schatten lag auf ihrem Gesicht, auch wenn sie sich redlich Mühe gab, das zu überspielen.

Dante legte sich zu ihren Füßen auf den Boden, als spürte er ihre Trauer und wüsste, dass er sie damit trösten konnte.

»Ich wollte Sie nicht erschrecken«, eröffnete Fernando das Gespräch. »Ich weiß von Ihrem schwierigen Verhältnis zu Enzos

Vater, aber ich bin nicht hier, um Ihnen in irgendeiner Form Unannehmlichkeiten zu bereiten.«

Jetzt erst entdeckte Fernando eine Träne, die wie eine kleine Glasperle kaum sichtbar an ihrer Wange haftete.

Die Bedienung kam zurück und servierte zwei Cappuccino. Fernando beobachtete derweil Sarah Templer, was dieser aber sichtlich unangenehm war. Verstohlen wischte sie die Träne fort.

»Sie sollen Enzos Tod untersuchen?«, fragte sie schließlich, und es klang ein bisschen so, als hielte sie diese Idee für das Unwahrscheinlichste, was ihr je untergekommen war.

»Ja, Signore Giordano hat mich damit beauftragt, weil er der Polizei nicht traut. Er glaubt, dass jemand dahintersteckt, der von den Ermittlern überhaupt nicht in Erwägung gezogen wird.«

»Ich?«, fragte sie spöttisch.

»Nein. Er glaubt, dass sein Sohn Opfer eines Serienkillers geworden ist.«

Sarah Templer sagte nichts, sie blinzelte nur nachdenklich in ihren Cappuccino und nahm einen Schluck.

»Die Umstände von Enzos Tod brachten ihn auf diese Idee«, führte Fernando weiter aus, »und ich beschäftige mich beruflich seit Jahren mit Serientätern. Ich schreibe über sie.«

»Ich weiß«, gab Sarah zu und stellte die Tasse ab. »Deswegen bin ich auch zurückgekommen. Ich hab Sie gleich erkannt, ich wusste nur nicht, was Sie mit Antonio Giordano zu tun haben könnten.«

»Kennen wir uns?«, fragte Fernando, der sich beim besten Willen nicht erinnern konnte.

»Ich habe eine Rezension über Ihr letztes Buch verfasst«, sagte sie nicht unamüsiert.

Fernando musste lachen. Die entsprechende Ausgabe der »Neuen Südtiroler Zeitung« hatte er noch zu Hause. »Sie sind sehr wohlwollend damit umgegangen«, meinte er.

»Es ist gut.«

»Diejenigen, die es gelesen haben, sind größtenteils anderer Ansicht.«

»Sie vertreten eine nicht sehr populäre Meinung. Aber das wussten Sie ja schon vorher.«

Fernando musste zugeben, dass sie recht hatte.

»Jedenfalls dachte ich, wir könnten einfach einen Kaffee zusammen trinken, und ich höre mir an, was Sie wollen«, sagte sie und nahm ihre Tasse in beide Hände.

»Das freut mich natürlich. Zunächst möchte ich Ihnen aber sagen, dass Ihr Verlust mir sehr leidtut. Enzos Tod ist sicher ein furchtbarer Schock für Sie.«

Sie nickte und kämpfte dabei mit den Tränen.

»Ich war selbst ziemlich überrascht, als Signor Giordano an mich herantrat – oder besser gesagt sein Chauffeur. Man bat mich in seine Villa, und er eröffnete mir, dass er mich als eine Art Privatermittler engagieren möchte, weil er glaubt, dass ich mich mit dieser Materie am besten auskenne.«

»Dieser Chauffeur war auch bei mir und ließ mir etwas ausrichten«, erwiderte Sarah Templer mit veränderter Stimme. Sie klang nun zynisch und voll von unterdrückter Wut. »Der werte Herr Giordano senior verbiete es mir, sollte ich tatsächlich auf diese dumme Idee kommen, auf der Beerdigung seines ach so geliebten Sohnes zu erscheinen. Ich hätte dort nichts verloren und solle seiner Aufforderung besser Folge leisten.«

Fernando staunte über diese Maßnahme.

»Deshalb war ich vorhin etwas abweisend. Ich wusste ja nicht, ob Sie da noch einen draufsetzen wollten.«

»Nein«, versicherte Fernando, »Antonio Giordano weiß nicht mal, dass ich hier bin.«

»Wer hat Ihnen von mir erzählt? Gaudio?«

»Salvatore«, entgegnete Fernando. »Mit Gaudio habe ich auch gesprochen, und wenn ich ehrlich sein soll, kommt Antonio Giordano nicht besonders gut weg in den Beschreibungen der beiden, was die Vater-Sohn-Beziehung angeht.«

»Man kann nur hassen, was man auch liebt«, sagte sie mit einem Blick in ihre Tasse, die sie hin und her schwenkte, als würde sie diese Weisheit im Kaffeesatz lesen.

»Ich komme mir komisch vor«, stellte Fernando fest. »Immerhin arbeite ich für Enzos Vater, und nun ist er derjenige, der erbittert mit ihm gestritten hat. Glauben Sie, er könnte seinen eigenen Sohn getötet haben?« Er sprach leise und blickte sich um, ob auch keiner ihrer Tischnachbarn etwas von ihrer Unterhaltung aufgeschnappt hatte. Er wollte das so diskret wie möglich besprechen.

»Und warum sollte er dann Sie engagieren?«, fragte sie ebenso leise.

»Um von sich abzulenken? Ein Täuschungsmanöver«, mutmaßte Fernando.

»Wäre möglich«, gab sie zurück. »Doch dann hätte er sich jeden anderen nehmen können und nicht ausgerechnet Sie.«

Wieder hatte sie recht.

»Wollen wir ein Stück gehen?«, fragte sie.

»Sehr gern«, antwortete Fernando. Er winkte ab, als sie ihre Handtasche öffnen wollte, und legte das Geld unter eine Tasse, nachdem er der Bedienung ein Zeichen gegeben hatte.

Sarah schlug den Weg nach links ein, und sie und Fernando gingen eine Weile nebeneinanderher. Beide starrten auf den Boden, bis Fernando seine nächste Frage an sie richtete.

»Wie haben Sie sich kennengelernt?«

»Auf einer Kulturveranstaltung in Enzos Kellerei. Dort wurde ein Konzert gegeben, und ich war als Kulturredakteurin anwesend. Er fiel mir gleich auf, weil er so zurückhaltend war. Er traute sich kaum, sich über den gelungenen Abend zu freuen. Das war etwas, was ich … keine Ahnung, vielleicht stehe ich ja auf problematische Männer.«

»War er denn problematisch?«

»Er war gefangen. Ein hübscher, kleiner Wellensittich in einem goldenen Käfig mit einer halb offenen Tür. Aber ihm fehlte der Mut hinauszufliegen.«

Fernando musste schmunzeln bei ihrer Beschreibung. »Erzählen Sie mir mehr von ihm«, forderte er sie auf.

Das Sprechen über ihre Erinnerungen bereitete ihr Mühe, das war deutlich zu hören. Nur ab und zu traute sich Fernando, einen Blick zu ihr zu werfen.

»Enzo war sehr verliebt in mich. Die erste Zeit nachdem wir ein Paar geworden waren, war er geradezu euphorisch. Er schwebte irgendwie über den Wolken und konnte seine Gefühle kaum im Zaum halten. Er war so überschwänglich, dass er glaubte, sein Vater würde sich mit ihm freuen. Doch da hatte er sich getäuscht. Es traf ihn hart, als er mich Antonio vorstellte und dessen Reaktion das absolute Gegenteil war. Schon sein erster Blick sagte mir, dass ich in diesem Hause niemals willkommen sein würde. So glücklich, wie Enzo über uns war, so enttäuscht war er von seinem Vater. Sie stritten, Antonio setzte ihn unter Druck, und bald schon trafen wir uns nur noch heimlich, obwohl er mir das anfänglich noch verschwieg.«

Sie machte eine Pause und blieb dann auch stehen. Der Fluss neben ihnen rauschte. Die untergehende Sonne tauchte alles in ein golden glänzendes Licht. Sie hatten direkt vor dem Gefängnis angehalten. Fernando wandte sich ihr zu und wusste das Gebäude und die Blicke der Insassen in seinem Rücken.

»Aber jetzt, Herr Lovecchio, möchte ich ein paar Antworten von Ihnen«, sagte sie. »Ich werde nicht zur Beerdigung gehen, weil es noch mehr kaputtmachen und mir nicht guttun würde. Außerdem werde ich keine Informationen von Antonio bekommen und ebenso keine von der Polizei, schließlich war ich nicht Enzos Ehefrau. Ich war nur seine heimliche Geliebte, Freundin, was auch immer. Also sagen *Sie* mir bitte, was geschehen ist.«

Sie sah ihm zum ersten Mal wieder direkt und anhaltend in die Augen. Tränen funkelten auf ihren unteren Lidern.

Fernando konnte nicht gleich antworten. Wie sollte er ihr das erklären? Wie sollte er beschreiben, was vorgefallen war, ohne sie dadurch in einen Abgrund zu stoßen?

Ihr Blick forderte ihn auf, endlich zu antworten. Sie presste die Lippen aufeinander und unterdrückte ein Schluchzen.

»Er wurde erschossen«, sagte Fernando schließlich.

»Das weiß ich«, hauchte sie.

»Mit einer Pistole. Von vorn. Ein Schuss ging in den Kopf, einer in die Brust.«

Jetzt liefen ihre schwimmenden eisblauen Augen über, und die Tränen kullerten über ihre Wangen und fielen zu Boden.

»Man hat ihn unter dem Kreuz am Raschötz abgelegt. Getötet wurde er dort aber nicht. Was immer das auch zu bedeuten hat«, sagte Fernando. »Mehr weiß ich selbst nicht.«

Er hielt diese Lüge für angemessen und hoffte, dass sie die

Wahrheit nicht in seinen Augen lesen würde. Er konnte ihr nicht mehr sagen. Wieder drückte sich Dante an ihr Bein. Sie schloss die Augen und begann, ein wenig zu schwanken.

»Kommen Sie, ich bringe Sie nach Hause.«

Sie gingen zurück zum Museum, wo das Café gerade geschlossen wurde, und nahmen Fernandos Wagen. Ihre Wohnung lag in der Andreas-Hofer-Straße neben einer Pizzeria. Fernando bestand darauf, sie noch bis nach oben zu ihrer Wohnungstür zu bringen.

»Mir geht es gut«, beteuerte sie, um ihm keine Umstände zu machen.

»Auch wenn ich wie der Yeti am Berg wohne, so bin ich dadurch noch lange kein unhöflicher Banause«, erwiderte er.

»Banause«, wiederholte sie lächelnd. »Wer benutzt denn heute noch so ein Wort?«

»Machen Sie sich ruhig lustig, ich bin froh, wenn Sie oben sind.«

Sie hielt vor einer Tür im dritten Stock an.

»Da sind wir. Danke.«

»Gut, dann geh ich jetzt mal wieder. Wenn Sie mir noch etwas erzählen möchten, rufen Sie mich an.« Erneut kritzelte er seine Nummer auf ein abgerissenes Stück Papier.

»Sie brauchen Visitenkarten«, stellte sie fest.

»Ja, wahrscheinlich. Bis bald.« Er wandte sich um und ging die erste Stufe hinunter.

»Wollen Sie gar nicht *meine* Nummer haben?«, fragte sie laut und fast ein wenig empört.

Fernando stoppte.

»Doch, ja.«

Sie reichte ihm eine Visitenkarte. »Hier, schauen Sie mal.«

»Sehr hübsch.« Wieder drehte er sich um, doch nach drei Stufen blieb er erneut stehen. »Ach, Frau Templer …«

Sie war in ihre Wohnung eingetreten und hatte die Schuhe abgestreift.

»Was ist?«

»Kennt sich in Ihrer Redaktion jemand mit Handfeuerwaffen aus oder kennt jemanden, der es tut?«

»Bestimmt.«

»Könnten Sie sich mal erkundigen, was eine Beretta Kaliber 9 für eine Waffe ist?«

Sie nickte nur und schloss dann die Tür.

***

An diesem Abend saß Fernando vor dem offenen Ofen, hatte die Füße hochgelegt und starrte in das Feuer. Es war, als entführte ihn dessen Flackern zurück in die Herz-Jesu-Nacht, und er sah das Fest auf dem Gipfel wie durch eine Filmkamera vor sich ablaufen. Wie ein schwebendes Auge glitt er an den Gruppen und Familien vorbei, sah Gesichter, Menschen, die lachten, sangen, tranken und sich küssten. Er bewegte sich nach links, durch die Menschenmenge hindurch, und dann einen steinigen Abhang hinunter, der ihn auf eine Bergterrasse dreißig Meter unterhalb des Gipfelkreuzes führte. Am Tag hatte man hier einen wunderbaren Ausblick auf die Sankt Ulrich abgewandte Seite des Raschötz. Wie in Zeitlupe flog er nach rechts auf die steile Abbruchkante zu, die senkrecht hinauf auf das Plateau des Berges führte. Dort, im Schatten der Felsen, fern von all den Stimmen und der Musik, stand ein Mann. Er hob sich kaum von dem ihn umgebenden Schatten ab, nur ganz schwach erkannte man die Konturen seines Oberkörpers. Er stand ganz still da.

Die Kamerafahrt stoppte in einer Entfernung von ungefähr fünf Metern. In einer weitgreifenden Ausholbewegung bäumte sich der Körper auf und ließ etwas niedersausen, das in der Luft einen brummenden Ton erzeugte. Der Gegenstand traf auf sein Ziel, und ein schreckliches klatschendes Geräusch ertönte, gefolgt von einem erstickten Schrei. Wieder holte der Mann aus, und wieder und wieder hieb er auf etwas ein, bis er schwer atmend innehielt und den Gegenstand in seiner Hand zur Seite warf. Deutlich hörte Fernando Holz auf Stein schlagen. Von oben her rollten Jubelschreie über sie hinweg und hallten ins Tal, das tief unter ihnen in gelbes Licht getaucht dalag. Ein Salutschuss zerriss die Luft, und fast im gleichen Moment flammte vor Fernando das Mündungsfeuer einer Waffe auf. Der Knall war ohrenbetäubend laut. Ein zweiter Salutschuss, und wieder ein fast simultanes Mündungsfeuer. Dann blieb es dunkel und still.

Es war vorbei. Enzo war tot. Langsam verebbten die Geräusche vom Herz-Jesu-Fest, und ganz weit im Osten, verdeckt durch den Berg, graute der Morgen. Nebel und Rauch vermischten sich zu einem schmutzigen Schleier, und heraus trat die schwarze Gestalt. Sie trug einen Mann über der Schulter. Die Kamera nahm ihre Fahrt wieder auf. Sie folgte ihm, und zusammen erreichten sie den verlassenen Gipfel. Der Mörder legte den Leichnam nieder, positionierte Arme, Beine und Hände so, wie es seinen Vorstellungen entsprach, und legte schließlich die Waffe auf den Boden, wo sie gefunden werden sollte.

Sosehr Fernando sich auch anstrengte, er konnte das Gesicht des Mörders nicht erkennen. Er blieb ein Schemen, ein dunkler Geist, der nun fortging und vom Nebel verschluckt wurde. Die Kamera aber blieb an Ort und Stelle. Sie folgte ihm nicht. Am Ende schwenkte sie hoch zu dem sterbenden Jesus am Kreuz. Der Traum löste sich vor Fernandos Augen auf, und er fand sich in seiner Hütte wieder. Das Feuer war nur noch eine zusammengesunkene Glut. Er war erschöpft, und die Müdigkeit zog ihn in den Schlaf, ohne dass er noch die Kraft hatte, ins Bett zu gehen.

Mit dem Gedanken, morgen als Allererstes zum Gipfel zu gehen, schlief er in seinem Sessel ein.

4

Dante jagte wie wild über die Alm, zwischen den grasenden Kühen hindurch, die ihn in ihrer stoischen Ruhe nur aus den Augenwinkeln beäugten. Der Weg von der Raschötz-Hütte hoch zur Kapelle war mit Absperrband der Polizei gesperrt worden. So weitläufig, wie das Gebiet hier war, konnte man natürlich bequem daran vorbei- und querfeldein gehen, doch möglicherweise wurde das Areal auch von den Carabinieri überwacht. Es war kurz vor sechs am Morgen. Die Sonne lag noch versteckt hinter den Bergen, und blaue Wolkenstreifen hingen wie Kratzspuren am Himmel. Fernando pfiff nach Dante, der angerannt kam und nun zusammen mit seinem Herrchen unterhalb des Weges und der Kapelle zu der Bergterrasse kraxelte, von der Fernando gestern Abend diese Vision gehabt hatte.

Auch oben, rings um das Kreuz, flatterte Absperrband im leicht böigen Ostwind. Fernando ging davon aus, dass, falls Wachen hier postiert waren, sie bei der Kapelle stehen würden. So hielt er sich immer genau dort auf, wo sie ihn nicht sehen konnten. Er und Dante bewegten sich unterhalb einer Kante, stiegen über zerklüftete Felsen, die hier wie bizarre Pilze aus dem Gras wuchsen. Als er schließlich auf der Terrasse ankam und dort alles so aussah wie gestern Abend in seinem Traum, lief ihm ein Schauer über den Rücken. Auch hier gab es Absperrband gleich in zweierlei Ausführungen. Das rot-weiße war von der freiwilligen Feuerwehr angebracht worden, damit man im Dunkeln nicht abstürzte. Das gelb-schwarze Band stammte von der Polizei.

Er spürte, wie eine eisige Kälte in seine Knochen kroch und seine Glieder lähmte, als er unter der Absperrung hindurchtauchte. Mit schweren Beinen ging er auf die Stelle zu, an der er den Mörder gesehen hatte. Seine Haare richteten sich schmerzhaft auf seiner sich zusammenziehenden Haut auf, als er in einer Mulde in der Steilwand tatsächlich einen riesigen Blutfleck entdeckte. Er war durch die Gerinnung braun gefärbt.

Das hier war der Tatort. Mit Sicherheit hatte die Polizei ihn schon entdeckt und ihre Untersuchungen daran durchgeführt. Fernando sah sich alles genau an. Jeden Stein, jede Kante, jedes auffällige Detail. Am Boden war die weitläufige Lache, an den Steinen dahinter erkannte er feine Blutspritzer, die von den Schüssen stammen mussten. Er fand auch eine Blutspur aus dicken Tropfen, die von dem Tatort wegführte, und das beklemmende Gefühl in ihm wuchs immer mehr. Es konnte genau so abgelaufen sein, wie er es gesehen hatte. Wenn der Mörder Enzo von hier weggetragen hatte, wiesen die Tropfen den Weg bis nach oben.

Fernando rief sich die Geste in Erinnerung, mit der der Mörder sein Schlagwerkzeug weggeworfen hatte. Deutlich erinnerte er sich an das Geräusch, das der Knüppel verursacht hatte. Hölzern klingend. Er suchte weiter links, zum Abhang hin, nach der Tatwaffe. Doch nichts, was in Größe und Stabilität auch nur annähernd zu Enzos Verletzungen gepasst hätte, war zu finden. Fernando kniete sich hin und schaute über die Kante, die achthundert Meter tief ins Tal abfiel. Der Wind rauschte in seinen Ohren, doch er hörte deutlich das Klicken.

»Aufstehen!«, befahl eine Stimme.

Vorsichtig und sehr langsam richtete sich Fernando auf und hob dabei seine Arme. Er wusste, dass er das Entsichern einer Waffe gehört hatte.

»Umdrehen!«

Mit kleinen Schritten drehte sich Fernando um und blickte in den Lauf einer schwarzen automatischen Pistole. Über dem Lauf erkannte er Kommissar Sassner.

»Was tun Sie hier?«, fragte der und schien überhaupt nicht überrascht zu sein, Fernando hier anzutreffen.

»Ich wollte nur, äh … ich …«, stotterte Fernando und merkte, dass sein Herz so kräftig schlug, dass es seinen Brustkorb erschütterte. »Ich war neugierig«, presste er heraus.

Sassner machte keine Anstalten, die Waffe herunterzunehmen. Er kam zwei Schritte auf Fernando zu und tastete mit seiner freien Hand dessen Kleidung ab.

»Woher wussten Sie, wo der Tatort ist?«, fragte Sassner, und diese Frage war berechtigt. Eigentlich konnte Fernando es nicht wissen.

»Ich … Er konnte nur hier sein«, sagte er und ließ den Satz so stehen, in der Hoffnung, dass seine Antwort für den Kommissar irgendwie plausibel klang, weil sie von einem Ortskundigen kam.

Sassner schien noch zu überlegen. Schließlich sicherte er seine Waffe und nahm sie herunter. Fernando atmete erleichtert auf. Ihm war ein wenig schwindelig.

»Ich hab Ihren Köter da hinten rumlaufen sehen«, sagte Sassner missgelaunt. »Sie sind mitten in einem abgeriegelten Gebiet. Haben Sie die Absperrung nicht gesehen? Was tun Sie hier?«

»Wie gesagt, ich war neugierig. Die Geschichte hat mich nicht losgelassen.«

Sassner sah ihm scharf und ohne ein einziges Blinzeln in die Augen. »Was haben Sie da unten gesucht?« Er deutete auf den Abhang.

Fernando fluchte innerlich. Der Kommissar musste ihn unter diesen Umständen ja geradezu als verdächtig einordnen.

»Hier ist überall Blut«, sagte er daher und deutete auf die Fläche hinter ihm. »Ich dachte, dass es vielleicht zu einem Kampf gekommen ist und Enzo dabei schwer verletzt wurde. Der Täter hätte die Waffe einfach den Abhang runterwerfen können. Aber das haben Sie sicher bereits untersucht, nicht wahr? Haben Sie etwas gefunden?«, fragte er, und Sassners Augen verengten sich zu Schlitzen.

»Warum sollte ich Ihnen das erzählen?«

Fernando stockte. »Sie haben recht. Tut mir leid. Ich wollte nur helfen.«

»Sie helfen, wenn Sie meine Fragen beantworten und nicht am Tatort herumirren und Spuren vernichten.«

Ein Knurren ließ Sassner herumfahren. Dante stand hinter ihm, den Kopf nach vorn gereckt und die Zähne gefletscht.

»Pfeifen Sie Ihren Hund zurück, verdammt!«

»Aus, Dany. Alles gut, siehst du?« Fernando ging zu Sassner und nahm dessen Hand, um sie zu schütteln.

Der Hund beruhigte sich, behielt den Kommissar aber im Auge. Da klingelte Fernandos Handy. Unsicher blickte er zu Sassner.

»Gehen Sie ruhig ran«, sagte der, und Fernando nahm das Gespräch entgegen.

»Lovecchio?«

»Guten Morgen. Hier spricht Antonio Giordano.«

»Oh, hallo«, sagte Fernando kurz angebunden, weil er Sassner nicht verraten wollte, mit wem er sprach, wenn der es nicht schon von allein verstanden hatte. Schließlich stand er ihm direkt gegenüber.

»Haben Sie schon Fortschritte gemacht?«, fragte Giordano.

»Tut mir leid, ich kann jetzt schlecht reden. Ich rufe Sie später zurück«, sagte Fernando.

»Gut. Eine Sache noch: Die Polizei hat den Leichnam freigegeben. Die Beerdigung findet morgen um fünfzehn Uhr in Sankt Ulrich statt.«

»Ist gut. Wiederhören«, sagte Fernando und legte auf.

»Etwas Wichtiges?«, hakte Sassner nach.

Fernando schüttelte nur den Kopf.

»Herr Lovecchio, ich möchte Sie bitten, mit aufs Revier zu kommen. Sie können es freiwillig tun, oder ich werde mir einen richterlichen Beschluss besorgen, das liegt bei Ihnen.«

»Sie nehmen mich fest?« Fernando war entsetzt.

»Nein. Ich bitte Sie wegen dringenden Tatverdachts zu einer Befragung auf die Polizeistation. Sie sollten besser kooperieren.«

Sassners Hand spannte sich fester um den Griff seiner Waffe. Dante begann wieder zu knurren.

»Und beruhigen Sie Ihren verdammten Hund«, zischte er.

***

Fernando saß allein in einem Raum in der Polizeistation nahe der Via Dante, in der er so oft schon im Gefängnis Befragungen vorgenommen hatte. Nun war er der Befragte. Seit einer Stunde bereits ließen sie ihn hier schmoren. Eine einfache Taktik, die aber Wirkung zeigte. Dante war von ihm getrennt worden und wartete irgendwo im unteren Teil des Gebäudes auf ihn. Er bellte die ganze Zeit. Seit einer Stunde.

Sassner betrat den Raum, in dem nur zwei Stühle und ein Tisch standen. Das Fenster war vergittert und ging zum Innenhof raus.

»So, Herr Lovecchio«, sagte er, als er sich gesetzt hatte. Sogleich fiel Fernando ihm ins Wort.

»Kommissar Sassner, ich bitte Sie«, flehte er. »Es kann doch nicht sein, dass –«

»Sie«, sagte Sassner laut und übertönte Fernando, »waren am Tatort. Sie konnten nicht wissen, wo er sich befindet, weil Sie durch uns nur vom Fundort wussten. Sie verfügen demnach über Täterwissen. Als ich dort auftauchte, suchten Sie außerdem gerade nach einer Waffe, mit der das Opfer verletzt wurde. Ebenfalls ein Detail, von dem nur der Täter wissen kann.«

»Aber Sie müssen mir glauben. Ich ... ich hatte über Ihre Schilderungen nachgedacht und überlegt, was passiert sein könnte. Ich habe Vermutungen über den Tatort angestellt, nichts weiter, und bin dann hinaufgegangen, um nachzusehen, ob es tatsächlich dort passiert sein könnte.«

»Von mir und aus der Presse konnten Sie lediglich wissen, dass Enzo Giordano erschossen auf dem Gipfel gefunden wurde. Punkt. Mehr nicht. Über weitere Verletzungen konnten Sie gar nichts wissen. Herr Lovecchio, Sie stecken mächtig in der Klemme. Ich weise Sie darauf hin, dass Sie sich einen Anwalt nehmen und die Aussage verweigern können. Aber ich rate Ihnen –«

»Stopp!«, sagte Fernando und hob die Hand. Jetzt war es an der Zeit, alles aufzuklären. Er steckte in großen Schwierigkeiten, wenn er weiter schwieg. Das musste auch Antonio Giordano verstehen. »Ich arbeite für Signor Giordano«, sagte er laut und deutlich. »Er hat mich beauftragt, den Mord an seinem Sohn zu untersuchen.«

Sassner saß kerzengerade auf seinem Stuhl und beäugte Fernando wie ein wildes Tier, von dem er nicht wusste, was es als Nächstes tun würde.

»Von ihm habe ich Details über den Mord erhalten.«

Sassner reagierte immer noch nicht. Nur seine Kiefer mahlten, und er schnaubte wütend.

»Der Anrufer vorhin auf dem Berg, das war er. Er informierte mich, dass Sie den Leichnam freigegeben haben und die Beerdigung morgen um drei stattfindet.«

»Sind Sie verrückt geworden, Lovecchio?«, zischte Sassner erbost. »Sie und dieser alte Mann? Was denken Sie sich eigentlich?«

Fernando reichte ihm sein Handy. »Rufen Sie ihn an, er wird es Ihnen bestätigen.«

Irgendwo im Haus bellte Dante hartnäckig weiter.

Sassner nahm das Handy entgegen und drückte darauf herum, bis er die Nummer des letzten Anrufers sah. Er stellte die Verbindung her und hörte kurze Zeit später Giordanos Stimme.

»Lovecchio?«, fragte dieser gleich. Er schien auf diesen Anruf gewartet zu haben.

»Nein. Kommissar Sassner hier.«

»Herr Sassner?«, fragte Giordano überrascht.

»Ich habe Herrn Lovecchio wegen dringenden Tatverdachts zu einer Befragung mitgenommen, und er erzählt mir nun, dass Sie ihn angeheuert hätten?«

Es entstand eine kurze Pause, bevor Giordano mit fester Stimme und unverhohlenem Stolz antwortete: »Allerdings.«

Sassner legte auf und schob Fernando energisch sein Handy hinüber. »Sie wollen ein Experte sein, Lovecchio? Sie benehmen sich wie … wie ein …« Er wollte Fernando etwas an den Kopf werfen, besann sich jedoch im letzten Moment. »Sie behindern eine Polizeiermittlung. Ich habe hart gearbeitet, um da zu sein, wo ich jetzt bin. In diesem Land kriegt man keine Stellen nachgeworfen, wenn man einen deutschen Namen hat. Sie, Herr Lovecchio, stellen nicht nur meine Kompetenz in Frage, Sie beleidigen meinen gesamten Berufsstand ebenso wie mich persönlich. Mit Branzo über dessen Kindheit zu plaudern befähigt Sie nicht, über diesen Mann zu schreiben. *Ich* bin derjenige, der ihn von der Straße geholt hat. Wenn Sie etwas aufschreiben wollen, dann fragen Sie gefälligst mich. Und ich warne Sie. Wenn ich Sie noch einmal dabei erwische, wie Sie sich in meine Ermittlungen einmischen, weil Sie für den alten Italiener den Aushilfs-Magnum spielen, werde ich nicht noch mal so freundlich reagieren. Und jetzt raus hier.« Er wandte sich ab.

Fernando nahm sein Handy und verließ den Raum. Er war mit einem Wagen der Carabinieri hergefahren worden, und eigentlich hätte Sassner ihn zurückbringen lassen müssen. Doch das konnte er sich wohl abschminken.

Er erreichte den Flur, der zum Ausgang führte, und sah einen völlig entnervten Polizisten vor einer Tür sitzen und sich die Ohren zuhalten. Dahinter bellte Dante unaufhörlich und kratzte an der Tür.

»Darf ich bitte meinen Hund haben?«, fragte Fernando, und

der Mann war dermaßen erleichtert, dass er sich noch nicht mal darüber zu wundern schien, warum Fernando bereits wieder aus dem Verhör entlassen war. Er schloss die Tür auf, und Dante schoss heraus und sprang jaulend an Fernando hoch.

»Ist gut, ist ja gut. Ich bin da.«

Fernando streichelte und umarmte ihn.

Draußen vor der Polizeistation wandten sie sich nach rechts und gingen die Marconistraße hinunter. Sie wechselten die Straßenseite, um zur Einfahrt des Busbahnhofs zu gelangen. Der war mit Sicherheit nicht das Aushängeschild von Bozen. Ein schmutziger dunkler Hinterhof, eingekesselt von renovierungsbedürftigen Hochhäusern und unansehnlichen Bürokomplexen. Selbst wenn die Sonne schien, hatte man das Gefühl, sich in der Unterwelt zu befinden. Fernando kaufte sich ein Ticket und wartete auf einer Bank zum Glück nur zwanzig Minuten, bis der Bus kam. Er stieg mit einer Handvoll Personen ein, und sie fuhren auf der Landstraße in Richtung Grödnertal, wobei sie auch die Kellerei Giordano passierten.

Wahrscheinlich werde ich Gaudio und einige andere Mitarbeiter morgen auf der Beerdigung wiedersehen, dachte Fernando, als sein Handy klingelte.

»Lovecchio?«

»Hallo, hier ist Sarah Templer.«

Fernando hätte ihre Stimme am Telefon kaum wiedererkannt.

»Hallo, Sarah«, sagte er, ohne dass sie sich das Du angeboten hatten. Er bemerkte es nicht mal.

»Sie hatten mich doch nach dieser Waffe gefragt«, begann sie.

»Ja«, sagte Fernando hoffnungsvoll und rutschte in seinem Sitz hoch.

»Es ist eine Polizeiwaffe. Die typische Dienstwaffe der Carabinieri.«

Darauf konnte er zunächst nichts antworten.

»Heißt das, dass Enzo von einem Polizisten erschossen wurde?«, fragte sie, und Fernando hörte sie atmen. Er blickte aus dem Fenster hinaus auf den Fluss, der türkisfarben hinter einigen Bäumen hervorlugte.

»Es ist die Tatwaffe. Mehr kann ich nicht sagen«, antwortete er und fand, dass dieser Satz allein zu hart und nüchtern klang. Er musste noch etwas anfügen. »Morgen ist die Beerdigung. Um drei Uhr in Sankt Ulrich. Wenn Sie mögen, können wir gemeinsam hingehen und uns alles aus der Ferne anschauen.«

Das Atmen stoppte. Der Busfahrer trat kurz vor einer Baustelle heftig auf die Bremse, sodass sich Fernando am Vordersitz abstützen musste. Angestrengt horchte er in den Hörer.

»Nein. Danke. Auf Wiederhören«, sagte sie nur noch und legte auf.

Fernando drückte auf die rote Taste und fuhr sich mit der Hand durch seine langen Haare. Eine Dienstwaffe. Deshalb hatte man den Fund unterschlagen. Der Mörder war vielleicht ein Polizist, und das wollte man nicht an die große Glocke hängen.

Eine Tat, die mit dem Italien-Südtirol-Problem zusammenhing, war damit auszuschließen. Wäre der Tote ein Südtiroler gewesen, erschossen mit der Waffe eines italienischen Polizisten, das hätte für enormen Sprengstoff gesorgt. Aber das Opfer war Italiener, und Südtiroler Polizisten gab es kaum. Fernando kannte nur einen. Er hatte vor kaum vier Stunden in den Lauf seiner Pistole geschaut.

Der Bus arbeitete sich ächzend die schmalen, windungsreichen Straßen der Schlucht hinauf, die ins Grödnertal führte. Graubäuchige Wolken hingen über den Bergen. Bald würde es wieder regnen.

Sie waren seit zwanzig Minuten unterwegs. Dante war auf dem Gang liegend eingeschlafen und wurde von dem erneuten Klingeln von Fernandos Handy geweckt. Er gab ein leises Jaulen von sich. Fernando blickte auf das Display und erkannte die Nummer.

»Hallo, Sarah.«

»Ich komme doch mit«, sagte sie ohne Umschweife.

»Äh … ja, in Ordnung. Ich … wir könnten uns in Sankt Ulrich treffen und dann gemeinsam hochlaufen.«

»Haben Sie ein Auto?«, fragte sie.

»Ja.«

»Dann würde ich gern im Wagen bleiben, wenn das geht.«

»Sicher. Gut.«

»Ich komme mit dem Bus und bin um vierzehn Uhr zwanzig in Sankt Ulrich.«

»Ich hole Sie ab.«

»Gut, dann bis morgen.«

Fernando überlegte, ob es eine Straße gab, von der aus sie den Friedhof überblicken konnten. Von einer Straße musste es möglich sein, doch dort wurden gerade Bauarbeiten durchgeführt. Am besten ging er kurz hin und sah sich das Ganze aus der Nähe an.

Der Bus hielt direkt in der Ortsmitte von Sankt Ulrich. Jetzt mussten er und Dante zu Fuß zum Friedhof und zu ihrer Hütte aufsteigen, doch nach dem Eingesperrtsein in der Polizeistation war das eine willkommene Abwechslung.

Der Friedhof lag in einem Wohngebiet am Eingang des Annatals, quasi gegenüber der Seceda-Seilbahn. Als Fernando durch den Bogen des Eingangs trat, erkannte er auf der rechten Seite ein frisch ausgehobenes Grab. Ein kleiner rostiger Raupenbagger stand am Weg, und ein Mitarbeiter des Friedhofs deckte soeben den Erdhügel mit einer Plane ab. Fernando ging zu ihm.

»Grüß Gott«, sagte er laut.

Der Mann blickte aus der Hocke hoch und verzog den Mund zu einem schiefen Lächeln, als er Dante sah.

»Der Hund darf hier aber kein Häufchen machen«, ermahnte er Fernando.

»Natürlich. Können Sie mir sagen, ob das das Grab von Enzo Giordano ist?«

Der Mann wischte sich mit dem Handrücken über die Nase und starrte mit einem traurigen Nicken in das Erdloch. »Armer Teufel. Sind Sie Verwandtschaft?«

»Nur ein Bekannter. Ich wollte wissen, wo ich morgen hinmuss.«

»Wird nicht zu übersehen sein. Kommen sicher einige. Falls der Alte das zulässt.«

Fernando blickte zum Wohngebiet hinüber, das sich auf der anderen Seite des Friedhofs an den Hang lehnte. Dort war die komplette Straße mit Baufahrzeugen zugestellt. Parken konnte er dort auf keinen Fall.

»Schönen Dank«, sagte er, hob grüßend die Hand und ließ den Mann seine Arbeit weitermachen.

Fernando umrundete mit Dante den Friedhof und suchte in der Romstraße nach einer geeigneten Stelle, um noch vor der Baustelle zum Grab hinüberschauen zu können. Er plante, einfach einen Anwohner zu fragen, ob er sich morgen Nachmittag in dessen Einfahrt stellen dürfe. Wenn er einen Italiener antraf, konnte es sogar klappen. Bei einem Südtiroler wusste er nicht, wie es um seine Chancen stand.

Das Klingelschild am ersten Haus wies dessen Besitzer als J. Steinhofer aus. Fernando entschied sich weiterzugehen, was Dante nicht verstand. Er warf seinem Herrchen einen verständnislosen Blick zu und folgte ihm dann mit einem Grummeln. Am nächsten Haus stand auf einem Holzschildchen: Familie Vörsmann. Die Einfahrt war perfekt, also wollte er es zumindest versuchen und klingelte.

Eine Frau, die nur wenige Jahre jünger war als er, öffnete und putzte sich die Hände an einem Geschirrtuch ab.

»Ja?«

»Mein Name ist Lovecchio, ich …« Er lachte verlegen. »Ich habe eine ungewöhnliche Frage, das heißt, eigentlich ist es eher eine Bitte. Ich habe morgen hier in der Gegend zu tun und benötige …« Er stockte, weil sie ihn mit wachsendem Misstrauen musterte. »Nein, das stimmt nicht«, gab er zu. »Ich will Ihnen die Wahrheit erzählen. Morgen findet drüben eine Beerdigung statt. Ich gehöre nicht zur Familie und möchte nicht stören, würde aber trotzdem gern dabei sein. Dürfte ich vielleicht Ihre Auffahrt nutzen, um mich hier mit meinem Wagen hinzustellen? Es ist nur für die Dauer der Beisetzung.«

Unsicher drückte sie das Geschirrtuch zu einem Knäuel zusammen. Sie traute ihm noch immer nicht ganz über den Weg.

»Mama, wer ist denn da?«, fragte eine Mädchenstimme, und die Tür wurde weiter aufgerissen. »Oh, ein Hund!«, rief die Kleine voller Begeisterung und öffnete ihre Arme.

»Nicht, Andrea!«

Fernando winkte ab. »Kein Problem. Er mag Kinder.«

Dante schnüffelte gutmütig in Richtung der kleinen Andrea,

die sich das nicht zweimal sagen ließ und beide Arme um ihn schloss. Fernando und die Mutter schauten belustigt zu, wie die beiden schmusten, bis die Frau lautstark einatmete.

»Tja, also … wir benutzen die Auffahrt nachmittags nicht. Ich …«

»Ich kann Ihnen meinen Ausweis dalassen. Als Versicherung sozusagen.«

Jetzt lächelte sie. »Ich denke, das geht in Ordnung.«

»Das ist sehr nett, vielen Dank. Ich würde so gegen drei Uhr hier sein.«

Sie nickte, und sie gaben sich die Hand. Fernando reichte ihr seinen Ausweis.

»Schon gut«, sagte sie, nachdem sie einen kurzen Blick darauf geworfen hatte.

»Kommst du morgen wieder?«, fragte das Mädchen.

»Ja.«

»Er auch?« Sie zeigte auf den Hund.

»Der auch.«

***

Der Bus kam am nächsten Tag pünktlich auf den Platz gefahren, den die Strada Rezia kurz vor der Fußgängerzone einfasste. Zwei Busse standen bereits dort und waren von Menschen umringt, die Ausflüge ins Umland, in die Berge oder nach Bozen oder Brixen unternehmen wollten. Die Busfahrer hatten so ihre Mühe, allen Fahrgästen zu erklären, welches Ziel sie anfuhren. Der Bus aus Bozen musste hupen, damit die Urlauber ihm Platz machten, und es war so ein Gedränge vor den Türen, dass die Fahrgäste kaum aussteigen konnten.

Fernando war aus dem Wagen ausgestiegen und hielt mit etwas Abstand zu der Menschenmenge nach Sarah Templer Ausschau. Sie war nicht zu übersehen. Eine einzelne junge Frau in schwarzen Jeans, schwarzem Jeansblazer und einer dunklen Sonnenbrille. Ihr Gesicht, der Teil, den man unter der Brille noch erkennen konnte, war versteinert. Ihre Lippen ein schmaler blasser Strich. Auf der obersten Stufe des Busses verharrte sie kurz und sah sich um, wurde von der Masse in ihrem Rücken aber sogleich weitergeschoben. Fernando lief ihr entgegen, bevor sie in der Menge unterging. Mit angezogenen Armen kämpfte sie sich durch die Menschen.

»Sarah!«, rief Fernando. Sie erkannte ihn und kam auf ihn zu.

»Kommen Sie«, sagte er und berührte sie leicht am Arm, um sie zum Auto zu führen.

Als sie eingestiegen waren und die Türen geschlossen hatten, kehrte plötzlich Ruhe ein, und sie sank förmlich auf ihrem Sitz zusammen.

»Alles in Ordnung?«, fragte Fernando.

Sie nickte nur und kramte aus ihrer Handtasche ein Taschentuch hervor. Fernando ließ den Motor an und fuhr in Richtung Friedhof.

Es war ein sonniger, strahlender Tag. Die Touristen liefen kunterbunt durch den Ort, suchten auf Karten, aßen Eis, tranken Erfrischungen und genossen ihren Urlaub, umgeben vom dichten Grün der Berge und überdacht von einem hellblauen Himmel. Dass an einem solchen Tag in so einer Umgebung eine Beerdigung stattfinden würde, war für sie vermutlich kaum denkbar.

Als sie die Wohngebiete oberhalb der Innenstadt nahe der Seilbahn erreichten, erkannte Fernando im Rückspiegel den schwarzen Mercedes von Antonio Giordano. Er sagte nichts, sondern fuhr einfach weiter bis zum Haus der Vörsmanns. Der Mercedes war in die Straße zum Friedhof eingebogen.

Fernando parkte rückwärts in die Auffahrt ein. »Hier können wir stehen bleiben«, erklärte er und stellte den Motor ab.

Sofort öffnete sich die Haustür, und die kleine Andrea kam angerannt. Sie klopfte so heftig an die Scheibe der Beifahrertür, dass Sarah Templer erschrocken zusammenzuckte.

»Mach auf!«, rief sie.

»Ist schon gut«, raunte Fernando Sarah zu. Die drückte die Tür einen Spalt auf, und die Kleine lugte hinein.

»Wo ist der Hund?«

»Hinten«, sagte Fernando. »Ich komme rum.«

Sie warf die Tür wieder zu und lief ans Heck des Wagens, wo Fernando eine der beiden Türen öffnete. Dante sprang heraus und hüpfte um das aufgeregte Mädchen herum.

»Andrea, komm bitte wieder rein!«, rief ihre Mutter, die ebenfalls vor das Haus getreten war. »Grüß Gott«, sagte sie an Fernando gewandt.

»Kann ich mit ihm spielen? Bitte, bitte«, bettelte die Kleine.

»Ist gut«, meinte Fernando. »Nimm ihn ruhig mit.«

»Wirklich?«, fragte sie.

»Aber in den Garten«, ordnete ihre Mutter an und zeigte auf die Hinterseite des Hauses. »Darf sie wirklich?«, fragte sie Fernando scheu.

»Kein Problem. Er spielt mit Sicherheit lieber draußen, als hier mit uns im Wagen zu hocken. Sie brauchen sich keine Sorgen zu machen. Er ist absolut friedlich und kinderlieb.«

»Gut.« Sie lächelte jetzt. »Dann bis nachher.« Sie warf einen kurzen Blick hinüber zum Friedhof und verschwand im Haus.

Fernando stieg wieder zu Sarah in den Wagen.

»Bekannte von Ihnen?«

»Nein. Ich habe einfach gefragt.«

Sie nickte kaum merklich.

Drüben konnte man sehen, wie der Pater Antonio Giordano vor dem Friedhofseingang in Empfang nahm. Der Leichenwagen traf direkt nach ihm ein. Vier Männer zogen den Sarg aus dem Kofferraum und hoben ihn auf ihre Schultern. Andere Trauergäste kamen hinzu, es bildete sich ein schwarzes Grüppchen von kaum zwanzig Personen, die in dieser sommerlich bunten Landschaft völlig deplatziert wirkten. Auf dem Eichensarg lagen weiße Rosen und leuchteten gleißend in der Sonne.

Die Träger setzten sich in Bewegung, und die Trauergemeinde, angeführt von Antonio Giordano, folgte ihnen bis zur Grabstelle.

Sarah legte eine Hand über ihren Mund. Sie unterdrückte krampfhaft ihr Schluchzen und Weinen.

Fernando hatte seinen Notizblock und eine Kamera mitgenommen, um sich die Namen der Leute zu notieren, die gekommen waren. Er zog die Kamera hervor.

»Ist es in Ordnung, wenn ich …«

Sie nickte nach einem flüchtigen Seitenblick und putzte sich dann die Nase.

Fernando legte das Objektiv an und linste durch den Sucher.

Er stellte das Bild scharf und zoomte so nah heran, dass er jedem einzelnen Beerdigungsgast ins Gesicht schauen konnte. Neben Antonio Giordano waren Vito, sein Sekretär, der Chauffeur Tedeschi, Gaudio und Salvatore Stesi mit seiner Frau, wie Fernando vermutete, anwesend. Außerdem fünf Männer und sechs Frauen, die Fernando unbekannt waren. Er machte Fotos von allen, während sie sich um das Grab reihten und der Sarg abgestellt wurde.

Der Padre stellte sich an das Kopfende und begann mit seiner Grabrede. Hier im Wagen war es absolut still, bis auf die Geräusche von Sarah. Ihr Körper zuckte, und ihr Atem flatterte. Fernando hätte gern etwas Tröstendes gesagt, doch es wollte ihm nichts über die Lippen kommen. Schweigend sahen sie der Zeremonie zu. Als die Träger den Sarg mit den Seilen in die Grube hinabließen, konnte Sarah Templer nicht mehr an sich halten. Sie weinte los und barg ihr Gesicht in den Händen. Während unten noch nach und nach jeder der Gäste eine Schaufel Erde auf den Sarg warf, fragte sie Fernando, ob sie bitte schon fahren könnten.

»Sicher, ich hole nur schnell Dante.«

Er klingelte und versuchte, sich so kurz wie möglich aufhalten zu lassen. Natürlich wollte die kleine Andrea Dante gar nicht mehr hergeben, und es gab Abschiedstränen, doch bereits nach wenigen Minuten kam Fernando zurück, ließ Dante hinten rein und setzte sich neben Sarah. Der Hund schnupperte gleich an Sarahs Gesicht und legte dann seine Schnauze auf ihre Schulter. Sie lehnte ihren Kopf an seinen.

Fernando fuhr los und sah im Rückspiegel Mutter und Tochter winken. Er lenkte den Wagen, anstatt zurück in den Ort, bei der Seilbahn nach links in die Straße, die hinauf zu seiner Hütte führte. Erst als sie ein paar hundert Meter auf der immer einsamer werdenden Straße zurückgelegt hatten, merkte Sarah auf.

»Wo fahren wir hin?«

»Zu mir. Ich mach uns einen Kaffee. So kann ich Sie nicht fahren lassen.«

»Nein, ich will nach Hause«, sagte sie.

Das verstand Fernando, doch er wollte ihr einen kleinen Lichtblick gönnen.

»Keine Widerrede. Es dauert auch nicht lange.«

Sie gab jeglichen Widerstand auf und lehnte den Kopf ermüdet gegen das Fenster. Als Fernando in den unbefestigten Weg, eingeschlossen von Fichten und fernab der Zivilisation, einbog, sah sie auf und blickte sich um.

»Mein Gott«, flüsterte sie. »Wo wohnen Sie hier?«

Der Wagen schaukelte und rumpelte, bis sie endlich die kleine Anhöhe erreichten und die Hütte auftauchte.

Der Anblick des in Sonnenlicht getauchten Plateaus mit dem Blick auf die beiden imposanten Berge um sie herum versetzte Sarah Templer in Staunen. Sie stieg aus und sah sich um. Dante blieb dicht bei ihr und schien ihr alles zeigen zu wollen. Er war ganz aufgeregt.

»Setzen Sie sich doch«, bat Fernando und bot ihr einen Platz auf der Veranda an. »Ich mach uns schnell einen Kaffee.«

Er ging hinein und freute sich, weil er meinte, dass seine Idee die richtige gewesen war. Sarah setzte sich auf die Bank, in die Sonne, und konnte den Anblick kaum fassen. Nach ein paar Minuten, die Fernando mit dem Kochen beschäftigt war, blickte sie in das Häuschen und sah sich neugierig um. Sie sagte nichts, ließ nur den Blick kreisen und nahm dann wieder ihren Platz ein. Fernando deckte den Tisch und setzte sich zu ihr.

»Das ist ein absolut … heilsamer Ort hier«, sagte sie, als er einschenkte.

»Ja, etwas Schöneres kann ich mir nicht vorstellen.«

Sie saßen eine Weile nebeneinander, tranken Kaffee und schauten. Sarah Templer sah den großen Gondeln der Seceda-Seilbahn zu, die in schwindelerregender Höhe dem Massiv entgegenschwebten. Um den Gipfel des grauen Berges segelten bunte Paraglider wie Schmetterlinge.

Irgendwann, man verlor hier oben nach einer Weile das Gefühl für die Zeit, selbst Fernando ging es so, senkte sie ihren Blick auf den Tisch und fuhr mit dem Zeigefinger die Linien der Holzmaserung nach. »Ich möchte auch, dass Sie ihn finden«, sagte sie. Ihre Stimme war klein, aber klar und sehr entschlossen.

Auch wenn der Satz aus dem Nichts heraus kam, wusste Fernando doch, was sie meinte. Sie wollte wissen, wer ihren Freund getötet hatte. Und, so stellte Fernando für sich fest, sie hatte ein Recht darauf.

Er antwortete eine Zeit lang nichts. Dann sagte er: »Vielleicht brauche ich Ihre Hilfe.«

Auch sie ließ sich Zeit mit ihrer Antwort.

»Gut«, meinte sie, und damit war alles gesagt.

Nach zwei Stunden bestand Fernando darauf, sie persönlich nach Bozen zurückzubringen. Sie fuhren direkt an der Busstation vorbei, doch Sarah hätte schon aus dem Auto springen müssen, wenn sie lieber den Bus genommen hätte.

Bis Waidbruck sprachen sie kein Wort. Als sie über den Fluss fuhren, nahm sie zum ersten Mal ihre Brille ab und rieb sich die Augen. »Wieso haben Sie das Angebot von Antonio angenommen?«, fragte sie.

Fernando dachte darüber nach und stellte fest, dass es ihm unangenehm war, zu antworten. Er fühlte sich irgendwie ertappt. Antonio Giordano hatte ihn gekauft, das war die unschöne Wahrheit.

»Ich bin vermutlich tatsächlich der Richtige«, antwortete er ausweichend.

»Sie glauben, dass die italienische Polizei niemanden in ihren Reihen hat, der fähig ist, diesen Fall aufzuklären? Die haben doch mit Sicherheit ausgebildete Spezialisten. Sie werden hingegen nicht mal alle Informationen von denen bekommen. Warum sollten die das auch tun? Es wäre ja mehr als peinlich für die, wenn Sie den Fall vor ihnen lösen. Das kann denen kaum in den Kram passen.«

»Vielleicht. Am Anfang war mir das auch alles fremd, doch jetzt glaube ich, dass ich … keine Ahnung.«

»Was? Dass Sie der *Auserwählte* sind?«, sagte sie, nicht ohne eine gehörige Portion Sarkasmus in der Stimme.

Fernando verstummte, und Sarah gönnte ihm eine Pause. Vielleicht war sie ihn zu hart angegangen.

»Tut mir leid«, meinte sie nach einer Weile. »Ich wollte nur wissen, was für ein Interesse Sie an diesem Fall haben.«

Fernando, der soeben überholen wollte, setzte den Blinker, überlegte es sich aber wieder und brach das Manöver ab. Er fuhr zurück in die rechte Spur und passte sich der Geschwindigkeit seines Vordermannes an. »Ich kriege Geld dafür. Das ist der Grund«, gab er zu.

Sarah blickte zu ihm hinüber und musterte ihn von der Seite.

»Was?«, fragte er.

»Das dachte ich mir schon«, entgegnete sie.

»Und wie denken Sie darüber?«

Sie sah auf ihre blassen, kalten Hände, die in ihrem Schoß lagen. »Wie viel ist sein Sohn ihm wert?«

Fernando hatte die Frage befürchtet. Unentschlossen wägte er ab, ob er ihr die Wahrheit sagen sollte. Aber was konnte schon passieren? Sie würde ihn höchstens anders einschätzen als er sich selbst. Aber das konnte ihm doch egal sein.

»Ich frage nicht Ihretwegen«, erklärte sie. »Ich will nur beurteilen können, ob Antonio tatsächlich so viel daran liegt, dass der Fall gelöst wird. Ob Sie nicht nur eine Art Alibi für ihn sind.«

»Und Sie meinen, das lässt sich an der Summe ermessen?«, wollte er wissen.

»Antonio ist in erster Linie Geschäftsmann. In zweiter, vielleicht auch erst in dritter Vater.«

»Eine halbe Million«, sagte Fernando, und als er den Betrag ausgesprochen hatte, musste er selbst schlucken, solchen Respekt hatte er vor ihm.

Sarah sah ihn halb überrascht, halb nachdenklich an.

»Was sagt Ihnen das nun?«, fragte Fernando.

»Jetzt bin ich mir nicht mehr sicher«, antwortete sie.

Sie schwiegen, bis sie Bozen erreichten. Sarah Templer begann, in ihrer Tasche nach dem Hausschlüssel zu kramen, und entdeckte dabei einen kleinen blauen Abschnitt.

»Oh, nein.« Sie sank zurück, und Tränen stiegen in ihr hoch.

Fernando konnte nicht erkennen, um was es sich handelte, aber er wollte auch nicht fragen.

Sarah setzte ihre Brille wieder auf und knetete das schmale Stück Papier in ihren Händen. »Dürfte ich Sie um einen Gefallen bitten?«, fragte sie.

»Was ist?«

»Könnten Sie eine Jacke von Enzo aus einer Reinigung abholen? Ich fürchte, ich bin dazu im Moment nicht in der Lage.«

Ihre Hände zitterten. Fernando streckte die Hand aus und nahm den Abschnitt entgegen.

»Da vorn rechts«, lotste sie ihn.

Fernando parkte im Halteverbot halb auf dem Gehweg und holte eine hellbraune Lederjacke ab. Die Reinigungsdame erklärte ihm, wie sie die Flecken herausbekommen hatte.

»Wollen Sie sie gleich anziehen, oder soll ich sie einpacken?«, fragte sie.

»Oh, es ist nicht meine Jacke«, sagte Fernando.

»Ach ja, wir haben noch einen Zettel und ein wenig Kleingeld in der Tasche gefunden, das leg ich Ihnen mit rein«, sagte sie, während sie die Jacke faltete und in eine Tasche packte.

Im Wagen überreichte er Sarah die Tüte mit dem Hinweis, dass eine Notiz und Geld mit drinlägen. Er fuhr Sarah bis vor die Haustür und stieg aus.

»Heute brauchen Sie nicht mit bis nach oben zu kommen.«

»Nein. Ich finde, so langsam können wir das Sie weglassen. Ich bin Fernando.« Er reichte ihr die Hand.

»Sarah«, sagte sie und schüttelte sie sachte.

»Aber wir sollten über Enzo sprechen, ich muss noch mehr über ihn erfahren. Ruf mich an, wenn du so weit bist.«

»Mach ich.«

Sie ging durch die Gartenpforte zum Haus, und Fernando stieg wieder in den Wagen. Er suchte den nächsten Supermarkt auf, um dort an einem Automaten seine Fotos ausdrucken zu lassen. Er würde Antonio Giordano die Abzüge vorlegen, um zu klären, wer die Personen waren, die an der Beerdigung teilgenommen hatten.

Er hatte gerade wieder die Autobahn erreicht, da klingelte sein Handy. Die Nummer gehörte Sarah.

»Ja?«, fragte er, verwundert, dass sie so schnell wieder anrief.

»Kehr sofort um«, sagte sie.

5

»Wo waren Sie?«, fragte Antonio Giordano. Er hatte angerufen, als Fernando vor Sarahs Haus geparkt hatte. Fernando wollte so schnell wie möglich nach oben, doch den Anruf seines Auftraggebers konnte er nicht ignorieren. »Ich habe Sie vor uns fahren sehen«, fügte Giordano hinzu.

»Ich wollte alles aus der Distanz beobachten und habe Fotos gemacht, über die wir noch sprechen müssten.«

»Ich bin zu Hause, kommen Sie doch vorbei«, schlug er vor.

»Im Moment habe ich noch in Bozen zu tun.« Fernando sah nach oben zur Wohnung von Sarah Templer. »Ich weiß nicht, wie lange es dauert.«

»Na gut. Melden Sie sich einfach.«

»Es wäre sehr nützlich, wenn ich den Polizeibericht einsehen könnte. Glauben Sie, dass Sie da etwas erreichen könnten?«, horchte Fernando nach.

»Ich will sehen, was ich tun kann.«

Sie verabschiedeten sich, und Fernando eilte mit Dante nach oben.

Sarah sah aus, als stünde sie unter Schock. Jegliches Blut war aus ihrem Gesicht gewichen. Ihre Augen lagen tief und schreckgeweitet in den Höhlen, ihr Mund war leicht geöffnet, so als bekäme sie schlecht Luft.

»Was ist passiert?«, wollte Fernando wissen.

Sie deutete ins Wohnzimmer.

Fernando betrat die Wohnung und ging durch den dunklen Flur in einen hellen, mit Parkett ausgelegten Raum. Hier standen eine Couch und ein Sessel aus schwarzem Leder, ein Glastisch und eine weiße Regalwand, bestückt mit Büchern und einem kleineren Flachbildfernseher.

Die Lederjacke lag auf dem Sessel, das zerknitterte Notizblatt auf dem Tisch. Fernando setzte sich, nahm es an sich und las, was in Druckbuchstaben darauf geschrieben stand.

*ICH WEISS, WAS DEIN VATER GETAN HAT.
WIR TREFFEN UNS IN DER HERZ-JESU-NACHT AUF DEM RASCHÖTZ. 24 UHR.*

»Mein Gott«, murmelte Fernando, »sein Mörder hat ihn dorthingelockt.« Im nächsten Augenblick ließ er das Blatt wieder fallen. Seine Fingerabdrücke waren nun auf dem Papier.

Er und Sarah sahen sich an. Sie mussten jetzt handeln, er musste schnell etwas unternehmen. Dieser Fund brachte ihn so viel näher an den Mörder heran.

»Was denkst du?«, fragte sie.

Fernando rieb sich über seinen dichten Bart und zupfte an den Haaren. »Es ist gut, dass wir ihn gefunden haben«, sagte er. »Jetzt kennen wir den Inhalt. Aber die Polizei kann hiermit viel mehr anfangen als wir. Fingerabdrücke, DNA-Spuren, Druckanalyse. Wir müssen ihr das Schreiben aushändigen.«

Sarah kam zu ihm und setzte sich. Beide starrten sie auf die Notiz. Seine Augen wanderten zu ihr. »Bist du in Ordnung?«

»Ja, geht schon wieder.«

»Das hilft mir enorm weiter. Erst dachte ich, Enzos Ermordung könnte etwas mit dir zu tun haben«, sagte Fernando. »Vielleicht ein eifersüchtiger Freund. Aber jetzt … Antonio Giordano ist der Schlüssel. ›Ich weiß, was dein Vater getan hat‹«, wiederholte er laut. »Da stimmt was nicht. Da stimmt was ganz und gar nicht.« Fernando überlegte angestrengt. »Der Alte hat mir nicht die volle Wahrheit gesagt.«

»Glaubst du, er hat was damit zu tun?« Sarahs Stimme klang wie dünnes Glas.

»Ich werde mit ihm sprechen. Er muss jetzt die Karten auf den Tisch legen. Du informierst die Polizei. War sie eigentlich schon bei dir?«

»Nein.«

Das war ungewöhnlich, fand Fernando. Auch sie dürften inzwischen von Sarah erfahren haben. Und dann mussten sie sie befragen. Wenn es bis jetzt noch nicht geschehen war, konnte es nur damit zusammenhängen, dass die Polizei schon einer anderen Spur nachging.

Fernando versprach, Sarah später am Abend auf jeden Fall anzurufen, nachdem er mit Giordano gesprochen hatte.

***

Antonio Giordano empfing ihn auf der Terrasse im Garten, die von einer Pergola aus Weinranken überdacht war. Diese Anbautechnik war typisch für die Bergregionen hier in Südtirol und noch von den alten Römern entliehen. In breiten Tontöpfen um die aus Naturstein gebaute Terrasse herum wuchsen Zitronenbäume, die zusammen mit den Weintrauben, die darüberhingen, einen wunderbaren Duft verströmten, nachdem sie den ganzen Tag von der Sonne beschienen worden waren. Ein Holztisch, dessen Tischplatte aus dem Längsschnitt einer mächtigen Eiche bestand und auf vier Baumstümpfen ruhte, war üppig mit Antipasti, Käse, Wurst, Schinkenspezialitäten und einigen Rotweinen gedeckt. Antonio Giordano saß zusammengesunken und in Gedanken vertieft am Kopf der Tafel, als Fernando von Vito zu ihm geführt wurde.

»Buona sera«, grüßte Fernando.

Giordano sah auf und winkte ihn zu sich. »Kommen Sie, setzen Sie sich. Essen Sie mit mir.«

Fernando nahm neben ihm Platz, mit Blick in den leicht abfallenden Garten. »Wunderschön haben Sie's hier«, sagte er, beeindruckt von diesem herrlichen Flecken Erde.

»Trinken Sie Rotwein?«

»Gern.«

»Mögen Sie lieber einen Merlot oder einen Pinot nero?«

»Den Pinot, bitte.«

Giordano schenkte ihm ein, und Vito brachte frisches, warmes Brot.

»Wie geht es Ihnen nach der Beisetzung heute?«, fragte Fernando, nachdem sie angestoßen und einen ersten Schluck genommen hatten. Für Antonio Giordano war es mit Sicherheit nicht das erste Glas Wein. An dessen verlangsamtem Augenaufschlag sah Fernando, dass er schon einiges mehr getrunken haben musste.

»Ist das Ihr Ernst?«, gab Giordano unwirsch zurück. »Sie fragen, wie's mir geht?«

»Tut mir leid. Ich wollte nur –«

»Ja, ja.« Er winkte ab. »Greifen Sie zu. Lassen Sie uns essen.«

Giordano nahm sich ein Stück Brot, Parmaschinken und etwas Antipasti. Auch seine Essbewegungen machten deutlich, dass er betrunken war.

Fernando musste zugeben, dass er Hunger verspürte, doch in Anbetracht der Tatsache, dass er seinem Gastgeber gleich ein paar unangenehme Fragen würde stellen müssen, konnte er nicht viel essen.

»Wo waren Sie?«, fragte Giordano mit vollem Mund.

»Etwas oberhalb des Friedhofs in der Strada Roma.«

Er brummte verstehend und leerte sein Glas. Ohne zu fragen, schenkte er in beide Gläser Wein nach. »Sie sagten was von Fotos?«

»Ja, ich habe sie dabei, vielleicht –«

»Zeigen Sie her«, forderte Giordano Fernando auf und säuberte seine Hände mit einer Stoffserviette.

Fernando zog den kleinen Stapel aus der Innentasche seiner Jacke und legte ihn auf den Tisch.

»Vito«, sagte Giordano und tippte mit der Fingerspitze auf das oberste Foto.

»Als was würden Sie Vito bezeichnen? In welcher Funktion arbeitet er für Sie?«

»Er ist meine rechte Hand. Es gibt keine Berufsbezeichnung für ihn.«

Fernando zeigte ihm das nächste Foto.

»Angelo Tedeschi, mein Chauffeur. Kennen Sie schon.«

Fernando nahm das Bild vom Stapel, und die Nahaufnahme einer Frau war zu sehen.

»Das ist Sandra, die Freundin von Gaudio Baldini.«

»Kannte sie Enzo?«

»Ja, wir legen großen Wert darauf, dass wir die Familien unserer Mitarbeiter kennenlernen. Bei allen Anlässen, Feiern und so weiter sind die Familien dabei.«

Das nächste Foto zeigte eine Frau, die Fernando auf über fünfzig schätzte. Sie hatte kurzes, blond gefärbtes Haar und ein ausgemergeltes Gesicht.

»Fernanda Ferrata. Sie arbeitet seit ewigen Jahren für uns in der

Buchhaltung. Sie hat Enzo quasi aufwachsen sehen. War vielleicht so etwas wie seine Mutter im Betrieb.«

»Darf ich fragen, was mit Enzos tatsächlicher Mutter passiert ist?«

Antonio Giordano stocherte lustlos in seinem Essen herum, bevor er die Gabel auf den Tellerrand fallen ließ. »Was hat das jetzt hier zu suchen?«

»Nun, wenn ich mir ein komplettes Bild machen soll, ist das ein nicht unerhebliches Detail.«

Giordano trank von seinem Wein und stellte das Glas ganz behutsam ab. »Sie starb an einem Ärztefehler. Entgegen unseren ursprünglichen Informationen hat ein vollkommen unerfahrener Arzt meine Frau am Magen operiert. Sie verblutete während der OP.«

»Das tut mir leid«, sagte Fernando mit gesenkter Stimme.

»Ist lange her. Enzo war noch sehr klein, gerade mal zwölf Jahre.«

»Und Sie haben nie wieder geheiratet?«

Antonio Giordano verzog den Mund zu einem bitteren Lächeln. »Es gab viel zu tun. Ich hatte den Betrieb, ich war alleinerziehender Vater und habe jahrelang einen Rechtsstreit mit der Klinik geführt. Da blieb keine Zeit für andere Dinge.«

»Sie haben den Arzt verklagt?«, hakte Fernando nach, weil er hier ein Motiv witterte.

»In der Tat. Er hat meine Frau auf dem Gewissen, ebenso wie der Chefarzt, der ihn einfach für sich hat operieren lassen.«

»Und wie ist es ausgegangen?«

»Der Chefarzt ist immer noch Chefarzt. Er musste, das heißt, das Krankenhaus musste ein Strafgeld zahlen.«

»Und der Operateur?«

Giordano lenkte seinen Blick in den Himmel, wo sich hoch über den Berggipfeln die Schleierwolken rosa färbten. »Ich habe dafür gesorgt, dass er nicht mehr praktiziert.«

Fernando stutzte über diesen Satz. Das klang so, als habe Giordano nicht nur die ihm zur Verfügung stehenden rechtlichen Mittel ausgeschöpft, sondern darüber hinausgehende Maßnahmen ergriffen.

»Könnten Sie das etwas präzisieren?«

»Lovecchio, ich habe Sie engagiert, weil irgendein Irrer meinen Sohn umgebracht hat. Hören Sie auf, in meiner Geschichte herumzuschnüffeln. Sie glauben doch nicht im Ernst, dass dieser Pfuscher so ein Blutbad anrichten könnte. Dazu gehört mehr, als seinen Job zu verlieren.«

»Da gebe ich Ihnen recht«, lenkte Fernando ein. »Aber dennoch bin ich auf Ihre Offenheit in beruflichen wie in privaten Dingen angewiesen. Und Sie haben mir etwas verschwiegen.«

Antonio Giordano richtete sich im Sitzen auf und schob seine Augenbrauen zusammen, sodass sie einen dumpfen Schatten auf sein Gesicht warfen. Seine kohlrabenschwarzen Augen blitzten gefährlich in der Dämmerung. »Sind Sie gekommen, um mir Vorwürfe zu machen, Lovecchio? Ich glaube, Sie missverstehen Ihre Position. Sie sind mein Angestellter.«

»Das ist mir sehr wohl bewusst«, sagte Fernando mit Enttäuschung über sich selbst in der Stimme. Er hatte sich kaufen lassen. Das nagte an ihm. Und jetzt bekam er die erste Rechnung serviert. Er wollte und musste einen deutlichen Standpunkt artikulieren. »Beleidigen Sie mich nicht, indem Sie mich wie ein kleines Kind behandeln, Signor Giordano. Sie haben mir Sarah Templer verschwiegen –«

»Ach, jetzt kommen Sie mir nicht mit dieser Tirolerhure!«

Fernando griff nach Giordanos Weinglas und schüttete den Inhalt neben sich auf den Boden. »Etwas Mäßigung würde Ihnen gut zu Gesicht stehen«, sagte er mit zusammengebissenen Zähnen und stellte das Glas zurück auf den Tisch.

Wutschnaubend sah Giordano ihn an.

»Sarah Templer hat in einer Jacke von Enzo eine Nachricht gefunden. Sie stammt von seinem Mörder.«

Diese Worte ließen Giordanos Gesichtszüge schmelzen wie Wachs. Er konnte nichts mehr erwidern.

»Enzo ist von seinem Mörder zum Raschötz gelockt worden. Er diktierte ihm einen Zeitpunkt, und Ihr Sohn folgte dieser Einladung. Und das aus einem einzigen Grund.« Fernando hob seinen Zeigefinger. »Der Mörder schrieb, er wisse, was Sie«, er deutete auf Giordanos Brust, »getan haben.« Dann lehnte er sich zurück und atmete aus.

In Antonio Giordanos Augen zeichnete sich Sorge ab, eine

unendliche Sorge, die Fernando in ihrer Heftigkeit schon übertrieben vorkam. Der Mann, der sich so überlegen und mächtig wie ein König gegeben hatte, war plötzlich verschwunden und wich einem kleinen, gebrochenen Mann.

»Was ist mit Ihnen?«, fragte Fernando im Flüsterton.

Giordano bedeckte seinen Mund mit der Hand, so als wollte er sich selbst daran hindern zu antworten.

Fernando legte nach. »Im Obduktionsbericht ist von einer Beretta 9 mm als Tatwaffe die Rede. Das ist die Dienstwaffe der Carabinieri. Es liegt also nahe, dass ein Polizist der Täter sein könnte, wovon Sassner im Moment auszugehen scheint, weil die Waffe Ihnen und der Öffentlichkeit verschwiegen wurde.«

Giordanos Augen wurden immer größer und hilfloser.

»Haben Sie den Polizeibericht bekommen können?«

Langsam, wie betäubt, schüttelte er den Kopf.

»Nun reden Sie endlich, Giordano«, forderte Fernando ihn auf, doch es kam keine Reaktion. Er stand auf. »Es hat mit Ihnen zu tun«, sagte er und deutete erneut mit dem Finger auf ihn. »Was haben Sie getan? Wenn Sie reden, kriegen wir vielleicht den Mörder. Wenn nicht, kriegt er vielleicht auch noch Sie.«

Damit wollte Fernando gehen. In dem Moment betrat Vito die Terrasse, blickte prüfend von einem zum anderen und sah die Weinlache auf dem Boden, die wie frisches Blut schimmerte.

»Tut mir leid«, sagte Fernando und schob sich an ihm vorbei.

***

Er konnte jetzt nicht nach Hause fahren. Er durfte nicht überstürzt handeln, aber tatsächlich sah er Antonio Giordano in Gefahr. Er könnte das nächste Opfer werden, wenn nicht schnell Licht ins Dunkel dieses Falls kam. Doch das hing in erster Linie von ihm selbst ab.

Fernando fuhr nicht zurück nach Sankt Ulrich, sondern schlug zum dritten Mal an diesem Tag den Weg zu Sarah Templers Wohnung ein. Er parkte seinen Wagen auf der gegenüberliegenden Straßenseite, und als er ausstieg und auf das Gebäude zuging, fiel ihm ein Wagen auf, an dessen Fahrerseite das Fenster ein paar

Zentimeter heruntergekurbelt war. Rauch stieg aus dem Spalt in die warme Abendluft empor. Jemand saß im Wagen und zog an einer Zigarette. Fernando erkannte einen Mann, der ihn kurz musterte und den Blick wieder nach vorn richtete.

Fernando klingelte, und sofort schrillte der Summer, der die Tür öffnete.

Sarah war überrascht, ihn zu sehen. »Was machst du hier?«, fragte sie.

»Ich war gerade bei Giordano und muss mit dir sprechen.«

Sie führte ihn ins Wohnzimmer, wo Sarah stehen blieb und beide Hände in die hinteren Hosentaschen steckte.

»Warst du schon bei Sassner?«, wollte Fernando wissen.

»Ich hab angerufen. Er will vorbeikommen. Ich dachte eben, als es klingelte, er sei es.«

»Verstehe. Unten habe ich einen Mann gesehen. Ich glaube, du wirst überwacht.«

»Du solltest besser gehen«, flüsterte Sarah ängstlich.

Fernando zuckte mit den Schultern. »Jetzt wissen sie eh, dass ich hier bin.«

Da klingelte es an der Haustür. Sarah sah ihn nervös an und ging unsicher zur Tür, um zu öffnen.

Fernando bemerkte, dass der Zettel noch genau so auf dem Tisch lag, wie er ihn vorhin dorthingeworfen hatte.

»Frau Templer?«, hörte er Sassners Stimme im Flur.

»Ja, bitte kommen Sie rein.«

Fernando trat in den Wohnungsflur. Sassner war allein gekommen und wenig überrascht, ihn hier zu sehen. Er musste über seine Anwesenheit informiert worden sein.

»Ah, Herr Lovecchio. Darf ich fragen, was Sie hier tun?«

»Ich habe mich bei Frau Templer über Enzo Giordano informiert.«

»In Ihrer Funktion als Laufbursche von Herrn Giordano?«

»Nett, wie Sie das ausdrücken«, sagte Fernando, und sie gingen ins Wohnzimmer, wo Sarah mit einer zaghaften Handbewegung auf den Tisch deutete.

»Da ist er.«

Sassner setzte sich auf die Couch, zog ein Paar Handschuhe aus seiner Jacke und schlüpfte hinein. Vorsichtig nahm er den Zettel zwischen Daumen und Zeigefinger und las.

»Das fanden Sie wo?«, fragte er.

»In einer Jacke von Enzo. Ich habe sie heute aus der Reinigung geholt.«

»Wann hat er sie zuletzt getragen?«

Sarah rechnete nach. »Letzte Woche. Wir waren essen, und …«

Sassner blickte auf, als Sarah stockte.

Sie bemühte sich, nicht die Fassung zu verlieren. »Wir waren essen, und er bekleckerte sich, als wir in der Stadt noch ein Eis gekauft hatten. Das war Mittwoch.«

»Wann sahen Sie ihn das letzte Mal?«

»An ebendiesem Mittwoch. Danach telefonierten wir nur noch.«

Sassner holte einen Beweisbeutel hervor und legte die Notiz vorsichtig hinein. Dabei fiel Fernando auf, dass er seine Fotos bei Antonio Giordano vergessen hatte.

»Setzen Sie sich doch bitte, Frau Templer«, sagte Sassner, ohne Sarah anzuschauen. »Herr Lovecchio, ich wüsste nicht, was Sie hier im Moment zu suchen hätten. Vielleicht warten Sie besser draußen.«

»Ich hätte da noch ein paar Fragen an Sie«, konterte Fernando, erntete aber bloß einen spöttischen Blick des Kommissars.

Er wollte nicht nutzlos vor dem Haus herumstehen, also holte Fernando Dante aus dem Auto und ging mit ihm unter den Augen des Beamten im Wagen, vor dessen Fenster inzwischen sechs Zigarettenstummel lagen, Gassi.

Es dauerte nur eine Viertelstunde, bis Sassner aus der Haustür trat. Fernando stand im Vorgarten des Hauses und kraulte den im Gras liegenden Dante. Der begann zu knurren, als der Beamte bei ihnen stehen blieb.

»Ihr Hund und ich werden in diesem Leben wohl keine Freunde mehr«, sagte er wenig beeindruckt. Sicher hätte er nicht einen Moment gezögert, seine Dienstwaffe zu gebrauchen, wenn der Hund ihn angegangen wäre. »Was ist das für 'ne Rasse?«

»Ein Irischer Terrier.«

»Ein Ire, verstehe. Seine Gene kann man nicht leugnen, was?

Enzo Giordano scheint ja auch nicht nur gute gehabt zu haben«, sagte Sassner und fügte hinzu: »Ich gehe mal davon aus, dass Sie den Inhalt der Nachricht kennen.«

Fernando nickte und richtete sich auf.

»Warum haben Sie den Fund der Tatwaffe nicht öffentlich gemacht?«, fragte er ganz direkt.

»Sie sind bestens informiert, wie ich sehe. Oder vielleicht auch nicht. Denn ich muss Sie enttäuschen: Ja, es ist die Waffe eines Carabiniere.« Er kam näher und senkte seine Stimme: »Aber sie gehörte Enzo. Es war seine Waffe.« Zufrieden lehnte Sassner sich wieder zurück und ließ die Information wirken.

In der Tat musste Fernando zugeben, dass ihm nun der Wind aus den Segeln genommen war.

»Er hatte keinen Waffenschein, wenn Ihnen das weiterhilft. Wahrscheinlich hat er das Ding irgendwo auf 'nem Flohmarkt erstanden«, vermutete Sassner flapsig.

Fernando fiel keine Frage mehr ein, die er dem Kommissar stellen konnte. Der grinste humorlos und deutete auf Fernandos Gesicht.

»Wenn Sie nur den Schnauzbart stehen lassen, sehen Sie sogar aus wie Magnum.«

Damit ging er an ihm vorbei auf die andere Straßenseite, wo er in einen Alfa Romeo stieg und davonbrauste.

***

»Das verändert alles«, sagte Fernando, als er wenig später oben bei Sarah auf der Couch saß. Sie hatte ihnen einen Apfelstrudel, der seit gestern im Kühlschrank stand, aufgetan und einen Kaffee gemacht. »Der Mörder bestellt Enzo auf den Berg«, sagte er. »Der bringt seine Pistole mit, zu seiner eigenen Verteidigung, vermute ich. Der Mörder …«

Er stockte, denn bisher hatte er Sarah Enzos schwere Verletzungen verschwiegen. Auch jetzt konnte er nicht explizit darauf eingehen, nicht vor Enzos Freundin. »Es kommt zu einem Streit«, sagte er daher. »Zu einem Kampf, in dessen Verlauf er an Enzos Pistole gelangt.«

»Aber was wollte er von Enzo?«, fragte Sarah. »Ging es vielleicht um Erpressung?«

»Möglich. Ich sprach vorhin mit Antonio. Er weigerte sich, mir eine Antwort zu geben, als ich ihn auf die Nachricht ansprach. Aber er war geschockt davon. Er muss etwas wissen.«

»Ich verstehe nur nicht, warum Enzo sterben musste, wenn es eigentlich um seinen Vater geht«, sagte Sarah.

»Auch Enzo muss etwas gewusst haben, sonst wäre er nicht hingegangen. Was immer es war.«

Nachdenklich saßen beide vor ihren dampfenden Tassen. Gleichzeitig griffen sie zu und tranken einen Schluck. Das rang ihnen zumindest einen kurzen belustigten Blick über den Tassenrand ab.

»Könntest du vielleicht bei deiner Zeitung recherchieren, was Antonio sich in den letzten Jahren womöglich zuschulden kommen ließ?«, fragte Fernando. »Irgendwas, das einen Rachefeldzug rechtfertigen könnte. Es muss beispielsweise einen Arzt geben, der vor gut dreißig Jahren bei Giordanos Frau die OP durchgeführt hat, bei der sie gestorben ist. Er hat dafür gesorgt, dass der Mann nicht mehr praktizieren darf. Wenn du etwas über ihn herausfinden könntest, wäre das ein Anfang.«

Sarah schien froh zu sein, etwas zur Aufklärung beisteuern zu können.

»Ich meine außerdem, die Vorgehensweise des Mörders – den Umstand, dass er die Waffe des Opfers benutzt – schon mal irgendwo gesehen zu haben.« Er rieb sich angestrengt die Stirn. Es waren unzählige Morde Gegenstand seiner Arbeit gewesen, und dieses eine Detail löste eine noch nicht greifbare Erinnerung bei ihm aus. »Ich gleiche das mit meinen Aufzeichnungen ab.«

Er machte sich eilig auf den Weg, verließ Sarahs Wohnung gegen zweiundzwanzig Uhr und kam ziemlich genau eine Stunde später an seiner Hütte an. Er ließ Dante laufen und schaute in seinen Unterlagen nach, ob er bereits ähnliche Fälle dokumentiert hatte. Er besaß ein Bücherregal, das er selbst gebaut hatte und das mit Ordnern vollgestellt war. Darin waren alle Fälle abgelegt. Nach 2001 erst hatte er begonnen, seine Aufzeichnungen zusätzlich digital zu speichern. Aber das, was seine Erinnerung anregte, war länger her, das spürte er deutlich. Er griff sich zwei Ordner aus den Jahren

1970 bis ’75 und 1975 bis ’80 und legte sie auf seinen Tisch. Es würde eine lange Nacht werden.

Bevor er den ersten Ordner aufschlug und in die Mordfälle und Täterbeschreibungen eintauchte, betrachtete er noch einmal nachdenklich das Regal. Er lebte auf diesem wunderschönen Plateau zusammen mit Hunderten Toten, die gestapelt und chronologisiert in seiner Hütte im Schrank standen. Was hatte Sarah noch gesagt? Es sei ein heilsamer Ort. Vielleicht sollte er mal Zeit darauf verwenden, zu erkunden, warum er sich mit Toten umgab und nicht mit Lebenden.

Er schüttelte den Gedanken wieder ab und versuchte, sich zu konzentrieren.

Es war schon nach drei Uhr nachts, als Fernando fast über den Akten eingeschlafen wäre. Seine Augen brannten, und die Müdigkeit zog an seinen Lidern und seinem Körper. Mit abgestütztem Kopf und nur einen tiefen Atemzug davon entfernt, endgültig einzunicken, saß er über einem Zeitungsartikel von 1993. Damals hatte man in einer Kirche einen Mann ermordet vorgefunden. Laut Aussage der Polizei war er vor seinem Tod gefoltert worden, ehe man ihm mit seinem eigenen Messer die Kehle durchschnitten hatte.

Fernando zuckte hoch. Ein heller Funke sprühte in seinem Kopf auf. Das war es! Diesen Fall hatte er gesucht. Erstochen mit dem eigenen Messer. Er war schlagartig hellwach und zog die Akte näher zu sich heran.

Es fanden nur wenige Details der Tat Erwähnung in dem Artikel, doch auch der Fundort wies deutliche Ähnlichkeiten zu dem von Enzo Giordano auf. Die Leiche hatte in der Kirche ebenfalls direkt unter dem Kreuz gelegen. Erst beim zweiten Lesen entdeckte Fernando ein weiteres Detail, das er damals für unerheblich gehalten hatte. Nun jagte es ihm eine Hitzewelle durch den Körper. Dort stand:

Am Morgen des 13. Juni fand man in dem kleinen Ort Zambana nördlich von Trento die Leiche eines Mannes in der alten Kirche. Carlo G., der im Ort ein beliebtes Café betrieb …

Fernando rief über das Internet den Kalender von 1993 auf. Und da war sie, die dritte Parallele. Auch Carlo G. war in der Herz-Jesu-Nacht gestorben. Das konnte kein Zufall sein. Obwohl zwei unterschiedliche Tatwaffen benutzt worden waren. Vielleicht hatte der Täter über die Jahre eine Entwicklung mitgemacht. Von einer Stichwaffe hin zu einer Schusswaffe, das war ungewöhnlich, aber dennoch denkbar. Dieser Fall könnte die Theorie von einem Serientäter untermauern. Dann wäre die Frage nach Antonio Giordanos Rolle in diesem Rätsel allerdings noch schwieriger zu beantworten.

Fernando las, was er außerdem über den Fall gesammelt hatte. Es hatte über Wochen einige Folgeartikel gegeben, doch der Täter war ein Phantom geblieben. Man hatte ihn nie fassen können. Kurz dachte er daran, Sarah zu informieren, doch nach einem Blick auf die Uhr verwarf er den Gedanken gleich wieder. Er wollte lieber versuchen, noch ein wenig Schlaf zu finden, bevor er morgen nach Zambana fahren würde, um dort mehr zu erfahren.

6

Der kleine Ort Zambana lag etwas oberhalb des Gewerbegebietes von Trento, direkt an der Autobahn. Die Kirche, die Fernando suchte, der damalige Fundort der Leiche, stand im alten Teil des zweigeteilten Städtchens. Nach einer Katastrophe 1955, bei der durch eine Geröllawine fast alle Häuser verschüttet worden waren, hatte man einfach einen neuen Ort weiter östlich errichtet. Die Kirche stand als Mahnmal und Gedenkstätte dessen quasi als westlichster Punkt vor dem Gebirgsmassiv.

Die Via Trento führte ihn in den beschaulichen Ort hinein, in dem neue Häuser zusammen mit den noch übrig gebliebenen alten Höfen und verwitternden Ruinen standen. Die Kirche lag hinter einem Wall, den man durch einen kurzen Tunnel erreichen konnte.

Fernando parkte und ging den Anstieg zu Fuß hinauf. Die Vögel sangen, hin und wieder hörte man ein Kind rufen, ansonsten herrschte Stille. Die Tür der Kirche war nicht verschlossen, also trat Fernando ein und sah sich um.

Der Raum wurde von zwei Säulen rechts und links getragen, verschmälerte sich hinter ihnen und lief auf den Altar und das hohe Christusbild dahinter zu. Keine Menschenseele war hier. Fernandos Schritte hallten einsam von den kalten Mauern wider. Er stieg die Stufe zum Altar empor und besah sich ausgiebig das Bild. Dann fiel sein Blick auf den Boden darunter, die Stelle, an der das Opfer gelegen haben musste. Auch hier konnte der Fundort nicht der Tatort gewesen sein, das hatte er sich in seinen Aufzeichnungen notiert.

»Buongiorno«, grüßte eine tiefe Stimme hinter ihm, und er zuckte zusammen.

Der Pfarrer war aus der Sakristei getreten und kam lächelnd auf ihn zu.

»Entschuldigen Sie, ich wollte Sie nicht erschrecken.«

Fernando schnaufte einmal tief durch. »Ich habe Sie nicht kommen hören«, sagte er, und sie schüttelten sich die Hände.

»Gummisohlen.« Der Pfarrer hob zum Beweis sein rechtes Bein. »Ich bin Pater Francesco.«

»Fernando Lovecchio«, stellte Fernando sich vor.

»Sie machen hier Urlaub?«

Der Pater war nur einige Zentimeter kleiner als Fernando und hatte schlohweißes volles Haar, das wie Zuckerwatte um seinen kantigen Kopf stand. Seine wachen Augen musterten Fernando neugierig. Offenbar erkannte er an seinem Äußeren, dass er kein typischer Tourist war.

»Nein, eigentlich bin ich beruflich hier.«

»Sind wir etwa Kollegen?«, fragte er mit einem Lächeln im rechten Mundwinkel.

»Nein, ich bin Schriftsteller und befasse mich mit Kriminalfällen. Ich habe von einem Mord gelesen, der 1993 hier geschehen ist«, gab Fernando Auskunft. »Man hat das Opfer in dieser Kirche gefunden.«

Die Augen des Paters wurden stumpf, die Farbe schien aus ihnen zu weichen. Er sah Fernando lange an, bevor er antwortete. »Carlo Gimmino.« Er nickte ernst. »Ich habe ihn gefunden.«

Fernando konnte nicht glauben, dass er tatsächlich einem Augenzeugen gegenüberstand. »Können wir uns einen Augenblick unterhalten?«, fragte er.

Pater Francesco bot ihm einen Platz in der ersten Kirchenbank an. Sie setzten sich nebeneinander.

»Sie sind Schriftsteller?«, fragte Pater Francesco nach.

»Ja, ich beschäftige mich mit Schwerverbrechern, ich analysiere ihre Lebensgeschichten und kriminellen Entwicklungen.«

Langsam sog der Pater die kalte Luft durch seine Nase ein und blickte auf das Altarbild. »Man hat ihn nie gefunden, den Mörder.«

»Ich weiß, und ich frage mich, ob der Mord von damals vielleicht etwas mit einem aktuellen Mordfall in Sankt Ulrich zu tun haben könnte. Es gibt da gewisse Parallelen.«

Sein Kopf fuhr herum. »Sie meinen, Carlo war nicht das einzige Opfer?«

»Es ist bisher nur eine vage Vermutung. Aber um dem auf den Grund zu gehen, bin ich hier.«

Pater Francesco senkte das Haupt und bot Fernando seine weiße Haarpracht dar, so als sollte er ihn salben.

»Ich kann Ihnen nicht sagen, wie oft ich für den Mörder gebetet habe. Aber doppelt so viel habe ich für Carlo gebetet. Ich war nicht vorbereitet gewesen auf das, was ich damals gesehen habe.« Er faltete seine Hände so fest, dass seine Knöchel weiß wurden. »Er lag unter dem Bild. Die Augen offen. Den Kopf so gedreht, als schaue er empor. Sein Gesicht war geschwollen und schief von den Brüchen, die er hatte erleiden müssen. Auch die Arme und Beine sahen so aus. Es war grotesk. Sein ganzer Körper war wie zerbrochen. Ich versuchte ...« Die Stimme versagte ihm den Dienst, und er schluckte, schluckte erneut, doch es half anscheinend nichts. Sein Kopf sank noch tiefer zwischen seinen Schultern ein.

»Hatte die Polizei wenigstens einen Verdacht?«, flüsterte Fernando.

»Es gab nicht eine einzige Spur.« Beschwerlich, wie es schien, sah er auf. »Es wurden Gerüchte laut, dass die Südtiroler dahintersteckten, weil es in der Herz-Jesu-Nacht geschehen war. Niemand aus unserem Dorf hätte so etwas tun können, hieß es. Nun, ich glaubte das nicht. Unser Dorf, sosehr wir auch zusammengewachsen sind nach dem Unglück, ist keine Ausnahme in dieser Welt. Das Böse wächst und gedeiht in allen Häusern. Mein Glaube sagt mir, dass ich vergeben muss. Nichts ist mir je schwerer gefallen, glauben Sie mir. Vergebung ist eine mühsame Aufgabe.«

»Können Sie mir Auskunft geben, welcher Polizist diesen Fall untersucht hat? Und leben Carlos Eltern vielleicht noch? Verheiratet war er ja nicht.«

»Seine Eltern sind gestorben am Gram über den Tod ihres Sohnes. Sie wohnten hier ganz in der Nähe, die Gimminos. Der Carabiniere, der das Kommando hatte, lebt jetzt in einem Heim. Ich besuche ihn von Zeit zu Zeit. Wir reden nicht viel, aber wenn wir zusammen sind, denken wir an nichts anderes als an diese Nacht vor zwanzig Jahren.«

Pater Francesco nannte Fernando den Namen des Polizisten und den des Heims, in dem dieser nun lebte. Und er warnte ihn vor, dass er vielleicht nicht viel erfahren würde, weil der Mann nicht mehr bei klarem Verstand war.

Trotzdem musste Fernando den Versuch unternehmen und begab sich zurück über die wunderschöne Brücke, die die beiden Orte, das alte Zambana und das neu errichtete, miteinander verband.

Das Heim lag auf der anderen Seite der Brücke am westlichen Ortsrand, und man hatte von den Zimmern und vom Garten aus einen wunderbaren Ausblick auf den nordwestlichen Teil des Gebirgskessels, der das Tal einschloss. Stefano Sassi bewohnte ein Zimmer im zweiten Stock.

Eine der Pflegerinnen brachte Fernando nach oben. Sie klopfte an die Tür und öffnete sie. »Signor Sassi, Besuch für Sie. Ein Herr von …«, sie drehte sich zu Fernando um. »Von welcher Zeitung kommen Sie?«

»Von keiner, ich schreibe ein Buch, ich bin Sachbuchautor«, erklärte er.

»Was will er?«, fragte Sassi, der Fernando keines Blickes würdigte. Er saß mit einer Wolldecke über den Beinen in einem Sessel am Fenster.

»Ich komme von Pater Francesco und möchte mit Ihnen über Carlo Gimmino reden.«

Das traf ihn wie ein Stromschlag. Er saß ganz still, nur seine Lippen bewegten sich zuckend.

»Herr Sassi?«, fragte die Pflegerin, um ihn daran zu erinnern, dass sie warteten.

»Kommen Sie rein«, sagte er dumpf und stand dabei auf. Er ging zum Fenster und schaute hinüber ins alte Dorf, das man von hier aus in Teilen sehen konnte.

Die Tür fiel ins Schloss, und die beiden waren allein.

Sassi legte die Hände an den Fensterknauf. Er hatte breite, knochige Schultern und große Hände, die von der Gicht gezeichnet waren.

»Entschuldigen Sie bitte, dass ich einfach so hereinplatze«, sagte Fernando. Er schaute sich in dem Zimmer um, während er auf eine Reaktion wartete. Es war sehr aufgeräumt hier. Nirgends lag etwas herum, alles war geordnet, sogar so geordnet, dass selbst die Zeitschriften fein säuberlich gestapelt parallel zu den Kanten des Tisches lagen. Das Bett war gemacht, als seien sie in einer Militärkaserne. Drei Paar Schuhe standen mit scheinbar ausgemessenem Abstand neben der Tür auf einem Abtreter.

»Zwanzig Jahre«, sagte Sassi heiser. »Und es kommt mir vor wie gestern. Als ob nur ein einziger Tag vergangen wäre.«

Fernando tat es leid, dass er alte Wunden wieder aufriss.

Sassi drehte sich um und verschränkte seine Hände hinter seinem Rücken. »Was wollen Sie? Meinen Sie, Sie könnten jetzt noch mehr ausrichten, als wir es konnten? Sie sind doch nicht mal von der Polizei.«

»Das stimmt«, gab Fernando zu. »Ich arbeite für den Vater eines Mordopfers aus Sankt Ulrich. Der Mord geschah letzte Woche, und ich meine, dass er eventuell mit dem hier in Zambana zusammenhängen könnte. Es wäre nett, wenn Sie mir ein paar Fragen beantworten könnten. Dann lasse ich Sie wieder allein.«

Starr und ausdruckslos sah Sassi ihn an. Seine Lippen zuckten unaufhörlich.

»Setzen Sie sich«, sagte er schließlich und bot ihm den Sessel gegenüber an. Fernando nahm Platz und registrierte, dass vor dem großen Fenster eine Balustrade angebracht war, die nicht etwa den Zweck hatte, diejenigen, die hinausschauten, davor zu bewahren hinunterzufallen, sondern um sie davon abzuhalten zu springen.

»Ich brauche, um mir ein Bild machen zu können, einige Details, die nur Sie mir geben könnten. Pater Francesco klärte mich bereits darüber auf, wie das Opfer aufgefunden wurde, seine Lage und die Verletzungen, die es aufwies.«

»Das waren nicht alle.« Sassi zog die Decke wieder auf seine Beine, und er strich sie sorgfältig glatt, bis keine einzige Falte mehr zu sehen war. »Francesco hat nicht alle Verletzungen sehen können.«

Er machte eine Pause und blickte aus dem Fenster. Zu seinen Lippenbewegungen kam nun auch ein ruckartiges Anheben seiner Augenbrauen hinzu. Es schien ein Tic zu sein.

»Die Fingernägel waren ihm rausgerissen worden«, erklärte Sassi mit rauer Stimme.

Fernando schluckte und überlegte, ob er seinen Notizblock hervorholen sollte, um alles zu notieren, doch er befürchtete, dass er bei diesen Beschreibungen nicht das Geringste würde vergessen können.

»Er hatte Brandverletzungen, Schnitte und Stiche am ganzen Körper, auch an den Geschlechtsteilen. Er war buchstäblich gefoltert worden vor seinem Tod. Grausam gefoltert. Bei lebendigem Leib.«

Fernando war entsetzt und überrascht, denn solche Verletzungen waren bei Enzo nicht dokumentiert worden. Das sprach eindeutig gegen denselben Täter.

»Und die Tatwaffe?«, fragte er vorsichtig.

Sassis Augenbrauen schossen immer unkontrollierter nach oben, und seine Lippen bewegten sich, als kaue er auf etwas Lebendigem herum. Nun begannen auch seine Hände zu zucken.

»Lag direkt neben ihm. Ein Messer, mit dem man ihm die Kehle durchschnitten hatte.«

»Fanden Sie Fingerabdrücke?«

»Nicht vom Täter, nur von Carlo. Es war sein Messer.«

Fernando nickte. Das war eine beunruhigende Ähnlichkeit zwischen den beiden Morden. Doch es waren zwei verschiedene Tatwaffen. Wenn es tatsächlich einen Zusammenhang gab, wurde dieser Fernando immer noch nicht deutlich. Die einzige Vermutung, die sich für ihn auftat, war, dass die Opfer mit ihren Waffen zuvor jemanden verletzt oder gar getötet hatten. Der bloße Besitz einer Waffe war kein Motiv für einen Serienmörder, sich jemanden als Opfer auszusuchen. Es musste mehr geschehen sein.

»Ist Ihnen bekannt, ob Carlo Gimmino sich mal etwas zuschulden kommen ließ? Gab es eine Polizeiakte über ihn?«

Sassi schüttelte den Kopf, und selbst das sah aus wie ein Tic. Fernando dachte an die Nachricht in der Jacke von Enzo Giordano.

»Und sein Vater?«

Stefano Sassi konnte nicht mehr antworten, weil sein gesamter Körper in unkontrollierten Schüben zuckte. Gesicht, Schultern, Arme, Beine. Wie bei einem Dominoeffekt wurden nacheinander alle Körperteile mitgerissen. Fernando stand auf und legte ihm zur Beruhigung eine Hand auf die Schulter, doch das Einzige, was er spürte, waren heftige Muskelkontraktionen. Er lief aus dem Zimmer, weil er sich daran erinnerte, eine Notglocke neben dem Lichtschalter auf dem Gang gesehen zu haben, und schlug Alarm. Draußen lief er der Pflegerin in die Arme.

»Er hat plötzlich einen Anfall bekommen«, informierte er sie besorgt. Sie eilte zum Zimmer und riss die Tür auf, wo Sassi in seinem Sessel saß und aussah, als befände er sich auf einem elektrischen Stuhl.

»Das hat er schon ewig nicht mehr gemacht«, flüsterte sie mehr zu sich selbst. »Gehen Sie jetzt besser.« Damit lief sie hinein und griff gleichzeitig nach ihrem Handy, um einen Arzt zu benachrichtigen.

Fernando zog sich mit einem schlechten Gewissen zurück und verließ die Etage über die Treppe.

Auf dem Parkplatz klingelte sein Handy. Es war Sarah.

»Fernando? Kannst du kommen? Ich habe den Arzt ausfindig gemacht«, sagte sie voller Eifer.

»Ich bin in Trento«, erwiderte er mit einem Blick auf seine Uhr. »In einer Stunde bin ich da.«

***

Sarah stand unten vor dem Haus, als Fernando ankam und nach einem Parkplatz und etwaigen weiteren Observierungsbeamten Ausschau hielt. Sie winkte ihm zu, und er hielt an, damit sie einsteigen konnte.

»Warum so eilig?«, fragte er.

»Ich dachte, wir fahren gleich zu ihm und stellen ihm ein paar Fragen. Dr. Thomas Gruber. Er besitzt jetzt eine Firma für Medizintechnik hier im Gewerbegebiet. Die Firma heißt Corpotec.«

»Du bist gut informiert«, sagte Fernando und drückte aufs Gaspedal.

»Ich bin Journalistin«, antwortete sie wie selbstverständlich.

Fernando sah zu ihr hinüber und erkannte, dass die Ringe unter ihren Augen noch größer und dunkler geworden waren. »Wie lange hast du geschlafen?«, fragte er.

»Du siehst auch nicht viel besser aus«, gab sie etwas angefressen zurück. »Was hattest du in Trento zu tun?«

»Ich habe in meinen Aufzeichnungen einen Mordfall gefunden, der Ähnlichkeiten mit unserem aufweist. Ist allerdings schon zwanzig Jahre her. Kennst du Zambana?«

»Die Regenbogenbrücke.«

»Genau. Dort fand man einen Mann in der Kirche. Erstochen mit seinem eigenen Messer, und das in der Herz-Jesu-Nacht.«

Ihre Finger spielten an dem Henkel ihrer Handtasche herum.

»Heißt das, Antonio Giordano hat recht, und es handelt sich um einen Serientäter?«

»Das heißt im Moment noch gar nichts. Sollte das der Fall sein, muss es in der Zwischenzeit weitere Morde gegeben haben. Das gilt es noch herauszufinden, aber jetzt widmen wir uns dem Doktor.«

Das Firmengebäude hatte die Größe einer kleineren Turnhalle und war mit schwarzen Granitsteinen verkleidet. Die Fenster zogen sich äußerst schmal über die zwei Etagen. Sie betraten den Kubus durch eine automatische Schiebetür, und Sarah meldete sie am Empfangstresen an.

»Sarah Templer und Fernando Lovecchio von den ›Neuen Südtiroler Nachrichten‹.«

»Ah ja, Sie kommen für das Interview«, sagte die junge Dame erfreut und erhob sich aus ihrem Stuhl.

Fernando blickte Sarah fragend an. »Interview?«

»Ich hab uns angemeldet.«

»Weiß er, warum?«

Dazu schüttelte Sarah nur den Kopf, und sie folgten der Empfangsdame bis in den zweiten Stock, wo sie von ihr in ein Büro geführt wurden, das hinaus auf den Parkplatz im vorderen Hof blickte.

»Herr Gruber, die Dame und der Herr von Zeitung«, sagte die junge Frau.

Gruber saß in einem weißen Oberhemd und Anzughose hinter seinem Schreibtisch und hatte gerade am PC gearbeitet. Er mochte Ende fünfzig sein, klein und sportlich wie ein Läufer. Sein Dreitagebart war akkurat geschnitten und seine Haare zu einem Seitenscheitel gegelt.

»Kommen Sie, bitte«, sagte er freundlich und bot ihnen die beiden Stühle vor seinem Schreibtisch an.

Sie gaben sich die Hände und stellten sich vor.

»Womit kann ich denn dienen?«, fragte er und rieb sich tatkräftig die Hände.

Fernando und Sarah warfen sich einen kurzen Blick zu, bevor Fernando antwortete: »Ich bin Sachbuchautor und schreibe gerade an einer Analyse über Kapitalverbrechen. Aus aktuellem Anlass stelle ich nun ein paar Nachforschungen an. Vielleicht haben Sie von dem Mord gehört, der letzte Woche oben in Sankt Ulrich verübt wurde?«

Das Lächeln verschwand spurlos aus Grubers Gesicht, und er sank kraftlos zurück. »Deswegen sind Sie hier?«, fragte er matt.

»Ja, das Opfer war –«

»Enzo Giordano«, unterbrach er Fernando angriffslustig. In seinen Augen glühte jetzt ein Funken Wut auf. »Sie kommen woher? Von der Zeitung? Ein Buchautor? Wollen Sie mich verarschen?« Er führte seine Finger vor dem Mund zusammen. Seine Kiefermuskeln arbeiteten.

»Herr Dr. Gruber«, begann Fernando ruhig, um ihn etwas versöhnlicher zu stimmen, »Ihr Name tauchte auf, als wir Antonio Giordanos Vergangenheit beleuchteten …«

»Wieso beleuchtet jemand wie Sie die Vergangenheit von Giordano, das wird mir nicht klar. Sind Sie von der Polizei? Oder was soll dieses Theater?« Gruber beugte sich vor und hob drohend seine Stimme.

»Wir …«, Fernando machte eine Pause und blickte zu Sarah. Er sprach von »wir«, obwohl es sich hier eigentlich nur um seine Arbeit handelte. Dass Sarah nun involviert war, war nie seine Absicht gewesen. Es war einfach passiert. »Frau Templer ist nicht im Auftrag ihrer Zeitung hier. Sie hilft mir privat bei den Nachforschungen, was den Tod von Enzo Giordano angeht«, sagte Fernando.

»Enzo und ich waren ein Paar«, ergänzte Sarah, und Grubers Augen sprangen überrascht zu ihr. Dieser Satz hatte eine durchschlagende Wirkung.

»Das tut mir leid«, meinte er leiser, und seine angespannten Schultern fielen in sich zusammen. »Aber warum kommen Sie zu mir? Das kann doch nur bedeuten, dass Sie glauben, ich sei es gewesen. Oder hat Giordano Ihnen den Floh ins Ohr gesetzt?«

»Nein«, entgegnete Fernando, »Signor Giordano berichtete mir lediglich von dem Tod seiner Frau. Und ich muss dem nun nachgehen.«

»Weil Sie glauben, dass ich aus Rache seinen Sohn getötet habe? Verdammt, das ist alles eine Ewigkeit her. Enzo war damals ein Kind. Natürlich hatte ich mir für mein Leben etwas anderes vorgestellt als das hier.« Er ließ seinen Blick durch das Büro schweifen. »Aber ich hab mir etwas Neues erarbeitet, das ist meine Firma, es geht mir gut.« Er atmete aufgeregt. »Ich bringe doch keinen um, ich bin doch kein ...«

Er wollte Mörder sagen, man hörte das Wort förmlich über seine Lippen gehen, doch er schluckte es hinunter, was Fernando nur noch mehr erahnen ließ, welche Vorwürfe er sich wegen Giordanos Frau gemacht haben musste.

»Es war an der Tagesordnung, dass die Chefärzte Routine-OPs an die jungen Ärzte abgaben«, fuhr er etwas ruhiger fort. »Es lief auch alles perfekt, bis ich ein Geschwür entfernen wollte, das sich um die Bauchschlagader herum gebildet hatte. Ich rutschte ab. Ein Handwerker bessert die Stelle einfach aus. Bei mir ... Wir konnten den Schnitt nicht mal sehen, erkannten erst, dass etwas nicht stimmte, als der Blutdruck abfiel, doch da war es schon zu spät.« Er blickte ins Nichts, und Fernando und Sarah hielten still und ließen ihn reden. »Vielleicht war es ja ganz gut, dass ich nie wieder operiert habe. Wer weiß das schon. Aber ich bereue diesen Fehler jeden Tag, glauben Sie mir. Glauben Sie mir.«

Er wirkte jetzt so klein wie ein Kind in dem hohen Sessel. Fernando schämte sich dafür, dass sie ihn belogen hatten, um diesen Termin zu bekommen, und wenn er in Sarahs Gesicht sah, ging es ihr nicht anders.

»Ich war in der Herz-Jesu-Nacht übrigens mit Freunden oben auf der Seiser Alm. Ich gebe Ihnen die Adressen, falls Sie es überprüfen wollen.« Er schrieb ein paar Namen, Adressen und Telefonnummern auf ein Notizblatt und schob den Zettel Fernando über den Tisch.

»Entschuldigen Sie bitte den Überfall«, meinte Fernando. »Wir wollten Sie nicht in Verlegenheit bringen.«

»Schon gut«, antwortete Gruber mit einer abwehrenden Handbewegung. »Die Polizei wird ja sicher noch vorbeischauen. Komisch, dass Sie zuerst gekommen sind.«

Sie erhoben sich und gaben sich zum Abschied die Hände.

»Werde ich meinen Namen morgen in der Zeitung lesen?«, fragte er Sarah mit einem abschätzenden Blick.

»Nein, die Zeitung hatte ich nur vorgeschoben, um einen Termin bei Ihnen zu bekommen«, gab sie zu und senkte den Blick.

Gruber nickte und schien zufrieden.

»Was denkst du?«, fragte Fernando im Auto.

»Wenn das geschauspielert war, ist er verdammt gut. Ich hab ihm jedes Wort abgenommen.«

»Ja«, entgegnete er und startete den Wagen. »Trotzdem rufen wir bei den Freunden an und überprüfen sein Alibi.«

Er fuhr vom Parkplatz und sah Gruber hinter der Scheibe seines Büros stehen und ihnen hinterherschauen.

»Hast du noch mehr über Antonio rausfinden können?«

»Im Internet finden sich lediglich Berichte über sein Weingut. Es gab vor zehn Jahren mal eine Klage gegen ihn wegen Panscherei, doch das konnte nie nachgewiesen werden. Und der Kläger war ein anderer Weinbauer. Könnte sich also einfach um Konkurrenzkampf handeln.«

Sie näherten sich auf der Via Brennero dem Stadtzentrum. Rechts konnte man die Gondeln erkennen, die den Berg hinauf nach Oberbozen kletterten.

»Bringst du mich nach Hause?«

»Natürlich.«

»Soll ich dir nicht besser bei der Recherche helfen?«

Fernando überlegte nicht lang. Hilfe konnte er allemal gebrauchen.

»Warum nicht.«

***

An der Hütte angekommen, sprang Dante aufgeregt bellend auf sie zu. Fernando trat abrupt auf die Bremse und stierte über die Motorhaube.

»Wir hatten Besuch«, sagte er.

»Die Haustür steht offen«, stellte Sarah besorgt fest.

»Das tut sie immer, wenn ich Dante hierlasse«, entgegnete Fernando und stieg aus.

Sie begrüßten den Hund. Dann ging Fernando in die Hocke, um sich die Reifenspuren, die seine Aufmerksamkeit geweckt hatten, besser ansehen zu können. Dante schnüffelte daran und begann laut zu bellen.

»Ja, das habe ich mir gedacht«, sagte Fernando zu seinem Hund. »Und hast du jemanden erwischt?«

Der Terrier hob den Kopf und heulte.

»Mach dir nichts draus«, tröstete Fernando ihn und tätschelte seinen Kopf.

»Du redest mit ihm?«, fragte Sarah.

»Natürlich, er ist mein Hund.«

»Und was sagt er so?«

»Wer immer hier hochgefahren ist, traute sich nicht, auszusteigen. Aber es war jemand hier.« Fernando ging auf seine Hütte zu und stieg die Stufen empor. »Ich mach uns was zu essen. Du kannst solange mit Dany spielen.«

Auch wenn er sicher war, dass derjenige nicht aus dem Wagen ausgestiegen war, schaute er sich zunächst in der Hütte um, ob nicht etwas fehlte oder verändert war. Er fand keine Anzeichen dafür und machte sich ans Kochen. Auf dem Weg hierher hatten sie frisches Brot und Gemüse besorgt, und so schnitt er jetzt ein paar Tomaten, Zwiebeln, Kartoffeln und Paprika, die er sehr heiß in der Pfanne anbriet, bevor er acht locker verquirlte Eier mit etwas Ziegenmilch und einer speziellen Geheimzutat darübergab und die Masse stocken ließ. Damit war die Frittata fertig. Er schnitt noch eine Platte mit Tiroler Speck auf und öffnete eine Flasche Rotwein.

Als er mit dem Geschirr und Besteck auf die Veranda hinaustrat, saß Sarah im Gras vor dem Haus und warf Stöckchen für Dante. Dabei blickte sie immer wieder mit leicht schief gelegtem Kopf hinauf zum Seceda-Massiv.

»Essen ist fertig«, rief er.

Mit einem wehmütigen Lächeln wandte sie sich ihm zu und erhob sich. Fernando holte die Pfanne und das Brett mit dem Schinken, stellte beides auf den Tisch und schnitt die Frittata in Kuchenstücke.

»Das sieht sehr gut aus«, sagte Sarah.

»Möchtest du Wein?«

»Von Antonio Giordano?«, fragte sie mit einem Blick auf das Etikett.

»Stimmt, eigentlich hätte ich mich auch in Wein auszahlen lassen können«, gab er zurück.

Sarah schenkte ihnen ein und besah sich ihr Essen genauer.

»Was ist da drin?« Sie deutete mit der Gabel auf einen dunklen Fleck in dem festen Ei.

»Das ist eine geheime Zutat.«

»Und welche?«

»Sage ich erst, wenn du probiert hast.«

Grinsend nahm sie einen Happen.

»Phänomenal!«

»Vielen Dank.«

»Und was ist es nun?«

»Salzstangen.«

»Wie bitte?«

»Salzstangen. Schmeckt doch, oder?«

»Komischerweise schon.«

»Nimm von dem Speck«, forderte er sie auf.

Sie aßen und tranken ausgiebig, bis Fernando mit einem abschätzenden Blick in den orangefarbenen Abendhimmel sagte: »Wir sollten langsam reingehen, da zieht ein Gewitter auf.«

Sarah lenkte ihren Blick nach oben. »Es ist wunderschönes Wetter«, erwiderte sie verständnislos.

»Ja, jetzt«, sagte Fernando und begann, den Tisch abzuräumen.

»Na gut, du bist der Experte.«

Sie half ihm, die Sachen reinzubringen, und bereits beim zweiten Gang nach draußen fuhr der erste Windstoß durch die Bäume.

Oben, zwischen den scharfen Spitzen des Fermeda und Gran Fermeda hindurch, krochen dunkle Wolken und bedeckten innerhalb von Sekunden das Annatal. Augenblicklich wurde es dunkel. Durch den Cuca-Sattel auf der rechten Seite der Seceda-Hütte floh ein Rettungshubschrauber vor dem Unwetter ins Tal.

»Wow.« Sarah bestaunte das Schauspiel ehrfürchtig.

»Na komm«, sagte Fernando, zog sie in die Hütte hinein und schloss die Tür.

Sie nahmen am Tisch neben dem Regal Platz, ihre Weingläser standen schon bereit. Fernando suchte die noch zu bearbeitenden Aktenordner heraus und legte sie auf den Tisch. Da hörten sie auch schon die ersten Regentropfen aufs Dach fallen. Zunächst nur vereinzelt, doch schnell wurden es immer mehr. Bis der Regen schließlich wild auf das kleine Dach prasselte.

»Ich habe vor allem Zeitungsberichte gesammelt und mir Notizen dazu gemacht. Manchmal habe ich auch Seiten aus Büchern kopiert, wenn die betreffenden oder ähnliche Fälle bereits in der Fachliteratur erwähnt oder Polizeiberichte veröffentlicht wurden.«

Sarah schlug einen der Ordner auf und blätterte darin. Dann beobachtete sie eine Weile den konzentriert lesenden Fernando.

»Warum machst du das?«

Fernando sah von seiner Lektüre auf.

»Antonio hat mich gekauft, das habe ich dir doch schon gesagt.«

»Nein, ich meine, warum schreibst du ausgerechnet *darüber* Bücher? Es hätte doch auch ein anderes, weniger schreckliches Thema sein können.«

»Weißt du«, begann Fernando, »das habe ich mich auch schon ein paarmal gefragt. Aber ich kam nie zu einer sachlich begründeten Antwort. Es interessiert mich einfach, was hinter den Taten, hinter den Menschen steckt. Anders kann ich es nicht ausdrücken.«

»Was sagen denn deine Eltern dazu?«

»Die waren davon nicht sehr angetan. Mein Vater hat es überhaupt nicht verstehen können, und wir … wir reden nicht mehr miteinander.«

»Oh, das tut mir leid«, sagte Sarah. »Ich wollte nicht in alten Wunden rumstochern.«

»Schon gut. Mein Vater und ich hatten immer schon ein problematisches Verhältnis.«

»Und deine Mutter?«

»Sie … sie war immer die Vermittlerin zwischen uns. Sie starb vor zehn Jahren.«

»Oh, das tut mir leid.«

»Hör auf, dich zu entschuldigen.«

»Tut mir leid.« Sie fasste sich schuldbewusst an den Mund und musste lachen.

Auch Fernando konnte sich ein Lächeln nicht verkneifen. Dann senkten beide wieder ihre Blicke in die Akten und begannen zu lesen.

Das Gewitter tobte nun direkt über sie hinweg. Der Donner schlug so hart und tief, dass die gesamte Hütte zu beben begann. Gläser klirrten in den Küchenschränken. Sarah hielt sich die Ohren zu und bekam es mit der Angst zu tun, während Fernando weiterlas, als sei nichts passiert. Auch Dante lag entspannt dösend auf einem Teppich in der Ecke und nahm keine Notiz von dem Unwetter.

Es vergingen fast zwei Stunden. Das Unwetter ebbte langsam ab, und der Donner entfernte sich in Richtung Westen. Der Wind wurde weniger, doch es schüttete unvermindert weiter.

»Ich glaub, ich hab was«, sagte Sarah irgendwann zaghaft.

Fernando rieb sich die Augen und kam zu ihr herüber. »Zeig mal.«

»Der Fall liegt fünfzehn Jahre zurück. Opfer war eine junge Frau aus Riva am Gardasee. Zunächst glaubte man an einen furchtbaren Selbstmord, weil sie wegen einer Psychose in Behandlung war«, erläuterte Sarah.

»Ich glaub, ich erinner mich dunkel«, sagte Fernando.

»Man fand sie auf einem Bergweg direkt neben einer Jesusfigur. Es stellte sich heraus, dass sie erstochen wurde. Ihr Körper wies außerdem eine Unmenge an Schnittwunden auf.«

»Und das Datum?«

Sarah las nach. »Hier steht nur: ›Letzten Montag fand man die Leiche von Laura Benotti.‹ Der Artikel ist vom Mittwoch, den 16. Juni 1999.«

Sie zog ihr Handy aus der Tasche und suchte im Internet nach dem Fronleichnamstag von 1999.

»Am dritten Juni war Fronleichnam.«

»Das passt«, sagte Fernando und beugte sich weiter vor. »Die Herz-Jesu-Nacht war demnach am 13. Juni. Drei Tage später kam der Artikel raus. Steht da was über die Tatwaffe?«

»Ja«, antwortete Sarah. »Es war ihr eigenes Messer, deshalb tippte man ja zunächst auf Selbstmord.«

Fernando stützte sich mit beiden Ellbogen auf dem Tisch ab. »Du hast mit ziemlicher Sicherheit einen weiteren Fall gefunden«, sagte er und las selbst weiter, bis er einige Seiten später plötzlich stutzte. »Ich werd verrückt, in diesem Artikel steht: ›Die Polizei geht davon aus, dass der Mord auf das Konto eines Serienmörders geht, der zuvor schon zwei junge Frauen in Bozen, die sechsundzwanzigjährige Maria Latigno und die zweiunddreißigjährige Gabriele Stützner, ermordet hat.‹«

»Und?«

»Das sind Opfer von Marco Branzo. Der sitzt im Gefängnis von Bozen ein, dort habe ich ihn letzte Woche interviewt.«

»Du kennst Enzos Mörder?« Sarahs große Augen sahen ihn erschrocken an.

»Er kann nicht Enzos Mörder sein. Er sitzt seit zwei Jahren in Haft. Aber wenn die Polizei ihm neben den Taten, derer er überführt wurde, auch den Mord an dieser Laura Benotti zuordnet, kann ich ihn fragen, ob er es tatsächlich war. Was ich allerdings stark bezweifle. Seine Vorgehensweise war eine ganz andere. Damals war Profiling genauso ein Fremdwort wie Facebook. Aber wer weiß. Bis jetzt hat er keinen der Morde gestanden, aber er hat Vertrauen zu mir. Und«, Fernando tippte fest mit der Fingerspitze auf den Artikel, »wir müssen nach Riva fahren, um mit den Angehörigen zu sprechen.«

Es war drei Uhr nachts. Der Regen hatte immer noch nicht aufgehört, war aber schwächer geworden. Sarah war mit dem Kopf auf den Armen am Tisch eingeschlafen.

Fernando wunderte sich, wie viele Artikel er über die Jahre gesammelt und wie viele Aufzeichnungen er gemacht hatte. Er trank den letzten Schluck Rotwein aus und blätterte um. Vor ihm lag der letzte Ordner aus den Jahren 2006 bis 2014, der letzte, den er überhaupt angelegt hatte. Am Ende hatte er die Artikel nur noch ausgeschnitten und abgeheftet, die Notizen dazu aber auf seinem Laptop gemacht. Auch er konnte kaum noch die Augen offen halten, zumal er schon in der letzten Nacht kaum geschlafen hatte, doch die Zeit lief ihm langsam davon.

Die Spuren führten immer noch nicht in eine konkrete Richtung. Nicht mal die Frage nach einer Beziehungstat oder einem Serienmord war geklärt. Doch die Hinweise auf Letzteres verdichteten sich immer mehr.

Er schlug einen Artikel aus dem »Corriere della Sera« auf. Dort sprang ihm eine Überschrift geradewegs ins Auge: »Hinrichtung in Kirche«. Weiter hieß es in dem Artikel: »San Michele. In dem beschaulichen kleinen Örtchen südöstlich von Bozen fand man gestern in der Kirche der Gemeinde die Leiche eines Mannes, der mit einem Kopfschuss förmlich hingerichtet worden war. Bewohner und Kirchenmitarbeiter sind gleichermaßen geschockt und verängstigt und stehen vor einem Rätsel. Das Opfer Mario C. war Besitzer eines Alimentari-Lädchens und jedem im Ort für seine hervorragenden Spezialitäten bekannt. Die Polizei bittet um die Mithilfe der Bevölkerung. Der Polizeisprecher der Quästur Bozen, Tonio Sprivo, sagte dazu: ›Wir erbitten Hinweise über den Verbleib des Opfers kurz vor der Tat in der Nacht vom 16. auf den 17. Juni 2007. Wir vermuten, dass sich während der Herz-Jesu-Feierlichkeiten vielleicht ein Streit entwickelt hat, in dessen Folge Mario C. mit seiner eigenen Waffe getötet wurde.‹«

Fernando riss das Blatt aus dem Ordner und suchte hektisch in seinem Laptop nach den passenden Notizen und weiteren Berichten. Er fand eine Datei mit einigen gescannten Fotos, weiteren Artikeln und dem wohl wichtigsten Vermerk, den er immer ans Ende einer solchen Datei setzte: »Unaufgeklärt«.

Um sich zu vergewissern, checkte er die aktuellen Einträge im Internet, doch es blieb dabei. Der Mörder war bis heute nicht gefunden worden.

Sarah schlief immer noch tief und fest, und Fernando wollte sie nicht wecken. Im Gegenteil, auch er sollte langsam versuchen, etwas Schlaf zu bekommen, bevor es morgen daranging, vor Ort diesen beiden Morden nachzugehen und weitere Informationen zu sammeln.

Er stand auf und überlegte, wie er Sarah aufs Bett bugsieren konnte. Schließlich legte er behutsam beide Hände auf ihre Schultern. »Sarah«, flüsterte er.

»Mmh?«, murmelte sie und öffnete benebelt ihre Augen.

»Komm, du schläfst hier.«

Er führte sie zum Bett, wo sie sich wie schlafwandelnd mit geschlossenen Augen auf die Matratze setzte und zur Seite kippen ließ. Fernando zog ihr die Schuhe aus und deckte sie zu. Er selbst machte sich ein Lager auf der Couch zurecht. Dabei wurde er neugierig von Dante beobachtet, der diese Neuerungen im Hause Lovecchio erst mal beschnüffeln musste. Mit einem letzten Blick auf sein Herrchen legte er seinen Kopf wieder auf den Pfoten ab und schloss die Augen.

Fernando löschte das Licht und versuchte, in den Schlaf zu finden. Doch seine Gedanken ließen ihn nicht zur Ruhe kommen. Erst kurz bevor der Morgen graute, sank er in einen Traum, der die Realität hier in der Hütte in eine schnelle Bilderflut übergehen ließ. Fernando sah Mordszenen und Tatorte in schneller Abfolge an sich vorüberrauschen, zwischen denen immer wieder Bilder seiner Ermittlungen aufblitzten, bis es schließlich klopfte. Er ging zur Tür, warf noch einen Blick zurück, ob Sarah noch in seinem Bett lag, und öffnete. Enzo stand vor der Tür. Er wirkte gehetzt und aufgeregt. Draußen war es Nacht. Ein sichelförmiger Mond schien über Enzos Schulter.

»Los, kommt mit«, forderte er Fernando auf und bezog offensichtlich Sarah mit ein, die jetzt ebenfalls erwachte. Sie verließen das Haus und folgten Enzo durch den nächtlichen Wald am Raschötz-Hang.

Fernando wusste, wo der Weg enden würde. Er wusste auch, was Enzo ihnen dort zeigen wollte. Er lief und lief und dachte daran, dass Sarah keine Schuhe trug. Endlich erreichten sie die Alm, die schräg abfallend im silbernen Mondlicht lag. Unter dem Gipfelkreuz brannte ein Feuer. Als sie näher kamen, erkannte Fernando, dass dort kein Holz, sondern seine Akten brannten. Er wollte Enzo etwas fragen, doch der stand nicht mehr neben ihm. Er hatte sich in Branzo verwandelt, der ihm nun einen Arm um die Schulter legte und mit der anderen Hand auf die ihnen abgewandte Seite des Feuers deutete. Dort stand der Mörder. Durch die lodernden Flammen und den Hitzeschleier hindurch sah Fernando die dunkle Gestalt, deren Gesicht durch eine Kapuze beschattet war. Wie ferngesteuert ging er rechts um das Feuer herum und nahm mit wachsendem Schrecken wahr, dass der Mörder eine Waffe in der Hand hielt und mit ausgestrecktem Arm auf etwas am Boden zielte.

Fernando machte noch zwei Schritte. Zu Füßen des Mörders kniete eine weitere Person. Sie war an Armen und Beinen gefesselt. Fernando streckte die Hand aus, um den Mörder davon abzuhalten zu schießen. Da bückte sich der Mann und griff ins Haar seines Opfers. Mit einem Ruck riss er dessen Kopf hoch, und Fernando starrte in sein eigenes Gesicht. Er schrie und wachte auf. Dante stand mit besorgt glänzenden Augen vor der Couch.

»Alles gut, alter Junge«, sagte Fernando keuchend. Er atmete schwer. Sein T-Shirt war schweißgetränkt. Unter Sarahs Decke regte sich etwas, und sie steckte den Kopf heraus.

»Fernando?«

»Ja, hier.« Er winkte ihr zu.

»Was ist passiert?«

»Nichts, du hast geschlafen.«

»Oh, tut mir leid.« Sie schälte sich aus der Decke und sah an sich hinunter.

»Hör auf, dich zu entschuldigen«, mahnte Fernando müde und schwang die Beine von der Couch. »Ich mach uns Kaffee.«

»Ich weiß gar nicht, wie ich ins Bett gekommen bin«, sagte sie und zog mit einem Fuß ihre Schuhe zu sich heran. »Aber ich hab das erste Mal richtig geschlafen seit …« Sie beendete den Satz nicht.

»Sieh dir das auf dem Tisch an«, sagte Fernando. »Ich hab noch einen Fall gefunden, südlich von Bozen in Sankt Michael.«

Sie ging zum Tisch, kniete sich mit einem Bein auf den Stuhl und las.

»Wir haben einiges zu tun.« Fernando stellte einen Kessel mit Wasser auf den Herd.

»Ist es nun doch ein Serienmörder?«, fragte sie mit dünner Stimme.

Fernando hielt inne und wägte seine Antwort ab. »Die Taten sind in mancher Hinsicht unstimmig. Aber es ist eine Serie. Irgendwie fühle ich, dass es so ist. Weshalb wir zu größerer Eile gezwungen sind. «

»Warum?«, fragte sie und wischte sich die Müdigkeit aus dem Gesicht.

»Weil Enzo dann nicht das letzte Opfer war. Wenn er bemerkt, dass wir oder die Polizei ihm auf der Spur sind, könnte er beim nächsten Opfer früher zuschlagen.«

7

»Ich hatte dich gar nicht gefragt, ob du mitkommen willst«, sagte Fernando entschuldigend, als sie bereits kurz vor Riva durch die östlich gelegenen Bergregionen auf den Ort am Gardasee zufuhren. Sie waren in Rovereto von der Autobahn abgefahren und hatten kaum zwei Stunden gebraucht.

»Wenn ich nicht wollte, säße ich jetzt nicht hier«, entgegnete sie.

»Und deine Arbeit?«

»Ich habe seit letzter Woche Urlaub. Als du in die Redaktion kamst, war ich nur da, um mit meinem Chef zu sprechen. Du hattest Glück, dass du mich angetroffen hast.«

»Ja«, sagte Fernando. »Deine Adresse hätten die mir mit Sicherheit nicht gegeben.«

Sarah lächelte. Vor ihnen öffnete sich das Tal, oberhalb dessen sie fuhren, zur rechten Seite hin und gab den Blick auf den Gardasee frei, der türkis schimmernd in der Sonne lag, eingebettet zwischen hoch aufsteigenden Bergen zu beiden Seiten. Die Landstraße fiel stetig ab auf den See zu, und die Dächer der Häuser lagen wie ein roter Teppich unter ihnen. Das Blau des Wassers war gespickt mit kleinen weißen Segeln. Trotz dieses schönen Anblicks verkrampfte sich Fernando immer mehr. Es war heiß draußen, doch er spürte eine kriechende Kälte in seinen Gliedern.

Sarah hatte per Handy die Benottis ausfindig gemacht, die am Ende der Via Marone eine Fattoria besaßen. Das Restaurant lag am Fuße der steil aufragenden Bergmassive, die Riva von Westen her säumten und hinauf ins Val di Ledro führten.

Die Fattoria hatte bereits geöffnet, aber für Gäste war es noch zu früh, sodass unter der grün bewachsenen Pergola alle Plätze an den hier im Schatten aufgestellten Tischen noch unbesetzt waren. Fernando fuhr auf den großflächigen Hof vor dem quaderförmigen Gebäude und parkte links am Zaun. Sarah wollte gleich aussteigen, bemerkte aber, dass Fernando sich nicht bewegte. Er hatte die Hände noch auf dem Lenkrad. Kaum war der Motor ausgestellt und damit auch die Lüftung, wurde die Luft im Wagen schlagartig warm.

»Was ist mit dir?«, fragte sie.

Er blickte konzentriert nach vorn, zwischen seinen Augenbrauen hatte sich eine tiefe Falte gebildet. Als er schließlich einatmete und ein Lächeln versuchte, konnte das nicht darüber hinwegtäuschen, dass ihn etwas bedrückte.

»Mein Vater wohnt in Riva«, erklärte er matt. »Ich werde immer nervös, wenn ich hierherkomme.«

»Er lebt hier in Riva?«, hakte Sarah erstaunt nach. »Na, dann solltest du ihn vielleicht mal besuchen.«

Fernando warf ihr einen Blick zu, als sei sie nicht mehr ganz zurechnungsfähig.

»Was soll schon passieren?«, meinte sie leichthin.

»Wir hassen uns. Es gibt keinen Grund, warum wir miteinander sprechen sollten.«

Sarah vermied es, darauf zu antworten, und es entstand eine unangenehme Pause.

»Kommt ihr ursprünglich aus Riva?«

»Nein. Sankt Ulrich ist mein Geburtsort. Mein Vater und meine Mutter lebten dort seit vielen Jahren. Er war der Direktor der italienischen Schule. Er und ich auf einer Schule – das war keine gute Idee.«

»Ich bin gegenüber zur Schule gegangen.«

Fernando blickte sie erstaunt an. »Du kommst aus Sankt Ulrich?«

Sie nickte belustigt.

»Dann könnten wir ja …«, überlegte er laut und revidierte sofort: »Nein, ich bin zu alt.«

»Es gibt also keine Hoffnung mehr für euch?«

»Er gab mir die Schuld am Tod meiner Mutter. Doch *er* hatte ihr das Herz gebrochen. Wir leben besser, wenn wir uns aus dem Weg gehen.«

Sarah seufzte und schien es ein wenig zu bereuen, ihn auf so persönliche Dinge angesprochen zu haben.

»Wollen wir's angehen?«, fragte sie und deutete auf das Haus mit der aufgemalten italienischen Flagge auf der Fassade.

Fernando drückte seine Tür auf, und sie stiegen aus. Die Fensterläden am Gebäude waren alle geschlossen und die Eingangstür ebenfalls. Sie betraten also die Sonnenterrasse und setzten sich an einen Tisch. Eine Speisekarte lag aus.

»Sie hatten aber verstanden, dass wir gleich kommen würden?«, fragte Fernando.

Die Antwort kam in Form einer älteren Dame in einem schwarzen abgetragenen Kleid mit einem ausgeblichenen Kopftuch. Sie hatte Mühe, die wenigen Stufen, die von der Küche auf die Terrasse führten, herunterzusteigen. Sie humpelte, vermutlich wegen eines Hüftleidens, und steuerte argwöhnisch und mit verhaltener Ängstlichkeit auf sie zu. Sarah und Fernando standen auf.

»Signora Benotti, buongiorno«, begrüßte Fernando die alte Dame. »Das ist Frau Templer, und mein Name ist Fernando Lovecchio. Nett, dass Sie Zeit für uns finden.«

Sie gaben sich die Hand. Frau Benotti lächelte höflich und zeigte ein paar schiefe Zähne. Ihre Augen lagen tief und unendlich traurig in den Höhlen. Fernando meinte, erkennen zu können, dass sie viel jünger war, als sie aussah.

Sie nahmen alle Platz.

»Mein Mann kommt gleich. Es ist schwer für ihn, über Laura zu sprechen. Immer noch«, sagte sie mit gedämpfter Stimme.

Fernando und Sarah nickten verständnisvoll.

»Warum wollen Sie jetzt überhaupt noch mit uns sprechen? Sind Sie von der Polizei?«, fragte sie vorsichtig.

»Nein, ich bin eigentlich Buchautor und arbeite zurzeit für einen Mann, dessen Sohn letzte Woche getötet wurde. Frau Templer und ich sehen da einige Parallelen zu Lauras Fall.«

Kaum merklich schob sie eine Hand in die Tasche ihres Kleides und fingerte ein zerknittertes Stofftaschentuch hervor. Aus der Küche drang ein Geräusch, und sie blickte zur Treppe. »Da kommt er.«

Sie warteten, bis ihr Mann dazugekommen war. Er war kleiner als sie, untersetzt, und sein graues dünnes Haar wuchs in unregelmäßigen Büscheln auf seinem Kopf. Sein Gesicht mit der schlaffen, ungesund gefärbten Haut war von Leberflecken übersät. Er sagte kein Wort, als sie sich die Hände schüttelten. Seine Frau berührte ihn beruhigend am Bein, als er sich auf dem Stuhl niedergelassen hatte.

»Ich hatte Ihrer Frau gerade schon gesagt, dass ich Schriftsteller bin. Ich arbeite im Auftrag eines Mannes, dessen Sohn letzte Woche erschossen wurde. In der Herz-Jesu-Nacht. Man fand seine Leiche unter einem Gipfelkreuz.«

Die Eheleute sahen sich an.

»Ja, wir vermuten, dass es eventuell einen Zusammenhang zwischen diesem und dem Fall Ihrer Tochter geben könnte. Es gibt da auffällige Ähnlichkeiten.«

Frau Benotti gab einen traurigen Seufzer von sich und knetete ihr Taschentuch. Ihr Mann starrte Fernando aus schmalen, hilflosen Augen an.

»Warum kommt nicht die Polizei?«, fragte er. Seine Stimme klang brüchig und vom Rauchen stark angegriffen.

»Ehrlich gesagt, wissen wir das auch nicht. Die Parallelen sind auffällig. Wir ermitteln rein privat.«

»Wollen Sie etwas trinken?«, fragte Frau Benotti, doch Sarah schüttelte nur dankbar den Kopf.

»Es wäre uns eine große Hilfe«, fuhr Fernando fort, »wenn Sie uns einige Fragen beantworten könnten. Ich weiß, dass es schwer für Sie ist.«

Der Mord an ihrer Tochter war schon Jahre her, doch man sah, dass diese beiden immer noch so sehr darunter litten, als sei er gestern geschehen. Fernando war sich sicher, dass die Mutter seither jeden Tag Trauer trug und das auch für den Rest ihres Lebens tun würde.

Herr Benotti schlug die Augen nieder und zerrieb imaginären Sand zwischen seinen Fingern.

»Meinen Sie …«, er stockte für einen Moment, »dass Sie den Mörder nach all der Zeit noch finden könnten?«

Fernando und Sarah tauschten einen zweifelnden Blick.

»Das ist unser Ziel, aber versprechen kann ich das natürlich nicht.«

Benotti starrte stumm auf seine staubigen Schuhe.

»Was möchten Sie wissen?«, fragte seine Frau und wischte sich die Nase.

Fernando überlegte, wie er es am schonendsten angehen konnte, doch es gab keinen Weg um die grausamen Fakten herum.

»Wie hat man Ihre Tochter aufgefunden?«

Herr Benotti kämpfte mit seiner Fassung, darum antwortete auch jetzt wieder seine Frau.

»Ein Bauer fand sie oben im Val di Ledro auf einem Feldweg.«

»Ach, es war gar nicht hier in Riva?«

»Wir haben zwar hier gewohnt, aber Laura ist an dem Abend dort oben unterwegs gewesen.«

»Stimmt es, dass man sie an einem Kreuz fand?«

»Ein Wegkreuz, ja«, bestätigte sie.

»Und die Tatwaffe? Lag sie bei ihr?«

Sie nickte nur und wischte sich wieder mit dem Taschentuch die Nase.

»Es war ein Messer, ist das richtig?«, fragte Fernando.

Wieder nickte sie.

»Für uns wäre es wichtig zu wissen, ob das Messer ihr gehörte oder ob es das Messer des Täters war«, erklärte er.

Aus dem Augenwinkel prüfte Frau Benotti, wie ihr Mann reagierte.

»Ich habe es ihr geschenkt«, sagte er, ohne Fernando und Sarah dabei anzuschauen. »Sie sollte sicher sein, wenn sie abends unterwegs war. Es sollte sie schützen …« An der Stelle brach seine Stimme, und sein Kinn begann zu zucken.

»Ich verstehe«, sagte Fernando mitfühlend. »Es tut mir sehr leid, aber ich muss Sie fragen, ob Laura, abgesehen von den Stichwunden, noch irgendwelche anderen Verletzungen hatte.«

Jetzt schlug Frau Benotti die Hände vor das Gesicht und presste das Taschentuch gegen ihre Augen. Das Kinn ihres Mannes zuckte immer unkontrollierter, doch er verbiss sich seine Trauer und Wut.

»Der Kerl hat sie am ganzen Körper geschnitten und geschlagen. Das war es, was uns die Polizei erzählt hat. Wir … wir durften sie nicht mehr sehen.«

»Ist sie mit einem Gegenstand geschlagen worden?« Fernando flüsterte fast.

»Die Polizei sagte, es war ein Knüppel«, antwortete Benotti.

Seine Hände zitterten jetzt. »Ihr waren auch einige Knochen gebrochen worden.«

»Kennt man hier am Gardasee den Brauch der Herz-Jesu-Nacht?«, schaltete sich Sarah zum ersten Mal ins Gespräch ein. Die Benottis waren beide erleichtert, auf eine solch allgemeine Frage antworten zu können.

»Nein«, sagte Frau Benotti und schüttelte den Kopf. »Wir wissen, was das ist, aber hier wird sie natürlich nicht gefeiert.«

Mit Sicherheit wusste Sarah das, aber Fernando musste zugeben, dass die Frage berechtigt war. Das war einer der Punkte, die keinen Sinn ergaben. Wenn diese spezielle Nacht von Bedeutung war, warum verübte der Täter dann hier einen Mord, wo dieses Fest nicht existierte?

»Es war aber die Herz-Jesu-Nacht, in der Ihre Tochter starb?«

Frau Benotti wandte den Kopf kaum merklich ab und verzog die Unterlippe. »Kann sein.«

»Sagte die Polizei Ihnen etwas darüber, ob Laura an den Tatort verbracht wurde, ob ihr die Verletzungen woanders zugefügt worden sind?«, fragte Fernando.

Herr Benotti fuhr sich über den Mund. Er schwitzte. Vielleicht waren es aber auch Tränen.

»Ja, aber sie fanden nie heraus, wo das war.«

»In der Zeitung war von einer Psychose die Rede«, meinte Sarah.

Frau Benotti zupfte ihr Kopftuch zurecht und ließ ihre Hände dann wieder in den Schoß sinken. »Sie hat Probleme mit engen Räumen gehabt. Manchmal hatte sie das Gefühl, dass gleich das Haus über ihr einstürzen würde, und dann musste sie raus. Draußen fühlte sie sich wohl. Sie machte weite Spaziergänge. Sehr weite. Es kam vor, dass sie tagelang nicht nach Hause kam. Wir mussten oft mit ihr ins Krankenhaus wegen Unterkühlung und Verletzungen, die sie sich zugezogen hatte. Irgendwann sagten uns die Ärzte im Krankenhaus, dass ihre Psyche unter Angstzuständen leiden würde, die sie nicht mehr allein kontrollieren könnte. Und sie steckten sie in eine psychiatrische Anstalt. Es war furchtbar dort.«

Tränen fluteten ihre Augen, und sie wischte sie mit dem Taschentuch fort.

»Sie war dort lange in Behandlung, und man gab ihr Medikamente, die bewirkten, dass sie nicht mehr wiederzuerkennen war. Aber als sie entlassen wurde, war alles gut. Uns war klar, dass sie nicht allein leben konnte, aber wir waren ja für sie da. Wir kamen zurecht. Im Restaurant lief es gut. Gutes Personal. Einer der Kellner war immer für uns da, wenn Not am Mann war. Auf Umberto war Verlass. Doch als das mit Laura passierte, änderte sich alles. Man nahm uns das Teuerste, was wir hatten. Und dann blieben die Gäste aus. Unser Personal kündigte. Alle verließen uns.« Sie beendete den Satz mit einem tiefen Seufzer.

»Die Polizei ging wegen der Krankengeschichte Ihrer Tochter zunächst davon aus, dass es sich auch um Selbstmord handeln könnte«, sagte Fernando. »Gab es dafür noch mehr Anhaltspunkte? Welche Verletzung hat denn letztendlich zum Tode geführt?«

»Die Polizei hat nie richtig ermittelt«, stieß Herr Benotti mit verkniffenen Lippen hervor. »Sie haben Laura immer nur als die ›Irre‹ bezeichnet, jeder hier in der Gegend. Keiner weinte um sie, außer uns. Die Polizei blieb völlig untätig. Das mit dem Selbstmord brachten sie noch vor der Obduktion an die Öffentlichkeit.«

»Mein Mann kennt sich da aus. Er war selbst einmal Carabiniere«, sagte Frau Benotti und erntete dafür einen bösen Blick ihres Mannes.

»Ach, waren Sie hier im Stadtkommando tätig?«, wollte Fernando wissen, denn dann hätte es ihn gewundert, dass man sich einem Kollegen gegenüber so verhielt, wie es offenbar geschehen war.

»Nein, im Norden. Ich habe dann aber das Restaurant eröffnet.«

»Etwas muss ich Sie noch fragen. Hatten Sie selbst keine Angst, dass, wenn Sie Ihrer Tochter ein Messer gaben, sie sich damit etwas antun könnte?« Fernando war es unangenehm, das zu fragen, weil er damit womöglich Benottis Gefühle verletzte.

»Laura hätte sich nie etwas angetan. Gefährlich waren nur diese Spinner, junge Kerle aus der Gegend, die sie auslachten und ihr böse Dinge an den Kopf warfen. Wenn ihr so einer nachts aufgelauert hätte … Aber keiner von denen ist als Verdächtiger vernommen worden. Nicht einer. Ich hatte immer das Schlimmste befürchtet, und letztendlich ist es dann auch so gekommen.«

Seine Augen röteten sich. Sein ganzer Körper stand unter Spannung.

Fernando fiel noch ein Detail ein, das aber bisher nur im Fall von Enzo Giordano zur Sprache gekommen war. Auch hier dachte er zweimal nach, ob er fragen sollte.

»Hat die Polizei Ihnen berichtet, ob Lauras Leiche Fesselspuren aufwies?«

Die Gesichtszüge von Herrn Benotti fielen herab, und sein Mund öffnete sich. »Ja.«

»Wissen Sie, ob der damalige zuständige Beamte noch im Dienst ist?«

»Er ist tot«, sagte Benotti kalt. »Der Krebs hat ihn noch früher geholt als mich. Und ich bin nicht traurig darüber.« Er fuhr sich mit der Hand über sein flaumiges Haar.

Fernando begriff, dass dieser Haarwuchs von einer Chemotherapie stammen musste.

»Gut, dann bedanken wir uns für Ihre Auskünfte und entschuldigen uns, dass wir Sie –«

Benotti ließ Fernando nicht ausreden, sondern stand auf und streckte ihm die Hand entgegen. Fernando griff überrascht zu. Er spürte eine trockene, kalte Hand, klein und fest. Der alte Mann drückte kräftig zu.

»Finden Sie den Kerl«, raunte er heiser und schien Fernandos Hand nicht mehr loslassen zu wollen. »Finden Sie ihn.«

***

Der Tunnel, der Riva mit dem Hochtal von Ledro verband, war eine lange, kurvenlose Röhre, die, in ein mattes orangefarbenes Licht getaucht, vor ihnen lag. Die Benottis hatten den beiden auf einer Karte gezeigt, wo Lauras Leichnam gefunden worden war. Sie wollten nicht nach Hause fahren, ohne den Fundort gesehen zu haben und daraus womöglich Rückschlüsse auf das Vorgehen und vielleicht sogar auf den damaligen Wohnort des Killers ziehen zu können. Der Weg dorthin führte sie am Ende des Tunnels durch eine Talzufahrt, die Fernando an die nach Sankt Ulrich erinnerte. Erstaunlich war der klimatische Unterschied zwischen dem heißen, mediterranen Riva und der Berglandschaft mit ihrer frischen, nach Kräutern duftenden Luft und einem Temperaturabfall von sieben oder acht Grad.

Der Ledrosee tauchte unterhalb eines Berghanges auf der linken Seite auf, und die Straße führte am Ufer entlang bis nach Pieve, dem größten und touristischsten Dorf am See. Am Ortsausgang von Bezzecca, dem nächsten Ort entlang der Landstraße, führte ein schmaler, unscheinbarer Weg nach rechts zu einem einsamen Haus und von da aus in die Bergwälder. Fernando bog ab und folgte dem Weg bis zum ersten Haus, vor dem sie parkten und ausstiegen.

Hier, auf den hügeligen Wiesen und Weiden, existierten nicht viele Wege und ebenso wenige Häuser. Hinter einer hüfthohen Hecke führte eine Einfahrt auf einen Hof, der von dem Wohnhaus, einem Stall und einer Garage gesäumt wurde. Es war niemand zu sehen. Mit der Karte gingen sie weiter, und nach kaum hundert Metern stießen sie auch schon auf das Wegkreuz. Unter einem offenen Dach hing eine hölzerne Jesusfigur am Kreuz.

»Das ist es«, sagte Fernando und steckte die Karte in seine Gesäßtasche.

Sie starrten das Kreuz an und versuchten sich vorzustellen, wie Laura damals hier gelegen hatte. Fast gleichzeitig lösten sie ihren Blick und sahen sich um.

Links reichte der Wald bis an den Weg heran, rechts erstreckte sich die grüne Hügellandschaft mit den Bergwiesen. Das nächste Anwesen war vierzig bis fünfzig Meter entfernt.

»Nachts muss es hier stockdunkel sein«, sagte Sarah und verschränkte die Arme vor der Brust.

»Er kann völlig unbemerkt mit dem Auto hergefahren sein, um sie abzulegen«, meinte Fernando.

»Einige der Häuser hier werden bestimmt als Ferienhäuser genutzt, das heißt, dass noch nicht mal garantiert ist, dass überhaupt jemand in der Nähe war.«

»Und wenn, konnte er schnell die Landstraße erreichen und sich davonmachen. Das war hier wesentlich einfacher als oben auf dem Raschötz.«

Fernando sah auf die Uhr. Es war kurz vor halb eins.

»Hast du Hunger? Ich schlage vor, wir essen hier etwas und fahren dann weiter nach San Michele.«

Sarah hielt das für eine gute Idee, und sie machten sich auf den Rückweg.

Im Ort Bezzecca gab es ein kleines Hotel mit Restaurant und einer vorgelagerten kleinen Terrasse, auf die sie sich setzten. Fernando machte sich Notizen, während Sarah die Speisekarte studierte.

»Was willst du?«

»Ich nehm nur 'n paar Spaghetti.«

»Al sugo oder con ragù?«

»Ragù für mich und ein Wasser.«

Eine freundliche, zurückhaltende Dame nahm die Bestellung entgegen, und Sarah beugte sich vor, um in Fernandos Aufzeichnungen sehen zu können.

»Was schreibst du?«

»Ich versuche, mir ein Bild zu machen ...«

»Aber?«

»Aber es ist nicht logisch.« Er blickte auf und legte den Stift beiseite. »Weißt du, ein Serientäter ist quasi gefangen in seiner Phantasie. Er hat einen ganz bestimmten Film im Kopf, dem er zwanghaft immer wieder aufs Neue folgen muss, um Befriedigung zu erlangen.« Er lenkte seinen Blick wieder in das Heft. »Bei diesen Fällen jedoch gibt es erhebliche Abweichungen. Es gibt kein striktes Muster, nur ein ungefähres. Trotzdem sind da so viele Gemeinsamkeiten, dass man nicht mehr von Einzeltaten sprechen kann.«

»Ein Nachahmer vielleicht?«, fragte Sarah.

»Wäre möglich. Aber die Zeitabstände lassen diesen Schluss nicht zu. Ein Nachahmer erfährt von einer Tat und setzt sie dann innerhalb kürzerer Zeit um, bevor seine Faszination verblasst. Hier könnte ich nicht sagen, welche von den Taten, die wir entdeckt haben, das Original ist und welche die Fälschung.« Er sah sie an. »Entschuldige den Ausdruck, aber –«

»Schon gut«, beruhigte sie ihn.

»Man muss zudem eine religiös motivierte Tat zumindest in Erwägung ziehen. Die Jesuskreuze sind ein elementarer Bestandteil des Tathergangs«, erläuterte Fernando. »Wenn ein Täter seine

Opfer dermaßen ausstellt, so will er etwas damit ausdrücken. Es ist wie eine Botschaft: Seht her, er musste sterben, weil …«

»Weil?«, fragte Sarah neugierig nach.

»Es ist an uns, dieses Bild zu interpretieren.«

Sarah fuhr nachdenklich mit ihrem Finger auf der weißen Tischdecke herum. »Weil er sich gegen die Kirche versündigt hat«, mutmaßte sie leise.

Fernando musterte sie prüfend. »Hatte sich Enzo denn gegen die Kirche versündigt oder gegen seinen Glauben verstoßen?«

»Er war ein guter Mensch. Wenn du es als Sünde ansiehst, dass er mit mir zusammen war, dann schon.«

Darauf lächelte Fernando nur matt.

Dann kam auch schon das Essen, und die Dame servierte ihnen die dampfende Pasta. Schon beim ersten Bissen stockten sie, sahen sich an und sagten im Chor: »Das ist phantastisch.«

Sie lachten mit vorgehaltener Hand und mit vollem Mund.

»Das sind die besten Spaghetti, die ich je gegessen habe«, sagte Fernando.

Sarah pflichtete ihm bei, berührte dann aber mit dem kleinen Finger das Notizheft. »Weiter«, forderte sie ihn auf.

Fernando nahm einen weiteren Bissen und spülte mit einem Schluck Wasser nach, bevor er fortfuhr.

»Die Opfer sind sowohl Männer als auch Frauen völlig unterschiedlichen Alters und sozialen Standes. Es passiert in der Regel selten, dass ein Serientäter heterogene Opfer auswählt, es sei denn, er hat es auf Pärchen abgesehen oder es handelt sich um einen nicht organisierten Täter. Dieser Typus wird von seiner Mordlust sozusagen überfallen und handelt aus einem spontanen Impuls heraus. Da spielt der Zufall eine große Rolle. Er sucht sich seine Opfer nicht aus, sie sind einfach zur falschen Zeit am falschen Ort. Er benutzt Waffen, die er an Ort und Stelle findet, er plant nicht. Er ist nicht sehr intelligent und leidet oft an Psychosen, Wahnvorstellungen oder geistigen Krankheiten. Solche Typen hören manchmal Stimmen, die ihnen die Morde angeblich befehlen. Laura, die selbst an einer auffälligen Störung gelitten hat, wäre ein typisches Opfer für so jemanden.«

»Aber das passt nicht zu unserem Täter«, sagte Sarah.

»Nein. Unser Mann folgt einem Plan. Es gibt vier Dinge, die für ihn oberste Priorität haben. Erstens: das Datum. Alle Morde geschehen in der Herz-Jesu-Nacht. Zweitens: Die Opfer werden mit ihren eigenen Waffen getötet. Drittens: Sie werden unter einer gekreuzigten Jesusfigur abgelegt. Viertens: Sie werden vor ihrem Tod gefoltert und gefesselt.«

Fernando blickte auf seine Spaghetti und hatte mit einem Mal keinen Appetit mehr. Das war nicht das geeignete Thema für ein Essen.

»Es gibt noch ein Fünftens«, flüsterte Sarah konspirativ und ließ ihren Blick nach links und rechts schweifen, um sicher zu sein, dass sie keine Mithörer hatten.

Fernando näherte sich ihr neugierig.

»Alle Opfer sind Italiener.«

Fernando stutzte und setzte sich dann langsam aufrecht hin. Natürlich. Es war ganz offensichtlich. Wie hatte er das übersehen können? Hier im Trentino oder in einem anderen Teil Italiens wäre das selbstverständlich kein Indiz, aber in Südtirol sehr wahrscheinlich schon.

»Denkst du das Gleiche wie ich?«, fragte Sarah.

»Der Täter ist Südtiroler«, antwortete Fernando wie ferngesteuert, und sie nickte vielsagend.

Das ließ zum ersten Mal Rückschlüsse auf ein Motiv zu.

»Er hat es auf Italiener abgesehen«, hob Fernando erneut an. »Das zwingt uns, eine Mordserie in Betracht zu ziehen, deren Motiv in *unserem* kulturellen und politischen Konflikt begründet liegt.« Er deutete auf sie und sich selbst, um damit zu erklären, dass er den Konflikt zwischen Italienern und Südtirolern meinte. Nur dass ebendieser Konflikt zwischen ihnen beiden nicht zu spüren war. In keiner Form. Fernando schämte sich augenblicklich, dieses Wort benutzt zu haben.

»Und Laura?«, warf Sarah zweifelnd ein. »Sie ist das einzige Opfer außerhalb Südtirols. Das muss doch auch eine Bedeutung haben.«

»Du hast recht, aber nur fast. Zambana liegt ebenfalls im Trentino, befindet sich jedoch in direkter Nähe zu Südtirol. Und sagte Benotti nicht, dass er früher im Norden gearbeitet hat?«

Sarah griff zum Handy und rief bei den Benottis an. Sie entschuldigte sich für die erneute Störung und fragte, wo genau Herr Benotti als Carabiniere stationiert gewesen war. Sie nickte, bevor sie sich bedankte und auflegte. Fernando sah sie fragend an.

»Brixen.«

Fernando schnaubte triumphierend, strich in seinen Aufzeichnungen das Fragezeichen, das er hinter den Begriff »Südtirol« notiert hatte, durch und schrieb ein dickes Ausrufezeichen dahinter.

»Es nimmt langsam Konturen an«, sagte er und schlug sein Büchlein zu. »Ich schlage vor, wir fahren jetzt nach San Michele, befragen die Eltern von Mario C., und wenn sich dort ein ähnliches Bild ergibt, können wir davon ausgehen, auf der richtigen Spur zu sein.«

Sie bezahlten, lobten den Koch für die hervorragende Pasta und gingen an einem Supermarkt vorbei in Richtung Kirche. Sie hatten den Wagen in einer Seitenstraße geparkt.

Schon als sie die enge, leicht abschüssige Gasse erreichten, sah Fernando, der gerade seine Schlüssel aus der Tasche kramte, die Glassplitter auf dem Boden. Er machte zwei schnelle Schritte und erkannte das handballgroße Loch in der Mitte des weiß geborstenen, eingedellten Beifahrerfensters.

»Verdammt«, fluchte er und zog die Tür auf. Sie war nicht mehr abgeschlossen. Auf den Sitzen lagen Splitter und Papiere, die aus dem Handschuhfach gerissen worden waren.

»Fehlt etwas?«, fragte Sarah mit einem Anflug von Panik in der Stimme.

»Nein, ich hatte alles Wichtige bei mir.«

Fernando atmete einmal tief durch. Für ihn und auch für Sarah gab es keinen Zweifel, dass es hier nicht darum gegangen war, ein Touristenauto zu knacken und nach Wertgegenständen zu durchsuchen. Nein, der Killer war ihnen auf den Fersen.

Er wusste über sie Bescheid.

8

Mit offenem Seitenfenster waren sie zurück nach Norden gefahren und hatten die Autobahn in Richtung Tramin und Josefsee verlassen. Über die Weinstraße, die sich als graue Schlange mitten durch die grünen Felder zog, ging es bis Sankt Michael. Ständig glitt Fernandos Blick in den Rückspiegel, weil er erwartete, darin einen Verfolger zu erkennen, den Mörder, der sich ihnen an die Fersen geheftet hatte. Er fühlte sich gejagt, obwohl es eigentlich andersherum sein sollte. Sie jagten einen Mörder. Doch wie gefährlich war ihre Recherche? Wie lange würde der Mörder untätig zusehen, während sie in der Vergangenheit herumsuchten und vielleicht sogar auf Hinweise stießen, die sie ihm näher brachten? Wie viel Geduld würde er mit ihnen haben?

Fernando hatte keinen Zweifel daran, dass derselbe Mann versucht hatte, in seine Hütte zu gelangen, was Dante wohl verhindert hatte. Sicher hatte er etwas darüber herausfinden wollen, wie weit er mit seinen Ermittlungen gekommen war. Und das aufgebrochene Auto könnte auch gleichzeitig ein Warnschuss gewesen sein. Haltet euch da raus! Sie konnten überhaupt nicht auf der falschen Fährte sein. Fernando ertappte sich bei der Überlegung, ob er sich nicht besser eine Waffe zur Verteidigung zulegen sollte.

Die kleine Kirche Maria Rast lag ganz in der Nähe der Umgehungsstraße und war einem Gewerbegebiet vorgelagert. Da sie den Nachnamen des Opfers diesmal nicht kannten, wollten sie in der Kirche nachfragen, in der Mario C. aufgefunden worden war. Und wenn das nichts brachte, bei der Polizei.

Das etwas erhöhte Kirchengelände war umzäunt, und der kleine Platz vor der Glockenfassade wurde von einer hübschen Weide mit einer Bank darunter beschattet. Sie versuchten, ins Innere zu gelangen, doch die Tür war abgeschlossen. Links des Gebäudes schloss sich direkt ein Haus an, von dem sie vermuteten, dass darin das Pfarrbüro untergebracht war. Vor der Eingangstür standen ein Sonnenschirm und einige Stühle auf der Terrasse, doch der Zugang zum Haus war abgeschlossen, und niemand öffnete ihnen, als sie an das Tor klopften.

»Wir sollten warten«, schlug Fernando vor. »Ich denke, wir können bestimmt mehr vom hiesigen Pfarrer erfahren als von der örtlichen Polizei.«

Sarah stimmte ihm zu, und sie setzten sich auf die Bank unter der Weide.

»Was, glaubst du, hätte dein Vater getan, wenn du plötzlich bei ihm vor der Tür gestanden hättest?«, fragte Sarah wie aus dem Nichts heraus.

»Warum trittst du immer wieder darauf herum?«, gab Fernando leicht angefressen zurück.

»Ich kann mir das gar nicht vorstellen. Ich hatte immer ein recht gutes Verhältnis zu meinen Eltern.«

»Dann besuchen wir doch die«, sagte Fernando, und ein Lächeln kerbte sich in seine Mundwinkel.

»Sie leben beide nicht mehr.«

Fernando erschrak ein wenig. »Oh, das tut mir leid.«

»Das ist mein Satz«, sagte sie und lächelte verschmitzt. »Aber zurück zu deinem Vater.«

»Sarah, hör bitte auf. Er und ich haben nichts mehr gemein. Meine Mutter ist tot. Ich habe sogar einen anderen Namen angenommen, weil ich nichts mehr mit ihm zu tun haben wollte. Und jetzt möchte ich …«

Da hörten sie ein Geräusch, das von der rechten Seite der Kirche zu ihnen herüberdrang. Ein Knacken, so als wäre jemand auf einen Zweig getreten. Fernando befürchtete sofort das Schlimmste, nämlich dass der, den sie suchten, bereits dort stand. Und diesmal hatte er eine Waffe dabei.

Er sprang auf und fuhr herum. Auch Sarah erhob sich alarmiert. Dann sahen sie, wie sich eine Gestalt aus dem Schatten der Kirche löste. Ein älterer Mann in beigefarbenen Hosen und weißem, kurzärmeligem Hemd humpelte auf sie zu. Er trug Handschuhe. Gartenhandschuhe, die mit frischer Erde beschmutzt waren.

»Buongiorno«, rief er ihnen zu. Seine große Brille reflektierte das Sonnenlicht. »Wollten Sie in die Kirche?«

»Ja, aber sie ist abgeschlossen«, sagte Fernando.

»Oh, hab ich schon wieder vergessen«, murmelte der Mann, zog sich die Handschuhe aus und holte einen Schlüsselbund aus seiner Tasche.

»Ach, Sie arbeiten hier?«, fragte Fernando.

»Ich bin der italienische Pfarrer der Gemeinde. Pater Silvio.«

Fernando und Sarah tauschten einen belustigten Blick. Sie gingen auf den Mann zu und reichten ihm die Hand.

»Also, genau genommen wollten wir zu Ihnen.«

»Zu mir? Tja, ich kümmere mich gerade um den Garten hinter der Kirche.«

»Wir würden uns gern kurz mit Ihnen unterhalten, es dauert nicht lang. Darf ich fragen, wie lange Sie hier schon Pfarrer sind?«

Pater Silvio musterte Fernando argwöhnisch. »Darf ich fragen, mit wem ich das Vergnügen habe?«

Fernando entschuldigte sich und stellte sich und Sarah vor, bevor er dann zu den ungewöhnlichen Umständen kam, die sie hergeführt hatten.

»Und Sie glauben, der Mörder war ein und derselbe?«, fragte Pater Silvio nach. Seine buschigen grauen Augenbrauen schoben sich ernst zusammen. Die fröhliche, unbedarfte Art war einer betretenen Anteilnahme gewichen.

»Wir sind uns ziemlich sicher«, entgegnete Fernando, und der Pfarrer öffnete die Tür.

»Kommen Sie«, lud er sie ins Innere der Kirche ein. Er tunkte seine Finger in die Schale mit dem Weihwasser, bekreuzigte sich mit einem kurzen Einknicken in den Beinen und schritt dann zum Altar.

Die beiden folgten ihm stumm und betrachteten die Fresken und Bilder an den Wänden und der Decke. Der Pfarrer blieb stehen, senkte sein Kinn auf die Brust und schien zu beten, als er sich zu ihnen umdrehte.

»Es war ein Wendepunkt in meinem Leben, als wir Mario fanden. An diesem Tag, das wusste ich, war der Punkt erreicht, an dem ich mich entscheiden musste, ob ich mich vom Glauben völlig abwenden oder ihm noch stärker zusagen wollte. So ein Anblick kann einen Menschen in seinen Grundfesten erschüttern und sogar zerstören. Nun ja, Sie sehen, ich bin noch da. Und ich habe die Familie von

Mario seither seelsorgerisch begleitet. Es ist nicht meine Aufgabe, Ihnen über Mario Auskunft zu geben, das kann nur der Vater tun. Ich kenne ihn gut und werde ihn anrufen.« Er legte behutsam die Hände ineinander und wartete eine Reaktion der beiden ab.

»Das wäre sehr freundlich«, meinte Fernando dankbar.

»Ich bin gleich zurück.«

Er ging mit gesenktem Kopf hinaus und ließ die beiden allein in der Kirche.

»Meinst du, die jeweiligen Jesusfiguren haben eine Bedeutung für ihn?«, fragte Sarah.

»Dazu sind sie zu verschieden«, antwortete Fernando. »Er suchte sich ein Wegkreuz, zwei Kirchen und ein Gipfelkreuz aus. Die Art der Darstellung ist völlig unterschiedlich. Sieh dir dieses Bild an.« Er deutete auf die Darstellung von Maria und ihrem Sohn hinter dem Altar. »Hier ist Jesus als kleiner Junge zu sehen. Ein Kind. An anderer Stelle handelte es sich um den erwachsenen Jesus am Kreuz. Ich denke aber, dass es in Kombination mit dem Zeitpunkt der Morde in der Herz-Jesu-Nacht einen Sinn ergibt. Es geht um ihn, um sein Herz. Etwas ist geschehen, das Jesu Herz verletzt hat. Und darauf will er uns aufmerksam machen.« Er räusperte sich. »Ja …«, sagte er dann mit tonloser Stimme. »Er will uns aufmerksam machen, wachrütteln.«

Die Tür öffnete sich, und der Pfarrer kam zurück.

»Marios Vater ist einverstanden, sich mit Ihnen zu unterhalten, wenn ich mit dabei bin. Ist das für Sie in Ordnung?«

»Aber natürlich«, antwortete Fernando.

»Gut, dann fahren wir am besten gleich zu ihm. Aber ich muss Sie warnen«, fügte er an. »Signor Chieda ist Alkoholiker. Er lebt allein. Seine Frau hat sich vor drei Jahren das Leben genommen. Es wird nicht schön aussehen dort.«

»Das verstehen wir«, sagte Sarah.

***

Die Wohnung lag in der Via S. Ana im zweiten Stock. Schon als Chieda die Tür öffnete, schlug ihnen ein strenger, säuerlicher Geruch entgegen.

»Pater Silvio«, sagte der abgemagerte alte Mann erfreut, aus dessen gelbem, faltigem Gesicht dunkle und graue Bartstoppeln wuchsen. Er trug eine Jogginghose und ein kurzärmeliges Hemd, das ihm viel zu groß war.

»Buongiorno, Bruno, come va?«, sagte der Pfarrer und legte ihm eine Hand auf die Schulter. »Das sind Signora Templer und Signor Lovecchio.«

Chieda begutachtete sie aus glasigen, weit aufgerissenen Augen und sagte kein Wort. Er ging durch den mit Parkett ausgelegten Flur vor, in dem sich alte Schuhe, Papier- und Kartonreste, Plastiktüten und Verpackungen stapelten.

Sie liefen an drei verschlossenen Türen vorbei in ein großes Wohnzimmer, das mit Perserteppichen auf dem Parkett ausgelegt war, und auch hier stapelte sich der Müll in kleinen Bergen in den Ecken des Zimmers und auf dem Couchtisch. Das Sofa und einen Sessel hatte Chieda notdürftig für sie frei geräumt. Er selbst nahm in einem Sessel Platz, dessen verschlissener Stoff Fernando verriet, dass Chieda wohl den gesamten Tag darin verbrachte.

Die Wohnung war dunkel, die Holzläden zugezogen. Alte, angegraute Tüllgardinen fingen die Reste des Sonnenlichts ab, das hereinfiel. Auf dem Tisch stand in Griffweite eine halb volle Flasche Bier. Fünf weitere Flaschen hatte Chieda neben seinem Sessel abgestellt. Sie waren alle leer.

Sie hatten sich gesetzt, und Chieda blickte zu dem alten Fernsehgerät, das ausgeschaltet auf einer Kommode stand. In der dunkelgrauen Scheibe sah man eine verzerrte Spiegelung von ihm und seinen Gästen.

»Tja, Bruno, wie ich am Telefon schon sagte, sind Signora Templer und Signor Lovecchio hier, um etwas über die Umstände von Marios Tod zu erfahren«, eröffnete der Pfarrer das Gespräch. »Es könnte sein, dass der Täter von damals noch weitere Morde verübt hat.«

Bruno Chieda starrte nur auf die blinde Mattscheibe.

»Bruno, hast du verstanden?«

»Sind Sie von der Polizei?«, fragte er missmutig.

Pater Silvio gab mit einem Handzeichen das Wort an Fernando weiter.

»Nein, wir sind von dem Vater des letzten Opfers beauftragt worden. Ich bin eigentlich Autor und schreibe speziell über Serienverbrechen. Ich habe schon viele Täter interviewt.«

Chieda erwiderte nichts, sondern fuhr langsam seine Hand aus und griff mit zitternden Fingern nach der Bierflasche. Er nahm einen Schluck und stellte die Flasche neben sich in die Sesselecke.

»Was ist passiert?«, fragte er sodann. Fernando war sich nicht ganz sicher, worauf er anspielte, vermutete jedoch, dass er den aktuellen Mord meinte.

»Ein Mann ist in Sankt Ulrich unter dem Gipfelkreuz eines Berges gefunden worden. Er wurde erschossen, mit seiner eigenen Waffe. Und zuvor gefoltert.«

Beim letzten Satz ging ein Zucken über Chiedas Gesicht, und in seinen Augen veränderte sich etwas. Der trübe Blick wurde klarer, seine Augen funkelten dunkel.

»Wenn Sie uns sagen könnten, was Ihrem Sohn widerfahren ist, würde uns das dem Mörder sicher ein großes Stück näher bringen. Wir meinen, dass er immer noch aktiv ist und es weitere Opfer geben könnte.«

Chiedas Blick war fest auf den Bildschirm gerichtet, so als könne er in dem Gerät eine Antwort auf die Frage finden, was er nun tun sollte. Er sagte lange nichts, bis Pater Silvio sich vorbeugte und ihn am Knie berührte.

»Bruno«, sagte er freundlich.

Fernando und Sarah warteten geduldig, bis Chieda einen weiteren Schluck aus der Flasche genommen hatte.

»Mario wurde auch gefoltert. Er ist geschlagen und mit Zigaretten verbrannt worden. Man hat ihm die Fingernägel ausgerissen. Die Hornhaut in seinen Augen war verbrannt. Und er wurde mit Nadeln gestochen, auch in die Genitalien.« Bruno Chieda sagte das nüchtern, geschäftsmäßig, so als zitierte er aus einem Bericht. »Er hatte diverse Knochenbrüche …«, Chieda biss sich auf die Unterlippe, »und wurde dann erschossen. Aus nächster Nähe. Und zum Fundort verbracht. Maria Rast.«

Fernando schluckte. »Lag die Waffe am Fundort?«

Beide, Chieda und Pater Silvio, nickten.

»Wem gehörte sie?«

»Mir«, sagte Chieda und senkte zum ersten Mal seinen Blick.
»Es war *Ihre* Waffe?«
Er widersprach nicht.
»Und wie –«
»Sie wurde mir entwendet.«
Jetzt schaltete sich Pater Silvio ein. »Es stellte sich heraus, dass Brunos Waffe fehlte. Er hatte sie in einem Schrank eingeschlossen. Diesem dort.« Er deutete auf eine mächtige Kommode aus Kirschholz mit abschließbaren Schubladen. »Man konnte nicht feststellen, wer sie genommen hatte. Die Polizei vermutete, es sei Mario gewesen, weil er sich bedroht gefühlt habe. Er wusste, wo die Waffe lag. Und es waren ausschließlich seine Fingerabdrücke darauf.«
»War Mario auf dem Herz-Jesu-Fest in der Nacht?«
Da Chieda keine Anstalten machte zu antworten, sprach wieder Pater Silvio.
»Wir wissen es nicht. Mario hatte sich an dem Abend mit niemandem verabredet, das hat die Polizei ermittelt. Die Familie besaß einen Alimentari, Mario sollte das Geschäft übernehmen. Er sagte zu den Angestellten, er fühle sich krank und wolle zu Hause bleiben.«
»Aber in seiner Wohnung fand man keine Spuren eines Eindringens oder einer Auseinandersetzung?«, wollte Fernando wissen.
»Nein.« Betrübt ließ Pater Silvio den Kopf sinken.
»Und in Ihrer Wohnung gab es auch keine Einbruchspuren«, schlussfolgerte Fernando, »also nahm die Polizei an, dass Mario die Waffe genommen hatte.«
Pater Silvio nickte. Chieda wirkte abwesend. Man konnte seinen rasselnden Atem hören.
»Wer hatte denn noch Zugang zu dieser Wohnung?« Fernando versuchte, Bruno Chieda in die Augen zu schauen. Es dauerte ein paar Sekunden, bis die Frage zu ihm durchgedrungen war. Er war wohl betrunkener, als er aussah.
»Niemand. Meine Frau, Mario und ich.«
»Und Ihre Mitarbeiter? Haben die vielleicht etwas bemerkt? Immerhin waren sie den ganzen Tag mit Mario zusammen im Geschäft, nicht wahr?«

»Wir hatten einen kleinen Laden. Das Personal bestand nur aus drei Personen. Keiner ist mehr hier.«

Pater Silvio schüttelte den Kopf. »Das hat die Polizei damals alles überprüft. Keiner weiß, wo er an dem Abend gewesen ist.«

Sarah hatte Fernando während der letzten Sätze das Notizheft aus der Hand genommen und eine Frage auf eine freie Kante gekritzelt: *Woher hat er die Waffe?*

Mit Nachdruck unterstrich sie das »er« in dem Satz ein weiteres Mal.

»Signor Chieda, darf ich fragen, warum Sie eine Waffe im Haus hatten?«

Chieda blinzelte träge und griff zu seiner Flasche, um sie dann auszutrinken. Wie in Zeitlupe stellte er sie auf dem Tisch ab.

»Bruno?«, forderte Pater Silvio ihn auf.

Chieda wandte sich wieder dem Fernseher zu. »Carabiniere. Ich war mal Carabiniere.«

Fernandos Kopf ruckte zu Sarah herum, die ihn mit großen Augen anstaunte. Natürlich konnte es ein Zufall sein, doch bei diesen Verwicklungen glaubte keiner von ihnen mehr an Zufälle.

»Das … das ist aber doch ungewöhnlich«, sagte Fernando ganz beiläufig, um sich so unauffällig wie möglich an dieses Detail heranzupirschen, »eine Karriere vom Polizisten zum Ladenbesitzer. Und die Dienstwaffe durften Sie auch behalten?«

Chieda schien eine Antwort zu verweigern, denn er wandte sich noch weiter ab. Fernando wartete hartnäckig. Schließlich erhob sich Chieda ächzend.

»Ich hol ein Bier«, sagte er mehr zu Pater Silvio als zu Fernando und schlurfte hinaus in die Küche.

Pater Silvio beugte sich verschwörerisch zu den beiden herüber. »Er redet nicht gern über seine Vergangenheit. Ich weiß auch nur, dass er den Dienst in Bozen quittiert hat. Ist schon lange her.«

Müde Schritte auf dem Flur kündigten Chiedas Rückkehr an.

»War Ihre Waffe eine Beretta 9 mm?«, fragte Fernando, als er das Zimmer betrat.

»Gehen Sie jetzt«, erwiderte Chieda unberührt und ließ sich im Sessel nieder. Er verschüttete dabei etwas Bier, was er gar nicht zu bemerken schien.

»Das Opfer von letzter Woche …« Fernando überlegte, ob er es sagen durfte, ohne Sarah zuvor zu fragen. »Er war der Lebensgefährte von Frau Templer.«

Sarah nahm diese Offensive, die sie und ihr Privatleben einbezog, ohne merkliche Reaktion hin. Fernando meinte nur, erkennen zu können, dass sich ihr Gesicht leicht rötete. Pater Silvio dagegen war erschrocken. Sein Blick sprang zu Sarah, und man sah ihm an, dass er am liebsten zu ihr gegangen wäre, um mit ihr zu sprechen. Chieda konzentrierte sich auf einen Punkt am Boden, doch ein wiederholtes Zwinkern seines Augenlids verriet, dass diese Information auch ihn nicht kaltließ.

»Er ist ebenfalls mit einer Beretta 9 mm erschossen worden. Die Dienstwaffe eines Carabiniere.«

»Wollen Sie damit sagen, dass es Brunos Waffe war?«, fragte Pater Silvio.

»Das weiß ich nicht«, gab Fernando zu. »Der leitende Kommissar sagte mir, dass es Enzos Pistole war. Mir ist nicht bekannt, woher er sie hatte.« Er blickte Chieda durchdringend an. »Signor Chieda, wir untersuchen mehrere Morde, und Sie sind heute bereits der Zweite, der uns erzählt, früher für die Carabinieri gearbeitet zu haben.« Seine Stimme klang jetzt fordernder. »Sagt Ihnen der Name Benotti etwas?«

Ein Zucken in Chiedas Gesicht war dessen einzige Reaktion.

»Laura Benotti lebte in Riva und ist 1999 ermordet worden, und zwar unter ähnlichen Umständen wie Ihr Sohn.« In dem Maße, in dem Fernandos Stimme lauter wurde, hob und senkte sich Chiedas Brustkorb immer stärker. »Ebenso wie Carlo Gimmino, der 1993 in Zambana starb, und zuletzt Enzo Giordano in Sankt Ulrich. Kennen Sie diese Leute?«

Das Rasseln von Chiedas Atem klang jetzt wie Sand in einem Mahlstein. Seine Hände zitterten so heftig, dass ihm die Flasche aus der Hand rutschte und zu Boden fiel. Sie blieb ganz, doch der Inhalt ergoss sich über den Teppich.

Pater Silvio blickte ernsthaft besorgt zu seinem Schützling. »Bruno, geht es dir gut?«

»Kennen Sie diese Leute?«, wiederholte Fernando scharf, weil er merkte, dass er auf etwas gestoßen war.

»Die zweite Schublade«, wies Chieda Pater Silvio an, der aufstand und zur Kommode hinüberging. Fernando glaubte, dass er nun irgendwelche Papiere oder andere Beweise daraus hervorholen würde, doch der Pater fand darin nur eine Flasche billigen Wodka. Widerstrebend händigte er sie Chieda aus, der sofort den Deckel aufschraubte und ein paar Schlucke trank, als sei es Wasser. Fernando, Sarah und Pater Silvio sahen entsetzt zu.

»Hör auf, Bruno«, sagte der Pfarrer im Versuch, ihn zu stoppen. »Hör auf.«

Chieda setzte die Flasche ab und schnappte nach Luft, als sei er gerade aus tiefem Wasser aufgetaucht. Fernando hielt es vor Spannung kaum noch aus, er rutschte bis an den äußersten Rand des Sofas, als Chieda den Mund öffnete und sprach.

»Sind sie alle tot?«, fragte er krächzend. »Alle ihre Kinder?«

»Wessen Kinder?«, forschte Fernando nach. »Woher kennen Sie sie?«

Chieda wischte sich mit dem Handrücken über den Mund.

»Wir waren alle Carabinieri.« Kaum hatte er das gesagt, nahm er einen weiteren Schluck aus der Flasche. »Mehr sage ich nicht.«

Fernando spürte, wie sein Herz immer schneller galoppierte. Sein Mund war trocken wie Sandpapier.

»Bitte«, sagte er flehend. »Sagen Sie uns –«

»Raus!«, schrie Chieda plötzlich. »Verpiss dich, lass mich in Frieden!«

Pater Silvio stand auf, legte beide Hände beruhigend auf Chiedas Schultern und bedeutete Fernando und Sarah, dass sie gehen sollten.

Bestürzt über den Ausgang des Gesprächs schoben sich die beiden aus der dunklen, stinkenden Wohnung, und die Rufe und das Jammern von Chieda verfolgten sie, dass es ihnen Schauer über den Rücken jagte.

Teil II

Im Namen des Sohnes

1

Fernando jagte über die Landstraße und setzte immer wieder zu halsbrecherischen Überholmanövern an, bei denen er den Gegenverkehr mit Lichthupe zum Abbremsen zwang. Sarah hielt sich verkrampft am Türgriff fest.

»Fernando, du wirst uns noch umbringen, beruhige dich doch.«

»Ich will zu Giordano«, sagte er verbissen und drückte wieder das Gaspedal nach unten, als eine freie Strecke vor ihnen lag.

»Wir haben es nicht weit. Es bringt doch nichts, wenn du uns in Gefahr bringst, nur um fünf Minuten früher da zu sein. Und andere auch«, gab Sarah zu bedenken.

Fernando wusste, dass sie recht hatte, und nahm etwas Gas weg. Gleich würden sie auf die Autobahn fahren können, und dann dauerte es nicht mehr lang.

Seine Wut hatte ihn völlig in der Hand. Er fühlte sich betrogen und hintergangen von Antonio Giordano, der ihm das entscheidende Kapitel in seiner Geschichte offenbar verschwiegen und ihn wie seinen Laufburschen blind in die Schlacht geschickt hatte.

Die Bergstraße hinauf zu Giordanos Anwesen nahm der Defender mit quietschenden Reifen. In der Auffahrt bremste Fernando so heftig, dass sie schlitternd und Kies spritzend vor der Tür zum Stehen kamen. Fernando sprang aus dem Wagen und bemerkte, dass Sarah sich nicht rührte. Also riss er die Beifahrertür auf. »Du kommst mit«, sagte er in einem Ton, der keinen Widerspruch zuließ.

»Er hasst mich, er will mich nicht sehen, geschweige denn in seinem Haus haben«, protestierte sie.

»Wir sind jetzt ein Team. Du kommst mit.« Diesmal sagte er es ruhig und bestimmt, und Sarah stieg tatsächlich aus und folgte ihm zur Eingangstür.

Nachdem er zweimal geklingelt hatte, vernahmen sie Schritte im Flur. Die Dunkelheit war inzwischen über das Tal hereingebrochen, die Sonne hinter den Bergen in einem Sumpf schwarzblauer

Wolken versunken. Die Laterne über ihren Köpfen leuchtete auf, und die Tür wurde geöffnet. Vito äugte misstrauisch durch den Spalt. Als er Fernando erkannte, zog er die Tür vollständig auf.

»Signor Lovecchio …«, sagte er überrascht.

Fernando machte einen Schritt nach vorn. »Ich muss zu Giordano«, sagte er, doch Vito drückte ihm Einhalt gebietend eine Hand auf die Brust.

»Signor Giordano schläft bereits.«

Fernando sah ihn angriffslustig an. »Dann wecken Sie ihn, sofort.«

»Sie können hier nicht einfach so reinplatzen und erwarten, dass man Sie empfängt.« Vito warf einen abschätzigen Blick auf Sarah.

»Ich erwarte noch viel mehr. Holen Sie ihn, bitte.« Er blickte Vito fest in die Augen, um deutlich zu machen, dass er sich keinen Zentimeter zurückbewegen würde.

»Was ist denn hier los?«, erklang da eine Stimme vom oberen Rand der Treppe, und Giordano erschien, seinen Morgenmantel zubindend, auf dem Absatz.

»Ich muss Sie dringend sprechen«, rief Fernando in den Flur hinein.

Giordano kam die Stufen herunter. Er stockte, als er Sarah erkannte. »Sie wird dieses Haus nicht betreten«, sagte er harsch und deutete mit dem Finger auf sie. »Was haben Sie überhaupt mit ihr zu schaffen?«

»Frau Templer und ich ermitteln nun zusammen. Sie war die Lebensgefährtin Ihres Sohnes, das sollten Sie langsam mal akzeptieren und sich dementsprechend verhalten.«

»Genau das tue ich«, gab Antonio Giordano verärgert zurück und stieg die letzten Stufen herab.

»Frau Templer bleibt hier, oder Sie erfahren gar nichts mehr von mir. Aber *ich* will jetzt erst mal einige Dinge *von Ihnen* wissen. Wir haben nämlich ein paar alte Freunde von Ihnen besucht.«

»So?«, fragte Giordano gelangweilt.

»Die Herren Benotti, Chieda und Gimmino.«

Giordano erstarrte, seine Gesichtszüge entglitten ihm. Vito, der immer noch die Türklinke in der Hand hielt, sah ihn fragend an.

»Antonio?«

»Lassen Sie die beiden rein«, würgte Giordano hervor und drehte sich um. »Ins Esszimmer, bitte.«

Vito führte Fernando und Sarah etwas widerwillig den Flur entlang und ins letzte Zimmer, das zum von vielen Bodenlampen und Laternen beleuchteten Garten hinausging. Rechts thronte ein massiver dunkler Esstisch auf einer kleinen Empore. Antonio Giordano folgte ihnen nachdenklich. Er wirkte verunsichert.

»Bringen Sie uns bitte Kaffee, Vito«, bat er. Dann setzte er sich zu Fernando und Sarah an den Tisch. Dabei hielt er seinen Kopf gesenkt, sodass man kaum in seine Augen schauen konnte.

»Dass Sie diese Männer kennen, wollen Sie hoffentlich nicht leugnen, Signor Giordano«, begann Fernando und rieb seine Hände aneinander, als könnte er damit seine Wut zerstreuen. »Sie haben mich engagiert und dabei völlig im Dunkeln gelassen über Dinge, die sich jetzt als der Kern des Problems darstellen«, fuhr er fort. »Frau Templer und ich haben nach ähnlichen Fällen in der Vergangenheit gesucht und sind tatsächlich fündig geworden. Anscheinend bestätigt sich Ihre Theorie von einem Serientäter. Umso weniger verstehe ich, was dieses Theaterspiel soll. Hatten Sie jemals ernsthaft die Absicht, diesen Fall aufzuklären? Oder bin ich bloß eine Marionette für Sie? Ich begreife Ihre Haltung nicht.«

Fernando machte eine Pause, um Giordanos Antwort zu hören. So, wie der auf die blank polierte Tischplatte stierte, in der sich die Lichter des Kronleuchters spiegelten, schien er von ihm allerdings ebenso wenig Entgegenkommen erwarten zu können wie zuvor von Bruno Chieda.

Vito kam mit einem silbernen Tablett und servierte den frischen, dampfenden Kaffee. Er stellte eine Zuckerschale und ein Kännchen mit warmer, aufgeschäumter Milch dazu und entfernte sich wieder. Giordano schwieg weiter. Fernando wusste, dass er nachlegen, ihn in die Defensive drängen musste.

»Sie alle«, sagte er in die Stille hinein, und es klang wie ein Vorwurf, »waren früher Carabinieri. Sie alle quittierten den Dienst, bauten sich neue Existenzen auf. Und Sie alle verloren Ihre Kinder an einen Mörder, der sie foltert, quält, tötet und öffentlich zur Schau stellt.«

Giordanos Augen bewegten sich zu Fernando hin. Diese Information war neu für ihn.

Fernando hielt seine Hand hoch, streckte den Zeigefinger aus und zählte auf: »Carlo Gimmino, Laura Benotti, Mario Chieda … und Enzo Giordano.«

Antonio Giordano gab ein ersticktes Ächzen von sich.

Fernando hielt immer noch die vier Finger in die Luft. »Er zieht durch die Gegend und tötet Ihre Kinder«, flüsterte er und näherte sich Giordano. »Warum?«

Antonio Giordano krümmte sich, als hätte er Magenkrämpfe. Fast unmerklich schüttelte er den Kopf und sank nach hinten gegen die Rückenlehne.

»Sie müssen es uns sagen, Antonio, es führt kein Weg daran vorbei. Der Killer wird nicht aufhören. Gibt es noch weitere Männer? Wenn ja, liegt ihr Schicksal allein in Ihren Händen.«

Fernando löste seinen Blick von Giordano und starrte auf die Tischplatte. Sie wirkte auf ihn wie ein kleiner See, gefüllt mit schwarzem Wasser, glatt wie ein Spiegel und unergründlich tief. Die weißen Tassen darauf sahen aus, als schwömmen sie, und je länger Fernando hinschaute, desto mehr hatte es den Anschein, als würden sich die Tassen tatsächlich bewegen. Schwindel ergriff ihn, und er schloss die Augen. Wie tief war dieser See? Was würden sie auf seinem Grund entdecken? Welche Geheimnisse waren darin verborgen?

»Es geht nicht«, hörte er eine tiefe, brüchige Stimme sagen und schlug die Augen auf. Der Schwindel zog an seinem Kopf, doch er versuchte, sich zu konzentrieren.

»Wie bitte?«

»Ich kann nicht«, hauchte Giordano.

»Und Sie wollen ein Vater sein?« Sarah saß zurückgelehnt da und starrte ihn grimmig an. »Sie sind eine Schande. Sie bringen Schande über Enzo. *Sie* sind schuld an seinem Tod«, rief sie und zeigte mit dem Finger auf Antonio Giordano.

»Nein«, stieß er leise hervor, und eine Träne löste sich aus seinem Augenwinkel. Er erhob sich, trat an das große Fenster und blickte hinaus in den Garten, wo der Pavillon einsam illuminiert am Fuße des Hangs stand.

»Dann werden Sie nie erfahren, wer der Mörder Ihres Sohnes ist«, sagte Fernando und stand ebenfalls auf. »Es sei denn, dass er eines Tages vor Ihnen steht. Doch das passt nicht in sein Schema. Er tötet nur die Kinder.« Ein Seitenblick in die offene Küche verriet ihm, dass Vito ihn wie ein Wachhund beobachtete. »Liegt es an Enzos Sünden oder an Ihren?«, fragte er. »Haben Sie damals als Carabiniere die Vergehen Ihrer Kinder unter den Teppich gekehrt? Wem haben Ihre Kinder etwas angetan?«

»Die Kinder trifft keine Schuld«, murmelte Giordano dumpf.

»Dann reden Sie endlich.«

»Nein, verdammt«, donnerte Giordano und schlug mit der flachen Hand gegen die Scheibe, dass sie zu beben begann. Ein durchdringendes Dröhnen erfüllte den Raum. Augenblicklich kam Vito herbeigeeilt.

Sarah stellte sich an Fernandos Seite, doch bevor sie beruhigend auf ihn einwirken konnte, ging der auf Antonio Giordano los, packte ihn bei den Schultern und schleuderte ihn zu sich herum. Er wollte ihn zwingen zu reden, doch Vito kam Giordano sofort zu Hilfe. Er prallte mit der Schulter gegen ihn und umklammerte seinen Oberkörper. Sie fielen zu Boden, bevor Fernando wusste, wie ihm geschah. Vito setzte sich auf ihn und drückte ihn mit den Händen um seinen Hals nach unten. Fernando versuchte, ihn wegzustoßen, doch Vito war zu schwer und zu stark. Das gerötete Gesicht von Giordanos Sekretär hing direkt über seinem, und er atmete ihm keuchend entgegen.

»Schluss!«, schrie Antonio Giordano, während Sarah erfolglos versuchte, Vito von Fernando herunterzuziehen. »Hört auf«, bat er dann wieder in normaler Lautstärke. »Vito, lass ihn los.« Er suchte Halt an der Stuhllehne und ließ sich kraftlos auf den Sitz fallen.

Vito stand auf, beobachtete Fernando aber wachsam, bereit, ihn jederzeit wieder anzufallen.

»Bist du in Ordnung?«, fragte Sarah besorgt und half Fernando hoch.

Fernando nickte und zog seine Kleidung zurecht. Er ging zu Antonio Giordano und stellte sich direkt vor ihn.

»Setzen Sie sich wieder«, gab Giordano zu verstehen.

Fernando und Sarah rückten zwei Stühle näher, sodass sie links und rechts von ihm saßen.

»Lass uns bitte allein, Vito.«

Zögerlich verließ Vito das Esszimmer in Richtung Küche. Antonio Giordano wartete, bis sich seine Schritte entfernt hatten und Ruhe eingekehrt war.

»Das ist alles schon eine Ewigkeit her«, begann er dann. »All die Jahre habe ich befürchtet, dass es mich einholen würde. Dass ich einmal büßen muss für das, was ich getan habe.« Er rieb sich verzweifelt die Stirn und holte tief Luft. »Wir waren Carabinieri in einer Polizeieinheit, die nach den Attentaten der Feuernacht 1961 gebildet wurde. Sie kennen sicher die Geschichte unseres Landes.«

Fernando und Sarah sahen sich an. Beiden war dieses Kapitel der jüngeren Südtiroler Vergangenheit wohlbekannt. Sie hatten es nur von zwei verschiedenen Seiten aus kennengelernt. Aber es war das zentrale Ereignis in ihrem Land gewesen, das das Leben, so wie es heute war, erst hatte entstehen lassen.

»Eine einzige Nacht brachte alles zum Kippen«, fuhr Antonio Giordano fort. »Eine Gruppe von Südtirolern hatte sich gegen den italienischen Staat auflehnen wollen und in der Herz-Jesu-Nacht rund um Bozen Strommasten in die Luft gejagt. Es waren an die vierzig Explosionen, die sich durchs ganze Tal zogen. Die Italiener waren geschockt, tief getroffen, und es wurden sofort Maßnahmen ergriffen, um die Täter zu fassen. Diese Leute nannten sich Freiheitskämpfer, aber in unseren Augen waren sie Terroristen. Ganze Heerscharen von Polizisten wurden aus allen Teilen des Landes zusammengezogen. Viele waren unerfahren, die meisten ohne Ortskenntnis, junge Burschen, randvoll mit Angst.«

Er starrte einen Moment lang ins Nichts, erinnerte sich, und erst ein Knacken irgendwo im Raum holte ihn wieder zurück.

»Ich traf die anderen dort. Benotti, Chieda, Gimmino. Wir kamen alle vier aus Bozen, Brixen oder den umliegenden Dörfern und hatten einen Ruf als harte Jungs, waren stolz, unnachgiebig. Man kam auf uns zu, als einige der Attentäter gefasst wurden. Wir sollten unter der Leitung eines Kommandanten die Verhöre durchführen. Das taten wir auch. Von ganz oben hatten wir das

Okay, alle Möglichkeiten auszuschöpfen, um Geständnisse zu bekommen und vor allem die Namen der restlichen Mittäter. Wir hatten vollkommen freie Hand. Doch diese Männer … sie waren ebenso stolz wie wir.« Er hielt inne und verzog in schmerzlicher Erinnerung das Gesicht. »Nein, sie waren stolzer. Sie gaben nicht einen Namen preis. Sie redeten einfach nicht mit uns. Sie waren gewillt, für ihre Sache zu sterben. Und wir gerieten in Panik. Ab dem Zeitpunkt, an dem wir merkten, dass wir nichts erreichen würden, verselbstständigte sich auf einmal alles. Wir waren völlig losgelöst vom Rest der Welt, spürten jedoch den Druck eines ganzen Landes auf unseren Schultern. Und wir begannen … wir begannen …« Giordano benetzte seine trockenen Lippen und faltete seine Hände. Es fiel ihm unendlich schwer, die nächsten Worte auszusprechen. »Wir begannen, sie zu foltern.«

Ein zitterndes Schnaufen entfuhr ihm. Fernando und Sarah warfen sich einen ernsten Blick zu. Sie schwiegen, während Antonio Giordano erneut anhob und mit jedem Wort älter zu werden schien.

»Wir stellten sie vor Quarzlampen und zwangen sie, stundenlang ihre Augen offen zu halten, klebten ihre Lider fest. Es nützte nichts. Sie bettelten um Wasser, wir verschütteten es vor ihren Augen. Es nützte nichts. Wir begannen, sie zu schlagen. Sie mussten sich nackt ausziehen. Wir lachten sie aus, erniedrigten sie, schlugen immer wieder zu. Nichts. Unsere Verzweiflung und Wut stiegen mit jeder Minute, die sie die Aussage verweigerten. Es dauerte stundenlang, tagelang. Wir teilten uns in Schichten ein, weil wir Schlaf brauchten. Und steigerten unsere Maßnahmen immer weiter. Wir fesselten sie und verbrannten ihre Haut mit Zigaretten. Strom, Nadeln, Messer, wir benutzten alles, was uns zur Verfügung stand. Ihre schrecklichen Schreie machten uns nur noch wütender, oder wir versuchten, das Schreien abzustellen, indem wir sie bewusstlos schlugen. Ich glaube, wir sind damals völlig wahnsinnig geworden in diesen Verhörzellen. Wir ließen alles an ihnen aus. Jeder von uns.« Tränen liefen nun über sein Gesicht und fielen auf den Boden zwischen Antonio Giordanos Füßen. Er machte sich nicht die Mühe, sie wegzuwischen. »Zwei von ihnen starben an ihren Verletzungen.«

Er endete, und eine betretene Stille erfüllte den Raum. Giordano entfuhr trauriges Stöhnen. »Das kann ich heute alles nicht mehr glauben.«

Fernandos Gesicht glühte. Sein Hals war staubtrocken. Giordanos Geständnis hatte das Rätsel um die Morde gelöst, doch er fühlte sich nicht einen Deut besser. Im Gegenteil. Ein bohrender Schmerz wütete in seinen Eingeweiden, und der Schwindel kam zurück.

»Der Mörder rächt sich an den Folterknechten von damals«, sagte Sarah langsam. Ihr Gesicht wirkte fahl und seltsam unbeteiligt.

»Wissen Sie, was diese Männer heute tun?«, fragte Fernando. »Einige von ihnen leben noch.«

»Ich weiß«, entgegnete Giordano, »ich weiß, dass sie noch leben, dass sie Interviews geben, an Schulen gehen, ins Fernsehen. Ebenso wie ihre Kinder. Aber ich verbinde das gar nicht mehr mit mir. Ist doch merkwürdig, nicht? Sie reden in der Öffentlichkeit über das, was man ihnen angetan hat, sie reden über mich, aber es ist, als ob sie über eine andere Person sprechen würden. Einen Antonio, den es nur damals gegeben hat. Jetzt nicht mehr.«

»Aber diese Männer sind zu alt«, gab Fernando zu bedenken. »Keiner von ihnen könnte die Morde begangen haben, jedenfalls nicht den an Enzo. Dort oben am Gipfelkreuz, in unwegsamem Gelände. Der Täter muss Enzo überwältigt und ihn später auch noch hochgetragen haben. Das ist unmöglich.«

»Es gibt noch einen Mann«, sagte Antonio Giordano. »Er lebt in Österreich, darf nicht nach Italien einreisen. Er konnte flüchten und war sehr jung damals. Er war … unnachgiebig. Der Unnachgiebigste von ihnen.«

Fernando dachte nach. War es möglich, dass ein Mann, der jetzt in den Siebzigern war, solche Taten verüben konnte?

»Zugföller war einer von Ihnen«, schaltete sich Sarah ein. »Er kam zu uns an die Schule und sprach über all das.«

In Antonio Giordanos Augen war der Schrecken darüber, wie nah seine Vergangenheit außerhalb dieser Mauern noch immer war, deutlich zu sehen.

»Er nannte keine Namen. Sprach auch nicht über Einzelheiten der Folter. Das wollte er uns Kindern wohl ersparen. Aber dieser Mann war nicht nur alt, er war auch gezeichnet von seinen Verletzungen. Niemals wäre er in der Lage, einen solchen Mord zu begehen.«

»Die Polizei geht davon aus, dass Enzo mit seiner eigenen Waffe erschossen wurde. War es Ihre Dienstwaffe, die er bei sich hatte?«, fragte Fernando.

»Ja. Ich habe nachgesehen, nachdem Sie zuletzt hier waren. Er hatte sie aus meinem Waffenschrank genommen.«

»Sie haben noch mehr Waffen im Haus?«

Giordano nickte. »Für die Jagd. Aber das habe ich seit Jahren schon nicht mehr gemacht.«

»Und der Schrank steht unverschlossen hier im Haus?«

»Nein, er ist abgeriegelt. Den Schlüssel verstecke ich in meinem Sekretär, doch Enzo wusste, wo er sich befindet.«

»Wie lange vermissten Sie die Waffe schon?«, wollte Fernando wissen.

»Gar nicht, ich habe nicht regelmäßig nachgesehen. Es könnte gut ein Jahr her sein, dass er sie genommen hat.«

»Bei Bruno Chieda verhielt es sich ähnlich«, meinte Fernando. »Haben Sie noch andere Dinge aus der Zeit aufgehoben außer der Pistole? Einen Schlagstock, Messer?«

Giordano schloss die Augen. Seine Lider zitterten.

»Ich habe all diese Dinge loswerden wollen. Niemand sollte sie jemals wieder zu Gesicht bekommen.«

»Was haben Sie damit gemacht?«

Er öffnete die Augen und blickte hinaus in den Garten. Der Pavillon streute sein gelbliches Licht kreisrund über den Rasen. »Sie liegen dort unten. In einer Kassette im Fundament des Pavillons.«

Fernando und Sarah folgten seinem Blick zu dem kleinen Häuschen am Rande des Grundstücks.

»Kann ich sie sehen?«, fragte Fernando.

***

Vito hatte aus dem Geräteschuppen einen alten Meißel und einen Vorschlaghammer besorgt. Zusammen gingen alle vier hinunter in den Garten, und Vito und Fernando zogen sich Arbeitshandschuhe an.

»Vorsicht mit den Augen, es könnten Splitter wegfliegen«, warnte Vito Sarah und Antonio Giordano. Der Kampf im Esszimmer war noch nicht vergessen, zwischen ihm und Fernando herrschte immer noch eine aggressiv aufgeladene Spannung.

Fernando hatte Vito den Hammer überlassen und hielt selbst den Meißel fest. Er bedachte Vito mit einem prüfenden Blick. Ein Abrutschen, ob absichtlich oder nicht, könnte ihm die Hand zerschmettern.

Vito packte den Stiel mit beiden Händen. Fernando wandte sich ab, um dem Splitterflug zu entgehen, und schon ließ Vito den Hammer niedersausen. Mit einem metallischen Klingen traf er direkt auf den von jahrelanger Benutzung abgewetzten und ausgefransten Meißelkopf.

Sie schauten nach, welche Wirkung er hinterlassen hatte. Eine kleine Kerbe, so groß wie der Daumennagel eines Mannes, war zurückgeblieben.

»Gut, weiter«, sagte Fernando und drehte wieder seinen Kopf. Vito schlug erneut zu.

Sie brauchten fast eine Stunde, bis sie sich einige Zentimeter tief vorgearbeitet hatten und der Meißel plötzlich ein scharrendes, hohles Geräusch verursachte. Vito hielt inne, ließ den schweren Hammer sinken und atmete aus. Er war völlig aus der Puste.

»Da ist sie«, sagte Fernando, nachdem er mit der Hand den Steinstaub weggewischt und Teile einer schwarzen, glatten Oberfläche freigelegt hatte.

»Jetzt sind Sie dran«, sagte Vito.

Fernando, dem körperliche Arbeit bei einem Leben allein auf einer Berghütte alles andere als fremd war, schlug ebenso sicher wie Vito.

»Warten Sie«, sagte er nach ein paar Minuten. »Nehmen Sie den Meißel weg, ich versuche, die obere Platte zu zerschlagen.«

Mit dem Hammerkopf hieb er donnernd auf den Beton über der Kassette ein, der daraufhin in handtellergroße Stücke zerbrach, die Vito einfach zur Seite räumen konnte.

»Ich denke, wir können sie jetzt rausziehen«, sagte Vito, und Antonio Giordano und Sarah stiegen zu ihnen auf die Plattform und schauten den Männern über die Schulter. Vito musste einige

Kraft aufwenden, aber schließlich kam die Kassette mit einem Ruck frei. Er stellte sie neben das Loch und versuchte, sie zu öffnen. »Abgeschlossen«, sagte er.

Antonio Giordano streckte die Hand aus. Darin lag ein kleiner Schlüssel mit langem gezacktem Bart. Vito nahm ihn und entriegelte das Schloss.

Giordano ließ sich auf die Knie nieder und öffnete den Deckel. Fernando und Vito traten ein Stück beiseite, um ihm Platz zu machen.

Das Erste, was zum Vorschein kam, war die beigefarbene Uniform und Mütze der Südtiroler Carabinieri, die sorgfältig gefaltet obenauf lag. Behutsam hob Giordano sie heraus. Darunter waren nun verschiedene Dinge erkennbar. Ein im Licht des Pavillons funkelnder Orden. Ein Messer in einer Lederscheide, ein Schlagknüppel, eine Bajonettscheide und eine in Plastik verpackte Zeitung zuunterst.

»Was ist das für ein Orden?«, fragte Fernando.

»Wir sind … ausgezeichnet worden für das, was wir getan haben, und durften Uniform und Waffen behalten«, antwortete Antonio Giordano beschämt. Er zog die Zeitung aus der Kassette und entfernte die Schutzhülle.

Fernando fühlte wieder diesen Schwindel. In seinem Bauch pulsierte ein stechender Schmerz.

Auf der Titelseite war halbseitig ein Foto abgedruckt. Es zeigte den Moment, in dem die Carabinieri ihre Auszeichnung erhielten. Antonio Giordano zeigte auf den Mann ganz links. »Das bin ich. Dann Gimmino, Chieda, Benotti, und das war unser Commandante Pasquale Davarano.«

Als Fernando das Gesicht des Mannes auf dem alten gelblichen Papier der Zeitung erblickte, wurde ihm schummerig vor Augen. Der Schwindel riss ihn mit sich. Er sah die ihm bekannten Gesichtszüge und hörte wie durch Watte Antonio Giordanos Stimme, die seinen Namen aussprach: *Commandante Pasquale Davarano*. Er musste sich abstützen, sonst wäre er umgefallen. Ein Gurgeln drang aus seiner Kehle, weil ihm die Luft wegblieb. Alle Gesichter fuhren zu ihm herum. Doch er blickte wie unter Zwang auf das Foto, konnte seine Augen nicht losreißen.

»Fernando, was ist mit dir?«, hörte er Sarah fragen und spürte ihre Hand an seinem Arm, der sich wie nach einer Betäubung anfühlte.

»Nein«, entfuhr es ihm. »Nein, nein, nein!«

»Fernando.« Sarah griff seinen Arm fester und versuchte, ihn zu halten. »Sag doch, was ist?«

»Oh, bitte nicht«, flehte er, und sein Gesicht verzog sich zu einer Grimasse aus Schmerz und Leid.

Antonio Giordano ließ die Zeitung sinken. »Fernando, was ist mit Ihnen?«

»Davarano«, jammerte Fernando, »Davarano«, und konnte seinen Blick nicht abwenden.

Giordano schaute wieder auf die Zeitung, um zu verstehen, was er meinte. Sie alle warteten auf eine Antwort, schockiert von seiner Reaktion.

»Er war unser Kommandant«, wiederholte Antonio Giordano unsicher. Er verstand nicht, konnte nicht verstehen.

Fernando ließ kraftlos die Schultern hängen und bedeckte sein Gesicht mit einer Hand.

»Er ist mein Vater.«

2

Sie saßen wieder am Tisch im Esszimmer. Der Schock saß bei allen tief, bei Fernando natürlich umso mehr. Draußen klaffte ein schwarzes, unregelmäßiges Loch im Fundament des Pavillons. Ein Sinnbild für Fernandos seelischen Zustand. Jeder hatte ein Glas Grappa vor sich stehen. Sie hatten die Flasche bereits zur Hälfte geleert. Die Zeitung von 1961 lag neben der Flasche, die Kassette hatte Antonio Giordano auf dem Boden abgestellt.

Er musterte Fernando verstohlen. »Ist das noch Zufall?«, fragte er so leise, dass es den Eindruck machte, er spreche nur mit sich selbst.

Fernando blickte fragend auf.

»Dass ich Sie ausgesucht habe. Ich kann es noch nicht glauben.«

»Ich glaube nicht mehr an Zufälle«, erwiderte Fernando. »Mein ganzes Leben kommt mir vor wie eine Schicksalsexistenz. Es hatte von Anfang an so kommen müssen. Alles hing mit diesem Ereignis zusammen. Mein Vater und ich, der Tod meiner Mutter, mein Beruf, einfach alles.«

»Aber das ist jetzt nicht von Belang, Fernando«, warf Sarah ein. »Im Moment ist nur eins wichtig: Dein Vater ist der Letzte in der Reihe der Täter. Das heißt, dass du aller Wahrscheinlichkeit nach das letzte Opfer in dieser Mordserie werden sollst, und vermutlich nicht erst in einigen Jahren. Der Mörder hat es auf dich abgesehen, er war bereits bei dir zu Hause. Er weiß, wo du wohnst, und er weiß, dass du hinter ihm her bist. Wir müssen die Polizei alarmieren. Du brauchst Personenschutz.«

»Ich muss erst mit meinem Vater sprechen«, sagte Fernando mit eisiger Stimme. »Vorher entscheide ich gar nichts.«

Sarah und Antonio Giordano erwiderten nichts. Es war für Fernando unumgänglich, ein Gespräch mit Pasquale Davarano zu führen, das sahen beide ein. Er musste es tun, zumal Davarano als Commandante der Carabinieri eine besondere Rolle in diesem Fall zukam.

»Wir fahren jetzt.« Fernando erhob sich und legte die Fingerspitzen auf die Zeitung. »Darf ich?«

Antonio Giordano nickte.

Er brachte sie bis zur Tür. »Was müssen Sie jetzt von mir denken?«, fragte er.

Sarah blieb stehen und sah ihn aus mitleidlosen Augen an. »Das ist nicht die Frage«, antwortete sie. »Die Frage ist, was Sie von sich denken.«

»Kannst du überhaupt noch fahren?«, fragte Sarah Fernando, als sie in den Defender einstiegen.

»Ich hab nur ein Glas gehabt. Es geht schon.«

»Eigentlich meinte ich gar nicht den Alkohol«, entgegnete sie.

»Danke«, sagte er nur.

»Wofür?«

»Für deine Sorge.«

»Wollen wir heute nicht bei mir bleiben? Wir müssten nicht mehr hochfahren und könnten morgen früh gleich nach Riva aufbrechen.« Sie sah ihn so lange von der Seite an, bis er sich ihr zuwandte. »In meiner Wohnung sind wir sicherer als bei dir auf der Hütte.«

»So?«

Die Wahrheit war, dass der Killer ihn jederzeit erwischen konnte, egal, wo. Doch für eine Übernachtung, bei der man sich halbwegs in Sicherheit wähnen konnte, war ihre Wohnung tatsächlich geeigneter. Die untere Haustür war abschließbar, ihre Wohnungstür ebenfalls, und es wohnten andere Menschen im Haus. Oben in der Einsamkeit der Berge konnte man ihn töten, ohne dass es einer bemerkte.

»Kannst du Dante so lange allein lassen?«

»Der kommt schon zurecht.«

Sie fuhren in die Andreas-Hofer-Straße, und Fernando bat Sarah, noch einen Augenblick sitzen zu bleiben, um die Umgebung und die Wohnung zu beobachten. Hätte er jemanden am Fenster entdeckt oder ein Licht aufflackern sehen, er hätte sofort die Polizei verständigt. Doch oben in der Wohnung blieb alles schwarz und leer. Auch in den hier parkenden Autos konnten sie niemanden ausmachen. Sarahs Schatten von der Polizei hatte wohl aufgegeben oder war abgezogen worden.

Oben angekommen, verriegelte Sarah die Tür und stellte zusätzlich einen Stuhl unter die Türklinke.

»Ist das nicht ein bisschen übertrieben?«, fragte Fernando.

»Dir ist offenbar noch nicht klar, in welcher Gefahr du dich befindest, oder?«

»Ich weiß nicht, ob es angesichts unseres Wissensstandes überhaupt noch Sinn für ihn macht, mich zu töten. Er liefe ja Gefahr, in eine Falle zu tappen.«

»Ja, nur dass wir ihm keine gestellt haben«, sagte Sarah unzufrieden.

Fernando fuhr sich nachdenklich über den Bart. »Ich gefährde dich. Wir sollten uns besser trennen.«

»Aber so können wir aufeinander aufpassen«, hielt sie dagegen. »Vier Augen sehen mehr als zwei.«

»Es gibt keinen Grund für ihn, dich zu töten. Wenn du bei mir bist, wird er dich aber nicht verschonen können. Du wärst ein Kollateralschaden.«

»Ist mir egal. Ich fühle mich sicherer so. Komm mit«, forderte sie ihn auf und ging in die Küche. Sie zog eine Schublade auf und holte ein Messer heraus. »Hier, nimm das.«

»Was soll ich damit?«

»Ist mir egal. Es ist jetzt deins. Ich mach dir die Couch zurecht.« Sie ließ ihn mit dem Messer stehen und holte Bettwäsche aus dem Schlafzimmer, um die Couch zu beziehen.

Später, als alle Lichter gelöscht waren und Sarah im Bett und er auf der Couch lagen, blickte er müde, aber dennoch rastlos in die Dunkelheit des Zimmers. Das matte Licht der Straßenlaternen sickerte durch die Vorhänge und warf geisterhafte Schatten an die Wand. Das Messer lag neben ihm auf dem Couchtisch. Er verharrte still und lauschte. Jedes Geräusch, das er vernahm, wies er in Gedanken dem sich Zutritt verschaffenden Mörder zu. Ein Knacken im Flur, ein Rascheln vor dem Fenster. Er war überzeugt, dass es Sarah genauso erging. Irgendwann rissen ihn seine Müdigkeit und seine vollkommene Erschöpfung nach diesem emotionalen Schock in einen tiefen Schlaf.

Als er erwachte, schien die Sonne weiß leuchtend zum Fenster herein, und der Raum hatte sich aufgewärmt. Von draußen drangen die geschäftigen Geräusche eines Arbeitstages zu ihm ins Zimmer, und aus der Küche hörte er ein Klappern, das von Sarah verursacht wurde, die die Spülmaschine ausräumte. Er schlug die Wolldecke zurück und tapste in die Küche.

»Morgen«, begrüßte er Sarah.

Sie blickte auf. »Morgen.«

»Wie spät ist es?«

»Halb elf.«

»Was?«

»Ich dachte mir, du könntest den Schlaf gebrauchen nach dem gestrigen Abend.«

Fernando rieb sich über seine abstehenden Haare.

»Geh duschen. Ich mach uns Frühstück.«

***

Eine Stunde später machten sie sich auf den Weg nach Riva. Fernando hatte lange aus dem Fenster gespäht und die Straße beobachtet. Doch alles war ruhig gewesen. Jetzt im Wagen kam schleichend die Wut auf seinen Vater zurück.

Sie mussten einen ähnlichen Weg einschlagen wie zu den Benottis. Pasquale Davaranos Haus lag an der Landstraße 37, die durch die am westlichen Rand von Riva aufragenden Olivenhaine führte. In Serpentinen ging es immer höher. Steinterrassen säumten die Straße, und in den Olivenbaumfeldern rasselten die Zikaden.

Als linker Hand, versteckt hinter Bäumen, das Haus auftauchte, lenkte Fernando den Wagen nach rechts in eine von zwei Parkbuchten, und sie hielten an. Hier bot sich ihnen ein prachtvoller Blick auf das flache Delta, in dem Riva unter ihnen lag. Zwischen West- und Ostgebirge züngelte der nördliche Teil des Gardasees in die Bucht.

»Soll ich im Wagen bleiben?«, fragte Sarah, nachdem beide eine Weile hinunter ins Tal geschaut hatten.

Fernandos Puls hatte sich stetig beschleunigt, bis er jetzt so schnell war, als wäre er zu Fuß hier hochgelaufen.

»Sag es ganz ehrlich.«

»Ich hätte dich gern dabei, aber ich fürchte, er wird noch weniger sagen, wenn jemand Fremdes dabei ist«, erwiderte Fernando. Er zog den Schlüssel aus dem Zündschloss und reichte ihn Sarah. »Ich weiß nicht, wie lange es dauern wird. Aber wenn du die Straße weiter hochfährst, kommt bald ein kleines Restaurant. Eigentlich ist es mehr ein Imbiss. Da kannst du draußen sitzen und etwas essen und trinken. Der Blick ist derselbe.«

»Gut.« Sie nahm den Schlüssel. »Viel Glück.«

Er blickte in den Rückspiegel und sah nur die grauen Steine in der Mauer, über der das Haus stand. Mit klopfendem Herzen stieg er aus und beugte sich noch mal zum geöffneten Fenster hinunter.

»Lass dich nicht ansprechen, aber bleib in der Nähe von Menschen«, bat er. Dann drehte er sich um und machte sich auf zu seinem schwersten Gang.

Das Grundstück war von der Straße mit einem Metallzaun abgeschirmt. Am Tor gab es eine Klingel und eine Gegensprechanlage. Fernando wollte das umgehen und kletterte kurzerhand über das Tor. Wenn er erst einmal direkt vor seinem Vater stand, konnte der ihn nicht so leicht wieder abschütteln wie unten am Tor. Er stieg die Stufen zum Haus hinauf, blickte hoch zu der großen Veranda, doch sein Vater war nicht zu sehen.

An der Tür gab es keine Klingel, deshalb klopfte er laut. Die Zikaden machten einen solchen Lärm, dass er kaum die schlurfenden Schritte hinter der Tür hörte.

»Was machen Sie hier oben?«, bellte sein Vater von innen.

»Mach auf!«, rief Fernando gegen die Tür.

»Wer sind Sie? Was wollen Sie hier?«

»Ich bin's. Fernando. Mach auf!«

Stille. Fernando blickte über die Schulter zurück zum Wagen, wo Sarah eben auf den Fahrersitz rutschte.

»Mach auf!«, rief er erneut.

Es wurden mehrere Schlösser entriegelt, und die Tür schwang auf. Da stand sein Vater, eingerahmt vom Dunkel des Hauses. Er war alt geworden. Sein weißes Haar wuchs nur noch in einem schütteren Kranz um seinen Kopf. Die Kopfhaut, sein Gesicht und seine Hände waren mit Altersflecken bedeckt. Er war dünner geworden und blickte ihn aus trüben Augen an, die einen leichten Grauschimmer aufwiesen. Darin lag so etwas wie Erstaunen, aber

Fernando erkannte auch Kälte und verletzten Stolz in seinem Blick.

»Was tust du hier?«, fragte er und hielt mit seinen krummen Fingern noch immer den Türknauf umklammert.

»Wir müssen reden.«

»Wir haben uns nichts mehr zu sagen.«

»Das hat sich nun geändert«, sagte Fernando. »Wir reden jetzt, auf der Stelle.«

Pasquale kniff die Augen zusammen und musterte seinen Sohn scharf. Ohne ein weiteres Wort drehte er sich um und ging zurück ins Haus. Die Tür blieb offen. Fernando trat ein.

Sein Vater war immer ein sehr korrekter Mann gewesen, und so wunderte es ihn nicht, dass im Haus alles aufgeräumt und an seinem Platz war. Pasquale selbst, der hier oben keiner Menschenseele begegnete, trug ein ordentlich gestärktes hellblaues Oberhemd und eine graue Anzughose über ebenfalls grauen Hausschuhen. Er führte Fernando durch den Flur und das Wohnzimmer hinaus auf die hintere Terrasse, wo er offensichtlich gesessen und Zeitung gelesen hatte. Im seichten, warmen Wind blätterten sich die Seiten auf und verdeckten ein Glas mit einer klaren Flüssigkeit, von der Fernando nicht sicher war, ob es sich nur um Wasser handelte.

Pasquale ließ sich in seinen Sessel im Schatten eines Sonnenschirms nieder. Fernando holte sich einen Stuhl vom Esstisch und folgte seinem Vater nach draußen. Der faltete die Zeitung ordentlich zusammen.

»Mach's kurz, ich hab nicht viel Zeit«, sagte er.

Fernando setzte sich so, dass er ihn direkt anschauen konnte. Pasquale verschränkte die Finger über seinem Bauch und wartete.

»Nun?«

Fernando lachte traurig. »Ich weiß gar nicht, wo ich anfangen soll«, sagte er. »Es ist so viel passiert in letzter Zeit.«

Sein Vater schmatzte nur einmal ungeduldig.

»Ich habe vor einer Woche einen ungewöhnlichen Auftrag erhalten. Jemand, ein Mann, kam auf mich zu und bat mich, einen Mord für ihn aufzuklären.«

Pasquales drahtige Augenbrauen zuckten, doch er sagte nichts.

»Du liest doch viel Zeitung. Sicher weißt du bereits, von wem ich spreche.«

Fernando wartete auf eine Reaktion, die aber ausblieb.

»Enzo Giordano«, half er ihm auf die Sprünge, »ermordet in der Herz-Jesu-Nacht auf dem Gipfel des Raschötz. Der Sohn von Antonio Giordano.«

Jetzt sah Fernando, wie die Augen seines Vaters sich weiteten. Es war nur eine minimale Bewegung der Augenlider in seinem von Falten durchfurchten Gesicht.

»Ja, du kennst ihn. Ein alter ... Kollege von dir. Aus der Zeit, über die du nie mit mir gesprochen hast. Aber das ist ja kein Wunder. Über so etwas schweigt man lieber, nicht wahr? Ein Schuldirektor Davarone, der Blut an den Händen hat? Ein Mörder und Folterknecht als oberster Pädagoge? Das macht sich nicht besonders gut.«

Sein Vater musterte ihn argwöhnisch. »Ich weiß nicht, wovon du sprichst.«

»Doch, das weiß du ganz genau. Ich habe deine gesamte Truppe besucht, Vater. Benotti, Gimmino und Chieda. Ihre Kinder sind ebenfalls ermordet worden, jeweils in der Herz-Jesu-Nacht. Das gleiche Schema.«

»Ist das wieder so eine Idee für eins deiner Bücher?«, fragte Pasquale mit einem gehässigen Unterton in der Stimme und griff zu seinem Glas.

»Alle Opfer sind vor ihrem Tod gefoltert worden, und zwar auf dieselbe Weise, wie ihr damals eure Häftlinge misshandelt habt.«

»Deine Phantasie geht mit dir durch, mein Junge«, sagte Pasquale halb ins Glas hinein und nahm einen kräftigen Schluck.

Wütend schlug Fernando auf den Tisch, dass es schepperte.

Langsam setzte Pasquale sein Glas ab. »Du vergisst, wie man sich benimmt«, sagte er drohend.

Fernando lachte verächtlich. »Aus deinem Mund muss ich mir keine Maßregelungen mehr anhören. Du hast Menschen foltern und töten lassen. Du bist nicht ansatzweise der Mensch, der du vorgibst zu sein.«

»Ich habe mein Land verteidigt«, sagte er mit Nachdruck.

»Du bist ein größerer Verbrecher, als die Häftlinge es jemals gewesen sind. Sie hatten Strommasten gesprengt, Strommasten!«, rief Fernando erregt. »Das ist Sachbeschädigung.«

»Es waren Bomben, Junge. Ein Mensch ist gestorben, und noch mehr hätten sterben können. Das waren keine Kinder, die mit Feuerwerk herumgespielt haben. Es war ein terroristischer Angriff auf unser Land. Von langer Hand und mit enormer krimineller Energie geplant.«

»Du bist so eine falsche Schlange.« Fernando verzog angewidert den Mund. »Du legst dir deine Wahrheit so lange zurecht, bis sie passt. Etwas Armseligeres als dich habe ich noch nie gesehen. Ich verstehe nicht, wie Mutter dich je heiraten konnte. Sie hätte wissen müssen, dass sie damit ihr Schicksal besiegelt.«

»Deine Mutter starb, weil du ihr das Herz gebrochen hast, Junge. Sei wenigstens Mann genug, das einzusehen.«

»Mann? Ja, das ist ein großes Wort für dich, was? Was ein Mann so alles tun muss, habe ich jahrelang von dir gepredigt bekommen. Dabei hast gerade du nicht einen Funken von Ehre, Stärke oder irgendeiner Tugend in dir. Du bist ein Heuchler, ein Sadist, ein Täter. Und das Einzige, was ich für dich empfinden kann, ist Scham.«

Fernandos Augen blitzten vor Wut. Er saß da wie eine Wildkatze, kurz davor, seine Beute anzuspringen und zu zerfleischen.

»Verlass mein Haus«, befahl Pasquale.

»Ich werde die Polizei informieren. Das alles wird wieder aufgerollt werden. Und es wird einen Erdrutsch in der Öffentlichkeit auslösen. Du dachtest, du könntest deine Vergangenheit begraben? Du dachtest, du könntest einfach so zufrieden weiterleben, in Wohlstand und schönem Luxus? Nein, Vater, die Vergangenheit holt dich gerade ein. Alles kommt zu dir zurück, und es wird dich hart treffen. Dafür werde ich sorgen.« Fernando stand auf und blickte von oben auf Pasquale hinab. »Halte dich bereit.«

***

Sarah saß mit einer Flasche Wasser und einem Glas vor sich auf dem Tisch unter dem Zeltdach der Taverne, als Fernando die Straße heraufkam. Eine Gruppe von älteren Wanderern hatte einen der Nebentische besetzt. Sie winkte ihm, und er setzte sich zu ihr.

Ihn ahnungsvoll musternd, sagte sie: »Na, das ging wohl nach hinten los.«

Fernandos Gesicht war starr vor Wut.

»So schlimm?«, fragte sie.

»Es ist nicht zu fassen, wie jemand sich so sehr selbst belügen kann. Er hat nichts zugegeben und alles geleugnet. In seinen Augen hat er sein Land ehrenvoll verteidigt.«

»Da ist er nicht der Einzige. Die meisten Italiener denken so.«

»Ich bin sicher, der Scheißorden, den die damals bekommen haben, hängt heute irgendwo bei ihm an der Wand. Genau das war immer das Streitthema zwischen uns, die Art, wie er gegen die Südtiroler gewettert und sie beschuldigt hat. Doch erst jetzt wird mir alles klar. Ich bin nie dahintergekommen. Ich habe so viel recherchiert über die Mörder des Landes. Aber um das Thema habe ich immer einen Bogen gemacht. Dieses Foto, ich hätte es längst finden können. Als ob ich es geahnt und vermieden hätte.«

»Du brauchst dir keine Vorwürfe zu machen.« Sie schenkte Wasser ein und schob ihm das Glas rüber. Er nahm es, hielt es sich an seine glühende, trockene Stirn und schloss die Augen.

»Wir müssen diese Männer finden und mit ihnen reden«, sagte er.

»Auf keinen Fall. Wir müssen zur Polizei gehen.«

Er öffnete die Augen. »Ich muss das tun, Sarah. Nenn es Wiedergutmachung oder wie auch immer, aber ich habe das deutliche Gefühl, dass ich mit diesen Leuten sprechen muss. Vielleicht hab ich mein ganzes Leben genau auf diesen Augenblick hingearbeitet. Bisher war alles nur Vorbereitung. Jetzt kommt der Zeitpunkt der Wahrheit, und ich bin ein Teil davon.«

Sarah atmete erschöpft durch und stützte den Kopf in die Hände. »Ich hatte befürchtet, dass du so etwas sagst.«

»Weil du mir hilfst?«, fragte er hoffnungsvoll.

»Nein, weil ich dich verstehe.«

3

Es war Nachmittag, als sie in die Bozener Region zurückkehrten. Sarah hatte mit Hilfe ihrer Kontakte bei der Zeitung innerhalb weniger Minuten die Wohnorte der beiden noch lebenden ehemaligen Häftlinge der Feuernachtsanschläge ausfindig gemacht. Sie waren in der Vergangenheit schon einige Male von der Redaktion interviewt worden, sodass sie davon ausgehen konnten, dass sie auch diesmal zu einem Gespräch bereit waren.

»Wir müssen weiter bis Brixen und dann nach Santa Magdalena«, wies Sarah Fernando an, nachdem sie mit einem der beiden Männer telefoniert hatte. »Sepp Zugföller und Josef Tratsch pflegen einen engen Kontakt und wollen beide dort sein.«

»Gut, sehr gut«, sagte Fernando ernst.

Sarah hatte Sepp Zugföller gegenüber nur erwähnt, dass es um den Mord an Enzo Giordano ging und dass er der Sohn eines der Carabinieri war, von denen er und Tratsch damals verhaftet worden waren. Sie hatte bewusst »verhaftet« gesagt, um nicht zu riskieren, dass die Männer das Gespräch ablehnten, wenn sie erklärte, dass Giordano einer ihrer Folterknechte gewesen war. Aber wahrscheinlich kannten sie sowieso seinen Namen. Den Namen seines Peinigers konnte man wohl niemals vergessen. Ebenso wie die Peiniger niemals die Namen ihrer Opfer vergaßen, glaubte Sarah.

»Und wenn das alles nichts bringt?«, fragte Sarah. »Wenn der Täter einer von den vielen radikalisierten Südtirolern ist, jemand, der einen solchen Hass auf die Italiener verspürt, dass er sich und sein Volk rächen will, komme, was wolle?«

»Du meinst, falls es sich um so etwas wie einen politisch motivierten Mord handelt. Im Grunde wäre das denkbar, aber um einem Menschen so etwas anzutun, muss man schon eine gestörte Persönlichkeit haben oder von Rache getrieben sein. Jemand, der auf diese Weise für die Freiheit der Südtiroler kämpft, ist meiner Meinung nach nicht denkbar.«

»Aber es gab noch andere Opfer. Viele sogar. Es gab weitere Attentäter, die getötet wurden. Noch Jahre später. Lukas Imhof.

Sein Mörder läuft immer noch frei herum. Geschützt vom italienischen Geheimdienst.«

»Ich weiß, aber ginge es um alle Attentäter, würde unser Mörder nicht die Gräueltaten der Polizei von damals imitieren. Die sind fester Bestandteil der kleinen Gruppe, die 1961 gefangen genommen und gefoltert wurde. Es hat damit zu tun. Ich verstehe nur nicht, warum es die Kinder sind, die er aussucht. Warum verschont er die eigentlichen Täter?«

Darauf hatte Sarah auch keine Antwort.

***

Sankt Magdalena lag im nächsten von Ost nach West verlaufenden Tal nördlich von Sankt Ulrich. Hinter Klausen verließen sie die Autobahn nach Osten und folgten dem Tal über Villnöß bis in das kleine Dorf, das schmal und länglich in die grüne Senke eingebettet war. Das Haus lag an einem einsamen Weg im Nordosten des Ortes. Ein typisches Tirolerhaus, direkt an einen grünen Hang gelehnt, mit einem Unterstand für Feuerholz und einem unbefestigten Hof.

Fernando steuerte die kurze, aber steile Auffahrt hinauf und hielt auf dem Platz. Das Haus sah gepflegt aus. Frische Blumen wucherten über die Ränder der Holzkästen unter den Fenstern und am großen Südbalkon im ersten Stock. Sie stiegen aus.

»Bist du bereit?«, fragte Sarah und stellte sich neben ihn.

»Ich glaub, ich hatte noch nie so viel Angst.«

Sie klopfte ihm aufmunternd auf den Rücken. »Du tust das Richtige.«

Sie hatten die Treppe hinauf zum Eingang noch nicht erreicht, als sich bereits die Haustür öffnete. Fernando hielt inne und schaute in das Gesicht eines alten Mannes. Unsicher humpelte er über die Schwelle und winkte ihnen zu. »Grüß Gott«, rief er mit kratziger Stimme.

»Grüß Gott«, riefen sie zurück und gingen die Stufen hinauf.

Fernando reichte dem Mann die Hand. Er war gut einen Kopf kleiner als er selbst und von kräftiger Statur, obwohl seine Schultern sehr schmal waren. Ungesunde braune Ringe lagen unter seinen

Augen, und seine Gesichtszüge sahen aus, als leide er seit Jahren unter heftigen Schmerzen. So blieb sein freundliches Lachen nur auf die Mundpartie beschränkt. Seine Augen schwammen in einem traurigen Glanz.

»Fernando Lovecchio.«

»Sepp Zugföller.«

»Hallo, ich bin Sarah Templer von den ›Neuen Südtiroler Nachrichten‹, wir haben telefoniert.«

»Kommen Sie rein«, sagte Zugföller und trippelte vorweg. Er machte kleine Schritte durch den mit Holzparkett ausgelegten Flur und bog in das rechte Zimmer ab. Es war die Küche mit dem angrenzenden Esszimmer, eingerichtet in der landestypischen Art mit Fichtenholzmöbeln und einem grünen Ofen in der linken Ecke.

Am Tisch saß sein Freund Josef Tratsch. Er trug einen Tirolerhut und eine Trachtenjacke. Sein faltiges Gesicht war beherrscht von einem energischen Unterkiefer. Das gekerbte Kinn stand trotzig nach vorn, und tiefe Mundwinkel zogen sich weit nach unten. Er hatte die Ellbogen auf die Tischplatte gestützt und die Schultern hochgezogen, dass sie fast bis über seine großen Ohren hinausragten. In seinen Augen war derselbe schmerzhafte Glanz zu erkennen wie bei Zugföller. Seine weit geöffneten Augenlider vermittelten einen zusätzlichen Eindruck von Hilflosigkeit.

»Grüß Gott«, sagte Fernando und gab ihm über den Tisch hinweg die Hand. Sie versank förmlich in der riesigen Pranke des Mannes.

»Grüß Gott«, gab Tratsch distanziert zurück.

Auch Sarah schüttelte ihm die Hand und stellte sich vor. Zugföller bot ihnen einen Platz auf der Bank an und fragte sie, ob sie etwas trinken wollten. Sie verneinten, und Zugföller setzte sich ans Kopfende des Tisches, flankiert von seinem Freund.

»So«, sagte er und strich sich eine Haarsträhne aus der Stirn. Er hatte flachsblondes Haar, das nur an den Schläfen ergraut war. »Es geht also um diesen Mord, wenn ich Sie richtig verstanden habe?«, fragte er Sarah.

»Nun ja, im Grunde schon. Aber eigentlich ist Herr Lovecchio der Kopf unseres kleinen Teams. Und wir sind nicht im Auftrag der Zeitung hier. Es ist eine mehr oder minder private Sache.« Sie blickte zu Fernando, der sich nun im Sitzen aufrichtete und sich räusperte.

»Ich weiß nicht, ob Sie mich vielleicht kennen. Ich bin Schriftsteller und schreibe hauptberuflich kriminalistische Sachbücher. Ich interviewe Schwerverbrecher und analysiere ihre Taten, ihre sozialen Hintergründe und Familiengeschichten.«

Tratsch atmete laut hörbar aus und lehnte sich zurück. Zugföller blieb unbeweglich sitzen und blinzelte nur alle paar Sekunden.

»Letzte Woche bat mich ein Privatmann, den Mord an seinem Sohn zu untersuchen. Eine ungewöhnliche Bitte, die ich jedoch annahm, und ich begann, Ermittlungen anzustellen. Der Mann dürfte Ihnen bekannt sein. Es ist Antonio Giordano. Er ist jetzt Weinbauer, war aber früher –«

»Carabiniere«, beendete Tratsch den Satz für ihn.

»Genau«, sagte Fernando und atmete nun seinerseits einmal tief durch. Er spürte, wie sein Atem zitterte vor Aufregung. »Mir war seine Vergangenheit zu dem Zeitpunkt noch unbekannt. Ich fand zusammen mit Frau Templer, die mit Enzo Giordano liiert war, drei weitere Morde, die sich vom Ablauf her sehr ähnelten. Es handelte sich bei allen Opfern um die Kinder von Männern aus der Gruppe von Carabinieri, der auch Giordano angehörte. Benotti, Chieda, Gimmino.«

Zugföller und Tratsch wirkten ehrlich überrascht und warfen sich einen besorgten Blick zu.

»Alle tot?«, fragte Zugföller.

»Ja, zwei Männer und eine junge Frau. Der erste Mord ist bereits vor über zwanzig Jahren begangen worden. Dass eine Verbindung zwischen den Vätern besteht, haben wir erst gestern erfahren. Alle vier haben vor langer Zeit ein komplett anderes Leben begonnen.«

»Es ist ihnen gekauft worden«, sagte Tratsch.

»Wie meinen Sie das?«

»Nun, die Regierung hat ihnen einen Orden umgehängt und dann dafür gesorgt, dass sie irgendwo neu Fuß fassen konnten.«

»Es gab damals aber noch einen fünften Mann«, warf Zugföller ein. »Den Kommandanten der Truppe.«

Fernando sah Zugföller lange an und senkte dann den Blick. Er wusste nicht, wie er sich erklären, wie er diesen beiden Männern die schonungslose Wahrheit beibringen solle.

»Sie denken doch nicht etwa, dass wir zwei dahinterstecken?«, fragte Tratsch.

Fernando schüttelte stumm den Kopf.

»Sepp kann kaum noch laufen seitdem. Man hat ihm die Beine zerschlagen. Ich kann meine Arme nicht mehr gebrauchen. Wir sind inzwischen beide über achtzig Jahre alt –«

»Nein, nein«, unterbrach Fernando ihn. »Ich weiß doch. Aber ich musste einfach mit Ihnen sprechen. Nicht nur wegen der Morde. Ich … Sie haben natürlich recht. Es fehlt noch ein Mann. Pasquale Davarano.«

Zugföllers Lippen bildeten einen blassblauen Strich zwischen den Schatten seiner Mundwinkel. Tratschs große, aber eisige Augen wurden von einem Schatten bedeckt.

»Ich schäme mich fürchterlich«, fuhr Fernando mit gesenktem Kopf und brüchiger Stimme fort. Er konnte den beiden einfach nicht in die Augen sehen. »Ich bin der Sohn von Pasquale Davarano.« Eine unglaubliche Hitze stieg in ihm hoch, wie Schwefelgase in einem Vulkan. Seine Augen brannten. Er musste an sich halten, um nicht in Tränen auszubrechen. »Und ich hatte keine Ahnung von seiner Vergangenheit.«

»Beruhigen Sie sich, junger Mann«, hörte er Zugföller sagen, und es klang ganz anders, als er erwartet hatte.

Er blickte auf. Zugföller lächelte tatsächlich. Fernando konnte es nicht glauben.

»Es ist ja nicht Ihre Schuld.«

»Ich danke Ihnen«, hauchte Fernando, erschlagen von der Beherrschtheit und Ruhe dieses Mannes.

»Sie sind Pasquale Davaranos Sohn?«, fragte Tratsch und beäugte ihn, als könnte sich in Fernandos Gesicht auf unheimliche Weise der entscheidende Zug abzeichnen, der ihn an den Commandante erinnerte. »Und Giordano sucht Sie als seinen privaten Ermittler aus?«

»Wie gesagt, ich heiße jetzt Lovecchio. Ich habe den Mädchennamen meiner Mutter angenommen, weil ich nach ihrem Tod aus bestimmten Gründen mit meinem Vater nichts mehr zu tun haben wollte. Es war wohl alles purer Zufall.«

»Unheimlich, wie das manchmal so geht«, meinte Zugföller.

»Ich weiß von Antonio Giordano, was er Ihnen angetan hat. Und mir fehlen einfach die Worte für … um …«

»Herr Lovecchio, wenn Sie –«

»Es tut mir leid«, presste Fernando heraus. »Es tut mir leid. Mehr kann ich nicht sagen.«

»Schon gut«, sagte Tratsch und tätschelte mit seiner riesigen Hand seinen Unterarm. Auch wenn es schwer zu erkennen war, meinte Fernando doch, ein klein wenig Rührung in seinem Gesicht erkennen zu können, und verspürte eine gewisse Erleichterung.

»Antonio Giordano hat mit Sicherheit nicht alles erzählt«, sagte Zugföller und blickte aus dem Fenster.

Mit einer Stimme so dünn wie Papier ergänzte Tratsch: »Wir haben schlimme, unmenschliche Dinge dort erleben müssen.«

»Das meiste davon können Sie inzwischen überall nachlesen. Die Briefe, die wir aus dem Gefängnis schrieben, sind veröffentlicht, wir sprechen an Schulen und mit Zeitungen und dem Fernsehen über unsere Erlebnisse«, erklärte Zugföller.

»Sie waren vor Jahren mal an meiner Schule«, sagte Sarah sanft. »Ich weiß es noch ganz genau. Sie haben ziemlichen Eindruck bei uns allen hinterlassen.«

»Das freut mich.« Er lächelte Sarah von der Seite an.

»Und Ihr Vater?«, fragte Tratsch Fernando. »Er hat doch mit Sicherheit nichts von alldem zugegeben.«

»Nein, natürlich nicht. Er ist der uneinsichtigste Mensch, den ich kenne. Wenn ich ihn danach gefragt hätte, ohne sicher zu sein, hätte er alles geleugnet, aber Antonio Giordano zeigte mir ein Foto aus der Zeitung.«

»Das, wo sie auch noch einen Orden dafür bekommen?«

»Genau das. Ich war … geschockt, ihn darauf zu sehen.«

Tratsch musterte Fernando eindringlich. »Ich kann noch nicht glauben, dass Sie sein Sohn sind.«

»Aber deswegen ist Herr Lovecchio doch gar nicht zu uns gekommen, Josef«, wies Zugföller seinen Freund zurecht und beendete damit diese für Fernando unangenehme Situation. »Die beiden sind wegen des Mordes hier.« Er wandte sich Sarah zu und legte seine alte, verkrümmte Hand auf ihre. »Sie waren mit Enzo Giordano verheiratet?«

»Wo denken Sie hin?«, antwortete Sarah traurig. »Ich bin Südtirolerin, das hätte Antonio Giordano nicht zugelassen. Wir waren ein heimliches Paar.«

»Das tut mir leid.« Er zog seine Hand wieder zurück. »Möchten Sie vielleicht doch etwas trinken?«

In diesem Moment hörten sie Schritte auf der Treppe. Die Haustür wurde aufgeschlossen.

»Das ist sicher meine Frau«, meinte Zugföller, und schon erschien eine ältere Dame in Trachtenrock und weißer Bluse in der Küchentür. Sie hatte graues, lockiges Haar und schien direkt vom Friseur zu kommen.

Ihr Blick ging abschätzend zwischen Sarah und Fernando hin und her.

»Ella, das sind unsere Gäste«, erklärte Zugföller. »Sarah Templer von der Zeitung und Fernando Lovecchio. Er ist Autor.«

»Grüß Gott«, sagte sie, machte aber keine Anstalten, ihnen die Hand zu geben. Sie war durch und durch misstrauisch, das erkannte man auf den ersten Blick. Energisch schritt sie durch die Küche und kramte einige Schüsseln aus einem Schrank. »Ich störe euch nicht, keine Angst. Ich bin gleich wieder weg.«

So eifrig sie auch beschäftigt war, während sie diverse Utensilien zusammensuchte, spitzte sie neugierig ihre Ohren.

»Ella, könntest du uns bitte etwas Wasser reichen?«, bat Zugföller, als seine Frau gerade ein kurzes Küchenmesser in ein Sieb warf.

Sie nahm einen Tonkrug, der auf der Anrichte stand, und vier Gläser und stellte beides wortlos auf den Tisch.

Zugföller bedankte sich und schenkte allen ein Glas Wasser ein. Ella Zugföller ging mit ihren Utensilien im Arm hinaus und warf Fernando im letzten Moment noch einen kühlen, argwöhnischen Blick zu.

»Ist Enzo denn im Bilde gewesen, wissen Sie das?«, setzte Zugföller die Unterhaltung fort, als wären sie nie unterbrochen worden.

»Nein«, entgegnete Sarah und nahm einen Schluck Wasser. »Ich würde sagen, zwischen ihm und seinem Vater herrschte eine ähnliche Verschwiegenheit, was diese Sache betrifft, wie bei Fernando und Pasquale.«

»Und Sie beide kannten sich schon vorher, oder warum sind Sie zusammen hier?«, wollte Tratsch wissen.

»Nein, wir haben uns erst im Zuge meiner Ermittlungen kennengelernt, und da Frau Templer mir in vielen Dingen weiterhelfen konnte, machten wir gemeinsam weiter. Das war so nicht geplant.«

»Aber jetzt sind Sie beide hier«, stellte Zugföller fest. »Was möchten Sie von uns wissen?«

Fernando faltete seine Hände und beugte sich vor. »Nach allem, was passiert ist, habe ich nun auch ein persönliches Interesse, diese Morde aufzuklären. Ich konnte aus den Informationen, die wir bis jetzt gesammelt haben, einen ungefähren Rückschluss auf das Profil des Mörders ziehen. Und ich bin mir sicher, dass dieser Mann bei den Geschehnissen, die auf die Feuernacht folgten, bei Ihrer Verhaftung und hinsichtlich der Folter, die Sie erdulden mussten, selbst eine Rolle gespielt haben muss. Wir bräuchten Hinweise, wer noch involviert war. Weitere Opfer. Zeugen, Angehörige.«

»Aber die sind doch alle so alt wie wir heute«, sagte Tratsch.

»Ja, das ist eines der Probleme, das sich uns dabei stellt. Der Täter muss körperlich fit und sehr kräftig sein.« Er machte eine kurze Pause. »Haben Sie noch Kontakt zu Herbert Meinrather, der in Österreich im Exil lebt?«

»Der Meinrather ist damals ein junger Bursche gewesen und auch sehr engagiert. Der Jüngste von uns. Aber der ist inzwischen auch schon fünfundsiebzig Jahre alt.«

Zugföller massierte unbewusst seine krumme Hand. Er blickte fragend zu seinem Freund hinüber, der sich nun erschöpft den Hut abnahm, ihn auf die Bank legte und sich nachdenklich mit der Hand über seine letzten Haare fuhr. Dann ließ er sich nach hinten in die Rückenpolster sinken und zog ahnungslos die Schultern hoch.

»Da gibt's niemanden.«

»Es muss sich um Ihre Gruppe drehen. Von wem erhielten

Sie oder Ihre Familien Hilfe? Gab es Informanten, Leute, die Sie versteckt oder unterstützt haben? Wer hat den Sprengstoff besorgt?«

»Meine Frau«, antwortete Zugföller. »Ansonsten sind alle tot. Zwei starben damals im Gefängnis. Der Bernd Stenzel und der Thomas Oberthaler. Lukas Imhof hat man auf der Flucht auf einer Alm erschossen. Meinrather und Wagner sind nach Österreich geflüchtet. Wagner starb vor fünfzehn Jahren an Krebs. Außer uns und den Witwen ist niemand mehr übrig.«

Fernando presste die Lippen zusammen. »Ich möchte Ihnen nicht zu nahe treten«, begann er, »und auch nicht respektlos klingen, aber ich muss Sie nach Ihren Kindern fragen.«

»Kinder?«, rief Tratsch überrascht. »Unsere Kinder?«

»Was wollen Sie damit sagen?«, fragte Zugföller ein wenig aufgebracht.

»Ich möchte nur alle Möglichkeiten in Betracht ziehen. Verstehen Sie mich doch.«

»Herr Lovecchio.« Zugföller stellte sein Glas zur Seite, als wollte er nichts mehr zwischen sich und Fernando im Weg stehen haben. »Wir haben uns damals nicht anders zu helfen gewusst. Wir waren von der Regierung betrogen worden und wollten gehört werden. Natürlich war es nicht recht, was wir getan haben. Im Nachhinein bereue ich es, aber ich denke auch, dass ohne uns ein neues Nachdenken über die Situation nicht zustande gekommen wäre. Eines war aber immer klar: Wir wollten nie Menschen gefährden. Ich weiß, dass es doch passiert ist. Einen Menschen haben wir auf dem Gewissen. Einen Familienvater wie wir, der eine Sprengladung fand und sie entfernen wollte. Das lastet auf uns, und wir haben unseren Kindern immer beigebracht, dass Gewalt keine Lösung ist. Wir haben sie in dem Gedanken bestärkt, dass sie für ihr Land nur politisch kämpfen dürfen. Unsere beiden Söhne«, er sah seinen Freund an, »und meine Tochter mussten in jungen Jahren eine Menge erleiden. Sie waren dabei, sahen, wie wir abgeholt wurden, und mussten mit anhören, was alle um sie herum redeten. Ich sage Ihnen, die haben genug erlebt. Die wollen nicht noch mehr Leid verbreiten. Ganz im Gegenteil. Josefs Sohn ist Pfarrer in Wolkenstein, mein Sohn ist Bergführer am Sellajoch und am Langkofel, und meine Tochter arbeitet als Erzieherin. Sie sind alle drei im Ortsverein aktiv und wollen Südtirol unabhängig sehen, aber sie sind keine Mörder.«

Fernando nickte nur. Ihm war klar gewesen, dass seine Frage eine solche Reaktion hervorrufen würde. Aber er konnte sie nicht umgehen. Dazu hing zu viel davon ab.

»Ich unterstelle ja nichts, Herr Zugföller, ich bitte einfach nur um Ihre Hilfe. Was ist mit den verstorbenen Männern? Hatten die Familie?«

Zugföller strich mit der Faust über den Tisch und stützte sich auf einen Ellbogen. Seine Geduld schien langsam verbraucht zu sein. Josef Tratsch versuchte, Blickkontakt zu ihm aufzunehmen. Auch er war sichtlich mitgenommen von dem Gespräch.

»Bernd und Thomas hatten auch Söhne«, brummte Zugföller jetzt, ohne Fernando dabei anzusehen. »Bernds Sohn lebt in Österreich. Er heißt Kai Stenzel. Und Thomas' Junge ist schon vor langer Zeit auf einer Bergtour ums Leben gekommen.«

Tratsch versuchte immer noch, Zugföller etwas über die Augen mitzuteilen, doch der begriff nicht oder wollte nicht begreifen. Also wandte sich Tratsch selbst an Fernando. »Junger Mann, wenn Sie der Sohn von Pasquale sind, dann sind Sie mit Sicherheit der Nächste. Sie müssen vorsichtig sein, hören Sie?«

»Das ist mir bewusst«, sagte Fernando mit einem Seitenblick zu Sarah. »Ich denke, wir brechen jetzt auf. Vielen Dank für Ihre Zeit. Und entschuldigen Sie bitte nochmals.«

Fernando und Sarah standen auf und verabschiedeten sich von den beiden mit Handschlag. Tratsch hielt Fernandos Hand noch fest, als dieser sie schon wieder zurückziehen wollte. Er blickte ihm eindringlich in die Augen und flüsterte: »Passen Sie auf sich auf.«

»Wie geht's dir jetzt?«, fragte Sarah, als sie wieder im Wagen saßen.

»Besser und schlechter zugleich.« Erschöpft steckte er den Schlüssel ins Schloss und blickte dabei kurz in den Außenspiegel, wo er zwischen zwei Fichten seitlich des Hauses Frau Zugföller sitzen sah. Er drehte den Schlüssel nicht um, sondern zog ihn wieder ab.

»Was ist?«, fragte Sarah.

»Auch wenn es nicht unbedingt vielversprechend sein mag, aber da hinten sitzt Zugföllers Frau.«

Sarah blickte in ihren Rückspiegel. »Einen Versuch ist es wert.«

Sie stiegen wieder aus und überquerten den Hof in Richtung einer hölzernen Sitzgruppe, wo Frau Zugföller mit dem Rücken zu ihnen am Tisch saß und Kartoffeln schälte.

»Frau Zugföller?«, fragte Fernando vorsichtig.

Sie drehte sich um, und ihre Augen verschmälerten sich zu Schlitzen.

»Haben Sie einen Augenblick für uns?«

»Sie sind Fernando Lovecchio?«, fragte sie und deutete mit dem von Kartoffelstärke geweißten Messer auf die Bank ihr gegenüber.

»Ja, bin ich.«

»Ich habe zwei Ihrer Bücher gelesen.« Sie nahm sich eine neue Kartoffel aus der Schale.

»Tatsächlich?«

»Ja. Aber was will jemand wie Sie von uns?«

Fernando erläuterte ihr die Situation. Als er von seinem Verhältnis zu Pasquale Davarano sprach, fiel ihr das Messer aus der Hand und schlug scheppernd auf den Rand der Blechschüssel in ihrem Schoß, in die sie die Kartoffelschalen schnitt. Ihre Augen weiteten sich, und sie blickte Fernando mit Schrecken an, während sie versuchte, hinter seinem Bart und seinen langen Haaren den Pasquale-Abkömmling zu erkennen. Fernando bemerkte das.

»Ich habe nur Ähnlichkeit mit meiner Mutter«, sagte er daher, und sie blinzelte ertappt. »Ich verstehe, wie Sie sich fühlen müssen, nachdem ich so plötzlich hier bei Ihnen auftauche«, fuhr er fort, »aber vielleicht könnten Sie uns helfen, noch ein bisschen mehr über alles zu erfahren, aus Ihrer Sicht. Sie haben das alles ja ganz anders durchlitten als Ihr Mann.«

Sie hielt einen Moment inne, bevor sie nach dem Messer griff, sich eine neue Kartoffel nahm und weiterschälte.

»Wir Frauen waren ja nach der Verhaftung völlig auf uns allein gestellt. Sicher, wir hatten gewusst, was wir taten, und ich war mit dem Sprengstoffschmuggel ja auch direkt beteiligt gewesen. Aber unsere Männer wurden abgeholt, und wir saßen mit unseren Kindern zu Hause und hörten die grausigsten Dinge. Aus

Bozen und Brixen erfuhr man von Leuten, die dort wohnten, dass grausige Schreie aus der Kaserne zu hören waren. Tag und Nacht hindurch. Wir versuchten natürlich, uns gegenseitig zu helfen, uns zu trösten und so wenig wie möglich zu unseren Kindern dringen zu lassen. Mit der Karin Tratsch in erster Linie, wir waren damals schon gut befreundet. Und mit der Jutta Oberthaler. Die hatte es am härtesten getroffen.« Sie warf die fertige Kartoffel in die zweite Schale auf dem Tisch.

»Warum?«

»Na, die Jutta war eine starke Frau, die sich nichts sagen ließ. Die hatte Mumm in den Knochen und hat für ihren Mann gekämpft, als die Carabinieri kamen und ihn holen wollten. Er war noch im Haus, und sie sagte, dass sie ihren Mann nicht holen könnten, er müsse sie doch unterstützen bei der Arbeit. Sie habe einen kleinen Jungen, um den sie sich kümmern müsse, sie würde die Arbeit auf dem Hof nicht allein schaffen. Die Carabinieri sagten, das sei ihnen egal, sie solle endlich sagen, wo er sich aufhalte. Sie sagte, er sei im Stall bei den Kühen, und die Männer gingen hinaus, um ihn festzunehmen. Doch der Thomas war in der Küche in einem Schrank versteckt. Er floh, und die Jutta schloss die Polizisten tatsächlich im Stall ein. Das verschaffte ihm einen Vorsprung, wenn es am Ende auch nichts genützt hat, gekriegt haben sie ihn ja trotzdem. Die Polizisten waren natürlich mächtig wütend, als sie sich befreit hatten. Doch Jutta fragte den Kommandanten nur, was er denn getan hätte, wenn sie seine Frau hätten abholen wollen.«

Ein Lächeln huschte über ihr Gesicht. »Ja, die Jutta war ein stolzes Mädchen.« Das Lächeln verschwand wieder und wich einem nüchternen Ausdruck, während sie eine weitere Kartoffel in der Hand drehte und wendete. »Aber dafür hat sie büßen müssen. Sie haben immer wieder Druck auf sie ausgeübt, dass sie ihren Mann zum Reden bringen sollte, weil er trotz aller Torturen noch schwieg.«

Sie setzte das Messer an und schnitt einen Schalenstreifen herunter. »Sie haben die Jutta als Einzige von uns Frauen ebenfalls gefangen genommen und den Thomas mit ihr erpresst. Dabei war *Ihr* Vater maßgeblich der Ideengeber«, sagte sie vorsichtig und blickte prüfend zu Fernando, um festzustellen, wie sehr ihn dieser Satz getroffen hatte.

Der ließ beschämt den Kopf sinken.

»Wenn Sie mehr darüber erfahren möchten, können Sie auch selbst mit ihr sprechen. Aber ich muss Sie vorwarnen: Die Vergangenheit hat ihre Spuren bei ihr hinterlassen. Sie ist psychisch sehr labil.«

Fernando und Sarah ließen sich von Ella Zugföller die Adresse von Jutta Oberthaler geben und verabschiedeten sich.

Als sie über den Hof zurück zum Land Rover gingen, sah Fernando Josef Zugföller in der Haustür stehen. Er schien sie zu beobachten und schloss erst die Tür, als sie fast am Auto angekommen waren.

4

Es war bereits dunkel, als sie an der Hütte ankamen. Verwundert darüber, Dante nirgends zu sehen und zu hören, stieg Fernando aus. Auch Sarah sah sich suchend um. Die Dunkelheit hatte sich tintenblau und schwer auf den Berghang gelegt. Stumm und schwarz standen die Fichten um sie herum wie riesige Geister, die sie mit ausgebreiteten Armen eingekreist hatten.

»Wo ist er?«, fragte Sarah atemlos.

»Jagen.«

»Jagen?«

»Er muss ja was fressen. Ich war lange weg. Er kommt sicher gleich, wenn er uns hört.«

Fernando schritt auf die Hütte zu und prüfte, trotz seiner Sicherheit seinen Hund betreffend, ob er nicht wieder Anzeichen dafür fand, dass jemand hier gewesen war.

Die Tür stand ein Stück offen, und drinnen roch es nach nassem Hund. Dante war wohl wieder schwimmen gewesen. Fernando machte Licht und zündete ein Feuer im Ofen an. Sarah kam herein und setzte sich an den Tisch.

»Darf ich damit über Zugföllers, Tratschs und Stenzels Söhne recherchieren?«, fragte sie, eine Hand auf seinen Laptop gelegt.

»Sicher, gern.«

Sie hörten ein entferntes Bellen am Hang.

»Da kommt er«, sagte Fernando lächelnd, und wenig später schoss der rote Terrier zur Tür herein. Aufgeregt winselnd und mit dem Schwanz wedelnd stürzte er sich auf Fernando, und die beiden tollten miteinander herum, bis der Rüde sein Herrchen auf den Boden geworfen hatte und ihm das Gesicht leckte.

Sarah lachte laut, und sogleich schoss der Hund auf sie zu und drückte ihr die Vorderpfoten auf den Schoß, um auch sie gebührlich zu empfangen.

Eine halbe Stunde später brutzelten ein paar Schlutzkrapfen mit Zucchini und Speck in der Pfanne. Fernando legte noch etwas Holz nach, weil es sich doch merklich abgekühlt hatte.

»Und, was hast du rausfinden können?«, fragte er und servierte das Essen direkt aus der Pfanne.

»Schlutzkrapfen?«, fragte Sarah. »Was bist 'n du für ein Italiener?«

Er schaufelte sich hungrig eine Gabel mit Teigtaschen in den Mund. »Ein bärtiger. Jetzt erzähl mal.«

»Na ja, Simon Tratsch ist zweiundfünfzig und Pfarrer in Wolkenstein, so wie Zugföller es gesagt hat. Er ist anscheinend ein ganz normaler Geistlicher. In seiner Kirche segnet er jedes Jahr den Auszug der Schützen zur Herz-Jesu-Prozession. Er ist sehr aktiv im Freiheitskampf der Südtiroler. Aber das ist nichts Besonderes für Pfarrer in dieser Region.« Sie sagte das ganz selbstverständlich. »Jochen Zugföller ist Bergführer am Langkofel, das wussten wir auch schon. Er ist allerdings nicht im Schützenbund. Das ist ungewöhnlich«, sagte Sarah und nahm einen Bissen vom Essen. Sie schloss die Augen. »Mmmmh. Das ist großartig.«

»Weiter«, forderte Fernando.

»Sonst war da nichts Auffälliges. Ein paar Einträge wegen sportlicher Leistungen. Er hat ein Profil bei Facebook und ist nicht verheiratet.«

»Und wie hieß der Sohn von Stenzel?«, fragte Fernando nach.

»Kai. Kai Stenzel. Wohnsitz ist Steinach in Österreich, kurz hinter der Grenze.«

»Da oben am Brenner?«

»Genau. Er besitzt dort eine Schreinerei. Ist verheiratet, hat keine Kinder, aber ein Profil bei Facebook.«

»Das muss ja sehr wichtig sein.«

»Ja, schon. Vor allem aber ist es, wenn man über Menschen etwas in Erfahrung bringen will, sehr, sehr nützlich. Kai Stenzel jedenfalls hat …« Sie stierte auf den Bildschirm des Laptops und ließ ihre Gabel sinken. »… sehr komische Freunde.«

»Was meinst du?«

Sie drehte den Laptop so, dass er ebenfalls auf den Bildschirm schauen konnte.

»Ich hab ihn eben gesucht, und jetzt kann ich die Liste seiner Freunde, Lieblingsbeschäftigungen und Interessen und so weiter sehen.« Sie sah ihn an. »Kennst du dich mit Facebook aus?«

»Nur so ungefähr.«

»Dachte ich mir. Du kannst dich mit Leuten, Verbänden, öffentlichen Personen und sogar Unternehmen befreunden und kriegst aus deren Freundeslisten Vorschläge für potenzielle weitere Freunde.«

»Aber ich weiß doch, wer meine Freunde sind«, sagte Fernando.

»Mann, du lebst wirklich weitab vom Schuss hier«, meinte Sarah belustigt. »Siehst du die Liste hier?«

Sie deutete auf die kleinen Fotos und einige Logos.

»Und?«

»Es sind einige Bands dabei, die eindeutig dem antiitalienischen radikalen Spektrum zuzuordnen sind. Ich kenne mich ein bisschen damit aus, weil wir in der Redaktion immer mal wieder damit zu tun haben. Und dieser Kerl hier, Anton Zierather, ist mir ebenfalls ein Begriff. Eine der Führungspersonen des Südtiroler Schützenbundes. Ihm werden Verbindungen zur radikalen Szene im Land zugerechnet. Ich bin da keine Expertin. Aber ich könnte einen Kollegen anrufen, der voll in der Materie drinsteckt«, sagte sie eifrig.

»Tu das.« Fernando fuhr sich durch die Haare, lehnte sich zurück und schloss die Augen.

Das alles war ein immer größere Kreise ziehendes Rätsel. Es hatte so klein begonnen, doch jetzt breitete es sich aus wie ein Spinnennetz, das über das gesamte Eisacktal und das darunterliegende Bozen gespannt war. In der Mitte wartete der Mörder wie eine Spinne, und immer wenn er und Sarah etwas Neues in Erfahrung brachten, berührten sie dabei einen Faden des Netzes, der sofort im Zentrum Alarm schlug. Sie mussten schnell handeln, oder die Spinne würde sie mit Haut und Haaren fressen.

Er blickte hinüber zu Sarah, die aufgestanden war und über ihr Handy mit ihrem Kollegen telefonierte. Er durfte nicht zulassen, dass ihr etwas passierte. Um keinen Preis. Sie waren hier nicht mehr sicher.

Während Fernando in Gedanken eine Strategie ersann, wie sie aus der Schusslinie des Mörders kommen und einen Ort aufsuchen konnten, von dem aus sie ungehindert agieren konnten, an dem sie aber gleichzeitig völlig unbehelligt wären, machte sich Sarah, das Handy zwischen Ohr und Schulter geklemmt, konzentriert einige

Notizen. Im Anschluss an das Telefonat rief sie einen weiteren Kollegen an. Ohne dass sie es mitbekam, packte Fernando das Nötigste in zwei Rucksäcke.

»So«, beschied sie ihm, als sie nach einer guten Stunde schließlich aufgelegt hatte, »ich glaube, ich habe einen Verdächtigen.« Mit krauser Stirn blickte sie in ihre Mitschrift.

Fernando setzte sich an den Tisch. »Ich bin gespannt«, sagte er erwartungsvoll.

»Bei dem Namen Kai Stenzel schrillten bei meinem Kollegen die Alarmglocken. Der Name ist ihm bei Recherchen zu radikalen Gruppierungen in Südtirol begegnet. Es gibt nämlich auch in Österreich eine Gruppierung, die mit Tirolern und Südtirolern sympathisiert. Sie nennt sich SFT, das steht für ›Schwarze Front Tirol‹. Dort ist Kai Stenzel Mitglied und in seinem Ort und in ganz Österreich aktiv als Redenschwinger, Organisator von Demos und Konzertveranstaltungen tätig.« Sie machte eine vielsagende Pause.

»Wow, das ist ein guter Anhaltspunkt«, sagte Fernando und sah zu, wie Sarah etwas in den Computer eingab. Sie war auf den Gelben Seiten und ging eine kurze Liste durch, bis sie beim Eintrag einer Schreinerei Stenzel stoppte. Sie klickte die Seite an und wählte das Impressum aus.

»Kai Stenzel«, las sie vor. »Mit Adresse und Telefonnummer.«

Fernando blickte auf die Uhr.

»Zu spät für einen Anruf in einem Betrieb. Aber ich versuch's trotzdem.«

Er tippte die Nummer in sein Handy ein und horchte. Nach dreimaligem Klingeln sprang ein Anrufbeantworter an. Eine Frauenstimme klärte ihn über die Öffnungszeiten auf und nannte eine weitere Nummer für Notfälle.

Fernando zog Stift und Block zu sich heran und notierte die Nummer, bevor er auch dort anrief. Wieder meldete sich eine Frauenstimme, ohne ihren Namen zu nennen. Sie hatte Ähnlichkeit mit der vom Anrufbeantworter.

»Ja, hier ist der Simon aus Wolkenstein«, sagte Fernando, und Sarah gingen die Augen über. Fernando wartete, ob die Frau diesen Namen vielleicht kannte, doch als sich nur eine ratlose Stille einstellte, sprach er weiter. »Ich bin ein alter Freund von Kai aus dem Grödnertal. Könnte ich ihn bitte sprechen?«

»Der Kai ist nicht daheim«, sagte die Frau und hantierte im Hintergrund an irgendetwas herum.

»Ich wollte ihn eigentlich mal besuchen und nachfragen, ob ich morgen kurz reinschauen könnte.«

»Von wo rufen Sie an?«, fragte sie, und es schepperte dumpf.

»Aus Wolkenstein. In Gröden.«

»Dann brauchen Sie gar nicht hergefahren kommen. Der Kai ist unten.«

»Wie bitte?«, fragte Fernando erstaunt.

»Na, der ist sowieso grad in Sankt Ulrich. Er fährt jedes Jahr um diese Zeit runter, zum Herz-Jesu-Fest. Müssten Sie eigentlich wissen, wenn Sie aus der Gegend kommen.«

»Tja, nein, wir waren nicht so eng befreundet, aber das ist ein toller Zufall.«

»Wie war Ihr Name noch mal?« Jetzt schien sie etwas misstrauisch zu werden.

»Simon. Simon Tratsch.«

»Ach ja. Ich glaub, er hat Sie mal erwähnt. Sind Sie Pfarrer oder so was?« Sie sprach das Wort Pfarrer aus, als bezeichnete es ein exotisches Tier, von dem sie nur wilde Gerüchte gehört hatte.

»Stimmt, ja.«

»Alles klar. Also, Kai und ein paar Kumpels haben da unten eine Hütte gemietet. Soll ich Ihnen die Adresse geben?«

»Das wäre nett«, sagte Fernando vorsichtig und schrieb sie sich auf. Er kannte die Straße natürlich. »Vielen Dank. Und entschuldigen Sie die späte Störung.«

»Sagen Sie ihm, dass er's nicht wieder übertreiben soll«, bat sie.

»Ist gut. Mach ich.«

Fernando legte auf und neigte sich zu Sarah hinüber.

»Jetzt rate mal.«

»Sag's schon.«

»Er ist hier.«

Er hatte den Satz kaum beendet, da sprang Dante, der eben noch im Tiefschlaf auf seiner Decke gelegen hatte, auf und lief zur Tür. Mit aufgestellten Rückenhaaren stand er da und knurrte. Fernando trat blitzschnell und sehr leise zum Lichtschalter und löschte das Licht. Er drückte sich warnend den Finger auf den Mund und bedeutete Sarah, dass sie sich in die Ecke neben das Sofa begeben sollte. Dante knurrte weiterhin in Habachtstellung. Fernando griff in einen der Rucksäcke, die er neben der Tür abgestellt hatte, und zog ein großes Messer daraus hervor. Etwas knackte am hinteren Teil der Hütte, und sofort sprang Dante an die Rückwand und bellte. Es war wütendes, aggressives Bellen, er fletschte geifernd seine Zähne.

Fernando nahm einen Stuhl und stellte ihn unter die Türklinke, bevor er sich neben die Tür hockte und angestrengt horchte. Sarah kauerte in der Ecke und hielt sich mit beiden Händen den Mund zu. Angsterfüllt starrte sie auf die Stelle, die auch der Irische Terrier fixierte. Dessen Aufregung legte sich nach einigen Sekunden. Dante ging näher und schnupperte vorsichtig am Holz. Er beruhigte sich immer mehr, schmatzte ein paarmal und tapste hinüber zu Fernando. Mit der Nase stupste er ihm ins Gesicht, und Fernando kraulte ihn am Hals.

»Ist er weg? Guter Hund, feiner Hund. Gut gemacht, Dany.«

»Was war das?«, flüsterte Sarah panisch.

»Ein Tier war es nicht.« Fernando erhob sich, behielt aber das Messer in der Hand und ging auf Sarah zu. »Wir sind hier nicht mehr sicher.«

Sarah staunte ihn mit großen Augen an, lenkte den Blick zur Tür und wieder zurück zu Fernando. »Ach so, ja, aber ich übertreibe natürlich, wenn ich einen Stuhl unter die Klinke stelle«, maulte sie.

Fernando lächelte und reichte ihr seine Hand, um sie hochzuziehen. »Wir schlafen jetzt etwas, und morgen früh gehen wir ganz früh los.«

»Wohin?«

»In ein neues Versteck. Dort kann er uns nicht finden.«

»Und jetzt sollen wir noch schlafen? Ich krieg kein Auge zu.«

»Dann warten wir halt.«

»Was wolltest du eben sagen? Dass Stenzel hier ist? Hier in Sankt Ulrich?«, fragte Sarah.

»Ja, ein merkwürdiger Zufall, nicht? Seine Frau oder wer immer sie auch war, sagte mir, dass er jedes Jahr zur Herz-Jesu-Nacht hier herunterfährt. Er hat sich mit Freunden eine Hütte gemietet. Unten in der Via Nevel.«

»Ach?«

Fernando nickte nur.

»Und was hast du nun vor?«

Er drückte sie auf die Couch und setzte sich ihr gegenüber auf einen Stuhl. »Wir wandern vor Morgengrauen los«, sagte er mit gedämpfter Stimme, »beziehen unser neues Quartier und werden von da aus Simon Tratsch in Wolkenstein, Jutta Oberthaler in Waidbruck und Kai Stenzel in Sankt Ulrich einen Besuch abstatten.«

***

Fernando hatte es vermieden, Sarah zu sagen, wo es hingehen sollte. Mit einem Blick auf ihre Schuhe – sie trug Sportsneaker – hatte er festgelegt, dass sie um drei Uhr nachts losgehen würden.

Sarah bekam den leichteren der beiden Rucksäcke. In Fernandos Rucksack waren metallische Gegenstände, die leise klimperten, als er ihn schulterte. Er öffnete die Tür und ließ Dante vorausgehen. Der schnüffelte neugierig in die Dunkelheit hinaus und wedelte dann mit dem Schwanz.

»Alles okay«, flüsterte Fernando, und sie verließen die Hütte.

Ein abnehmender Mond schüttete sein silbernes Licht über der Berglandschaft aus und hinterließ zerklüftete Schattenstrukturen in den Bäumen und scharfkantige Lichtflecken auf dem nadelbedeckten Boden unter ihren Füßen.

»Wo gehen wir eigentlich hin?«, fragte Sarah nach einer halben Stunde Fußmarsch.

»Dauert noch«, antwortete Fernando knapp.

Bald darauf traten sie aus dem Wald hinaus und marschierten über die Almanfänge zum Broglessattel hinauf. Rechts über ihnen ragten die vom kühlen Mondlicht lackierten schroffen Spitzen der Fermedagruppe und des Odla empor. Ehrfürchtig blickte Sarah zu ihnen hoch und musste dann laufend ein paar Schritte aufholen, weil Fernando inzwischen davongeeilt war. Es ging bergab in eine Senke, in der vor ihnen eine Hütte auftauchte.

»Endlich«, pustete Sarah, die trotz der kalten Nachttemperaturen zu schwitzen begann.

Fernando jedoch ging rechts an der Hütte vorbei und weiter auf einen schmalen, steinigen Fußweg, der sich wie eine Ader über den Abhang zog.

Sarah sah aus, als bereute sie es, dass sie mitgekommen war. Sie ließen die Hütte hinter sich und durchquerten einen kleinen Waldausläufer, bis sie direkt unter dem Fermeda entlangwanderten. Es war, als bewegten sie sich auf dem Mond. Die Farben des Gerölls um die Massive herum unterschieden sich kein bisschen von dem, was man von Fotos und Filmaufnahmen des Erdtrabanten kannte. Der Weg kletterte immer weiter hinauf, bis er unterhalb eines etwas weiter auslaufenden Berges in eine Schneise mündete, die sich trichterförmig nach oben hin verjüngte. Der Mond schien direkt in diese Schneise hinein.

»Oh nein«, hauchte Sarah. »Auf keinen Fall.«

»Das ist die Panascharte«, erklärte Fernando mit einem Lächeln. Er atmete kaum schneller, während Sarah völlig aus der Puste war.

»Ist mir egal, wie das Ding heißt, aber ich gehe da nicht hoch, nie im Leben. Schon gar nicht mitten in der Nacht.« Sie zeigte ihm einen Vogel und blickte nach unten ins Tal, was ebenfalls eine beklemmende Angst in ihr zu verursachen schien.

»Du bist nicht schwindelfrei, oder?«, fragte Fernando.

»Ist doch völlig egal, ich geh da nicht rauf.«

»Der Weg ist gesichert, ich bin bei dir, und ich kenne mich gut aus. Du brauchst keine Angst zu haben.«

Dante, der von irgendwo weiter unten hochgerast kam, lief aufgeregt von einem zum anderen und schnupperte an ihnen herum, als wollte er fragen, warum es nicht weiterging.

»Sarah, wir müssen da hoch. Wir können nicht umkehren. Der Weg sieht nur von hier unten so steil aus. Es geht in ganz seichten Serpentinen da hoch. Es gibt Stufen, es gibt Handläufe zum Festhalten. Ich gehe hinter dir und fange dich sicher auf, wenn du ausrutschen solltest.«

»Na vielen Dank.«

»Du kannst auch hinter mir gehen und hältst dich an mir fest, ganz wie du willst.«

Sie blickte zur Scharte hoch und schauderte.
»Du gehst hinter mir«, sagte sie.
»Okay, super.«
Fernando lief um sie herum.
»So, auf geht's. Schau nur auf den nächsten Meter vor deinen Füßen. Dann ist alles gut.«
Mit zitternden Knien setzte Sarah sich in Bewegung. Der Weg wurde von Baumstämmen gesäumt, und einzelne Stufen waren mit Baumstämmen befestigt. Hin und wieder tauchten große Felsen inmitten der Schneise auf, die sie umkurven mussten. Sarah hielt sich tapfer an Fernandos Worte und schaute nie nach oben. Ihr Blick war fest auf ihre Füße gerichtet. Das ging so lange gut, bis ein Felsen den kompletten Weg, der hier bereits sehr schmal geworden war, versperrte. Wackelig hob sie den Kopf.
»Es geht nicht weiter«, sagte sie panisch.
»Doch, doch. Da rechts müssen wir um den Felsbrocken herum. Es sind auch kleine Stufen im Stein.«
Tatsächlich mussten sie sich zwischen Bergwand und Felsen hindurchzwängen.
»Das schaff ich nicht«, sagte sie kurzatmig.
»Natürlich schaffst du das«, entgegnete Fernando. Er griff um den Rucksack herum und packte ihre Arme, dass sie zusammenzuckte. »Spürst du das? Du bist vollkommen sicher nach hinten. Ich halte dich. Du kannst dich anlehnen, wenn du willst.«
»Nicht in tausend Jahren.« Sie schnaubte empört und beugte sich vor, sodass sie fast auf allen vieren weiterkroch.
Als sie sich endlich durch die Bergspalte gekämpft hatten und oben auf der Almwiese herauskamen, lief Sarah erleichtert davon und legte sich auf die Wiese. Dante sprang fröhlich bellend um sie herum.
»Leise, Dany«, befahl Fernando und hockte sich neben Sarah. »Gut gemacht. Jetzt ist es nicht mehr weit.«
»Ich kann nicht mehr«, jammerte sie.
»Na klar kannst du noch. Sieh dich mal um, wie schön es hier ist.«
Sarah riskierte einen vorsichtigen Blick auf die Seceda-Alm, die im Schein der langsam aufgehenden Sonne wie eine riesige

grüne, weiche Schale vor ihnen lag. Links von ihnen färbte sich der Himmel hinter den Bergen zartrosa. Kleine Hütten standen auf den seichten Hügeln. Vereinzelt schimmerten winzige Seen in dem endlosen Grün. Es war wunderschön.

Sarah stellte fest, dass sie die Alm als Kind mit ihren Eltern besucht hatte, aber das war lange her. Und sie war noch nie auf diesem Weg hier hochgekommen. Sie zitterte am ganzen Körper, als sie sich wieder aufrappelte.

Fernando ging zielstrebig auf eine Gruppe von Hütten zu, die weit auseinanderstanden. Jede einzelne schien das identische Gegenstück zu Fernandos eigener Hütte zu sein. Schließlich suchte er die älteste und nicht unbedingt hübscheste der Hütten aus.

»Die nehmen wir.«

»Hast du einen Schlüssel?«, fragte Sarah und ließ sich kraftlos auf die Bank vor der Tür plumpsen.

»Natürlich nicht. Ich breche sie auf.«

»Was?«

»Ja, was denkst du denn? Wir müssen da rein. Jetzt im Sommer stehen diese Hütten fast alle leer. Niemand weiß, dass wir hier sind. Wir lassen alles geschlossen und dürfen uns nicht zeigen, wenn wir hier sind.«

»Das ist dein Plan?«

»Einen besseren habe ich nicht.«

»Jetzt verstehe ich, warum du mir kein Sterbenswörtchen davon erzählt hast. Ich hätte hundert bessere Plätze gefunden.«

»Ach ja?«, fragte Fernando, während er sich bereits am Vorhängeschloss zu schaffen machte.

»Sicher. In Bozen hätten wir bei einem Dutzend Freunde von mir untertauchen können.«

»Und hätten mindestens einen Mitwisser gehabt, außerdem Nachbarn und so weiter. Hier oben ist niemand.«

»Ja, ja, ist gut, mach hin, ich fall gleich um. Wie lange waren wir unterwegs?« Müde schaute sie auf die Uhr. »Oh Gott, über drei Stunden.«

»Ja, aber jetzt …«, Fernando zog das Schloss von der Tür, »… sind wir zu Hause.«

Es war dunkel und muffig in dem Raum, aber es gab ein Bett, auf das Sarah sich sogleich fallen ließ und einschlief.

Fernando ließ noch einen Augenblick die Tür geöffnet. Wie alle Türen und Veranden hier oben blickte sie hinunter ins Tal und konnte so von niemandem eingesehen werden.

Sie waren absolut für sich.

Teil III

Im Namen des Heiligen Geistes

1

Fernando weckte Sarah um acht. Sie wanderten bis zur Col-Raiser-Bergstation und fuhren mit der Seilbahn hinunter nach Santa Cristina. Dort steuerte Fernando zielsicher auf ein Geschäft am Ortsrand zu. Es war eine Vermietung, und Sarah verlangsamte ihren Schritt, als sie erkannte, was für eine es war.

»Fernando, was willst du denn *da*?«

»Wir müssen mobil sein«, gab er zurück. »Außerdem sind wir so nicht zu erkennen.«

»Wieso?«

Sie hatten fast die Eingangstür erreicht.

»Weil wir Helme tragen müssen.«

Der Laden vermietete Vespas, Motorräder und Quads. Fernando kannte den Besitzer und mietete eine mittelgroße Crossmaschine plus zwei Helme.

»Wir brauchen noch Motorrad- oder Lederjacken«, sagte Fernando zu Marc, dem Besitzer.

»Die müsst ihr leider kaufen, verleihen tun wir die nicht.«

»Kein Problem«, meinte Fernando und suchte in dem Ständer, den Marc ihm gezeigt hatte, nach der passenden Größe. »Sarah, welche Größe brauchst du?«

»Wir können doch jetzt nicht einfach so was kaufen, was kostet denn das?«

»Das geht auf mein Spesenkonto, keine Bange.« Mit einem Blick auf Sarahs Schuhe fügte er hinzu: »Und richtige Stiefel nehmen wir für dich auch noch mit.«

Nach etwas mehr als einer halben Stunde saßen sie auf der Maschine und brausten in Richtung Wolkenstein davon. Die Visiere ihrer schwarzen Helme waren dunkel getönt, sodass sie nicht zu erkennen waren.

Gegen elf Uhr kamen sie in Wolkenstein an und fuhren am Rathaus vorbei. Die Kirche der Gemeinde, die auf einer Anhöhe in einem Verkehrskreisel stand, stach ihnen von dort bereits ins Auge, und sie stellten das Motorrad auf einem Parkplatz ab.

Das rote Dach des kompakten neuen, als Oktagon gebauten Gotteshauses leuchtete weithin sichtbar in der Sonne. Fernando und Sarah gingen um das Gebäude herum und fanden die Zwillingstüren geöffnet vor.

»Kann ich Ihnen helfen?«, fragte jemand in ihrem Rücken, und sie drehten sich um.

Vor ihnen stand ein Mann, ein wenig älter als Fernando, in Jeans und schwarzem Pullover. Seine flachsblonden Haare waren in einem korrekten Seitenscheitel glatt gekämmt.

»Ja, wir suchen Pfarrer Simon Tratsch«, antwortete Fernando.

»Sie stehen direkt vor ihm.« Der Mann lächelte und reichte ihnen die Hand. »Wie kann ich Ihnen helfen?«

»Ich …« Fernando wusste auf Anhieb nicht genau, wie er beginnen sollte.

»Oh, wollen wir uns setzen? In die Sonne vielleicht, es ist so wunderbares Wetter.«

»Gern«, sagte Sarah, und sie suchten eine Steinbank auf, die auf der Kircheninsel stand.

Tratsch verschränkte die Finger ineinander und legte sie auf sein übergeschlagenes Bein. »Worum geht es?«

Inzwischen hatte Fernando seinen Anfang gefunden. Er stellte sie beide mit ihren beruflichen Tätigkeiten vor, und Simon Tratsch war sofort sehr interessiert.

»Wir recherchieren zurzeit für einen Privatmann in einer Angelegenheit, die einen sehr traurigen Hintergrund hat«, lenkte Fernando das Gespräch auf das eigentliche Thema.

»Oh«, sagte Tratsch darauf nur bedauernd.

»Vielleicht haben Sie von dem Mordfall in Sankt Ulrich gehört?«

»Ja, das habe ich in der Tat.«

»Ist Ihnen das Opfer bekannt?«, fragte Fernando.

»Nein, tut mir leid.«

»Nun, der Mord hat gewissermaßen mit Ihrer Vergangenheit beziehungsweise mit der Ihres Vaters zu tun.«

Tratschs Augenpartie verengte sich, und ein besorgter Ausdruck machte sich in seinem Gesicht breit. »Was wollen Sie damit andeuten?«

»Wir haben gestern bereits mit Ihrem Vater gesprochen …«

»Moment mal.« Tratsch hob abwehrend die Hand. »Ich verstehe nicht, was mein Vater oder ich mit diesem Mord zu tun hätten.«

»Ihr Vater war einer der Feuernachtsattentäter. Und einer der Carabinieri, die Ihren Vater damals im Gefängnis folterten, war Antonio Giordano. Der Tote ist sein Sohn.«

Sein Blick sprang nervös hin und her.

»Das … wusste ich nicht. Aber was wollen Sie von mir? Sie kommen von der Presse?«

»Nur Frau Templer. Aber mit der Zeitung hat unser Besuch nichts zu tun. Sie war mit Enzo Giordano liiert, und ich bin vom Vater des Opfers als eine Art privater Ermittler eingestellt worden.«

Simon Tratsch sah mitfühlend zu Sarah. »Mein Beileid.«

Sarah nahm das mit einem dankbaren Lächeln zur Kenntnis.

Tratsch wandte sich nun wieder Fernando zu und musterte ihn mit einem stechenden Blick. »Sie arbeiten also für einen dieser sogenannten Polizisten von damals?«

So, wie Tratsch es ausdrückte, schämte sich Fernando auf der Stelle dafür, diesen Auftrag angenommen zu haben. Er hatte das Gefühl, die Männer und ihre Familien verraten zu haben.

»Das war mir nicht bekannt, als ich den Auftrag annahm. Darüber hinaus haben sich inzwischen noch ganz andere Umstände ergeben. Der Kommandant, der zu der Zeit die Verhöre leitete, war mein Vater.«

Simon Tratsch blinzelte irritiert. »Verstehe ich Sie richtig? Einer der Carabinieri beauftragt Sie, einen Autor, den Mord an seinem Sohn zu untersuchen, und Sie finden heraus, dass Sie der Sohn seines damaligen Chefs sind? Aber das wussten Sie nicht?«

Er hatte seine seelsorgerische Art nun vollkommen abgelegt und bediente sich vielmehr des Tonfalls eines engagierten Journalisten.

»Das ist richtig. Herr Giordano wusste nicht, wer ich bin. Und ich wusste nicht, was er und mein Vater getan hatten.«

»Gut, so weit verstehe ich. Aber warum überlässt er das nicht der Polizei?«

»Er glaubt, der Polizei nicht vertrauen zu können. Die Untersuchungen leitet ein Südtiroler.«

»Das ist zumindest ungewöhnlich«, meinte Tratsch. »Und was führt Sie jetzt zu mir?«

Fernando versuchte, sich zu sammeln, um nicht den falschen Ton anzuschlagen.

»Der Mord an Enzo Giordano war kein Einzelfall. Es existiert eine ganze Mordserie, insgesamt vier Fälle in über zwanzig Jahren. Bei den Opfern handelt es sich um Kinder der Carabinieri, die damals Ihren Vater und seine Freunde folterten. Sie alle trugen Spuren der Folter, die ihre Väter früher den Gefangenen beigebracht haben.«

Bei Tratsch fiel jetzt der Groschen. »Ah, natürlich. Und nun glauben Sie, dass es mein Vater war? Mit fünfundachtzig Jahren, als halber Krüppel?«

»Nein, er wäre zu alt für diese Taten«, entgegnete Fernando. »Der Mörder muss kräftig gewesen sein.«

Tratschs Augen weiteten sich, und er blickte fassungslos zu Sarah und wieder zu Fernando.

»Oh, Sie meinen mich? Sie kommen in meine Kirche und verdächtigen mich des Mordes an … wie vielen Menschen?«

»Vier«, sagte Fernando leise und senkte den Kopf.

Tratsch öffnete den Mund, hielt jedoch inne und schluckte das, was er sagen wollte, wieder hinunter. Er versuchte, sich zu entspannen.

»Herr Lovecchio«, hob er ruhig an, »das, was 1961 geschehen ist, hat unser aller Leben völlig verändert und maßgeblich beeinflusst. Ich konnte diesen Hass nicht länger ertragen und wandte mich Gott zu, in der Hoffnung, ich könnte bei ihm Erlösung finden. Und tatsächlich fand ich so etwas wie einen Ausweg aus dieser Sackgasse. Das hatte wenig mit meiner religiösen Erziehung als Kind zu tun, es war eine bewusste Entscheidung, eine spirituelle Entscheidung. Ich bin kein kirchlicher Hardliner, ich sehe mich nicht als Prediger, sondern als Seelsorger, jemand, dem man sein Herz ausschütten kann. Ich habe gelernt zu vergeben, auch wenn ich sagen muss, dass ich in dieser Angelegenheit all meine Kräfte aufbringen muss, um das zu tun.« Er dachte kurz über seine nächsten Worte nach. »Ich scheine in diesem Fall ein Verdächtiger für Sie zu sein, anders kann ich mir Ihren Besuch nicht erklären. Dazu kann ich nur sagen, dass ich bis eben nicht mal von diesen Morden wusste und Ihnen gern helfen möchte, wo ich nur kann.«

»Das ist nett, wir bräuchten in der Tat noch ein paar Informationen von Ihnen«, sagte Fernando. »Alle Morde geschahen in der Herz-Jesu-Nacht. Bitte nehmen Sie es mir nicht übel, wenn ich Sie jetzt frage: Wo waren Sie an dem Abend?«

»Ich habe zunächst die Messe gehalten und bin abends hoch zum Feuer auf den Ciampinoi. Mit ungefähr hundert anderen Personen, viele davon aus meiner Kirchengemeinde.«

»Gut, vielen Dank. Dann wäre das ja schon mal abgehakt. Sagen Sie, haben Sie eigentlich noch Kontakt zu den anderen Söhnen?«

»Ich kenne sie natürlich. Als Kinder haben wir zusammen gespielt, aber seit meiner Ausbildung habe ich keinen von ihnen mehr gesehen. Kai Stenzel lebt jetzt in Österreich, glaube ich.«

Fernando nickte.

»Der Jochen Zugföller lebt noch hier im Tal. Arbeitet bei der Bergwacht, soweit ich weiß. Aber sehen tun wir uns nicht. Ich würd ihn wahrscheinlich nicht mal mehr wiedererkennen. Das sind alle, die noch leben. Frederik Oberthaler ist schon lange tot. Ein Kletterunfall.«

»Haben wir schon gehört«, meinte Fernando. »Wir wollen auch noch mit seiner Mutter sprechen. Herr Zugföller sprach außerdem von einer Tochter?«

Ein Lächeln nistete sich in Simons Tratschs Mundwinkel ein, und er blinzelte gutmütig. »Die Effi. Der müssen Sie nur in die Augen schauen, die tut keiner Fliege was zuleide. Sie ist politisch sehr engagiert, aber eine Seele von Mensch. Eine, die sich um jeden kümmern will.«

»Wissen Sie, wo sie lebt?«, fragte Sarah.

»In Lengmoos. Sie hab ich tatsächlich ein paarmal besucht. Ist aber auch schon wieder sechs, sieben Jahre her.«

Fernando blickte auf die Uhr und setzte sich aufrecht.

»Dann bedanken wir uns für Ihre Auskünfte, und bitte entschuldigen Sie diesen Überfall.«

Sie erhoben sich und gaben sich die Hand.

»Damit hatte ich tatsächlich nicht gerechnet«, sagte Tratsch. »Aber die Vergangenheit ist immer präsent in uns, wir können sie nie ganz hinter uns lassen, auch wenn manche das glauben.«

»Ja«, bestätigte Fernando mit gesenkter Stimme, »alles kommt irgendwann zu einem zurück.«

Tratsch musterte ihn nachdenklich. »Aber wenn alle anderen bereits getötet wurden«, sagte er und trat näher an ihn heran, »dann …«

»Richtig. Bin ich der Nächste«, sagte Fernando. Er lächelte schicksalsergeben.

Da standen sie. Ein Opfersohn und ein Tätersohn. Es war wie das Treffen in einem Tal, nachdem sie auf verschiedenen Bergen aufgewachsen waren.

Simon Tratsch sah ihm fest in die Augen. »Bei mir ist immer eine Tür offen«, sagte er. »Wenn Sie einen Unterschlupf brauchen …«

»Vielen Dank«, sagte Fernando, und sie verließen das Kirchengelände. Schweigend überquerten sie die Straße.

»Was hältst du von ihm?«, fragte Fernando, als sie am Parkplatz angekommen waren.

Sarah nahm den Helm entgegen, den er ihr reichte. Mit einem Blick zur Kirche sagte sie: »Er klingt sehr glaubhaft, aber es ist nicht so, dass er politisch völlig neutral ist. Er ist schwer einzuschätzen.«

»Das sehe ich auch so. Wir müssen sein Alibi überprüfen. Wenn er auf dem Ciampinoi war, finden wir es raus.«

2

Von Wolkenstein rauf zum Sellajoch war es nicht mehr weit. Sie stellten die Maschine an dem Hotel und Restaurant ab und gingen ums Gebäude herum bis zur Sonnenterrasse, auf der die Gäste in Liegestühlen saßen und direkt auf den riesigen, steil aufragenden Langkofel blicken konnten. Die Seilbahn mit ihren kleinen Zwei-Mann-Kabinen kletterte den Anstieg hinauf, bis man die hellen Kabinen in der Langkofelscharte fast nicht mehr erkennen konnte. Fernando ging auf einen Mitarbeiter der Seilbahn zu, der fleißig mithalf, die Urlauber in die Kabinen zu verfrachten. Man musste hineinspringen, während er die Tür offen hielt und sie danach hinter den Gästen zuwarf. Im Stehen ging dann die Fahrt nach oben zur Toni-Demetz-Hütte, die direkt in die Scharte gebaut war.

»Entschuldigung, ich suche den Jochen Zugföller, der soll hier arbeiten«, rief Fernando dem sonnengebräunten Mann zu, der sogleich ein strahlendes Lächeln zeigte.

»Der ist im Berg«, rief er.

Fernando lenkte seinen Blick nach oben.

»Da oben, bei der Madonna weiter links«, sagte der Mann und deutete mit dem Finger auf eine kaum erkennbare Gruppe von Menschen, die man nur durch ihre bunten Helme ausmachen konnte.

Die Madonna vom Langkofel war eine drei Meter große Statue, die ein Künstler 1950 dort oben in einer Nische der Steilwand befestigt hatte. Das ungeübte Auge konnte sie schnell übersehen, doch Fernando wusste genau, wo sie war.

»Die kommen jetzt runter. Dauert noch ein, zwei Stunden.«

Fernando bedankte sich und ging zurück zu Sarah.

»Ich werd ihm entgegengehen«, meinte er entschlossen, was gleichzeitig bedeutete, dass sie nicht mitkommen konnte. Im Hinblick auf die Steilwand verursachte das auch keine Proteste bei ihr.

»Bist du sicher, dass er da oben mit dir sprechen wird?«, meinte sie jedoch skeptisch.

»Es wird ihm nichts anderes übrig bleiben«, erwiderte Fernando. »Vor der Gruppe kann er keine Szene machen.«

»Wieso willst du ihn so in die Enge treiben?«

Fernando wurde jetzt erst bewusst, dass er das tatsächlich vorhatte.

»Er ist Bergführer, Sarah. Keiner kennt sich hier so gut aus, und keiner wird körperlich so fit und in der Lage sein, einen erwachsenen Mann zu tragen.«

»Du hast Kai Stenzel noch nicht gesehen. Er ist Schreiner, der ist bestimmt auch kräftig«, hielt sie dagegen.

»Du weißt, was ich meine. Seine Bergkenntnis ist das Entscheidende. Er lockte Enzo dorthin, wo er sich am sichersten fühlt.«

»Wenn er es war«, relativierte Sarah.

»Viele bleiben nicht mehr übrig«, gab Fernando zu bedenken.

»Dann kümmere ich mich in der Zeit um weitere Infos über Stenzel und versuche rauszufinden, ob jemand Simon Tratsch auf den Ciampinoi begleitet hat.«

»Gut. Am besten setzt du dich auf die Terrasse«, schlug er vor. »Hier in der Öffentlichkeit kann dir nichts passieren. Bleib unter Leuten. Lass dich von niemandem ansprechen, verstanden?«

»Natürlich nicht. Sieh du lieber zu, dass du heil da hoch- und wieder runterkommst.

***

Fernando ging auf dem Weg, der sich unter der Seilbahn entlangschlängelte, auf die rechte Seite der Haltemasten und kletterte dann querfeldein über schroffe Gesteins- und Felsformationen, die von Gras durchsetzt waren. Weiter oben stieg das Gelände immer steiler an, während sich die größeren Felsen langsam verflüchtigten und von weißem Geröllstaub, der sich ständig vom Berg löste und sich wie schmutziger Schnee über die Hänge ergoss, abgelöst wurden. Im Bergmassiv konnte Fernando die sechsköpfige Klettergruppe erkennen, die sich, mit Seilen abgesichert, langsam auf die rechte Eingangssäule der Scharte zubewegte. Surrend schwebten die Kabinen an ihm vorbei. Der lose Untergrund knirschte und krachte unter den Sohlen seiner Stiefel.

Es waren noch knapp hundert Meter bis zur Bergwand. Die Klettergruppe arbeitete sich soeben um eine Auswölbung herum. Als Fernando den Fuß des Berges erreicht hatte, begannen sie sich aus ungefähr sechzig Meter Höhe abzuseilen. Gekonnt ließ sich einer der Männer hinab, stieß sich dabei hin und wieder mit den Füßen von der Wand ab und landete weich auf dem Boden. Sofort visierte er Fernando an, der ihn aus ein paar Metern Entfernung beobachtet hatte.

»Was machen Sie hier, brauchen Sie Hilfe?«, fragte er und musterte Fernando auf der Suche nach Verletzungen oder Anzeichen für einen Unfall.

»Sind Sie Jochen Zugföller?«

»Nee, der ist da oben«, sagte er und deutete mit dem Daumen in die Wand. »Was ist denn?«

»Ich muss ihn dringend sprechen«, gab Fernando an.

Der Mann musterte ihn argwöhnisch. »Da müssen Sie schon warten, bis wir die Gruppe unten haben.«

»Kein Problem.« Der Bergführer gab Zugföller ein Zeichen, und oben setzte sich der Erste in Bewegung. Sein Kollege kam als Letzter.

Zugföller war komplett in Schwarz gekleidet, hatte tief sonnengebräunte Haut, einen muskulösen, durchtrainierten Körper und ein kantiges Gesicht, dem ein schmaler Mund zwischen kräftig ausgeprägten Wangenfalten den Ausdruck eines Athleten verlieh. Seine Augen waren von einem hellen Grün, wie die eines Widders. Kalt und unergründlich durchbohrten sie Fernando.

»Wer ist das?«, fragte er mit einer gepressten, rauen, aber für seine Statur fast zu hohen Stimme.

»Der will dich sprechen.«

»Ach ja?« Er löste das Geschirr von seinem Körper und warf es zu Boden. »Was kann denn so wichtig sein?«

»Herr Zugföller, es tut mir leid, dass ich Sie hier bei der Arbeit störe«, sagte Fernando und trat auf ihn zu. »Ich muss Sie in einer dringenden Angelegenheit sprechen und brauche nur ein paar Minuten Ihrer Zeit.«

»Wer sind Sie denn eigentlich? Vom Finanzamt?«

Sein Kollege stieß ein unterdrücktes Lachen aus, und in

Zugföllers rechten Mundwinkel kerbte sich ein lausbubenhaftes Lächeln.

»Es geht um Enzo Giordano«, sagte Fernando.

Eine misstrauische Ernsthaftigkeit legte sich auf Zugföllers Gesicht. »Geh du schon mal vor«, wies er seinen Kollegen tonlos an, ohne den Blick von Fernando zu nehmen. Der packte Kletterseile und Haken in seinen Rucksack und führte die Gruppe hangabwärts.

»Sind Sie auch von der Polizei?«, fragte Zugföller.

»Auch?«, echote Fernando überrascht.

»Ich hab doch schon mit einem Kommissar Sassner gesprochen.«

Das war etwas, das Fernando nicht erwartet hatte. Was es zu bedeuten hatte, konnte er jetzt nicht erörtern, also versuchte er, diese Tatsache beiseitezuschieben.

»Nein, ich bin privat hier. Mein Name ist Fernando Lovecchio, ich arbeite für den Vater des Opfers.«

»Als was?«

»Als so etwas wie ein Privatdetektiv. Aber ich habe auch ein persönliches Interesse, den Fall aufzuklären.«

»So? Sind Sie und dieser Enzo befreundet gewesen?«

»Nein, er und ich sind die Söhne von zwei der Polizisten, die Ihren Vater und seine Komplizen nach der Feuernacht festnahmen und verhörten.«

Zugföllers gesamter Körper spannte sich an. Muskeln und Adern traten hervor, und seinen Atem, der für einen Moment ausgesetzt hatte, stieß er nun schnaubend aus.

»Mein Vater war Pasquale Davarano.«

Zugföllers schmale Lippen zogen sich verächtlich nach unten. »Ich wüsste nicht, was wir zu besprechen hätten.«

»Enzo Giordanos Mörder«, sagte Fernando energisch, »hat zuvor schon die Kinder der Polizisten Chieda, Gimmino und Benotti getötet. Es muss jemand sein, der weiß, was unsere Väter getan haben, jemand, der sich so an ihnen rächen will. Enzo wurde auf den Raschötz gelockt, gequält und getötet. Mit der Waffe eines Carabiniere, einer Beretta 9 mm.«

»Lassen Sie mich in Frieden«, zischte Zugföller böse und schob sich an Fernando vorbei.

»Wo waren Sie in der Herz-Jesu-Nacht?«

Zugföller verharrte, die Schultern nach vorn gezogen, machte auf dem Absatz kehrt und marschierte kurz entschlossen auf Fernando zu. Er packte ihn am Kragen. »Du hast nicht das Recht, mir Fragen zu stellen, du dreckiger italienischer Bastard.«

Er kam so nah, dass Fernando seinen Atem auf seiner Haut spüren konnte.

»Jetzt willst *du mich* ins Gefängnis bringen? Wie der Vater, so der Sohn? Ich sage dir, wo ich in der Nacht war. Ich war hier am Sellajoch und habe Dutzende Zeugen dafür, und jetzt verpiss dich zu deinesgleichen.« Er wollte Fernando wegstoßen, doch der hielt dagegen.

»Haben Sie noch Kontakt zu Kai Stenzel?«, fragte er unbeeindruckt.

»Ich kenne keinen Kai Stenzel«, sagte Zugföller. Dann drehte er sich um und lief den Abhang hinunter, ohne sich noch mal umzublicken.

Fernando sah ihm einen Moment lang nach, dann folgte er ihm. Als er am Hotel und der Seilbahnstation ankam, hatte er Zugföller und seinen Kollegen jedoch aus den Augen verloren.

Zwei Männer positionierten sich gerade hinter ihren Alphörnern und begannen, eine sanfte Melodie zu spielen, die weithin über das Tal schallte und die Besucher auf dem Sonnendeck des Hotels in ihren Bann zog. Die Töne erzeugten eine merkwürdig ehrfürchtige Stimmung, und die Zuhörer spendeten eifrig Beifall, als die Männer endeten.

Sarah saß an der linken hinteren Seite, in das Display ihres Handys vertieft. Sie wurde erst auf Fernando aufmerksam, als er den zweiten Stuhl zurückzog und sich setzte.

»Und?«, fragte sie gespannt.

»Er hat mich leben lassen«, antwortete Fernando. »Aber seine Reaktion war eindeutig feindselig. Vielleicht hab ich nicht so viel Fingerspitzengefühl aufgebracht wie bei Simon Tratsch, aber der Kerl ist mir gleich an die Gurgel gegangen. Behauptet, dass er Stenzel nicht kennen würde.«

»Ich habe zwei Dinge herausgefunden«, begann Sarah. »Zum einen hab ich Simon Tratschs Alibi überprüft und im Pfarramt angerufen, wo mir die Sekretärin mitteilte, dass die Kirche die Feierlichkeiten mit organisiert hat und sie alle dort oben waren. Sie hat mir sogar Fotos angeboten, als ich sagte, ich sei von der Zeitung.«

»Damit fällt der Pfarrer raus. Bleiben Stenzel und Zugföller.«

»Mein Kollege rief mich an, er hat ein paar alte Dateien für mich geprüft. Stenzel hat eine Strafakte hier in Südtirol. Er ist wegen Körperverletzung und Volksverhetzung verurteilt worden. Dreimal darfst du raten, wen er angegriffen hat.«

»Italiener«, murmelte Fernando.

»Ganz genau. Einen hat er sogar mit dem Messer verletzt. Seit er in Österreich lebt, hat er sich nichts zuschulden kommen lassen, zumindest nichts Aktenkundiges. Aber die SFT wird vom Verfassungsschutz beobachtet. Ich bin gerade auf dem Server der Redaktion und suche ein bisschen herum.«

»Das wird demnach eine noch viel interessantere Begegnung. Wir fahren gleich zu ihm. Aber du wirst nicht mit ins Haus gehen.«

»Fernando, es ist zu gefährlich allein.«

»Er wird mir nichts tun. Sassner war vor uns bei Jochen Zugföller und hat ihn interviewt. Das heißt, dass er mit Sicherheit auch Stenzel gefunden hat. Die Polizei ist auf derselben Spur wie wir. Der Stenzel kann sich nicht leisten, mir am helllichten Tag etwas zu tun. Ich möchte, dass du im Ort bleibst.«

»Dann lassen wir das Handy an, und ich höre mit«, sagte sie bestimmt.

***

Die Nevelstraße lag am Südhang, der in ostwestlicher Richtung über Sankt Ulrich verlief. Fernando passierte einige sehr gepflegte Ferienhäuser sowie eine sehr idyllisch gelegene Autowerkstatt und kam nach einer Kurve an einem zwischen Obstbäumen gelegenen Haus vorbei. Rechter Hand, schräg gegenüber, war eine Garage direkt in den Hang gebaut worden, und Fernando fiel sofort auf, dass dort nur große Motorräder untergebracht waren. Über der Garage thronte ein frei stehendes Haus, dessen Zufahrt dreißig

Meter weiter vorn an der Straße lag. Das war es. Hier hatte sich Kai Stenzel mit einigen seiner Freunde eingemietet.

Es war früher Nachmittag, er hatte Sarah im Zentrum des Ortes abgesetzt, wo sie nun auf der Caféterrasse des Hotels Genziana saß und recherchierte. Sie hatten abgemacht, dass Fernando sie anrufen würde, kurz bevor er hineinging, sodass sie mithören konnte. Wenn Gefahr drohte, konnte sie gleich die Polizei alarmieren.

Fernando hatte die Maschine gerade den kleinen Anstieg hinaufgelenkt, da wurde er auch schon einer Bewegung hinter einem der Fenster gewahr. Er schaltete den Motor aus und nahm den Helm ab. Sein Puls beschleunigte. Die Möglichkeit, dem Mörder bald Auge in Auge gegenüberzustehen, wurde immer größer. Sie war auch schon bei Zugföller gegeben gewesen, doch hier, bei Stenzel, stand auf jeden Fall fest, dass er auf Männer treffen würde, die Italienern gegenüber nicht nur nicht aufgeschlossen, sondern mit hoher Wahrscheinlichkeit feindselig eingestellt waren. Er musste damit rechnen, auch körperlich angegangen zu werden, denn vor Gewalt schreckte Stenzel offenbar nicht zurück. Sein Schweizer Fahrtenmesser hatte Fernando hinten am Gürtel waagerecht in der Scheide stecken, falls er in die Situation kam, sich verteidigen zu müssen.

Er stieg vom Motorrad und stapfte über den Kiesweg zur hölzernen Eingangstür. Dort angekommen, rief er Sarah an.

»Ich geh jetzt rein.«

»Ist gut. Pass auf dich auf«, flüsterte sie in den Hörer.

Fernando sagte nichts mehr, sondern steckte das Handy in die Innentasche seiner geöffneten Jacke. Das Display leuchtete durch den Netzstoff hindurch, die Leitung stand.

Es gab zwei Klingeln, aber keine Namen. Die Schilder trugen die Aufschrift »Wohnung 1« und »Wohnung 2«. Er drückte auf die untere. Ein Gong ertönte im Haus, und Männerstimmen tönten gedämpft und unverständlich zu ihm nach draußen. Doch niemand öffnete. Er klingelte ein zweites Mal.

Endlich hörte er schwere Stiefelschritte auf Holzboden, und die Tür wurde aufgeschlossen. Ein sehr kräftiger, untersetzter Mann in schwarzen Jeans und schwarzem T-Shirt öffnete. Seine Glatze leuchtete im einfallenden Tageslicht, doch im Flur hinter ihm war es so dunkel, dass Fernando nichts erkennen konnte. Die muskulösen Arme des Mannes waren fast vollständig tätowiert, und er musterte Fernando aus dunklen, stechenden Augen.

»Was willst du?« Seine Stimme war ein tiefes Grollen.

»Ich möchte Kai Stenzel sprechen.«

Er sah von Fernando zu dem Motorrad in der Auffahrt.

»Wer bist 'n du?«

»Fernando Lovecchio, ich bin Schriftsteller.«

Er schnaubte spöttisch und zog seinen Mund schief. »Schieb ab«, sagte er und drückte die Tür wieder zu.

»Halt«, rief Fernando und hielt seine Hand dagegen.

»Verpiss dich, Alter«, sagte der Typ, drohte mit seinem dicken Zeigefinger und knallte die Tür zu.

Fernando stand unschlüssig vor dem hübschen Tirolerhaus mit seiner sauberen Fassade und den traditionellen hellen Holzfenstern. Ein Anblick, der völlig unvereinbar war mit dem Mann, der ihn abgewiesen hatte. Fernando wollte sich so jedoch nicht abspeisen lassen und begann, mit der Faust gegen die Tür zu schlagen. Drinnen machte sich Unruhe breit.

In der ersten Etage wurde ein Fenster aufgerissen, und ein zweiter Mann, jünger, mit einem geröteten Gesicht und grobschlächtigen Gesichtszügen, brüllte heraus: »Hey, verpiss dich endlich, du verdammter Penner!«

»Ich wollte nur –«

»Schnauze! Zieh ab, oder ich schlag dir deine verdammte Fresse ein, du Scheiß-Itaker!«

Ein Spuckeregen flog aus seinem Mund, wenn er schrie, und seine Augen starrten Fernando wie irre an.

Der machte ein paar Schritte zurück, sodass er besser zu dem Fenster emporschauen konnte. Der Typ hatte sich so weit aus dem Fenster gelehnt, dass Fernando glaubte, er würde rausspringen, um ihn anzugreifen, wenn er nur noch einige Sekunden länger bliebe.

»Sag Stenzel«, rief Fernando zu ihm rauf, »dass Pasquale Davaranos Sohn mit ihm reden will!«

»Schieb ab, du dreckiger Pisser, ich schwör dir, ich komme gleich runter und reiß dir den Arsch auf.«

Eine Stimme im Raum hinter ihm ließ den jungen Stier dort

oben sich umdrehen. Er verschwand für einen Moment aus Fernandos Blickfeld. Als er zurückkam, packte er das Fenstersims an, als wollte er es mit seinen mächtigen Armen herausreißen.

»Wer bist du?«, fragte er und spuckte aus.

»Der Sohn von Pasquale Davarano. Kai Stenzel wird wissen, wer das ist.«

Er verschwand, und das Fenster wurde geschlossen. Fernando öffnete seine Jacke und prüfte, ob die Verbindung noch stand, da wurde die Tür geöffnet, und der erste Mann starrte ihn feindselig an.

»Komm her«, sagte er und winkte Fernando zu sich. Fernando ging zum Eingang, und der Kerl packte ihn an der Schulter und stieß ihn in den Flur. »Los, rein da!«

Alle Türen waren geschlossen, das Licht gelöscht. Die einzige Lichtquelle war ein Fenster im Aufgang der Treppe.

Fernando wartete, seine Angst so gut es ging verbergend, auf weitere Anweisungen und riskierte einen Blick nach oben in die erste Etage, von wo Schritte dumpf nach unten hallten.

»Hände an die Wand«, befahl der Dicke und schubste Fernando unsanft.

Er stützte sich an der geweißten Flurwand ab und wurde von den Stiefeln aufwärts abgetastet.

»Alter, was is 'n das?«, brummte der Dicke, als er Fernandos Messer entdeckte. Es klickte, als er die lederne Schnalle öffnete und dann das Messer herauszog. »Wow, was, hast du gesagt, bist du? Ein Scheiß-Autor? Und hast so 'n Messer?«

Er behielt das Messer in der Hand und tastete ihn weiter ab, erfühlte Fernandos Handy, was er jedoch als nicht gefährlich erachtete.

»Okay. Nach oben.« Er drückte Fernando die Treppe hoch.

Oben erstreckte sich ein ähnlich großer Flur wie im Erdgeschoss. Das ganze Haus war mit Holzdielen ausgelegt. Eine der Türen war nur angelehnt, und ein schmaler Lichtstreifen fiel heraus.

»Los, da rein.«

Kurz bevor Fernando die Tür aufschieben wollte, wurde sie jäh aufgerissen. Der Stier von vorhin hielt den Knauf in der Hand und schielte mit weit aufgesperrten, nervösen Augen in den Flur. Fernando betrat ein Wohn- und Esszimmer, das nach rechts mit einer offenen Küche verbunden war. Im vorderen Teil stand ein Esstisch für sechs Personen, auf dem Dutzende Bierflaschen, Whiskyflaschen und Pizzakartons standen. Schwere Lederjacken hingen über den Stuhllehnen. Im hinteren Teil, zum großen Fenster hin, stand eine Sitzgruppe mit einem Viersitzer- und einem Zweisitzersofa sowie einem Sessel. Auf dem saß ein jüngerer, schlanker Mann mit Bluejeans und schwarzem Oberhemd, der lässig ein Bein über die Lehne hängen ließ. An der Fensterbank lehnten zwei Kerle mit vor der Brust verschränkten Armen in Bikerklamotten.

Ein Mann mit welligen Haaren, die an den ergrauten Schläfen raspelkurz geschnitten waren, saß breitbeinig in Jeans und einem Jeanshemd, dessen Ärmel abgeschnitten waren, auf der Couch. Er trug einen Bart in der Art von Frank Zappa, allerdings war er von schmutzig grauer Farbe. Sein Gesicht war solariumgebräunt mit harten, maskulinen Zügen, wie man sie bei Bodybuildern oft zu sehen bekam. Fernando war sich sicher, vor allem, wenn er seine ausdefinierten, übertrainierten Muskeln betrachtete, dass er Steroide nahm. So, wie er dort auf der Couch thronte, war klar, dass er der Kopf der Gruppe war.

Hinter Fernando wurde die Tür ins Schloss geworfen. Der Kerl auf dem Sofa, der bereits in den Fünfzigern war, sah ihn regungslos aus kleinen kaltblauen Augen an. »Bring ihn her«, sagte er mit kratziger Stimme.

Der Stier packte Fernando unsanft am Revers und führte ihn zu dem kleineren Sofa, auf das er ihn warf wie einen Abfallsack.

Auf dem Couchtisch lagen Zigaretten und Handys. Weitere Bierflaschen standen in nassen Pfützen. Ein säuerlicher Geruch, durchsetzt mit Zigarettenqualm, lag in der Luft.

Fernando wandte sich dem Boss zu, der nach seinem Ermessen Kai Stenzel sein musste. Sein Herz schlug hart gegen seinen Brustkorb, und seine Nackenhaare sträubten sich, weil er die Angst, von hinten angegriffen zu werden, nicht abstellen konnte. Er war gefangen in einem Raum mit sechs gewaltbereiten, kräftigen, alkoholisierten Männern.

»Das hat er dabeigehabt«, sagte der Dicke und hielt das Messer in die Luft.

»Verdammter Scheißitaliener«, schimpfte der Stier und rieb sich mit der Faust über die Nase.

Fernandos Gegenüber legte den Kopf abschätzend schief. In seinen Augen blitzte ein belustigter und gleichzeitig sadistischer Funke auf. »Siehst deinem Alten gar nicht ähnlich.«

Fernando nickte nur vorsichtig.

»Wie heißt du?«

»Lovecchio, Fernando Lovecchio.«

»Warum nicht Davarano wie dein Alter?«

»Wir hatten … Meinungsverschiedenheiten, und ich zog es vor, einen anderen Namen anzunehmen.«

Stenzel grinste breit unter seinem Bart, und ihm entfuhr ein heiseres Lachen. »Der Herr und sein Alter hatten Meinungsverschiedenheiten? Und er ändert sogar seinen Namen, das ehrt ihn ja geradezu«, freute er sich.

»Wer ist denn sein Alter?«, wollte der Stier wissen.

»Halt dich da raus«, fuhr der Boss ihm über den Mund.

Die dicken Adern auf seinem Bizeps bildeten eine verschlungene grünliche Flusslandschaft unter seiner gebräunten Haut. Er beugte sich vor, nahm einen Schluck aus der Bierflasche, die vor ihm auf dem Couchtisch stand, und lehnte sich, sie am Hals festhaltend, zurück.

»Ich wüsste nicht, was Pasquale Davaranos Sohn von mir wollen könnte«, sagte er und gab damit zu, dass er derjenige war, den Fernando suchte. »Es hat nicht zufällig etwas mit Enzo Giordano zu tun?« Gemächlich streckte er eines seiner mächtigen Beine unter dem Tisch aus.

»Natürlich hat es das«, antwortete Fernando. »Die Polizei war deswegen sicher auch schon hier.«

Stenzels Blick ging kurz zu dem Dicken, der nur die Schultern zuckte.

»Willst du mich fragen, ob ich es war?« Erneut zeigte er ein Grinsen ohne jeglichen Ausdruck von Humor in seinen kalten Augen.

»Ich soll für Antonio Giordano den Tod seines Sohnes untersuchen. Dabei habe ich herausgefunden, dass es nicht der einzige Mord dieser Art war. Von den fünf Kindern der fünf Carabinieri, die damals die Verhöre durchführten, sind vier getötet worden. Alle in der Herz-Jesu-Nacht. Und alle wurden zuvor gefoltert.« Er sah Stenzel eindringlich an und versuchte, jedwede Regung auf dessen Gesicht zu registrieren. Doch seine Miene war unbewegt wie ein Granitblock.

»Wer ist der Letzte? Du?«

Fernando brauchte nicht zu antworten, jetzt erschien ein zynisches Lächeln in Stenzels Granitgesicht.

»Sie kommen jedes Jahr zur Herz-Jesu-Nacht hier runter?«, fragte Fernando provokant.

»Ja, das tue ich. Das ist unser Fest, und das lasse ich mir von keinem von euch verderben.«

»Und diese netten Herren hier können natürlich bezeugen, dass Sie in jener Nacht nichts anderes getan haben, als am Lagerfeuer Heimatlieder zu singen, was?«

Stenzel beugte sich vor und stützte seine säulendicken Arme auf dem Couchtisch ab. »Frag sie doch«, sagte er amüsiert.

»Wissen Sie, für mich kommen eigentlich nur Sie und Jochen Zugföller als Täter in Frage. Ihre Väter sind zu alt, Simon Tratsch hat ein Alibi. Haben Sie noch Kontakt zu Jochen Zugföller?«

»Nein, ich habe ihn das letzte Mal gesehen, als wir noch zur Grundschule gingen.«

»Einer von Ihnen beiden hat es getan«, sagte Fernando und verstummte überrascht. Ihm war ein Gedanke gekommen, den er bis jetzt noch gar nicht in Betracht gezogen hatte. Was, wenn es kein Einzeltäter war? Was, wenn Stenzel und Zugföller gemeinsame Sache machten?

»Ich sag dir jetzt mal was«, brummte Stenzel. »Ihr Italiener behandelt uns seit Jahrzehnten wie den letzten Dreck. Ihr habt uns belogen und uns unsere Identität nehmen wollen, wolltet uns zu euresgleichen machen. Dann habt ihr gemerkt, dass das mit uns nicht funktioniert, und an dieser Stelle seid ihr zu weit gegangen. Ich hätte ausreichend Gründe, euch alle abzustechen wie die Viecher, die ihr eigentlich seid. Mein Vater ist von euch getötet worden. Und ihr habt ihn nicht einfach nur erschossen, nein, ihr habt ihn vier Tage lang getötet. Ganz langsam, Stück für Stück. Ihr habt die Scheiße aus ihm rausgeprügelt und ihn so lange traktiert, bis er elendig verreckt ist. Damit lebe ich jetzt, seit ich ein kleiner Junge bin. Und ich hab mir geschworen, dass ihr irgendwann dafür büßen werdet.«

»Ist das ein Geständnis?«, fragte Fernando, und wieder zog sich Stenzels Bart zu einem Lächeln in die Breite. Irgendwo unten auf der Hauptstraße hörte man ein Martinshorn heulen.

»Von mir wirst du kein Geständnis hören. Ich könnte dich jetzt ganz leicht umbringen. Würde mich nicht weiter stören. Aber ich fänd's noch viel besser, wenn du einmal in deinem Leben ein richtiger Mann wärst und so viel Ehrgefühl zeigst, dass du dir dein Messer selbst reinjagst.«

Mit einem Kopfnicken deutete er dem Dicken an, Fernando sein Messer auszuhändigen. Der warf ihm die Waffe in den Schoß. Fernando fühlte den schweren, kalten Stahl auf seinen Beinen.

»Na los«, forderte Stenzel ihn auf. »Einmal nur. Es wird das Beste sein, was du in deinem ganzen Scheißleben zustande gebracht hast.«

Gespannt starrten alle Männer auf Fernando. Eine zum Zerreißen gespannte Stille entstand. Darin tauchte wie aus einer anderen Sphäre plötzlich ein eigenartiges Geräusch auf. Es war das Sirenengeheul eines Rettungswagens, doch es kam nicht von der Straße. Es hatte einen metallischen Nachklang, und in der Sekunde, als Fernando begriff, dass es aus seinem Handy drang, begriff auch Stenzel und schnellte nach vorn. Mit dem Ellbogen drückte er Fernandos Kopf nach hinten, und mit der anderen Hand durchsuchte er seine Jacke, bis er das Telefon gefunden hatte. Der Rettungswagen musste direkt an dem Café, in dem Sarah saß, vorbeigefahren sein.

Etwas Kühles wurde an Fernandos Schläfe gedrückt, und aus dem Augenwinkel bemerkte er, dass der Stier ihm eine automatische Waffe an den Kopf hielt. Stenzel stierte auf das Display des Handys.

»Hallo?«, fragte er und verstellte seine Stimme dabei.

»Fernando?«, hörte man Sarah fragen.

»Leg auf!«, rief Fernando, und Stenzel verpasste ihm eine mit dem Ellbogen, dass ihm schwarz vor Augen wurde. In der Leitung klickte es, und auf dem Display wurde Sarahs Name und die Dauer des Telefonats angezeigt.

»So, so, deine Freundin hat mitgehört?«

Fernando konnte Stenzels Stimme nur noch wie unter Wasser vernehmen. Für den Bruchteil einer Sekunde schien ihm das Bewusstsein zu entgleiten. Als er die Augen wieder aufschlug, standen die Männer im Halbkreis um ihn herum und starrten ihn an. Stenzel grinste wie gewohnt. Vom Sofa aus sah er aus wie ein übermenschlicher Riese.

»Na, kurz mal weg gewesen? Von deiner Freundin geträumt?«, fragte er höhnisch.

Fernando blickte unsicher von einem zum anderen. Er hatte den metallischen Geschmack von Blut im Mund und spürte einen durchdringenden, pochenden Schmerz in seinem rechten Jochbein. Er wartete darauf, dass einer der Männer den Anfang machte und ihn angriff, bevor dann alle über ihn herfielen. Dem Gesicht des Stiers nach zu urteilen, gelüstete es diesen genau danach. Aber sie regten sich nicht. Stattdessen beugte sich Stenzel langsam zu ihm herunter und drückte ihm sein Mobiltelefon und sein Messer in die Hand. Ungewöhnlich daran war vor allem, dass das Messer durch das Telefon gestochen war.

»Schön, dass du uns besucht hast. Aber ich würde sagen, du fährst mal lieber zurück, bevor die Bullen hier auftauchen. Dein Mäuschen wird sich mit Sicherheit nicht anders zu helfen wissen. Also, wir sehen uns, Fernando Davarano.«

Fernando verstand nicht genau, warum er ihn laufen ließ. Sein Hirn hatte die Fähigkeit verloren, Gedanken festzuhalten. Er wusste nur, dass er jetzt gehen musste.

Draußen stieg er auf sein Motorrad und fuhr zurück in Richtung Ortsmitte. Er hatte die Nevelstraße noch nicht verlassen, da kam ihm ein Wagen der Carabinieri entgegen. Er konnte Sarah nicht darin erkennen, also war sie hoffentlich noch immer unten im Café.

Genau genommen stand sie, ihr Handy umklammernd, etwas abseits des Hotels. Sie wirkte aufgelöst und hatte geweint. Als er sich näherte, erkannte sie Fernando an dem Motorengeräusch der Crossmaschine und wirbelte herum.

Fernando klappte das Visier hoch, streckte die Hand aus, und sie ergriff sie und sprang auf den Rücksitz. Sie fuhren ohne Umschweife aus dem Ort hinaus und hielten erst wieder in Sankt Peter an, wo Sarah von der Maschine glitt und sich den Helm vom Kopf riss.

»Was ist passiert?«, rief sie verzweifelt und fuchtelte mit den Händen aufgeregt in der Luft herum. »Was ist da drin passiert?«

Auch Fernando setzte seinen Helm ab. Sie riss entsetzt die Augen auf, als sie die Schwellung in seinem Gesicht erkannte.

»Es ist nichts, es ist alles in Ordnung«, beruhigte er sie. »Wir haben nur gesprochen.«

»Gesprochen, aha«, höhnte sie. »Und vom vielen Reden ist dir plötzlich das Auge angeschwollen.«

Fernando schaute in den Seitenspiegel des Motorrads und musste zugeben, dass sein Aussehen das, was er sagte, reichlich unglaubwürdig klingen ließ. Dann erklärte er ihr, was vorgefallen war.

»Ist er es?«, fragte sie, als er geendet hatte.

»Ich weiß es nicht«, erwiderte er. »Er könnte es sein.«

»Ein harmloser Heimatverein ist das jedenfalls nicht, was er da als seinen Wirkungskreis gewählt hat«, sagte Sarah und zog ihr Handy aus der Tasche.

»Nein. Es sind Männer, die …«

Fernando verschlug es die Sprache, als er sah, was Sarah ihm auf ihrem Handy zeigte. Es war ein Foto von einer Demonstration. Unter einem großen weißen Banner, auf dem in schwarzer Schrift die Forderung »Gegen den Faschismus! Los von Rom« geschrieben stand, marschierten inmitten einer Gruppe von Männern des Schützenbundes Kai Stenzel und Jochen Zugföller Seite an Seite.

»Das gibt's doch nicht«, sagte Fernando, »Sie kennen sich doch. Von wann ist das Foto?«

»2009«, antwortete Sarah.

»Sie haben beide gelogen.«

Sarah nickte. »Das könnte bedeuten, dass sie unter einer Decke stecken.«

Ein Motorrad rauschte an ihnen vorbei. Fernando blickte hoch, doch der Fahrer war nicht zu erkennen.

»In Ordnung, lass uns fahren. Setz den Helm auf«, befahl er und trat den Anlasser herunter.

***

Waidbruck lag in einem kaum definierbaren Licht. Ein bläulicher Dunst am Hang, durchschienen von einer glutroten Sonne, tauchte das ganze Tal in einen violetten Schimmer. Jutta Oberthaler wohnte in einem heruntergekommenen Haus, direkt hinter der Albergo Agnello, schräg gegenüber der Kirche. Sie hatten das Motorrad vorn an dem kleinen Platz abgestellt und gingen zu Fuß in die Kirchgasse, die sich unter der Autobahn hindurchduckte. Das Haus mit dem schlammfarbenen Putz, der an vielen Stellen großflächig abgeplatzt war, besaß einen schmalen Aufgang an der linken Seite. Die abgewetzten Fensterläden an den meisten Fenstern waren geschlossen. In der oberen Etage gab es sogar Fenster ohne Scheiben. Das Haus hatte eine bedrückende Ausstrahlung, und Fernando musste schlucken, als er vor der Haustür stand und versuchte, den Namen auf der alten Klingel zu entziffern.

»Ist das richtig hier?«, flüsterte Sarah.

»Ich kann's nicht lesen«, sagte er und drückte den Klingelknopf.

Es dauerte ein paar Sekunden, bis man quietschende Schritte hören konnte, die allerdings für eine Dame in Jutta Oberthalers Alter viel zu schnell waren. So tauchte denn auch eine junge Frau in den frühen Dreißigern an der Tür auf, die Fernando und Sarah etwas verwundert ansah.

»Ja, bitte?«

»Entschuldigen Sie, wir möchten zu Frau Oberthaler«, sagte Fernando.

Die junge Frau überlegte und musterte die beiden dabei von oben bis unten. »Sind Sie von einer Behörde?«, fragte sie.

»Nein«, sagte Fernando und blickte zu Sarah. »Das ist Frau Templer, sie ist Journalistin, und ich bin Fernando Lovecchio. Ich bin Autor. Wir sind hier, um mit Frau Oberthaler über ihren Sohn zu sprechen.«

»Oh, das … Frau Oberthaler bekommt eigentlich nicht viel Besuch. Deshalb bin ich etwas misstrauisch.«

»Das verstehen wir vollkommen«, meinte Sarah freundlich.

»Ich bin Frau Stuber, die Pflegerin von Frau Oberthaler.« Sie trat einen Schritt auf sie zu. »Ihr Zustand ist nicht besonders gut, wissen Sie. Sie ist alt und geistig nicht mehr ganz auf der Höhe.

Das sollten Sie bedenken, wenn Sie zu ihr reingehen. Aber ich muss sie erst fragen, ob sie mit Ihnen sprechen will.«

»Selbstverständlich, wir warten hier.« Fernando nickte und verschränkte die Arme hinter dem Rücken.

Frau Stuber drehte sich um und eilte zurück zu ihrer Patientin. Die alten gesprungenen Fliesen, auf denen ihre Sneakers so quietschten, waren an vielen Stellen abgebrochen. Frau Stubers Stimme hallte dumpf durch die Wohnung.

»Vielleicht sollten wir gar nichts von den Morden erzählen«, flüsterte Sarah. »Wir brauchen nur die Informationen über Jochen und Kai und was früher vorgefallen ist.«

»Ja, vielleicht hast du recht.«

Frau Stuber kehrte zurück und bat sie in die Wohnung. Sie versicherte, dass sich Frau Oberthaler sehr über Besuch freuen würde.

Sie betraten das Wohnzimmer, das von dunklen Eichenmöbeln und einem mächtigen Sofa beherrscht war, über dem eine goldgerahmte Kopie des Herz-Jesu-Bildes von Carl Henrici hing. Fernando verschlug es für einen Moment den Atem, und er verlangsamte seinen Gang.

»Ist sie nicht ein Schatz?«, fragte Jutta Oberthaler, die sich eilig aus ihrem Sessel erhob und ihnen die Hand entgegenstreckte. »Frau Stuber macht alles für mich, ein absoluter Schatz.«

Sarah und sie gaben sich die Hand. Fernando konnte sich noch nicht vom Anblick des Bildes lösen. Frau Oberthaler bemerkte das, und als sie ihm die Hand schüttelte, raunte sie ihm zu: »Das ist es, oder?«

Irritiert sah er sie an, weil er nicht wusste, wie sie das gemeint hatte. Wenn es tatsächlich so gemeint war, wie er es aufgefasst hatte, war sie keine geistig verwirrte Person, sondern eine Hellseherin.

Fernando antwortete, indem er sich ihr vorstellte.

»Setzen Sie sich doch bitte«, sagte sie erfreut und ein wenig aufgeregt.

Sie nahmen auf der Couch Platz, sodass sie direkt unter dem Bild saßen. Jutta Oberthaler stand mit ineinandergelegten Händen da und wandte sich an Frau Stuber, die im Flur vor der Tür zur Küche stand. »Was können wir denn anbieten?«

»Oh, wir brauchen nichts, danke«, lehnte Fernando ab.

»Ich koche Kaffee«, sagte Frau Stuber, als hätte Fernando genau das bestellt.

Jutta Oberthaler drehte sich wieder um und lächelte sie an. Ihr Gesicht war von einem Netz aus Falten überzogen. In ihren großen nervösen grünen Augen lag mitunter ein Leuchten, das Fernando an Ella Zugföllers Worte erinnerte, sie sei eine Kämpfernatur. Ihre Hände, die sie fast ständig zusammenhielt, waren von der Gicht gezeichnet, doch körperlich machte sie ansonsten einen ungewöhnlich vitalen Eindruck. Sie saß aufrecht und zeigte kaum Probleme beim Sicherheben und -setzen.

Auch die Wohnung, obwohl sie wie aus einer anderen Zeit zu stammen schien, altertümlich und dunkel, war aufgeräumt und roch frisch. Diesen Umstand rechnete Fernando allerdings eher Frau Stuber zu, die leise in der Küche hantierte.

»Was ist denn der Grund für Ihren Besuch? Sie kommen von der Kirche?«

»Nein«, entgegnete Fernando mit einem unsicheren Lächeln, »Wir sind auf der Suche nach Informationen über die Feuernacht von 1961 und die darauffolgenden Verhaftungen. Wir haben darüber bereits mit Ella Zugföller gesprochen, und die meinte, Sie könnten uns noch viel mehr erzählen.«

»Die Ella?«, fragte sie strahlend. »Wie geht es ihr?«

»Gut, sehr gut. Wir sprachen mit ihr und ihrem Mann und Josef Tratsch.«

Daraufhin glitt ihr Blick zur Seite weg und blieb verloren im Nirgendwo stehen. Sie war vollkommen aus dem Hier und Jetzt verschwunden.

»Frau Oberthaler«, bat Fernando vorsichtig, »ich weiß, dass das für Sie keine schönen Erinnerungen sind, aber könnten Sie uns schildern, was damals vorgefallen ist und wer alles daran beteiligt war?«

Die Frage schien nicht bis zu ihr durchzudringen. Fernando wollte sich schon vergewissern, ob sie ihn überhaupt verstanden hatte, da seufzte sie, und ihr Blick klärte sich. Sie fixierte einen Punkt auf dem alten Läufer.

»Zuerst waren wir gar nicht informiert gewesen. Also, wir

Frauen«, sagte sie und pausierte, weil Frau Stuber nun mit einem Tablett hereinkam. Sie stellte Tassen, Zucker, Milch und eine große Kanne Kaffee auf den Tisch, aus der sie allen eingoss. Dann verschwand sie wieder in der Küche, und Jutta Oberthaler versuchte, den Faden wieder aufzunehmen. »Wir waren zwar alle befreundet, mehr oder weniger, aber die Idee hatten die Männer gehabt. Sie heckten zusammen einen Plan aus, über den sie uns irgendwann informierten. Wir saßen an dem Abend alle bei uns auf dem Hof zusammen. Damals hatten wir noch einen.«

Wehmütig knetete sie ihre knorrigen Finger. »Die Elli war gerade schwanger mit dem Töchterlein, und die Jungs spielten irgendwo Cowboy und Indianer, das weiß ich noch. Man musste sich bei uns auf dem Hof nie Sorgen um sie machen. Sie hatten so viel Auslauf.« Sie lächelte, und ihre Augen schimmerten feucht. »An jenem Abend hatten wir auch schon einiges getrunken, und da fing der Sepp an zu erzählen. Sie hätten da etwas vor, das für alle Südtiroler von Vorteil sein und die Italiener wachrütteln sollte. Sie wollten etwas tun für ihr Land, für ihre Heimat und ihre Kinder. Der Sepp und der Jochen hatten ja noch die Zeiten miterleben müssen, als das Deutschsprechen verboten gewesen war. Der Herbert Meinrather war Feuer und Flamme für diese Idee. Er war der Jüngste von uns und hatte als Einziger keine Familie, deswegen wollte er auch gern einen großen Teil dazu beitragen. Wir Frauen haben zunächst alle gedacht, dass die Männer verrückt seien. So etwas kann nicht gut gehen, hielten wir ihnen vor, und sie würden noch verhaftet werden, bevor ihr Plan umgesetzt würde. Doch sie versicherten uns, dass sie alles minutiös vorbereiten und mit Hilfe aus Deutschland durchführen wollten. Es sollten ja auch nur die Strommasten gesprengt werden, niemals hatten sie beabsichtigt, Menschenleben zu gefährden. Aber das war kaum zu kontrollieren bei vierzig Sprengladungen, die so weit verteilt waren.«

Sie pausierte und blickte wieder ins Nichts. Es war eine fast schon absurd anmutende Situation, diese alte Frau mit einer solchen Nüchternheit über Dinge wie Sprengstoff reden zu hören.

»Als Terroristen, so, wie wir später dargestellt wurden, haben wir uns nie gesehen. Wir wollten nur für unser Volk sprechen, auf die Ungerechtigkeit und die Unterdrückung aufmerksam machen.

Was wir damals auf unserem Hof beschlossen, wurde dann recht schnell in die Tat umgesetzt. Und jeder trug etwas dazu bei, sodass wir am Ende genug Sprengstoff und Zünder hatten und Männer, die diese Ladungen installieren wollten.« Sie räusperte sich, weil sie durch das ungewohnt viele Sprechen wohl ein Kratzen im Hals verspürte. »Wie naiv wir doch waren. Keiner hatte so recht über die Konsequenzen nachgedacht. Gut, wir wussten, dass uns Gefängnis drohte, wenn wir erwischt werden würden, aber als alles gelaufen war und unsere Männer wieder nach Hause kamen … sie warteten viel zu lange. Sie warteten darauf, dass etwas passierte, dass die Italiener kommen und sie holen würden. Keiner von ihnen wollte seine Familie verlassen. Der Herbert Meinrather hatte ja keine und flüchtete als Erster. Aber Jochen, Sepp, Bernd und mein Mann Thomas blieben viel zu lange daheim. Er hatte gerade die Tasche gepackt und sagte, vielleicht solle er erst mal außer Landes gehen, da klopften sie auch schon an die Tür. Es war zu spät. Er versuchte noch zu fliehen, aber das war vergebens. Und dann fing eigentlich alles erst an.«

Sie senkte den Blick auf ihre nutzlosen, kranken Hände und strich über die Falten auf dem Handrücken. Fernando verspürte schon die ganze Zeit den Drang, nachzufragen, doch er wollte sie nicht unterbrechen, solange sie so frei über alles sprach.

»Sie brachten ihn in die Kaserne in Bozen«, fuhr sie fort. Ihre Stimme wurde leiser, fragiler. »Man informierte mich nicht. Von Leuten, die in Bozen lebten, erfuhren wir, dass man Schreie hören konnte bis runter auf die Straße. Tag und Nacht. Und dann, nach zwei Tagen, kamen sie zu uns. Mein Junge war damals fünf Jahre alt.« Sie sah auf, zu dem Bild über der Couch und dann zu Sarah und Fernando. Ihre Augen waren gerötet, und ein Rinnsal glitzerte feucht auf ihrer Wange. »Kennen Sie Frederik?«, fragte sie fast kindlich.

»Nein, aber erzählen Sie uns von ihm«, bat Fernando.

Sie schüttelte voller Gram den Kopf und schloss die Augen. Die Tränen kullerten nun wie kleine Perlen über ihr Gesicht.

»Er war so ein fröhlicher Junge, so unbeschwert.« Sie schniefte und rieb sich die Augen trocken. »Von dem Tag an, da sie uns holten, veränderte er sich.«

»Die Polizei?«, fragte Fernando.

»Ja. Sie kamen und holten uns ab. Sagten kein Wort, zerrten uns in den Wagen und fuhren mit uns nach Bozen. Ich bekam Handschellen um. Frederik weinte die ganze Autofahrt über. Zuerst dachte ich, sie würden uns einsperren wie meinen Mann und uns ebenfalls verhören. Doch sie brachten mich in sein Büro. In das Büro des Kommandanten.«

Ein Stromstoß ging durch Fernandos Körper. Sein Gesicht begann zu glühen, und ihm war, als stünde es wie ein Brandzeichen auf seiner Stirn geschrieben, dass er der Sohn des Kommandanten war. Der Sohn eines der Täter, die ihren Mann auf dem Gewissen hatten.

»Er war der Schlimmste von allen«, sagte sie mit zittriger Stimme. »Ganz ruhig und freundlich nach außen hin, aber innen drin der Teufel persönlich. Man konnte es an seinen Augen sehen. Es gab kein Mitgefühl darin. Nur die pure Freude am Quälen. Oh Gott«, sie schluchzte auf und bedeckte ihr Gesicht mit den Händen. »Er gab Frederik sogar die Hand und fragte ihn, ob er schon zur Schule gehen würde.«

Jedes Wort, das sie sprach, traf Fernando wie ein Messerstich in seine Eingeweide. Eine bohrende Übelkeit stieg in ihm auf, der Schwindel war wieder da, und in seinem Kopf pochten die Schmerzen heftiger als je zuvor. Sarah schien zu ahnen, was in ihm vorging, und legte ihm eine Hand auf den Arm. Ihre Wärme gab ihm etwas Halt.

Jutta Oberthaler war unterdessen völlig vertieft in ihre eigene Geschichte, die sie ohne jede Scham für sie offenlegte. »Wie kann jemand einem so kleinen Jungen so etwas antun?«, fragte sie. »Er ließ ihn wegsperren, und mich nahmen zwei Männer mit in die Zelle meines Mannes. Sie hatten ihn nicht zum Reden bringen können. Sie hatten ihm die Knochen gebrochen, hatten ihn mit Zigaretten und Elektroden verbrannt, aber er war standhaft geblieben. Keinen einzigen Namen hatte er ihnen genannt. Sie waren verzweifelt, das begriff ich, als ich dort stand. Und auch, dass Thomas gerade wegen dem, was sie ihm angetan hatten, stur bleiben würde. Er würde niemals reden. Aber ihn so zu sehen brach mir das Herz. Er war mein Mann, und so, wie er dort auf einem Tisch mitten im Raum lag, nackt, wie ein Stück blutiges Fleisch … ich erkannte ihn kaum wieder.«

Schluchzend atmete sie ein. Fernando registrierte aus dem Augenwinkel, dass Frau Stuber ängstlich aus der Küche um die Ecke und zu ihnen herüberspähte.

»Sie hatten mich geholt, um ihm zu drohen, mich zu vergewaltigen und zu quälen, wenn er nicht redet. Ich hatte furchtbare Angst, kam aber mit heiler Haut davon. Die Männer taten Dinge, um es echt aussehen zu lassen, doch es sollte nur ein Bluff sein. Merkwürdigerweise konnten sie mir nichts tun, vielleicht, weil ich eine Frau war. Es half alles nichts, sie waren am Ende, das glaubte ich jedenfalls. Doch ich hatte die Rechnung ohne den Kommandanten gemacht. Sie warfen mich in die Zelle und nahmen Frederik mit.«

Fernando hielt entsetzt die Hand vor den Mund. Kalter Schweiß trat auf seine Stirn, die Übelkeit zog und zerrte an seinen Eingeweiden.

»Sie brachten ihn zu seinem Vater. Der Kommandant persönlich. Ein fünfjähriges Kind. Frederik hat seinen Vater sehr geliebt. Und dann musste er sehen, was sie von ihm übrig gelassen hatten. Ich hörte meinen Mann schreien, als er Fredi erkannte. Ich hörte ihn rufen, er solle wegsehen, und seine Peiniger anbetteln …« Sie wurde übermannt von ihren Gefühlen und konnte einen Moment lang nicht weitersprechen.

Fernando atmete tief ein und versuchte ebenfalls, sich zu fangen. Der Kaffee stand schwarz und kalt in ihren Tassen.

»Er redete trotzdem nicht. Er redete trotzdem nicht«, wiederholte sie und gab damit gleichzeitig ihrer Verzweiflung und ihrer Bewunderung Ausdruck. »Sie ließen Fredi unversehrt und fingen wieder an, meinen Mann zu quälen. Dazu stellten sie einen Kasten Wasser auf den Tisch, fesselten ihn an Händen und Füßen und legten ihn mit dem Rücken auf die Kiste. Dann bogen sie ihn darüber und brachen ihm zwei Rückenwirbel. Fredi musste dabei zusehen.«

Fernando sprang auf. Die Übelkeit drückte gegen seine Kehle und verursachte einen heftigen Würgereiz. Er lief in den Flur, und Frau Stuber, die den Türrahmen umklammert hielt, deutete mit geröteten Augen auf die Toilettentür.

Er übergab sich so heftig, wie er es noch nie erlebt hatte. Seine Beine knickten ein, und er fiel zitternd vor der Schüssel auf die Knie. Der Schmerz in seinem Kopf zog sich jetzt von seinem Jochbein bis in die Augenhöhle. Es ging ihm so schlecht, dass er glaubte, nie wieder aufstehen zu können.

»Fernando, alles in Ordnung?«, hörte er Sarah besorgt durch die Badezimmertür fragen.

»Ja«, antwortete er. »Bin gleich wieder da.«

Mit letzter Kraft rappelte er sich auf und wusch sein Gesicht mit kühlem Wasser. Nachdem er ein paar Schlucke davon getrunken hatte, fühlte er sich langsam besser.

Als er aus dem Bad kam, hatte Frau Stuber den Tisch abgeräumt. Sarah stand hinter Jutta Oberthaler, die Arme um ihren Oberkörper geschlungen, und sah zu, wie die in einem Schrank etwas suchte.

»Entschuldigen Sie bitte«, sagte Fernando. Sarah sah ihm ängstlich ins Gesicht. Er musste schrecklich aussehen, so, wie sie schaute.

»Das ist doch menschlich«, sagte Jutta Oberthaler in den Schrank hinein. Sie kramte weiter und zog dann einen Stapel Papier heraus. »Da sind sie ja.«

Sie nahm wieder in ihrem Sessel Platz, in ihrem Schoß ein Stoß zusammengebundener Briefe. Auch Fernando und Sarah setzten sich.

»Thomas starb zwei Tage später. Frederik war danach nicht mehr derselbe Mensch. In den ersten Wochen sprach Fredi kein einziges Wort. Er war wie weggetreten und brauchte dringend medizinische Hilfe. Das war der Anfang einer Reihe von Psychiatriebesuchen. Er bekam Medikamente und war am Ende gar nicht mehr ansprechbar. Der Junge war wie abgekapselt, wir führten ein Leben zwischen Krankenhaus und zu Hause, wo er nur für sich blieb. Er liebte die Berge, ging, so oft es ihm möglich war, hinauf. Das war sein einziger Trost. Ich musste den Hof verkaufen, und wir zogen in diese Wohnung hier.« Sie deutete ins Zimmer, als wäre es immer noch fremd für sie. »Zum Glück fand er einen Freund, den Toni. Mit ihm ging er immer klettern. Eines Tages dann bekam ich einen Anruf von der Bergwacht. Sie hätten den Toni gerettet, doch der Fredi sei abgestürzt. An der Marmolata.

Man hat ihn nie gefunden. Und ich weiß ganz genau, dass viele hier im Ort sagten, dass er sich bestimmt das Leben genommen hat. Aber der Toni sagte, es sei ein einfacher Unfall gewesen. Eine kleine Unachtsamkeit. Und mein Fredi kam nie wieder zurück.«

Sie schaute Fernando tief in die Augen, beugte sich vor und winkte ihn mit einem Finger näher. Er hatte den Eindruck, dass sich ihre Augenfarbe veränderte.

»Aber er ist gar nicht tot«, flüsterte sie heiser, und Fernando fuhr ein eiskalter Schauer über den Rücken. Jetzt zeigte sich, dass sie geistig verwirrt war, und sie bekam etwas Irres und Hexenartiges. »Er ist gar nicht tot, aber keiner glaubt mir«, presste sie verschwörerisch hervor. Ihr Gesicht war wie in einer Metamorphose begriffen. Alles bewegte sich. Mundwinkel, Augenpartie, Wangen, Stirn. »Sie sagen, ich sei verrückt, aber ich habe Beweise.«

Sie nahm den Stapel Umschläge und öffnete das Band, mit dem er zusammengehalten wurde. Nun rückte auch Sarah neugierig näher.

»Hier, die hat er mir alle geschrieben. Jedes Jahr zur Herz-Jesu-Nacht schreibt er mir. Er lebt, verstehen Sie?« Sie blickte die beiden hoffnungsvoll und gleichzeitig verstört an, während sie die Briefe aus den Umschlägen zog. Einen nach dem anderen drückte sie Fernando in die Hände.

Frau Stuber machte einen Schritt aus der Küche hinaus auf den Flur, so als müsste sie gleich eingreifen.

Fernando faltete den ersten Brief auseinander und las.

Liebe Mutter,

wie jedes Jahr sende ich dir meine allerliebsten Grüße zum Herz-Jesu-Fest.

Dein Sohn
Frederik

»Nicht wahr?«, fragte sie. »Er lebt noch. Da sehen Sie es.«

Fernando nickte unangenehm berührt. Jutta Oberthaler drückte ihm unterdessen immer mehr Briefe in die Hand.

»Hier, nehmen Sie doch«, bettelte sie und ergriff seine Hände. Dann versteinerte sie und blieb reglos und mit weit aufgerissenen Augen sitzen. Sie atmete nicht einmal. Starrte nur auf Fernandos Hände.

Der Schrecken in ihren Augen ängstigte Fernando so sehr, dass er versuchte, seine Hände wegzuziehen, doch da entfuhr ihr ein tiefer Aufschrei.

»Oh, Herr im Himmel!«, jammerte sie. »Ich kenne diese Hände.« Sie fixierte Fernando. Tränen fluteten ihre Augen. »Es sind *seine* Hände«, stammelte sie. »Du hast seine Hände. Du … du …« Sie neigte sich zurück, den Mund zu einer Fratze verzogen, und deutete mit dem Finger auf ihn. »Du bist sein Sohn!«

Fernando wurde von Panik ergriffen. Sie hatte ihn erkannt, sie hatte erkannt, dass er der Sohn des Teufels war, der sich in ihr Haus geschlichen hatte. Sie hatte das Brandzeichen auf seiner Stirn entdeckt.

»Oh Herr im Himmel, steh mir bei, du bist sein Sohn!« Flehend schlug sie die Hände zusammen.

Eilige Schritte näherten sich. Im nächsten Moment legte Frau Stuber einen Arm um Frau Oberthaler und versuchte, sie zu beruhigen.

»Sie gehen jetzt besser«, forderte sie Fernando und Sarah auf.

Fernando spürte seinen Körper nicht mehr, er konnte gar nicht aufstehen, keines seiner Körperteile wollte ihm mehr gehorchen. Sarah zog ihn am Arm hoch, und sie flohen aus dem Wohnzimmer, in dem Jutta Oberthaler wie besessen heulte und schrie. Sie eilten zur Haustür hinaus und die Eingangsstufen hinunter. Fernando taumelte und musste sich gegen die Wand lehnen.

Sarah drehte sich zu ihm um und schlang, ohne zu zögern, ihre Arme um ihn. »Tut mir leid«, flüsterte sie.

Denselben Satz hörten sie auch Frau Stuber rufen. Sie stand oben auf der Treppe vor dem Eingang, zutiefst besorgt und hin- und hergerissen. »Tut mir leid«, wiederholte sie. »Aber ich sagte ja, sie ist verwirrt. Bitte nehmen Sie es ihr nicht übel. Sie hat den Tod ihres Sohnes nie verwunden. Diese Briefe … die Ärzte sagen, sie hat sie alle selbst geschrieben.«

Im Haus rief Jutta Oberthaler nach Frau Stuber.

»Ich muss wieder rein.«

»Ist schon gut«, meinte Sarah und versuchte zu lächeln.

Sie verschwand im Dunkel der Wohnung, und die Tür schloss sich hinter ihr.

Fernando sah nach unten und blickte auf seine Hand. Sie war zu einer Faust geballt und hielt immer noch einen der Briefe fest. Er zwang sich, seinen Griff zu lockern, nahm den Brief, faltete den Umschlag auseinander, strich ihn glatt und musterte ihn. »Keine Briefmarke. Kein Poststempel«, sagte er tonlos.

»Komm, wir gehen jetzt«, sagte Sarah, und Fernando steckte den Brief in seine Tasche.

3

Es hatte sich merklich abgekühlt. Antonio Giordanos Haus lag in Nebel getaucht auf dem Bergplateau. Vor dem Eingang standen zwei Wagen. Der vordere war Giordanos schwarze Mercedes-Limousine, und auch den hinteren erkannte Fernando sofort, selbst durch die Nebelschwaden hindurch. Es war ein 1969er Jaguar 420 in Weinrot, das Auto seines Vaters.

Unwillkürlich stiegen Kindheitserinnerungen an dieses Auto in ihm auf. Der Geruch der Ledersitze, die warme Farbe der Mahagoniverkleidung im Innenraum und, was sich ihm als kleiner Junge am stärksten eingeprägt hatte, der goldene Jaguarkopf in der Mitte des schwarzen Lenkrades. Er ist hier, dachte er und zog so stark an den Bremszügen, dass das Hinterrad blockierte und in einer Fontäne den Kies aufwarf.

Angelo Tedeschi, Antonio Giordanos Fahrer, hatte wohl hinter dem Jaguar gekauert, denn jetzt schoss sein Kopf in die Höhe, und er blickte entgeistert auf die Neuankömmlinge.

Fernando nahm seinen Helm vom Kopf, und Tedeschis besorgter Gesichtsausdruck verschwand wieder. »Ach, Sie sind es«, sagte er mit einem Lächeln.

Sie stiegen von der Maschine.

»Ist mein Vater hier?«

Tedeschi blickte irritiert von Fernando zum Oldtimer und wieder zu ihm zurück. »Das ist Ihr Vater?«

»Wo sind sie?«, fragte Fernando und marschierte auf das Haus zu.

»Ich weiß es nicht«, antwortete Tedeschi. »Ist alles in Ordnung? Sie sehen krank aus.«

Fernando antwortete nicht, sondern drückte energisch auf die Klingel. Sarah folgte ihm, und sie warteten, bis Vito ihnen die Tür öffnete. Der schien nicht nur wenig erfreut, sondern auch äußerst verunsichert, als er die beiden sah.

»Wo sind sie?« Fernando setzte einen Fuß in den Flur, doch Vitos Arm versperrte ihm den Weg. Giordanos Sekretär blinzelte abwägend und blickte zu Tedeschi.

»Lass ihn«, rief der, und Vito nahm den Arm herunter.

»Im Arbeitszimmer«, wies er Fernando an.

Der vergaß jede Regel der Höflichkeit und stürmte blind vor Wut in das Zimmer, ohne anzuklopfen. Antonio Giordano und sein Vater saßen darin am Tisch, wie Giordano und Fernando beim Abschluss dieses mörderischen Vertrages beieinandergesessen hatten. Mit vorgestrecktem Kopf stürmte Fernando wie ein Stier auf seinen Vater zu. Giordano und Pasquale waren erschrocken, doch Letzterer gewann seine Fassung schnell wieder zurück.

»Du Mörder!«, schrie Fernando, so laut er konnte. Sein Gesicht war tiefrot angelaufen, und seine Halsschlagadern traten hervor. »Du bist ein Mörder!« Seine Stimme dröhnte durch den hohen Raum.

Er stand direkt vor seinem Vater und beugte sich zu ihm hinunter, als wollte er ihn packen und beißen. »All die Jahre hab ich mit dir in einem Haus gelebt, einem verdammten Mörder, einem Sadisten. Du bist eine Bestie, ohne jeden Skrupel, ohne Gewissen.« Dicke Tränen rannen über sein Gesicht.

Pasquale Davarano schien zu ahnen, dass jetzt der Zeitpunkt gekommen war, an dem er nicht mehr weglaufen konnte. Die Vergangenheit holte ihn ein, und trotzdem hob er stolz das Kinn und sah seinen Sohn aus dunklen Augen abwartend an.

»Ich war eben bei Jutta Oberthaler«, sagte Fernando erschöpft. »Sie hat mir alles erzählt. Sie nannte dich den Teufel. Du hast sie holen lassen, um ihren Mann zum Reden zu bringen, nachdem du und Sie …«, er sah zu Giordano, »den Mann …« Fernando konnte nicht weitersprechen.

»Er war ein Terrorist«, sagte Pasquale.

Fernando schlug ihm ins Gesicht, dass sein Vater nach hinten gegen die Sessellehne prallte. »Was ist los mit euch?«, schrie er. »Was seid ihr nur für Menschen? Ihr habt Dinge getan, die ich nicht mal aussprechen kann. Ihr habt euch an Menschen grausam vergangen, und das so lange, bis sie starben. Aber damit nicht genug. Ihr musstet auch noch eine Frau und ein Kind da mit reinziehen. Einen Fünfjährigen hast du zu seinem Vater gebracht und ihn zusehen lassen, wie man ihn quält und ermordet. Ich kann dir gar nicht sagen, wie sehr ich mich für dich schäme. Und das Schlimmste ist, ich kann nichts tun, damit du eine gerechte Strafe bekommst. Du bist dafür sogar noch ausgezeichnet worden. Ich verstehe nicht, wie Zugföller und Tratsch damit leben können, dass ihr noch frei herumlauft, dekoriert und vom Staat geschützt.«

»Die beiden stecken dahinter, oder?«, fragte Antonio Giordano ängstlich. »Sie sind es, nicht wahr? Sie haben Enzo auf dem Gewissen.«

»*Ihr* habt diese Männer und ihre Familien auf dem Gewissen. Und damit wahrscheinlich auch Enzo. Die beiden alten Männer können es aber nicht gewesen sein. Das ist nicht möglich.«

»Aber jemand muss es doch gewesen sein, was ist mit ihren Söhnen?«

»Das überprüfen wir gerade«, meldete sich Sarah zu Wort. »Wie es aussieht, bleiben nur noch zwei Männer übrig, die in Frage kommen und sich außerdem verdächtig gemacht haben. Sie haben gemeinsam an antiitalienischen Demonstrationen teilgenommen, obwohl sie bestritten haben, sich zu kennen.«

Antonio Giordanos Augen weiteten sich hoffnungsvoll. »Na, dann haben wir sie doch.« Er blickte von Sarah zu Fernando und zu Pasquale. Der saß in die Ecke seines Sessels gedrückt und versteckte sein Gesicht hinter einer Hand.

»Aber beweisen können wir noch nichts. Sie haben Freunde, die ihnen Alibis geben«, sagte Fernando.

»Wer sind die beiden?«, fragte Pasquale mit leiser Stimme.

»Kai Stenzel und Jochen Zugföller«, gab Sarah Auskunft.

Pasquales Kiefer mahlten. »Und der Sohn von der Oberthaler?«, fragte er so leise, dass es fast nicht zu verstehen war.

»Hast du Angst?«, fragte Fernando. »Das solltest du verdammt noch mal auch. Vor ihm solltest du wirklich Angst haben. Doch du hast wie immer Glück. Er starb vor über zwanzig Jahren.«

»Und was, wenn nicht?«, fragte Sarah, und Fernando wirbelte herum.

»Was meinst du?«

»Was, wenn er überlebt hat?«

»Sarah, er ist tot. Sein Freund hat ihn fallen sehen.«

»Und die Briefe?«

Fernando schüttelte den Kopf. »Frau Oberthaler ist krank. Sie …« Er stockte.

»Es fehlen die Poststempel und Marken«, gab Sarah zu bedenken. »Was, wenn sie sie nicht selbst geschrieben hat, wenn er die Briefe persönlich bei ihr vorbeibringt?«

Fernando wehrte sich innerlich gegen diesen Gedanken.

»Aber Sarah, wie wahrscheinlich ist das? Er müsste seit zwanzig Jahren unter falschem Namen leben, versteckt. Ein Phantom. Diese Briefe beweisen nichts, gar nichts. Und es ist mir auch egal.« Er suchte den Blick seines Vaters. »*Ich* bin der Letzte, Pasquale. Er wird zu mir kommen. Und ich werde auf ihn warten. Du solltest das auch tun.«

»Ich?« Pasquale Davarano richtete sich kerzengerade auf.

»Du bist derjenige, den er eigentlich treffen will. Du musst dich entschuldigen.«

»Entschuldigen?«, rief Pasquale aufgebracht. »Bei einem Mörder?«

»Du bist auch ein Mörder, vergiss das nicht. Vergiss das nie wieder. Und noch etwas.« Fernando machte einen Schritt auf ihn zu. »Ich sage mich von dir los. Du magst vielleicht mein Vater sein, aber nichts von dem, was du bist oder getan hast, hat etwas mit mir zu tun. Du und ich werden für immer verschiedene Wege gehen. Ich habe nur noch Verachtung für dich übrig.«

Damit drehte Fernando sich um und bedeutete Sarah mit einem Blick, dass sie jetzt gehen würden.

Antonio Giordano stand auf. »Fernando«, rief er. Doch der stapfte, ohne zu reagieren, aus dem Raum. Im Flur holte Giordano die beiden ein und hielt Fernando am Ärmel fest. »Ich muss Sie allein sprechen, bitte«, flehte er.

»Ich geh schon mal vor«, sagte Sarah und öffnete die schwere Haustür.

»Was wollen Sie noch?« Fernandos Geduld war längst am Ende.

Antonio Giordano kam ganz nah. Kühle, feuchte Luft drang herein.

»Er will auch dich umbringen, Junge. Bedenke das«, sagte er verschwörerisch. Fernando wollte sich von ihm lösen, doch Antonio hielt ihn fest. »Hör zu. Ich biete dir eine Million, wenn du ihn tötest.«

Fernando zog seinen Kopf etwas zurück und beäugte Antonio distanziert.

»Sie haben nichts begriffen. Wir haben uns nichts mehr zu sagen, Signor Giordano. Behalten Sie Ihr Geld. Die Million und auch die fünfhunderttausend. Ich will nichts davon. Unsere Abmachung ist geplatzt.«

Er schob ihn unsanft zur Seite und folgte Sarah hinaus in den düsteren Nebel.

Fernando startete die Maschine und fuhr vom Grundstück. Als sie die Serpentinen hinunterfuhren, flackerten plötzlich zwei Lichter hinter ihnen auf. Ein Auto war von einem angrenzenden Feld auf die Straße gefahren und folgte ihnen. Fernando sah es im Rückspiegel.

Er musste nicht mehr lange warten. Er war gekommen.

***

Der Nebel hing dick und zäh im Tal. Die Scheinwerfer des Autos blieben in konstanter Entfernung hinter ihnen. Auch Sarah hatte den Verfolger bemerkt und Fernando mit einem Fingerzeig in den Rückspiegel darauf aufmerksam gemacht. Er hatte nur genickt.

Jetzt, da sie Sankt Ulrich bald erreicht hatten, überlegte er fieberhaft, was er tun konnte. Egal, wer der Mörder auch war, er wollte ihn. Und solange Sarah bei ihm war, war auch sie in Gefahr. Er musste es schaffen, Sarah in Sicherheit zu bringen, ohne dass ihr Verfolger es bemerkte.

Er beschleunigte die Maschine, der Motor röhrte immer lauter, und sie schossen durch die Nebelschwaden, in denen man nicht weiter als dreißig Meter vorausschauen konnte.

»Fernando«, rief Sarah hinter ihm. Sie klammerte sich ängstlich an ihn.

»Ich kenn mich hier aus«, rief er über seine Schulter zurück, wischte die feinen Wassertropfen, die sich auf seinem Helmvisier abgesetzt hatten, fort und legte sich in die nächste Kurve. Es folgte gleich eine zweite, nach der Fernando erneut beschleunigte, doch im Rückspiegel tauchten die Scheinwerfer wieder auf, als wäre nichts gewesen, als hätte man sie durch ein unsichtbares Seil miteinander verbunden.

Unvermindert schnell jagten sie weiter durch die wabernde Nebelsuppe. Fernando musste sein Visier hochklappen, damit er etwas erkennen konnte. Doch der verdammte Wagen blieb an ihm dran.

Kurz vor Sankt Peter tauchte schließlich die Rettung auf. Erst spät bemerkte er die beiden kleinen roten Lichter im dichten Nebelschleier vor ihnen. Es waren die Rückleuchten eines Fahrzeugs. Fernando fuhr ganz dicht auf und erkannte einen Tanklaster. Mit dem Auto war es auf dieser Wegstrecke und bei den Sichtverhältnissen quasi unmöglich zu überholen, doch mit seinem Motorrad und seinen Ortskenntnissen konnte er es schaffen. Das würde ihnen zu dem nötigen Vorsprung verhelfen.

Die Zwillingslichter hinter ihm schlossen immer weiter auf. Fernando lenkte das Motorrad dicht an die linke hintere Ecke des Lasters und spähte um ihn herum nach vorn. Es waren keine entgegenkommenden Autos zu erkennen. Er zog den Gashebel ruckartig nach hinten und spürte, wie Sarah zurückgeworfen wurde und sich an seiner Jacke festklammerte. Das Vorderrad hob kurz vom Boden ab, und dann rasten sie an dem Laster vorbei in den weißen Brei hinein.

Der Lasterfahrer hupte aufgebracht, aber sie hatten es geschafft. Fernando blickte in den Rückspiegel und sah nur die beiden großen Scheinwerfer des Lkw. Der andere Wagen hatte es nicht gewagt zu überholen. Also gab Fernando Gas, und sie fuhren durch Sankt Ulrich hindurch bis nach Santa Cristina, wo Fernando die Maschine zum östlichen Ortsende und den Berg hinauf zur Seilbahnstation lenkte. Der Lift war zum Glück noch in Betrieb. Er hielt an, Sarah stieg ab, und er drehte sich zu ihr um.

»Hör mir zu«, begann er, nachdem er seinen Helm abgenommen hatte, und legte seine Hände mit Nachdruck auf ihre Schultern. »Wir werden uns jetzt trennen, es ist zu gefährlich für dich. Du gehst zum Lift, fährst nach oben und mietest dich dort in das Hotel ein. Bleib unter Menschen. Geh ins Restaurant oder in die Bar, aber bleib bitte dort, bis das alles vorbei ist.«

»Und du?«, fragte sie aufgeregt.

»Ich lass mir was einfallen«, wiegelte er ab und nahm ihr den Helm aus der Hand. »Los jetzt.«

»Aber du darfst nicht allein auf ihn warten. Ruf die Polizei, Fernando, sei nicht so dumm und liefere dich ihm aus. Bitte. Ich will dich nicht auch noch verlieren.«

Sie sahen sich in die Augen. Fernando wusste, was dieser Satz bedeutete, und er fühlte ebenso. Ein sanftes Lächeln überzog sein Gesicht, und er legte seine Hand auf ihre Wange.

»Los jetzt.« Er schob sie in Richtung Aufgang und sah ihr hinterher.

Sarah ging nur widerstrebend und schaute immer wieder zurück.

»Nun mach schon«, spornte er sie an. »Es wird alles gut.«

Dann setzte er sich den Helm auf und startete den Motor. Im Rückspiegel sah er sie noch im gleißenden Licht der Stationsbeleuchtung stehen, dann schoss er den Berg hinab. Nach kaum hundert Metern bemerkte er aus dem Augenwinkel eine Gestalt auf einem Motorrad in der Auffahrt eines Einfamilienhauses. Er fuhr noch ein kleines Stück weiter, stieg dann aber abrupt in die Bremsen.

Ein Motorrad. Natürlich konnte es ein Zufall sein, aber Stenzels Männer waren alle Biker. Der Kerl hätte sie von dort aus beobachten können.

Mit einem Blick über die Schulter entdeckte er die Rücklichter der Maschine. Sie fuhr in Richtung Bergstation. Er fluchte in seinen Helm und wendete mit quietschenden Reifen.

An der Station angekommen, konnte er gerade noch sehen, wie ein Mann über die Barriere sprang und in eine der Kabinen hinter Sarah stieg. Der Aufseher trat eilig aus seinem Häuschen heraus, doch es war zu spät. Die Tür schloss sich, und die Kabine wurde nach oben gezogen. Der Mann blickte grinsend zurück, und im Näherkommen erkannte Fernando ihn. Es war Stenzels Kompagnon, der schlanke, der auf dem Sessel gesessen hatte.

Fernando hastete die Stufen empor und lief auf die Schranke zu, doch der Aufseher fuhr herum und hielt ihn auf, als er gerade hinüberspringen wollte. »Hey, stopp, stopp, stopp!«, schrie er erbost. »Was ist hier eigentlich los? Du bleibst schön hier.«

»Ich muss da hoch, meine Freundin ist in der oberen Kabine, und dieser Kerl da, der will ihr etwas antun!«, rief Fernando verzweifelt und wollte den Mann wegschieben, doch der packte ihn mit beiden Händen und hielt ihn fest.

»Hiergeblieben. Es reicht!«

»Hören Sie doch ...«, setzte Fernando an zu erklären, verstummte jedoch, als er hinter sich eine tiefe, röhrende Stimme vernahm.

»Was ist hier los?«

Fernando, immer noch im Griff des Aufsehers, drehte den Kopf und erkannte Kai Stenzel, der auf sie zukam. Er trug eine schwarze Lederjacke über seinem Jeanshemd. Seine mächtigen Arme schwangen an der Seite seines quadratischen Körpers, und in der rechten Hand hielt er eine Waffe.

»Die sind alle verrückt geworden«, beklagte sich der Aufseher aufgebracht. »Der wollte rein, ohne zu bezahlen.«

»Hauen Sie ab«, raunte Fernando dem Mann zu, der keine Ahnung hatte, was ihn gleich erwartete. »Hauen Sie ab!«

Er erntete nur einen verständnislosen Blick. Dann war Stenzel auch schon bei ihnen und hob die Pistole. »Loslassen«, befahl er.

Dem Aufseher fielen fast die Augen aus dem Kopf. Er löste seinen Griff und blickte wie hypnotisiert in den Lauf von Stenzels Waffe. Der zögerte nicht eine Sekunde. Er holte aus und zog dem Aufseher mit dem Griff der Waffe eins über, dass dieser augenblicklich zusammenklappte und zur Seite flog. Bereits im Fallen hatte er das Bewusstsein verloren. Stenzel zielte nun direkt auf die Stirn von Fernando.

»Du kommst mit mir«, sagte er.

***

Sarah hatte sehen können, wie ein Mann in Motorradkleidung ohne zu bezahlen über die Absperrung und in eine der Kabinen unter ihr gesprungen war, und ihr war sofort klar gewesen, dass es kein Tourist, sondern einer der Männer von Kai Stenzel sein musste. Im Nebel, der in dieser Höhe in lang gezogenen Bänken seitlich über den Hang schwebte, konnte sie bald nichts mehr erkennen. Die Scheinwerfer, die an jedem Mast befestigt waren, konnten das Silbergrau nicht durchdringen, sie schimmerten nur fahl. Erst auf halber Höhe zum Col Raiser tauchte ihre Kabine aus dem Nebel auf. Eine leere Kabine folgte, dann noch eine, und schließlich sah sie die schwarze Gestalt in der dritten Gondel stehen. Panik ergriff sie, doch sie versuchte sich damit zu beruhigen, dass sie als Erste auf dem Gipfel ankommen und genug Zeit haben würde, sich in Sicherheit zu bringen.

Angstvoll blickte sie immer wieder hinunter in die Gondel. Der Mann stand einfach nur da und starrte zu ihr hoch. Er schien die Ruhe selbst zu sein und strahlte eine grausame Zuversicht aus. Die Zuversicht, dass er sie in jedem Fall erwischen würde.

Sarah schätzte die Entfernung nach oben anhand des Geländes ab, das sie erkennen konnte. Es mochten noch gut hundert Meter sein. Die von vereinzelten Felsen durchsetzten Weiden zogen im gleißenden Licht der Scheinwerfer unter ihr vorüber. Schwarze Tannen streckten ihre Spitzen wie Arme nach ihr aus. Noch siebzig Meter. Sie hörte ihren eigenen, stoßweise kommenden Atem. Die Seile surrten über ihrem Kopf, und ein leichter Wind strich um die Kabine. Er brachte sie in ein kaum merkliches Schwanken. Vierzig Meter, dreißig. Jetzt sah sie die Anlage des Hotels und der Station. Gelbes, warmes Licht ergoss sich über den Hang.

»Mach schon, mach schon«, flehte sie und stellte sich ausstiegsbereit an die Tür.

Endlich erreichte sie das Plateau, und die Kabine wurde von einem großen Rad in die Station manövriert. Die Fahrt wurde abgebremst. Sie erkannte in der Zentrale einen älteren Mann, der gerade seinen Arbeitsplatz aufräumte. Die nächste Kabine schaffte es über die Kante. Da öffnete sich die Tür mit einem saugenden Geräusch, und Sarah sprang hinaus. Eilig lief sie durch die Schikane und blickte über ihre Schulter zurück. Ihr Verfolger war inzwischen ebenfalls oben angekommen, und in wenigen Metern würde sich auch seine Tür öffnen.

Sie lief die Treppe hinauf und platzte durch die Tür ins Hotelfoyer. Hinter dem Empfangstresen stand eine junge Frau in Tracht und lächelte ihr fröhlich entgegen.

»Guten Abend, herzlich willkommen im Almhotel Col Raiser,

was kann ich für Sie tun?«, fragte die Dame, und ihr Lächeln verlor etwas an Kraft, als sie Sarahs Panik erkannte.

»Ich brauche ein Zimmer«, hauchte Sarah. Sie presste sich an den Tresen wie ein Ertrinkender an ein Stück schwimmendes Holz.

In dem Moment wurde die Tür erneut aufgestoßen, und ihr Verfolger kam herein. Er hatte einen schleichenden, pirschenden Gang, steckte seine Hände in die Hosentaschen und mimte einen sehr entspannten und gelassenen Hotelgast, der sich in der Lobby kurz ausruhen oder warten wollte. Er setzte sich in einen Sessel, nahm eine Zeitschrift und schlug die Beine übereinander.

Sarah wandte sich wieder der Dame zu. »Ein Einzelzimmer«, flüsterte sie.

»Ja, sehr wohl«, erwiderte die Rezeptionistin, die Sarahs Blick gefolgt war, und tippte auf der Tastatur des Computers herum. Sie fand etwas, drehte sich um und nahm einen Schlüssel vom Brett, den sie neben ein Buch auf den Tresen legte, das sie Sarah hinschob. »Wenn Sie sich hier bitte eintragen wollen«, bat sie freundlich.

Sarah nahm den Kugelschreiber und hielt kurz inne. Die Spitze zitterte über dem Blatt. Dann begann sie zu schreiben.

Ich werde von dem Mann im Foyer verfolgt. Bitte alarmieren Sie die Polizei, Kommissar Sassner in Bozen. Mein Name ist Sarah Templer.

Sie hielt den Atem an, drehte das Buch um und schob es zurück. Die Rezeptionistin beugte sich darüber und stockte. Zeile um Zeile las sie das Geschriebene, während Sarah betete, dass sie sie nicht für verrückt halten möge.

***

Stenzel packte Fernando hinten am Kragen, drückte ihm die Pistole in die Rippen und schob ihn vorwärts, als sei er nur eine Puppe. Sie ließen den Aufseher in einer immer größer werdenden Blutlache zurück.

Es ging über die Treppe zurück auf den Parkplatz. Stenzel

schubste Fernando gegen einen schwarzen Alfa Giulietta und öffnete per Fernbedienung das Schloss.

»Rein da! Du fährst«, befahl er.

»Also haben *Sie* uns verfolgt«, presste Fernando heraus.

»Was dachtest du denn?«, bellte Stenzel genervt und stieg auf der Beifahrerseite ein. Mit der linken Hand reichte er Fernando den Schlüssel, an dem ein Plastikschild von einer Autovermietung hing, mit der rechten zielte er weiterhin auf ihn. Fernando startete den Wagen. »Einfach die Straße runter«, sagte Stenzel und schnallte sich an.

Fernando steuerte den Wagen vom Parkplatz auf die im weißen Dunst versinkende Straße.

»Gott, wie gern würde ich dich gleich hier abknallen«, meinte Stenzel. Fernando schielte aus dem Augenwinkel zu ihm rüber. »Wenn das kein Schicksal ist, was?« Er lachte böse. »Wir beide, der Sohn von Stenzel und der Sohn von Davarano, in einem Wagen gefangen. Ich hätte dir ja noch so einiges zu sagen, du kleines Stück Scheiße. Aber dafür ist jetzt keine Zeit mehr.«

Sie erreichten die T-Kreuzung am Ende der Straße.

»Links«, dirigierte Stenzel.

Es ging eine kleine Anhöhe hinauf. Hier war der Nebel durch die rechts angrenzenden Wiesen besonders dick. Fernando konnte nicht sehr schnell fahren, und Stenzel starrte angestrengt durch die Windschutzscheibe. Im Gegensatz zu ihm kannte Fernando auch diese Straße in- und auswendig, und ihm fiel etwas ein, das ihm vielleicht helfen konnte.

Im Falle einer Auseinandersetzung mit Stenzel wäre Fernando diesem körperlich unterlegen. Er hätte keine Möglichkeit, sich gegen ihn zu behaupten. Erst recht nicht in Anbetracht der Tatsache, dass Stenzel eine automatische Handfeuerwaffe besaß, die er unablässig auf ihn richtete. Doch etwa zweihundert Meter voraus würde die Straße eine seichte Rechtskurve beschreiben, in der links ein Haus mit einem großen Parkplatz stand. Ein knapp fünfzehn Meter langer Grünstreifen trennte die Straße vom Parkplatz, und aus diesem Grün ragte ein Felsen von der Größe eines Kleinwagens.

»Waren Sie es, Stenzel?«, beeilte sich Fernando zu fragen, denn in ein paar Sekunden konnte es schon zu spät sein, und außerdem wollte er ihn ablenken von dem, was er vorhatte.

»Du liegst so was von falsch, Davarano«, sagte er nur.

Überrascht wandte Fernando ihm den Kopf zu.

»Du kommst leider zum falschen Zeitpunkt. Wie gesagt, unter anderen Umständen würde ich dir jetzt einfach eine Kugel in den Kopf jagen.«

»Aber wer war es dann? Zugföller? Sie kennen ihn, Sie sind mit ihm marschiert. Haben Sie gemeinsame Sache gemacht?«

»Du bist auf dem Holzweg, Italiener«, sagte Stenzel abfällig.

Jetzt war es nicht mehr weit. Fernando musste sich entscheiden. Sollte er es riskieren oder nicht?

Er gab mehr Druck auf das Gaspedal, und der Bug des Wagens schnitt mit steigendem Tempo durch den Nebel. Die Sicht betrug vielleicht zehn Meter. Fernando verließ die Fahrspur und driftete auf die Gegenfahrbahn. Stenzel kniff die Augen zusammen.

»Was machst du?«, fragte er unwirsch, doch da tauchte schon der Fels vor ihnen auf. Er flog geradewegs auf sie zu. Fernando nahm die Hände vom Lenkrad und kreuzte die Arme vor der Brust, drückte das Kinn nach unten und schloss die Augen.

Das Krachen war ohrenbetäubend, unglaubliche Kräfte rissen und stießen seinen Körper in alle Richtungen. Durch das Splittern und Quietschen des Metalls hindurch hörte er ein tiefes Schreien. Dann kam der Alfa auf dem Dach zum Liegen. Es zischte. Es gluckerte.

Fernando öffnete die Augen. Vor dem gesplitterten Glas der Windschutzscheibe erkannte er nichts als Weiß. Der Airbag, der ihn getroffen und in seinen Sitz zurückgedrückt hatte, sank langsam in sich zusammen. Er spürte Schmerzen in den Schultern, am Kopf und am rechten Bein. Vorsichtig drehte er den Kopf und versuchte, zu Stenzel hinüberzuschauen, von dem nichts zu hören war. Kein Lebenszeichen. Fernando rechnete schon damit, gleich wieder in den Lauf der Pistole zu schauen, die Stenzel auf ihn richtete, doch der lag unnatürlich verbogen neben ihm. Er blutete aus einer Wunde am Kopf und an der Lippe.

Fernando tastete hektisch nach dem Gurtverschluss und drückte ihn, als er ihn fand. Sofort fiel er aus dem Sitz auf das nun unten befindliche Dach. Die Tür klemmte, er musste sie mit dem Fuß auftreten, was ihm einige Mühe bereitete. Aber es gelang ihm, und so konnte er dem Wrack entfliehen und rettete sich auf die Straße. Das Gluckern wurde lauter, und gleich darauf entzündete sich fauchend eine Stichflamme im Motorraum.

»Stenzel!«, rief Fernando, doch es blieb still. Das Feuer im Motorraum brannte weiter, es gluckerte und roch nach Benzin. Fernando versuchte sich aufzurappeln und krabbelte auf das Wrack zu. »Stenzel!«, rief er erneut.

Ein Stöhnen drang aus dem Wageninneren. Ein vages Lebenszeichen.

»Stenzel!«

Er schleppte sich um den Wagen herum und versuchte, die Beifahrertür aufzubekommen. Sie klemmte, weil die A-Säule des Wagens eingedrückt war. Es war unmöglich, diese Tür zu öffnen. Welche anderen Möglichkeiten hatte er? Das Fenster war zwar komplett herausgebrochen, doch Fernando glaubte nicht, dass er Stenzels wuchtigen, bewusstlosen Körper da herausziehen konnte.

»Hilf mir«, hörte er in dem Moment Stenzel rufen. Seine Stimme klang verändert, höher, und war begleitet von einem Röcheln. »Hol mich hier raus.«

Fernando eilte zurück zur Fahrertür und kletterte von dort aus in den Wagen hinein. Der Benzingestank verursachte bei ihm sofort heftige Übelkeit, doch Fernando ignorierte das ebenso wie seine Verletzungen. Er blutete. Sein Haar war getränkt von einer heftig blutenden Schnittwunde am Hinterkopf. Sein Hosenbein war aufgerissen, und auch dort zog sich ein dunkler Blutfleck bis hinunter zum Schuh.

Stenzel hing nach wie vor seitlich und verbogen in seinem Sitz, mit dem Kopf nach unten und dem Sicherheitsgurt quer über seiner aufgepumpten Brust.

»Mach mich los«, flehte er und blickte Fernando aus roten Augen an. Eine Ader in seinem Augapfel war geplatzt und hatte das ganze Auge rot gefärbt. »Schnell, da ist Sprengstoff im Kofferraum«, krächzte er.

Fernando stockte und schaute nach hinten durch die enge Heckscheibe. Vorn im Motorraum brannte es unaufhörlich weiter.

Er musste schnell handeln. Fernando erinnerte sich, das Messer nach seinem Besuch in Stenzels Domizil wieder aus seinem Handy gezogen und hinten in den Gürtel gesteckt zu haben. Er griff nach hinten und zog es heraus.

Nach ein paar Schnitten sprengte der Gurt auseinander, Stenzel sackte nach unten und prallte auf das Dach. Er schrie vor Schmerz. Fernando steckte das Messer weg und versuchte, ihn an den Armen zu packen, um ihn über die Fahrerseite aus dem Wagen zu heben. Doch er war zu schwer. So bekam er ihn nicht aus dieser brennenden Falle heraus.

Er drehte sich um, stemmte die Füße gegen die Kopfstütze am Sitz und die Mittelkonsole und zog und zerrte nun an Stenzels Körper. Der schrie zwar, aber er bewegte sich. Fernando machte weiter, ignorierte die Schreie und zerrte den Koloss aus dem Wrack.

»Der Sprengstoff«, ächzte der, als er vor Schmerzen zitternd am Boden lag.

Unter dem Auto floss ein armdickes Rinnsal Benzin in Richtung Heck. Da fiel Fernando ein, dass der Alfa ein Mietauto war und dass diese auch immer einen Feuerlöscher an Bord hatten. Vom Haus her hörte er nun aufgeregte Stimmen. Fernando blieb nichts anderes übrig, als sich noch mal in den umgestürzten Wagen zu begeben. Eine Sprengstoffexplosion könnte ungeahnte Folgen haben.

Der Feuerlöscher war am hinteren Teil der Mittelkonsole befestigt, und er riss ihn mit purer Gewalt heraus. Er konnte inzwischen die Hitze des Feuers spüren, und durch die Lüftungsschächte drang grauer Qualm in den Innenraum. Rückwärts robbte Fernando aus dem Wagen, kämpfte sich durch eine immer größer werdende Rauchwolke zum Brandherd durch und drückte auf den Auslöser. Eine weiße Wolke stob mit einem lauten Röcheln in das gelbe Feuer. Fernando drückte so lange, bis der Behälter geleert war. Er hielt sich dabei einen Arm schützend vor die Nase.

Er hatte es geschafft. Das Feuer war erstickt.

Er eilte zurück zu Stenzel, der seitlich auf dem Boden lag und bei jedem Atemzug ächzte und röchelte. Fernando kniete sich neben ihn und packte ihn an der Schulter. »Sag mir, ob du es warst!«, schrie er. »Bist du der Mörder?«

Stenzel blickte aus seinen grausig roten Augen zu ihm auf und schüttelte den Kopf.

»Zugföller?«

Wieder Kopfschütteln.

»Wer dann?«

»Der Fred… der Fred…«, stammelte er.

»Hallo?«, tönte plötzlich eine fremde Stimme aus dem Nebel zu ihnen herüber. »Hallo? Was ist passiert?«

Fernando blickte unschlüssig zu Stenzel, doch der hatte das Bewusstsein verloren.

Noch bevor der andere Mann sie erreichen konnte, stahl sich Fernando von der Unfallstelle und lief im Schutze des Nebels zurück in Richtung Seilbahn.

***

Die Dame am Empfang löste den Blick von Sarahs Hilferuf und sah abschätzend zu ihr auf. Sie musterte Sarah einige gefühlt endlose Sekunden lang, und endlich zeigte sich ein Lächeln auf ihrem Gesicht.

»Sehr schön. Dann haben wir alles erledigt«, sagte sie und versuchte wohl, ihre Verunsicherung mit unverfänglicher Fröhlichkeit zu kaschieren. »Wir wünschen Ihnen einen schönen Aufenthalt. Gleich hinter Ihnen befindet sich das Restaurant, falls Sie noch nicht zu Abend gegessen haben. Hier ist Ihr Schlüssel. Wenn Sie noch etwas benötigen, fragen Sie gern bei mir nach.«

Sarah schossen vor Dankbarkeit die Tränen in die Augen. Sie nickte, nahm den Schlüssel an sich und machte sich auf den Weg hinüber in den Speiseraum.

Der Blick des Mannes im Sessel folgte ihr über den Rand der Zeitschrift hinweg.

Im Restaurant begrüßte sie höflich ein Kellner.

»Ich bin gerade erst angekommen, einen Tisch für eine Person bitte«, sagte Sarah.

»Gern. Dürfte ich noch Ihre Zimmernummer erfahren?«

»Sicher.« Sie blickte auf den Schlüssel in Ihrer Hand. »Zimmer 23.«

»Sehr gern«, sagte der Kellner, notierte sich das in seinem Buch und führte Sarah durch das gut gefüllte Restaurant zu einem Doppeltisch am Fenster.

Sarah nahm Platz. Ihr Herz schlug so laut, dass sie meinte, ihre Tischnachbarn müssten es hören. Sie atmete tief durch. Unter diesen Umständen würde sie keinen Bissen essen können, doch wenn es nötig war, würde sie die gesamte Karte rauf und runter bestellen, bis die Polizei auftauchte. Wenn sie überhaupt auftauchte.

Die Tür des Restaurants öffnete sich abermals, und ihr Verfolger trat ein. Nach wenigen Sekunden hatte er sie entdeckt.

»Guten Abend«, sagte eine Kellnerin und hielt Sarah eine aufgeklappte Speisekarte hin.

Sarah fuhr zusammen. Sie musste an sich halten, nicht loszuschreien.

»Oh, hab ich Sie erschreckt?« Die junge Frau lachte entschuldigend. »Das tut mir leid.«

»Schon gut.« Sie nahm die Karte entgegen und beobachtete, wie dem Mann ein Tisch schräg links von ihr zugewiesen wurde.

»Darf ich Ihnen schon etwas zu trinken bringen?«

»Nur ein Wasser bitte«, sagte Sarah.

Der Kerl lächelte mit selbstgefällig verzogenen Lippen zu ihr herüber. Sie wandte sich ab und beobachtete eine größere Gruppe, die an einem Tisch hinter ihr saß. Die Urlauber waren ausgelassen und tranken gerade ein paar Schnäpse nach dem Essen. Ihren Erzählungen nach zu urteilen war es eine Wandergruppe, die heute auf der Alm unterwegs gewesen war. Als Sarah sich wieder zurückdrehte, stand der schwarze Mann direkt vor ihr. Sie zuckte zusammen und blickte zu ihm auf.

»Darf ich mich zu dir setzen?«, fragte er süßlich und wartete ihre Antwort erst gar nicht ab. »Schönes Hotel, nicht wahr? Und was für ein Ausblick.« Er schaute aus dem Fenster.

Die Kellnerin kam an den Tisch, um Sarah das Wasser zu servieren, und stutzte.

»Oh, kennen Sie sich?«, fragte sie.

Er wandte sich um und grinste. »Ja, wir sind alte Freunde und haben uns gerade eben zufällig erkannt.«

»Sie saßen dort drüben, nicht?«, fragte die Kellnerin. »Was darf ich Ihnen denn bringen?«

Er riss dankbar die Augen auf und rieb sich freudig die Hände. »Also, für mich bitte ein schönes kaltes Weißbier.«

»Sehr gern.«

Die Kellnerin ging, und er musterte Sarah.

»Du bist also Sarah. Seid ihr zusammen? Ein Paar, verheiratet?«

»Ich war die Verlobte von Enzo Giordano«, sagte Sarah mit einer Mischung aus Wut und Angst in der Stimme.

Das hinterließ eine zweifelnde Falte auf seiner Stirn. »Was hast du dann mit diesem Italiener zu schaffen? Was sollte das mit dem Telefon?«

»Er und ich suchen Enzos Mörder«, antwortete Sarah.

»Und wie kommt ihr da gerade auf uns?«

»Ich weiß nicht, wer du bist, aber Kai Stenzel ist einer unserer Hauptverdächtigen.«

»Du lügst doch wie gedruckt. Spuck endlich die Wahrheit aus, kleine Sarah. Weswegen war der Itaker bei uns?«

»Das habe ich bereits gesagt.«

Die Bedienung kam mit seinem Bier.

»Wohl bekomm's. Haben Sie schon gewählt?« Sie zog einen Block aus der Schürzentasche.

»Ja«, sagte Sarah und nahm die Karte zur Hilfe, »ich nehme den Feldsalat vorweg, dann die Schlutzkrapfen als Hauptgericht und anschließend die Waffel mit Vanilleeis und heißen Kirschen.«

Die Dame notierte alles und wartete auf seine Bestellung, doch er schüttelte nur den Kopf.

»Ich will gar nichts«, sagte er kurz angebunden und schickte die Bedienung damit vom Tisch.

Seine aufgesetzte Freundlichkeit wich einem lauernden Blick. »Du hast uns also die Bullen auf den Hals gehetzt?«, fragte er mit drohender, gedämpfter Stimme.

Sarah verweigerte ihm die Antwort und warf bloß einen kurzen Blick zur Tür.

»Wir werden jetzt beide den Laden hier verlassen und wieder nach unten fahren«, ordnete er an.

»Ich bleibe, ich gehe nirgendwohin. Und wenn du versuchst

mich hier rauszuzerren, werde ich alles zusammenschreien, was Beine hat.«

Sein listiges Lächeln verschwand augenblicklich, und er packte ihr Handgelenk. »Wir gehen«, flüsterte er und drückte zu.

Da sprang die Tür des Restaurants auf, und Kommissar Sassner trat ein.

Sarah hätte jubeln können, so erleichtert war sie, ihn zu sehen, auch wenn sie ihn nicht besonders mochte. Aber jetzt rettete er ihr gerade das Leben.

Sassner ließ suchend seinen Blick durch den Raum schweifen, entdeckte sie und stockte, als er den Mann ihr gegenüber erkannte. Der fuhr herum, und seine erste Reaktion, als er den Kommissar erblickte, war augenscheinlich die, aufzuspringen und die Flucht zu ergreifen. Doch nach einem kurzen Zucken entspannte er sich wieder.

»Du hast mich reingelegt«, zischte er Sarah zu. »Das wird dir noch leidtun.«

»Herr Brauer«, grüßte Sassner, als er am Tisch angekommen war. »So eine Überraschung. Wenn Sie mir bitte nach draußen folgen wollen? Meine Kollegen warten dort auf Sie.«

Sassner wollte im Restaurant offensichtlich keine Szene machen und alles diskret ablaufen lassen. Brauer stand auf, warf Sarah einen letzten teuflischen Blick zu und ließ sich dann von Sassner nach draußen begleiten.

Erleichtert brach Sarah am Tisch zusammen. Sie versuchte, ihre Tränen vor den anderen Gästen zu verstecken, und legte beide Hände vors Gesicht. Sie zitterte am ganzen Körper, als die Anspannung auf einmal wegbrach.

Sassner kam zurück und nahm ihr gegenüber Platz. Mit einem ernsten, fast vorwurfsvollen Ausdruck in den Augen sah er sie an. »Frau Templer, was wird hier gespielt?«

»Dieser Mann«, erwiderte Sarah flüsternd. »Er hat mich verfolgt. Jemand hatte uns bereits auf dem Weg von Bozen hierher mit dem Auto verfolgt, und Herr Lovecchio und ich trennten uns an der Seilbahnstation.«

»Ihre privaten Ermittlungen waren mir von Anfang an ein Dorn im Auge, doch ich habe Sie gewähren lassen. Jetzt hat das alles ein nicht mehr akzeptables Ausmaß erreicht. Sie behindern unsere Ermittlungen.«

»Aber –«, hob Sarah zu einer Widerrede an, doch er ließ sie nicht ausreden.

»*Sie* riefen neulich die Polizei, richtig? Und schickten sie zu Stenzel in die Nevelstraße.«

»Die Sirene eines Krankenwagens hatte uns verraten. Ich hörte die ganze Zeit über mit dem Handy mit, während Fernando bei Stenzel war.«

»Was hatten Sie da zu suchen?«

»Aber das wissen Sie selbst so gut wie wir. Sie haben Jochen Zugföller doch befragt und wissen demnach über die anderen Herz-Jesu-Fälle und die Bedeutung der Feuernacht Bescheid. Kai Stenzel ist der Sohn des 1961 in Haft verstorbenen Bernd Stenzel und damit einer der für diese Morde in Frage kommenden Männer.«

»Frau Templer«, begann Sassner, bemüht, sich zu beruhigen. »In der Tat sind wir bei unseren Ermittlungen auf Namen wie Stenzel, Tratsch und Zugföller gestoßen. Kai Stenzel ist uns aber aus einem anderen Zusammenhang bekannt. Unsere Terrorabwehreinheit hat ihn bereits seit Längerem im Visier, und er wird beobachtet. So gut beobachtet, dass wir zumindest für den Mord an Ihrem Verlobten einen Tatverdacht ausschließen können. Aber wir sind sicher, dass er einen Anschlag plant. Und nun funken Sie uns dazwischen. Stenzels Gruppe war bereits durch den Besuch von Herrn Lovecchio gewarnt. Also änderte sie ihre Pläne, was uns beziehungsweise meine Kollegen zwei Schritte zurückwarf. Nun höre ich von einer Hoteldame, dass Sie hier bedroht werden. Unten liegt ein Mitarbeiter der Seilbahn zusammengeschlagen in seinem Blut, und vor nicht einmal zwanzig Minuten hat es ganz in der Nähe einen Autounfall gegeben. Raten Sie mal, wer darin verwickelt war.«

Sarahs Mund klappte erschrocken auf.

»Fernando?«

»Das kann ich nicht mit Sicherheit sagen. Er war nicht oder ist jedenfalls nicht mehr dort. Aber bei dem Verletzten, der am Unfallort gefunden wurde, handelt es sich um Kai Stenzel.«

Sarah versuchte, die Puzzlestücke zusammenzusetzen, um zu verstehen, was passiert war.

»Haben Sie das Motorrad gefunden?«

»Welches Motorrad?«

»Fernandos. Wir haben uns eine Maschine gemietet, eine schwarze Kawasaki. Er war damit unterwegs.«

»Nein, bis jetzt nicht. Haben Sie Kontakt zu ihm?«

»Nein, er hat kein Handy.«

»Wo könnte er stecken?«

Sarah dachte nach. »Vielleicht oben in der Hütte?«, mutmaßte sie.

»Lovecchios Hütte?«

»Nein, wir mussten sie verlassen. Es war zu gefährlich. Wissen Sie denn überhaupt von den anderen Morden?«, fragte sie.

»Sie meinen Chieda, Benotti und Gimmino. Ja.«

»Dann wissen Sie ja auch, dass Fernando der Nächste auf der Liste des Mörders ist. Er ist der Sohn von Pasquale Davarone.«

Sassner streckte das Kinn vor und verzog abschätzig seine Lippen. »Oder es gibt noch eine zweite Möglichkeit.« Er machte eine vielsagende Pause. »Er ist es selbst.«

Sarah setzte sich fassungslos auf. »Das ist nicht Ihr Ernst. Was sollte das für einen Sinn machen?«

»Es ist nicht die Rache eines der damaligen Opfer, wie Sie glauben. Lovecchio tötet als Sohn eines Täters, weil diese Männer unter dem Kommando seines Vaters Schande über ihn und seine Familie gebracht haben. Er sieht sich als Vertreter der Opfer und kämpft gegen das Unrecht seines Vaters.«

»Nein, das ist nicht möglich«, fuhr Sarah auf, »er hat doch bis vor Kurzem gar nicht gewusst, was sein Vater getan hat. Er erfuhr die Zusammenhänge erst durch Antonio.«

»Das will er Ihnen vielleicht nur weismachen«, sagte Sassner und hob bedauernd seine Augenbrauen. »Fakt ist, dass ich Lovecchio gleich zu Beginn der Ermittlungen auf dem Raschötz vorgefunden habe. Er sah sich den Tatort an und wusste über Dinge Bescheid, die eigentlich Täterwissen sind. Er hat kein Alibi für diese Nacht.«

»Was reden Sie da? Er ist diesen Morden doch auf den Grund gegangen und hat die Verbindungen zu Chieda und den anderen gerade erst herausgefunden. Er führt uns doch nicht absichtlich auf seine eigene Spur.«

»Nein, aber auf die falsche. Er will einen anderen zum Sündenbock machen.« Er lehnte sich weiter vor und sprach mit ruhiger, eindringlicher Stimme. »Frau Templer, wie wahrscheinlich ist es, dass gerade er, als Kenner der Kriminalgeschichte des Landes, von diesen Taten nichts gewusst haben will?«

Das brachte Sarah zum Schweigen. Konnte das tatsächlich der Fall sein? Hatte Fernando das alles nur inszeniert? Hatte er sie als Alibi benutzt? Er hasste seinen Vater, das hatte sie vorhin deutlich sehen können. Nahm er Rache für die Schmach, die sein Vater und dessen Kollegen über ihn gebracht haben? Hatte sie die ganze Zeit ahnungslos an der Seite des Mörders verbracht?

»Und da ist noch etwas«, fügte Sassner hinzu.

Sarah traute sich kaum, ihn anzusehen. Sie wollte das nicht hören, nicht, wenn es Fernando noch mehr belastete.

»Wir haben inzwischen eine Zeugenaussage. Enzo ist in dieser Nacht gesehen worden. Zusammen mit einem anderen Mann.«

Ahnungsvoll legte sie die Hand vor den Mund, so als wisse sie bereits jetzt, dass sie gleich einen Schrei würde unterdrücken müssen.

»Die Beschreibung passt auf Lovecchio«, sagte Sassner. »Tut mir leid.«

4

Fernando brauchte über zwanzig Minuten mit dem Motorrad bis hinauf zum Hotel. Er hatte an der Talstation seine Kawasaki ungesehen entwenden können und war durch die dicke Suppe quasi nach oben geschlichen. Auf der Kuppe angekommen, hielt er im Schritttempo auf das Hotel zu. Die Fenster warfen ihr Licht auf die mit Fichtenholz ausgelegte großflächige Terrasse. Durch die Feuchtigkeit quietschten die Bremsen, als er die Hebel zog und anhielt. Innen, im Restaurant, fielen ihm an einem Tisch am Fenster zwei Personen auf. Er stieg ab, ließ den Motor jedoch laufen. Im Näherkommen erkannte er Sarah und Kommissar Sassner, die einander gegenübersaßen und sich unterhielten. Gott sei Dank ging es ihr gut, und sie war dem Verfolger entkommen.

Sassner winkte der Bedienung, er schien zahlen zu wollen. Fernando überlegte, Sarah ein Zeichen zu geben, entschied sich aber schließlich dagegen. Zielstrebig ging er zurück zu der Maschine und schwang sich auf den Sitz. Jetzt, da er dem Nebel entflohen war, gab er Gas und schoss an den parkenden Autos vorbei auf den Schotterweg, der bis zum Fuß der Seceda-Alm führte. Von hier ging es bergauf, und dann musste er querfeldein fahren, um zu der aufgebrochenen Hütte zu gelangen.

Etwa hundert Meter vor seinem Ziel schaltete er den Motor ab und schob die Kawasaki. Falls der Mörder ihren Aufenthaltsort doch herausgefunden hatte und in der Hütte auf ihn wartete, wollte er sich nicht schon von Weitem ankündigen. Er pirschte sich an die Hütte heran. Alles schien ruhig. Es war kein Licht zu sehen und gab auch sonst keine Anzeichen eines ungebetenen Besuchers. Dante schien unterwegs zu sein, sonst hätte er ihn längst gewittert. Fernando war froh über diesen Umstand. Sein Gebell hätte ihn verraten.

In der Gewissheit, dass keine Gefahr bestand, richtete Fernando sich auf und ging auf die Veranda zu. Ein paar feine Fellknäuel lagen dort auf den Bodendielen. Dante musste sich wohl ein Kaninchen geholt haben. Er schob die Tür auf und spähte in die

Hütte. Direkt neben der Tür hatte er eine Laterne aufgehängt, nach der er griff, um sie zu entzünden. Als er das Licht entfacht hatte und der Docht flackerte, hörte er Motorengeräusche. Er blickte sich um und erkannte in der Senke der Alm Scheinwerferkegel. Augenblicklich löschte er das Licht wieder und zog sein Messer. Er stellte sich in den Schatten des Eingangs und wartete. Tatsächlich schien das Gefährt hier hochzukommen. Aber niemand wusste, dass er hier war. Und für Urlauber, die hier Quartier beziehen wollten, war es ungewöhnlich spät. Vielleicht steuerten sie das Hotel weiter westlich an. Doch mit dem allmählichen Näherkommen des Fahrzeugs stieg die Sicherheit, dass es genau ihn anvisierte. Es war ein Geländefahrzeug, so viel konnte Fernando schon erkennen. Als es kurz vor der Hütte war, bemerkte er auch die Sirene auf dem Dach und den Schriftzug an der Seite: »Carabinieri«.

Der Wagen hielt, und Kommissar Sassner stieg aus.

Fernando trat aus seinem Versteck und ging auf ihn zu.

»Kommissar«, sagte er überrascht. »Wie haben Sie mich hier gefunden?«

Sassner kam näher, begleitet von zwei Polizisten in Uniform. »Frau Templer«, gab er knapp zurück.

Fernando verstand nicht, wieso Sarah ihm von ihrem Aufenthaltsort erzählt haben sollte.

»Ist sie in Ordnung?«, fragte er. »Es war jemand hinter ihr her. Ein Freund von Kai Stenzel.«

»Sie ist wohlauf«, entgegnete Sassner. »Gehen wir doch bitte hinein.«

Sie stiegen zur Veranda hoch, und Fernando machte die Laterne an. Sassner trat mit geducktem Kopf in die Hütte und ließ seinen Blick durch den schummrigen Raum gleiten. »Das ist also Ihr neues Versteck?«

»Ja. Bei mir waren wir nicht mehr sicher.« Fernando hängte die Lampe an einen Haken.

»Es ist viel passiert, seit wir uns das letzte Mal sprachen. Sie und Frau Templer haben eine Menge in Erfahrung bringen können«, meinte Sassner scheinbar anerkennend. »Die Mordserie, die Gräueltaten der Carabinieri, deren Kinder nun von einem rachsüchtigen

Mörder umgebracht werden ... Dabei waren Sie uns sogar immer einen Schritt voraus.«

»Es hat sich noch etwas Neues entwickelt«, gab Fernando zu.

Sassner musterte ihn in dem orangefarbenen Licht der Laterne genauer und deutete stumm auf Fernandos Verletzungen.

»Stenzel hat uns beide verfolgt. Während sein Kompagnon hinter Frau Templer her war, entführte er mich. Es gab einen Unfall mit seinem Wagen unten in Santa Cristina. Er ist schwer verletzt.«

»Das wissen wir bereits«, entgegnete Sassner.

»Ich weiß nicht, was es bedeutet, aber er sagte, es sei Sprengstoff im Kofferraum.«

»Auch das ist uns bekannt. Unsere Terrorabwehreinheit hatte schon länger ein Auge auf ihn. Er plante einen Anschlag, über den die Kollegen ausreichend Kenntnis hatten, um die Gruppe auf frischer Tat zu ertappen. Dann kamen Sie aufs Tableau und statteten ihm einen Besuch ab. Das machte ihn misstrauisch, und er und seine Männer änderten ihre Pläne.«

»Das tut mir leid, aber ich war mir sicher, dass er der Täter sein muss.«

»Aber das ist er nicht. Er wurde observiert und kann den Mord an Enzo Giordano nicht begangen haben.«

»Zugföller?«, sagte Fernando wie zu sich selbst und versuchte, die Zusammenhänge in eine Ordnung zu bringen. »Da war übrigens noch etwas Merkwürdiges ...«, hob er an, als Sassner nach hinten griff und seine Dienstwaffe aus dem Halfter zog.

Fernando wurde mit einem Mal bewusst, dass die beiden Carabinieri direkt in der Tür standen und den Ausgang versperrten, und er dachte, obwohl es sich anfühlte, als wäre er in eine Falle getappt, daran, wo Dante eigentlich steckte. Mit Argwohn verfolgte er jede von Sassners Bewegungen.

»Ich denke, das reicht jetzt, wir sollten die Karten auf den Tisch legen, Herr Lovecchio«, sagte der nun mit offizieller Stimme. »Ich verhafte Sie hiermit wegen des dringenden Tatverdachts im Mordfall Enzo Giordano und drei weiteren Mordfällen.«

Fernando machte einen Schritt zurück. Einer der Carabinieri zückte seine Handschellen und machte einen Schritt nach vorn.

»Moment«, rief Fernando und hob die Hand. »Sie irren sich, Sassner, ich bin der Sohn von Pasquale Davarano, dem Kommandanten, der 1961 die Verhöre leitete.«

»Das ist uns bekannt. Das Spiel ist aus. Drehen Sie sich um und nehmen Sie die Hände auf den Rücken.«

Fernando fluchte innerlich, dass er sich ins Haus hatte drängen lassen. Jetzt zu entkommen war so gut wie unmöglich.

»Sassner, überlegen Sie doch«, mahnte er, »ich kann es nicht gewesen sein. Der Mörder muss aus der Gruppe der Attentäter kommen. Dann ist es Zugföller oder vielleicht sogar Oberthaler.«

»Es reicht«, keifte Sassner streng, packte Fernando an der Schulter und wirbelte ihn herum. Er riss seine Arme nach hinten auf den Rücken.

»Sassner, bitte«, versuchte Fernando es weiter, doch da wurde er auch schon unsanft auf den Tisch gedrückt und knallte mit der Schläfe auf die Tischplatte. Er hörte, wie hinter ihm die Handschellen geöffnet wurden, um sie ihm umzulegen, und sah gleichzeitig einen Gegenstand auf dem Tisch liegen. Er war zu nah dran, um ihn erkennen zu können, also hob er den Kopf ein Stück. Endlich konnten seine Augen dieses Etwas scharf sehen.

»Was ist das?«, hauchte er, und eine grausige Ahnung formierte sich in seinem Kopf. Auch Sassner hielt nun inne. Der Lauf von Sassners Pistole schob sich in Fernandos Sichtfeld und schubste das Etwas, ein dunkles, haariges Dreieck, von einem gefalteten Blatt Papier herunter.

»Was zum Teufel –«, sagte der Kommissar.

»Dante!«, schrie Fernando verzweifelt.

Das haarige Dreieck war das abgeschnittene Ohr seines Hundes. Fernando bäumte sich auf, doch Sassner drückte ihn wieder runter.

»Dany«, jammerte er. »Was hat er nur mit ihm gemacht?«

»Ruhe!«, bellte Sassner und gab den beiden Beamten zu verstehen, dass sie ihn übernehmen sollten. Sie ließen die Handschellen klicken und zogen ihn hoch.

Sassner zog sich ein Paar Handschuhe an, während Fernando mit schreckgeweiteten Augen auf den abgetrennten Rest des Ohres starrte. Mit Daumen und Zeigefinger nahm der Kommissar das Blatt auf und faltete es auseinander.

Fernando zog die Beamten mit sich, als er sich vorbeugte, um die Nachricht lesen zu können.

ICH WEISS, WAS DEIN VATER GETAN HAT. WIR TREFFEN UNS HEUTE NACHT UM 24 UHR AN DER EDELWEISSHÜTTE AUF DER SEISER ALM.

»Genau wie bei Enzo Giordano«, sagte Fernando mit zusammengebissenen Zähnen.

Sassner drehte sich zu ihm um und hielt die Nachricht in die Luft. »Und wer sagt mir, dass Sie diesen Brief nicht selbst geschrieben haben?«

»Sind Sie jetzt völlig verrückt geworden? Herrgott, denken Sie doch mal nach, ich zerstückele doch nicht meinen eigenen Hund!«

»Um Ihre Haut zu retten? Warum nicht?«

»Sie sind nicht bei Trost. Das ist absurd. Fahren Sie doch zu der verdammten Hütte, dann werden wir es ja erfahren.«

Sassner ließ das Blatt auf den Tisch gleiten und blickte Fernando nachdenklich an.

»Sie hören mir jetzt mal genau zu«, sagte er dann, und Fernando senkte ergeben den Kopf.

***

Eine halbe Stunde später klickten die Handschellen erneut, und Fernando rieb sich die Handgelenke. Sassner hatte sich bei Sarah per Telefon erkundigt, ob es Fernando möglich gewesen wäre, seit ihrer Ankunft auf der Alm noch mal allein hier oben gewesen zu sein. Sarah hatte bestätigt, dass sie die ganze Zeit zusammen gewesen waren, außer zu dem Zeitpunkt, da Fernando sich allein in das Ferienhaus von Stenzel begeben hatte. Sassner schien über diese Nachricht enttäuscht zu sein, bedeutete es doch, dass er den Täter noch nicht dingfest gemacht hatte und dass ihm der schwierigste Teil seiner Ermittlungen erst bevorstand.

Sie hatten noch knapp vier Stunden bis zum vom Killer vorgegebenen Zeitpunkt auf der Seiser Alm.

»Haben Sie Kartenmaterial hier?«, fragte Sassner.

»Alles, was ich habe, befindet sich in diesen beiden Rucksäcken. Aber ich habe einen Laptop.«

Fernando packte sein Notebook aus und ging über Sassners Handy damit ins Internet.

»Ich brauche eine Übersicht über die Seiser Alm. Sie kennen sich hier besser aus. Wir brauchen eine Kommandozentrale, die wir in der Nähe des Treffpunkts einrichten können. Wir müssen Beamte an strategisch wichtigen Orten platzieren und einen etwaigen Hubschraubereinsatz planen.«

»Aber Herr Sassner«, gab Fernando zu bedenken. »Der Mörder wird die Gegend mit Sicherheit gut kennen und zu seinem Vorteil ausgesucht haben. Er wird sich dort nicht in eine Falle jagen lassen. Sie können kein schweres Geschütz auffahren, das würde er sofort bemerken.«

»Das ist mir klar. Wir werden alles so diskret wie möglich organisieren. Nur Zivilwagen und zivile Ermittler. Aber dennoch müssen alle Fluchtmöglichkeiten polizeilich abgeriegelt werden.«

Sassner telefonierte mit seinem Büro und organisierte eine Konferenz mit den Polizeistellen in Sankt Ulrich, Kastelruth und Fontanazzo. Zivile Beamte der Kriminalpolizei und ein mobiles Einsatzkommando waren unterwegs ins Hotel Paradiso, welches von der Edelweißhütte aus das nächstgelegene war. In Kastelruth hielt sich ein Hubschrauber mit Wärmebildkamera bereit. Fernando sollte mit einer Kamera ausgestattet werden, sodass die Polizei jeden seiner Schritte verfolgen konnte. Sobald Fernando in der Hütte war, sollte ein Zugriff erfolgen.

Die ganze Zeit, während Sassner den Einsatz organisierte, saß Fernando nachdenklich da und war sich sicher, dass alle Bemühungen umsonst sein würden. Gerade beendete Sassner ein weiteres Gespräch.

»So, wir werden jetzt zum Almhotel fahren, wo wir die Kamera anbringen. Dann fahre ich voraus zum Hotel Paradiso. Sie machen sich hier um kurz vor dreiundzwanzig Uhr auf den Weg.«

»Kommissar Sassner«, sagte Fernando und gab seine Bedenken preis. »Warum sollte er dort auftauchen? Er beobachtet mich. Er weiß, dass er damit rechnen muss, dass eine ganze Armee dort oben auf ihn wartet.«

»Nein, nicht unbedingt«, hielt Sassner dagegen. »Er konnte auch nicht wissen, dass Sie heute auf Stenzel stoßen, dass Frau Templer die Polizei rufen würde und dass …«, er stockte für einen Moment, »dass wir uns irrten, indem wir Sie verdächtigten.«

Fernando meinte, erkennen zu können, dass Sassner kurz davor war, sich zu entschuldigen, doch bevor es dazu kam, klingelte dessen Telefon. Er ging ran, hörte zu, und seine Augen verdunkelten sich.

Er legte auf. »Zugföller ist in Wolkenstein und isst mit einer großen Gruppe zu Abend.«

»Sie lassen ihn beschatten?«, fragte Fernando überrascht.

»Nur zur Sicherheit. In diesem Fall möchte ich keine Fehler begehen. Aber jetzt, das muss ich zugeben, bin ich ratlos, was die Identität des Mörders angeht. Wer ist es, wenn nicht Sie und nicht Zugföller oder Stenzel?«

Fernando dachte an den Unfall zurück und daran, wie er Kai Stenzel aus dem Wrack gezogen hatte.

»Wie geht es Stenzel inzwischen? Er wollte mir etwas sagen, kurz bevor er ohnmächtig wurde«, meinte Fernando und lehnte sich vor. »Er konnte kaum sprechen, aber er sagte ›Fred… Fred…‹. Ich weiß nicht, ob das möglich sein kann, denn Frederik Oberthaler starb angeblich bei einem Kletterunfall an der Marmolata, aber …«

»Ja, und weiter?«

»Man hat seine Leiche nie gefunden. Wir waren bei Frau Oberthaler, und sie zeigte mir einige Briefe, von denen ihr Sohn ihr angeblich jedes Jahr einen geschrieben hat.« Fernando erinnerte sich, dass er einen noch bei sich trug. Er langte in seine Innentasche und zog den zerknitterten Brief heraus. »Es gibt keine Briefmarke und kein Postzeichen. Ihre Ärzte gingen davon aus, dass sie sich die Briefe selbst schreibt.«

Sassner nahm den Brief und las konzentriert.

»Und Stenzel sagte wirklich Fred?«, hakte er nach.

Fernando nickte, und Sassner griff zum Handy. Er ordnete an, dass man Stenzel sofort befragen sollte, wenn er das Bewusstsein wiedererlangte. Nachdem er aufgelegt hatte, blickte er auf die Uhr. »Ich muss jetzt los. Die Zeit drängt. Ich werde informiert, sobald Stenzel ansprechbar ist. Er musste am Bein operiert werden.« Er erhob sich und reichte Fernando die Hand. »Viel Glück«, wünschte er. »Wir sind immer dicht bei Ihnen. Sie sollten jetzt auch ins Hotel fahren und sich verkabeln lassen.«

»Ist Frau Templer noch dort?«, wollte Fernando wissen.

»Nein«, sagte Sassner unter der Tür, »ich habe sie nach Hause bringen lassen und jemanden abgestellt, der die ganze Nacht über bei ihr bleibt.«

»Gut«, sagte Fernando. »Ach, Herr Sassner?«

»Ja?« Er stand bereits draußen im Halbdunkel auf der Veranda.

»Darf ich Ihnen noch eine Frage stellen? Wie sind Sie als Südtiroler an eine solche Position bei der Polizei gekommen?«

Sassner schnaubte amüsiert. »Ich hab mich hochgearbeitet«, antwortete er. »Ich war früher undercover für die Terrorabwehr tätig. Wurde in Gruppen wie die von Stenzel eingeschleust. Viele meiner Landsleute halten mich deshalb für einen Verräter. Aber ich bilde mir ein, einfach einen objektiveren Blick auf die Dinge zu haben. Reicht Ihnen das als Antwort?«

Er verließ, ohne Fernandos Reaktion abzuwarten, zusammen mit den beiden Beamten die Hütte.

Fernando blieb zurück, immer noch zweifelnd, ob das alles einen Sinn ergab. Er war sich sicher, dass der Killer nicht so unvorsichtig war, wie Sassner anscheinend hoffte, und auch nicht so leichtgläubig. Die Stelle, die er sich ausgesucht hatte, bot wenige Optionen zur Flucht. Er konnte sich eigentlich nur in die Berge schlagen, wenn es hart auf hart kam, denn auf der Alm lag die Edelweißhütte quasi in einer Sackgasse.

»Was hast du vor?«, flüsterte er leise und stützte sich auf den Tisch. »Was hast du vor?«

Der Brief von Jutta Oberthaler lag noch da und war halb aufgeklappt. Das Papier bewegte sich in der kühlen Zugluft. Das Ohr und die Nachricht des Mörders hatte Sassner als Beweisstücke eingetütet, aber am Fuß des Stuhlbeins liegen lassen. Dantes Ohr zu sehen, erzeugte grässliche Bilder in Fernandos Kopf, davon, wie sein Hund gequält und verstümmelt wurde.

Eine schmerzhafte Gänsehaut machte sich auf seinem Körper breit, als er sich bückte, um den Beutel hochzuheben. Aber da war eine leise Stimme in ihm, die ihn zwang, es zu tun. Zwischen diesen Briefen bestand eine Verbindung. Sie konnten ihm mehr über den Täter verraten, das spürte er.

Er holte die Nachricht des Mörders aus dem Beweisbeutel und legte sie neben den Oberthaler-Brief.

Es waren qualitativ hochwertige Papiere, mit höherer Grammzahl und einer leicht gelblichen Farbe. Auch die Textur hatte einen besonderen Charakter. Fernando kam ein irrsinniger Gedanke.

War das möglich? Er begann, seine Taschen zu durchsuchen, und seine Finger stießen in seiner Gesäßtasche auf ein Stück Papier. Er zog das gefaltete, geknitterte Rechteck heraus. Es steckte schon eine ganze Weile in seiner Hose. Es war die Liste von Enzos Freunden, die Antonio Giordano ihm letzte Woche gegeben hatte.

Als Fernando die drei Zettel direkt nebeneinander ins Licht der Laterne hielt, erschauerte er. Sie waren absolut gleich. Größe, Format, Oberflächenstruktur – vollkommen identisch. Es war das gleiche Papier. Der Verfasser dieser drei Botschaften musste ein und dieselbe Person sein.

Fernando versuchte, sich klarzumachen, was das bedeutete. Der Mörder hatte ihm und Enzo Giordano eine Botschaft geschickt. Jutta Oberthalers Sohn, Frederik, der ihr angeblich jedes Jahr einen Brief schrieb, musste also tatsächlich noch am Leben sein, und er musste seine Briefe mit Antonio Giordanos Briefpapier geschrieben haben. Wie war das möglich?

Es gab darauf nur eine Antwort: Er hatte seine Briefe in Antonio Giordanos Haus geschrieben. Frederik Oberthaler hatte eine neue Identität angenommen, hatte sich selbst einen anderen Namen gegeben. In einem Automatismus griff Fernando sich an die Tasche, in der er sonst sein Handy aufbewahrte.

»Verdammt«, fluchte er. Er musste Antonio Giordano warnen. Und er musste Sassner warnen. Er ließ die Briefe fallen und stürzte aus der Hütte hinaus zu seinem Motorrad. Unter dem schwarzen Nachthimmel, die Hügel der Alm beleuchtet von einem fernen, kalten Mond, jagte er hinunter zum Hotel, wo er in der Lobby bereits erwartet wurde. Die Blicke der beiden Beamten, die dort ungeduldig saßen, verrieten ihm, wie schrecklich er aussehen musste, seit er vorhin dem Unfallwagen entstiegen war.

»Signor Lovecchio?«, fragte einer der Männer.

»Ja.«

»Kommen Sie bitte mit.«

Sie führten ihn in einen Raum hinter dem Empfangstresen, wo sie bereits alles vorbereitet hatten. Die Rezeptionistin machte ein Gesicht, als sie ihn sah, als ob sie ein wildes Tier hereinführten.

»Ich muss telefonieren«, sagte Fernando, während einer der Männer eine Kamera in Form eines Knopfes an seiner Motorradjacke befestigte. Der zweite Beamte reichte ihm sein Handy.

»Giordano?«, hörte er eine kleine, brüchige Stimme am anderen Ende der Leitung sagen. Etwas stimmte nicht mit Giordano, das hörte er ganz deutlich, doch er hatte jetzt keine Zeit, um auf seine Gefühle einzugehen.

»Signor Giordano, hier ist Fernando Lovecchio«, sagte er, »hören Sie mir gut zu. Ich weiß, wer der Mörder ist. Wer ist noch bei Ihnen?«

Diese Frage schien einen unangenehmen Punkt zu treffen, denn Giordano räusperte sich ausweichend.

»Wer ist bei Ihnen?«, wiederholte Fernando mit Nachdruck.

»Pasquale, Ihr Vater.«

»Was ist mit Tedeschi und Vito?«

Es entstand eine kurze Pause. Er hörte ein Flüstern im Hintergrund.

»Wir sind allein. Die beiden haben frei.«

Fernando wischte sich über den Bart. Er musste eine schnelle Entscheidung treffen.

»Verlassen Sie das Haus. Nehmen Sie Vaters Wagen und kommen Sie beide auf die Seceda-Alm. Da steht eine Hütte am nordwestlichen Hang, in der Nähe vom Lech da Iman. Nummer 63. Da gehen Sie rein und verschließen die Tür. Ich melde mich wieder.« Er legte auf und bat den Beamten, ihn mit Sassner zu verbinden.

»Ja, Sassner?«

»Lovecchio hier.«

»Sind Sie unterwegs?«

»Nein, aber ich weiß jetzt, wer es ist. Es ist Oberthaler. Die Briefe sind alle auf demselben Papier geschrieben worden. Und es ist das Papier von Antonio Giordano. Es muss entweder sein

Sekretär oder sein Fahrer sein. Einer der beiden ist Oberthaler«, rief Fernando in den Hörer.

Es folgte ein Poltern in der Leitung.

»Gut«, brummte Sassner nur. »Sind Sie verkabelt?«

»So gut wie.«

»Dann fahren Sie los. Alles Gute.« Sassner beendete das Gespräch.

Fernando atmete einmal tief durch. Der Polizist steckte eine kleine Funkeinheit, die über ein nicht sichtbares Kabel mit dem Kamerakopf verbunden war, in seine Brusttasche.

»Okay, Sie sind online«, sagte er und warf einen Blick auf einen Laptop auf dem Tisch. »Sagen Sie bitte etwas.«

»Eins, zwei, drei«, sagte Fernando, und seine Stimme hallte metallisch aus den Lautsprechern des Computers. Der Beamte hob den Daumen.

»Das Ding hat in den Bergen eine Reichweite von ungefähr drei Kilometern. Auf der Alm vielleicht mehr.«

»Alles klar.« Fernando wollte schon hinausgehen, da hielt der zweite Mann ihm eine Waffe vor die Brust.

»Hier. Können Sie damit umgehen?«

Fernando nahm die kleine automatische Pistole in die Hand.

»Ich denke schon.«

Er steckte sie in die Innentasche seiner Jacke, zog den Reißverschluss hoch und verließ den Raum.

***

Fernando fuhr denselben Weg zurück, den er hochgekommen war, und konnte nach der weiten Schleife, die er oben fahren musste, noch kurz auf den mit Nebel gefüllten Talkessel hinuntersehen, bevor er in den Schatten der Bäume einfuhr. Der Lichtkegel seines Scheinwerfers schnitt durch die feuchte Luft, bis die Nebelbank vor ihm auftauchte, die wie ein Geist auf ihn zu warten schien. Er wurde vom Nebel verschluckt und arbeitete sich bis nach Santa Cristina vor, von wo aus er direkt nach Sankt Ulrich weiterfuhr. Dort nahm er die Abzweigung in Richtung Bulla Pufels und Panider Sattel und folgte der Landstraße über San Michele, bis ihn die Via S. Valentino zwischen Kastelruth und Seis hoch auf die Seiser Alm nach Compatsch führte. Die Orte zogen nur als verschwommene Lichteransammlungen an ihm vorbei.

Als sich die Straße zur Alm hinauf in den Wald hineinschlängelte, wurde es dunkel um ihn. Fichten säumten hoch und schwarz die graue Asphaltstraße. Jetzt war es nicht mehr weit. Es würde noch ein Dutzend Serpentinenkurven kommen, bevor er das Plateau erreichte. Oben, so hoffte er, würde kein Nebel mehr sein, und er könnte bei guter Sicht schnell über die schmalen Sträßchen bis zum vereinbarten Treffpunkt an der Edelweißhütte fahren.

Das Adrenalin flutete schon seit Stunden seinen gesamten Körper. Er spürte keinen Schmerz, nur eine kriechende Kälte, die aber nichts anderes war als Angst. Angst vor dem Zusammentreffen. Angst vor den Augen des Mannes, der ihn töten wollte. Fernandos Herz hämmerte wie wild in seiner Brust. Und er hatte ständig das Gefühl, nicht genug Luft zu bekommen.

Der Weg wurde steiler und die Kurven enger. Die Bäume rückten näher an die Straße heran, und als Fernando nach einer Linkskurve wieder beschleunigen wollte, erfasste der Lichtkegel des Motorrades in dem diesigen Schleier ein dunkles Bündel, das direkt vor ihm auf der Straße lag. Fernando bremste ab und rollte langsam näher.

Der Dunst schien sogar die Motorengeräusche seiner Kawasaki zu schlucken. Vor ihm waren jetzt die Umrisse eines Tieres zu erkennen. Ein Wildunfall wahrscheinlich. Doch je näher er dem Bündel kam, desto mehr kamen ihm die Proportionen auf unheimliche Weise bekannt vor. Eine schreckliche Ahnung ließ ihn anhalten und absteigen. Schritt für Schritt wurde sie zur grausigen Gewissheit.

Es war Dante, der dort lag. Schlaff und leblos und eingesunken. Fernando fiel neben ihm auf die Knie und berührte sein nasses dunkles Fell. Er spürte die Kälte. Das Leben war aus ihm gewichen. Dante war tot.

Ein lautes, gequältes Jammern entfuhr Fernandos Kehle, und er bäumte sich auf und schrie in die dichte weiße Nässe um ihn herum hinein. Kraftlos fielen seine Schultern herab, und er ließ sich über seinen Hund fallen, um ihn zu umarmen.

»Es tut mir leid«, weinte er in das rote Fell. »Mein guter, guter Junge.«

Ein scharrendes Geräusch ließ Fernando herumfahren. Er sah einen schwarzen Schatten, der sich blitzartig auf ihn zubewegte, und spürte, wie etwas hart gegen seine Brust gedrückt wurde. Dann folgte ein sirrendes Geräusch, und er sah ein gleißendes Licht aufflammen, das ihn schmerzhaft durchzuckte. Dann wurde alles schwarz um ihn, und er wurde immer tiefer hinabgezogen.

Immer tiefer.

5

Sassner stand mit vor der Brust verschränkten Armen an der großen Panoramascheibe einer Suite im obersten Stock des Hotel Paradiso. Die Polizei hatte das Zimmer angemietet und einen großen Tisch und weitere Stühle heraufbringen lassen. Sechs Beamte saßen am Tisch und kontrollierten per Laptop, Handy und Funk die beteiligten Einheiten. Zwei weitere Polizisten schauten von einem Nachbarzimmer mit Nachtsichtgeräten direkt hinüber zu den beiden Hütten, die etwas oberhalb über einem kleinen See standen.

Sassner hatte den oberen Knopf seines Hemdes geöffnet und seine Ärmel hochgekrempelt. Es war warm hier im Raum. Gedämpftes Stimmengewirr überall. Sassner drehte sein Handgelenk. Seine Uhr zeigte null Uhr und zwei Minuten an. »Kommt er?«, fragte er ungeduldig den Beamten am Laptop, der mit Kopfhörern auf den Ohren konzentriert die Signale der Kamera testete.

»Noch nicht. Ich habe überhaupt kein Signal von ihm.«

»Verdammt, wo bleibt er?«, fluchte er laut. Sein Gesicht war gerötet. Nervös biss er sich auf die Lippe. »Was ist mit den Einheiten in Kastelruth?«

Ein anderer Beamter, der über Polizeifunk mit den mobilen Einheiten verbunden war, fragte bei den Kollegen nach. Sie antworteten, dass Fernando sie auf dem Weg nach oben passiert habe. Seither war er nicht mehr gesehen worden und auch kein anderes Fahrzeug.

»Scheiße. Er war da unten, ist aber bis jetzt noch nicht mal auf der Alm angekommen. Da ist was faul.« Sassner blickte wieder auf seine Uhr. Null Uhr sieben. »Irgendwas ist schiefgelaufen. Ich will, dass eine Streife da rauffährt. Die sollen jeden Meter kontrollieren.«

Wütend stopfte er seine Hände in die Hosentaschen und atmete lautstark aus. Er blickte hinüber zur Edelweißhütte. »Wenn er nicht kommt, stürmen wir. Ich gebe ihm noch fünf Minuten.«

***

Fernando erwachte, und sein Bewusstsein war wie von einem bleiernen Gewicht beschwert. Nur langsam wurde er sich seiner Umgebung bewusst. Er spürte etwas an seinen Händen und Füßen. Eine Ahnung von Schmerz. Und er spürte Kälte. Er fror. Direkt über ihm die Holzsparren eines Daches. Warmes Licht, bewegtes Licht, beleuchtete das Holz. Es musste von einem Feuer oder einer Laterne stammen.

Seine Benommenheit wich immer mehr. Sein Hals war trocken, und sein Körper stand unter Spannung.

Fernando hob den Kopf und sah an sich hinunter. Er lag auf dem Rücken auf einem Tisch in der Hütte 63 auf der Seceda-Alm. Im ersten Moment erschrak er, weil er glaubte, eingeschlafen zu sein, bevor er sich auf den Weg zur Edelweißhütte gemacht hatte, und die Fahrt dorthin nur geträumt hatte. Doch als er aufstehen wollte, bemerkte er, dass seine Hände und Füße mit dicken Seilen gefesselt waren. Die Enden waren fest um die Beine des Tisches geknotet. Er blickte nach links, wo ein schwarz lackierter Holzknüppel an der Wand lehnte, genau so einer, wie ihn Antonio Giordano in seiner Kiste versteckt hatte. Als er nach rechts in Richtung Küchenzeile schaute, setzte sein Herz beinahe aus. Er erblickte den Rücken eines Mannes, der dort an irgendetwas herumhantierte.

Da stand er. Der Mörder. In einem Raum ganz allein mit ihm.

Panik stieg in Fernando hoch, seine Atemfrequenz erhöhte sich sprunghaft, und obwohl er fror, brannte sein Gesicht von einer fiebrigen Hitze. Der Mann war kräftig, trug einen schwarzen Pullover und schwarze Cargohosen.

»Na, wacht da jemand auf?«, sagte er in einem Tonfall, als redete er mit einem kleinen Kind.

Ich kenne ihn, dachte Fernando. Er stellte sich vor, wie Tedeschi oder Vito sich gleich zu ihm umdrehen würde. Doch die Stimme war eine andere. Oder täuschte er sich? Wer war Frederik Oberthaler? Wer hatte all diese Morde begangen?

Der Mann beendete seine Arbeit, indem er die Hände aneinanderrieb und sie dann mit einem dumpfen Geräusch auf die Arbeitsplatte fallen ließ. Fernandos Atem ging jetzt immer schneller, seine Brust hob und senkte sich, und sein Blick war verzweifelt auf die Person gerichtet, die sich nun umdrehte.

Fernandos Mund klappte staunend auf, und ein Stöhnen drang aus seiner Kehle.

»Gaudio!«, ächzte er.

»Herzlich willkommen, Fernando.« Gaudio Baldini grinste und machte ein paar entspannte Schritte auf ihn zu.

In Fernandos Kopf bewegten sich die losen Zahnräder dieses Rätsels aufeinander zu, bis sie endlich ineinandergriffen und das gesamte Konstrukt einen Sinn ergab.

Gaudio trug ebenso wie er selbst einen Vollbart, und der Zeuge, der Enzo Giordano in der Herz-Jesu-Nacht zusammen mit einem Mann gesehen hatte, hatte Gaudio beschrieben. Ihm gegenüber war Enzo natürlich in keiner Weise misstrauisch gewesen, er war sein Freund, was Gaudio in dieser Nacht hatte ausnutzen können.

»Damit hattest du wohl nicht gerechnet?«, fragte Gaudio amüsiert.

»Du bist Frederik Oberthaler«, sagte Fernando.

»Oh, das hast du schon durchschaut. Gar nicht übel. Wie hab ich mich denn verraten?« Er trat neben den Tisch und legte den Kopf schief.

»Die Briefe«, antwortete Fernando, »dasselbe Papier wie bei denen an deine Mutter.«

Seine kräftigen Augenbrauen zuckten misstrauisch. »Du warst bei meiner Mutter?«

»Ja, sie zeigte mir deine Briefe und erzählte uns die ganze … Geschichte.«

»Mit dem Papier war ich wohl unvorsichtig«, gab er zu, griff in die Seitentasche seiner Hose und holte eine Schere hervor. Wie selbstverständlich setzte er sie an der unteren Seite von Fernandos Hemd an.

»Wo ist meine Jacke?«, fragte Fernando und sah sich um. Er dachte an die Kamera, doch die Funkreichweite würde sowieso nicht bis zur Seiser Alm reichen.

»Suchst du die Kamera?« Gaudio alias Frederik fasste in seine Hosentasche und zog Kamera samt Funkeinheit heraus. »Die hat den Elektroschock nicht so gut überstanden.« Er lächelte und warf sie einfach hinter sich auf den Boden. Dann begann er, Fernandos Hemd und T-Shirt bis zum Kragen hoch aufzuschneiden, um schließlich auch die Ärmel zu zerteilen. Jetzt lag Fernando mit nacktem Oberköper da. Zufrieden blickte Frederik auf sein Werk.

Fernandos Angst stieg mit jeder Sekunde, und er suchte nach Möglichkeiten, Frederik abzulenken, bevor dieser anfing, all die Foltermethoden anzuwenden, von denen Fernando bereits wusste, dass er sie an ihm ausprobieren würde.

»Was war mit deinem Unfall in den Bergen?«

Frederik ging um das Fußende des Tisches herum. »Das war ein Zufall, ein glücklicher Zufall. Schicksal, wenn du so willst. Ich war mit einem Freund unterwegs. Wir waren junge, sehr leichtsinnige Kerle, die in den Bergen groß geworden waren. Wir wollten beweisen, wie mutig wir waren, unsere Sicherheit war uns egal. Ich griff nur einmal ins Leere und stürzte ab. Ein einziger Griff, und alles war vorbei. Dachte ich.«

Er bückte sich und nahm den Holzknüppel auf. Fernando registrierte das mit fortschreitendem Entsetzen. Sein Herz hämmerte schmerzhaft in seiner Brust, und sein Drang, zu fliehen, war so groß, dass er fast verrückt wurde.

»Als ich aufwachte, so ähnlich wie du eben, lag ich in einer Schneewehe. Ich war über hundert Meter tief gestürzt. Mein Oberarm war gebrochen. Meine Beine aufgeschnitten. Aber ich lebte, und da wusste ich, dass ich eine einmalige Chance bekommen hatte.«

Er blieb am Fußende zwischen Fernandos gespreizten Beinen stehen und begann, ganz leicht und rhythmisch mit dem Schläger auf die Handinnenfläche zu schlagen.

»Ich kämpfte mich durch. Mit gebrochenem Arm und blutend.« Seine Augen wurden dunkler. »Und ich entschied, nicht mehr zu meiner Mutter zurückzukehren. Ich machte mir Vorwürfe deswegen, aber gleichzeitig war es wie eine Befreiung. Ich wurde neu geboren. Frederik war tot. Und ich war als jemand anderes wiederauferstanden. Ich flüchtete nach Österreich zu Kai, der gerade dorthingezogen war.«

»Deshalb«, flüsterte Fernando.

»Was?«

»Er wusste es. Er nannte mir deinen Namen, nachdem ich ihn aus dem Unfallwagen gezogen hatte.«

»Was für ein Unfall?«

»Wir fuhren zusammen im Auto. Ich hatte ihn verdächtigt, und er entführte mich und zwang mich in seinen Wagen. Ich habe den Unfall absichtlich verursacht.«

Frederik schob seine Unterlippe nach oben und nickte. Es schien ihm egal zu sein. »Jedenfalls nahm Kai mich auf und besorgte mir eine neue Identität. Nicht dass du denkst, dass er etwas damit zu tun hat oder gar mein Komplize ist. Er hat keine Ahnung, wer ich heute bin und was ich getan habe. Seit damals haben wir uns nicht wiedergesehen.«

»Trotzdem bist du das Risiko eingegangen, deiner Mutter Briefe zu schreiben«, sagte Fernando, um die bevorstehende Folter noch länger hinauszuzögern.

»Sie tat mir leid. Ich hatte sie alleingelassen. Jahrelang habe ich zuschauen müssen, wie sie über dem Tod meines Vaters verrückt geworden ist. Sie hat vor Trauer buchstäblich den Verstand verloren. Ich konnte ihr nicht zumuten, dass sie an der Trauer um mich vollends zugrunde ging.«

Ein trauriger Schatten legte sich auf sein Gesicht, und sein Blick driftete ab in eine andere Zeit. Dann kam er wieder zu sich und umfasste den Stock fester.

»Du weißt, warum du hier bist«, sagte er mit veränderter Stimme.

»Nein«, sagte Fernando schnell. »Noch nicht. Ich verstehe nicht, warum ich, warum die Kinder? Warum tötest du nicht die Schuldigen?«

»Das hast du nicht begriffen?«, fragte er und zog zweifelnd seine Augenbrauen in die Höhe. Er kam auf Fernandos rechte Seite, legte das Stockende auf seinen Bauch und fuhr damit immer höher. Er stoppte an Fernandos Kehlkopf und beugte sich über ihn. »Ich wollte diese alten Kerle leiden sehen. Der Tod wäre für sie viel zu einfach gewesen. Den Schmerz am eigenen Körper zu ertragen, auch. Aber zu sehen, dass es dein Kind trifft, dein eigen Fleisch und Blut, das ist etwas, was einen zerbricht. So haben sie meinen Vater brechen wollen. So hat *dein Vater* meinen Vater zerbrechen wollen. Aber ich habe den Spieß umgedreht. Ich habe mich bei all diesen Wichsern vorher um Arbeit beworben, sodass ich ganz dicht an ihnen dran war. Ich arbeitete bei Giordano in der Kellerei, bei Benotti im Restaurant –«

»Er sprach von einem Mann, dem er vertraute«, sagte Fernando. »Einem Umberto.«

»Genau, das war ich. Ich war auch bei Gimmino und Chieda angestellt.«

»*Du* hast die Waffe aus Chiedas Kommode geklaut«, sagte Fernando.

»Hat er das erzählt?«, fragte Frederik.

»Ja, alle glaubten, es sei sein Sohn gewesen.«

»Nein, nein. Natürlich war ich es. Sie sollten durch ihre eigenen Waffen sterben. Deshalb musste ich sicher sein, dass sie sie bei sich trugen. Wenn das nicht ging, nahm ich sie mir. Weißt du«, sagte er und lächelte selig, »das war das allerschönste Gefühl, das ich je in meinem Leben hatte. Jahrelang bei diesen Männern zu sein, ohne dass sie wussten, wer ich bin. Ich hatte sie völlig in der Hand. Ich war ihnen nicht nur überlegen, ich entschied, wie ihr Leben weitergehen sollte.« Er gluckste vor Freude. »Und jetzt entscheide ich, wie Pasquale weiterleben wird.«

Augenblicklich veränderte sich sein Gesichtsausdruck, und seine Augen begannen, wild und böse zu funkeln. Dann holte er plötzlich aus und ließ den Knüppel direkt auf Fernandos Brustkorb niedersausen.

Fernando schrie und hörte das fleischige Klatschen und das dumpfe Dröhnen, das der Schlag in seinem Brustkorb verursachte. Zuerst spürte er gar keinen Schmerz. Der setzte erst wenige Sekunden später ein, als Frederik, ihn lustvoll beobachtend, den Knüppel bereits wieder gesenkt hatte. Es war ein heißer, stechender Schmerz. Die Luft blieb ihm weg, und er sog sie pfeifend durch seine krampfartig verzogene Halsmuskulatur ein.

Der Schlag war so hart gewesen, dass seine Haut über der oberen linken Rippe aufgeplatzt war. Ein dunkelroter Strich ging quer über Fernandos Brust.

Frederik schritt ans Fußende, stellte sich seitlich auf und holte erneut aus. »Das ist auch sehr schön«, sagte er, bevor er zuschlug.

Der Knüppel sauste durch die Luft und traf Fernando auf beiden Schienbeinen. Er schrie auf und zitterte unter den Schmerzen.

»Bitte«, flehte er und stammelte: »Es tut mir leid, es tut mir leid.«

»Das glaube ich, dass es dir leidtut. In deiner Situation …« Frederik stellte den Knüppel senkrecht auf den Tisch und lehnte sich darauf. »Bedank dich am besten bei deinem Vater. Du weißt, was dir noch alles bevorsteht. Ich habe sämtliche Utensilien hier. Alles, was wir brauchen.«

»Hat Dante dich eigentlich erwischt?«, fragte Fernando unter Schmerzen. Er war sich darüber im Klaren, dass er mit einer solchen Frage Frederiks Zorn womöglich nur noch mehr schüren würde, doch vielleicht verleitete es ihn auch dazu, einen Fehler zu machen, sich aus der Reserve locken oder verunsichern zu lassen.

»Dante? Du meinst deinen verfluchten Köter?« Er zeigte ein diabolisches Grinsen. »Der war eine Kämpfernatur, nicht so ein Schlaffi wie du. Der konnte Schmerzen ertragen. Wollte nach mir schnappen, als ich ihm das Ohr abschnitt. Doch leider hatte ich ihm die Schnauze zugebunden. Ja, das war nicht nett von dir, ihn ganz allein und schutzlos hierzulassen. Er wäre mit Sicherheit noch am Leben, wenn du ihn einfach mitgenommen hättest. Aber das war wohl wieder mal Schicksal. Schwupp, schon hatte ich eine Idee, wie ich diese dämlichen Bullen austricksen könnte. Man braucht tatsächlich nicht viel dazu. Nur ein lumpiger alter Hundekadaver, und alle ihre hübschen Pläne sind geplatzt.«

Er kam ans Kopfende und zog die Knüppelspitze dabei langsam über die Tischplatte.

»Bis die dahinterkommen, dass wir hier sind, sind wir beide längst fertig. Du hast Glück«, raunte er Fernando zu. »Es wird keine vier Tage dauern. Und ich fand es ganz schön, direkt wieder hierherzukommen. Wird sie mit Sicherheit mächtig ärgern.«

Er legte den Knüppel quer auf Fernandos Stirn. Der bebte jetzt am ganzen Körper. Was nun folgen würde, wäre nicht nur schmerzhaft, es würde ihn ernsthaft verletzen.

»Weißt du, ein Schädel zerspringt wie ein gekochtes Frühstücksei, wenn er so wie deiner auf dem Tisch liegt und ich genau hier draufhaue.« Er tippte mit dem Holz auf seine eigene obere Stirn, kurz unter dem Haaransatz.

Fernando schloss die Augen. Sein Atem kam stoßweise zischend durch seine Nase, weil er die Zähne fest aufeinanderbiss.

»Aber ich fürchte, du wirst dadurch schon ohnmächtig werden«, meinte Frederik. »Und das wäre noch ein wenig früh. Wir könnten doch erst mal eine rauchen, hm?«

Erleichtert, aber wachsam atmete Fernando aus und sah zu, wie Frederik den Schlagstock zur Seite stellte und sich eine Zigarette ansteckte. Genüsslich nahm er einen tiefen Zug. Er pustete den Rauch zwischen seinen geschürzten Lippen hindurch in die Luft.

»Es gibt Stellen am Körper, da tun Verletzungen einfach mehr weh als an anderen.« Er drehte die Zigarette um und näherte sich mit der glühenden Spitze Fernandos Achselhöhle.

Da hörte man ein Geräusch von draußen, und er horchte auf.

***

Sassner stand an der Scheibe des Hotelzimmers und starrte hinaus in die dunkle Nacht, auf silbern schimmernde Hügel und die darüber aufragende schroffe Rosszahnscharte, in deren Schatten die Edelweißhütte lag. Fernando war nicht aufgetaucht, er schien wie vom Erdboden verschluckt. Nach und nach hatte er alle Einheiten wie ein sich immer enger zuschnürendes Netz näher kommen lassen. Jetzt hob er das Funkgerät an seinen Mund und drückte die Sprechtaste.

»Zugriff.«

Er sah die sechsköpfige Gruppe von unterhalb des Sees den Hügel hinaufstürmen. Sassner ging zum Tisch und verfolgte auf dem Bildschirm des Laptops das Stürmen der Hütten, das von der Helmkamera eines Polizisten übertragen wurde. Das Bild war wackelig und grün gefärbt.

Mit einer Ramme stießen zwei Beamte das Schloss auf, und dann ging es mit vorgehaltener Waffe nach drinnen. Die Männer schwärmten zu den Seiten aus, und nach kurzem Sichern war klar, dass der Raum leer war.

»Zielperson negativ«, erklang es über den Lautsprecher.

»Rückzug!«, rief Sassner ins Funkgerät. »Alle Einheiten zurück zur Basis.«

Er warf das Funkgerät auf einen Sessel und wandte sich wütend ab.

»Verfluchte Scheiße, wo ist er?«, schrie er gegen die Wand und fuhr sich mit der Hand über den Kopf. »Er kann überall sein, und Lovecchio ist mit Sicherheit in seiner Gewalt. Er hat uns reingelegt. Wenn dieser verdammte Nebel nicht wäre, könnten wir den Hubschrauber einsetzen.«

Er trat wieder an den Tisch und knetete sich nachdenklich das Kinn. »Ich will wissen, wo es hier überall Jesusfiguren gibt, Gipfelkreuze, Kirchen.«

Während seine Kollegen seiner Aufforderung nachkamen, rief er mit dem Handy bei Sarah an.

»Frau Templer? Sassner hier. Es tut mir leid, aber die Hütte war leer, und Herr Lovecchio ist nie hier angekommen. Ich brauche jetzt jeden Hinweis, den ich von Ihnen kriegen kann. Haben Sie noch etwas herausfinden können, das uns zum nächsten Tatort führen könnte?«

»Nein, aber was ist denn passiert?«, fragte sie aufgeregt.

»Wir wissen es nicht. Zwischen Seis und Compatsch ist Lovecchio verschwunden. Der Nebel macht es uns unmöglich, Bewegungen am Boden auszumachen. Rufen Sie mich an, wenn Ihnen noch was einfällt.«

Er legte auf. Als er sich gerade einer Landkarte widmen wollte, die in der Mitte des Tisches ausgebreitet lag, klingelte sein Handy. Er nahm das Gespräch entgegen.

»Hier spricht Antonio Giordano.«

***

Frederik drückte die Zigarette auf der Tischplatte aus und bedeutete Fernando mit dem Zeigefinger auf seinem Mund, dass er schweigen sollte. Er bezog hinter der Tür Stellung, nachdem er die von der Polizei mitgegebene Waffe zielstrebig aus Fernandos Jacke geholt hatte. Draußen quietschten Bremsen. Ein Motorbrummen erstarb. Türenschlagen, dann Schritte auf dem Gras. Sie kamen näher, und jemand betrat die Veranda. Vorsichtig wurde die Klinke hinuntergedrückt.

Fernando blickte zum Zerreißen gespannt auf die Tür und sah, wie sie aufgeschoben wurde und Antonio Giordano hereinlugte. Sein Vater war bei ihm. Sie erstarrten beide, als sie Fernando auf dem Tisch entdeckten. Giordano drückte die Tür weit auf, und sie kamen mit schreckgeweiteten Augen hereingestolpert.

»Lovecchio«, rief Antonio Giordano atemlos.

Fernando blickte von den beiden alten Männern zu Frederik, der mit einem Tritt die Tür zuwarf.

Giordano und Pasquale fuhren erschrocken herum. Frederik löste sich von der Wand und grinste breit. »Na, wenn das kein Zufall ist.«

»Gaudio!«, rief Antonio Giordano. »Was tust du hier?« Er blickte verwirrt zu Fernando und wieder zu seinem Mitarbeiter. »Was ist hier passiert?«

Frederik genoss diesen Moment der Ahnungslosigkeit bei beiden. »Gaudio? Bist du sicher, dass ich Gaudio bin?«, fragte er.

»Wovon redest du?«

Er wandte sich an Pasquale. »Und du? Kennst du mich vielleicht noch?«

Pasquale Davarano war um Jahre gealtert, wie es schien. Er sah aus wie ein verwirrter Greis, der sich nicht mehr an seine Vergangenheit erinnern konnte.

»Nein?«, fragte Frederik. »Commandante Davarano, das letzte Mal, als wir uns sahen, war ich so groß.« Er hielt seine Hand waagerecht etwa auf Höhe seiner Hüfte und lachte freundlich. »So ein kleiner Kerl.«

Bei Pasquale war der Groschen gefallen, seine Augen wuchsen vor Entsetzen aus ihren Höhlen.

»Gaudio …«, setzte Antonio Giordano erneut an.

»Gaudio gibt es nicht, es hat ihn nie gegeben, Antonio. Der gute Pasquale hier weiß es schon, nicht wahr? Aber dir muss ich noch auf die Sprünge helfen. Ich bin's. Der kleine Frederik Oberthaler.«

Giordano fuhr erschrocken zurück und begann, fortwährend seinen Kopf zu schütteln. »Nein«, hauchte er kraftlos. »Nein, nein, nein.«

»Doch, doch. Es ist überraschend, aber schön, dass ihr gekommen seid. Ihr könnt mir ein wenig zur Hand gehen und zuschauen.

Es ist alles so, wie ihr es damals gemacht habt. Dürfte euch also nicht schwerfallen.«

Mit der Pistole dirigierte er die beiden rüber zum Tisch. Pasquale blickte fassungslos auf Fernando, der vor ihm lag wie Frederiks Vater vor dreiundvierzig Jahren.

»Junge«, sagte er mit hängendem Unterkiefer.

»Antonio, könntest du bitte die Schnüre an den Tischbeinen lösen? Wir wollen etwas Neues ausprobieren«, forderte Frederik, und mit zitternden Händen löste Antonio Giordano die Knoten. Es dauerte eine Weile, weil er sich dabei ziemlich ungeschickt anstellte.

Fernando blickte fasziniert seinem Vater in die Augen, der zum ersten Mal in seinem Leben Gefühle zeigte. Etwas, das er sich immer vergeblich gewünscht hatte, jetzt trat es auf schreckliche Weise ein.

»Pasquale«, rief Frederik fröhlich, »sieh mal in die Ecke.« Mit dem Lauf der Waffe deutete er auf eine leere Wasserkiste, die in der Küche stand.

Fernandos Vater glotzte in grausigem Staunen auf diesen Gegenstand, der durch ihn eine so andere Bedeutung bekommen hatte.

»Jetzt ist es Zeit zu sehen, aus welchem Holz du geschnitzt bist. Ob du deine Auszeichnung damals zu Recht erhalten hast. Zeig uns, was du draufhast. Stell die Kiste auf den Tisch.«

Fernando, dessen Fesseln jetzt nur noch seine Arme und Beine zusammenhielten, ihn aber nicht mehr an den Tisch banden, rutschte kraftlos von der Tischplatte hinunter. In seinen Gliedmaßen pochte der Schmerz, und gleichzeitig waren sie wie taub und gelähmt.

Sein Vater stand hilflos da, die Hände in der Luft.

»Komm schon. Er wiegt fast gar nichts.« Frederik winkte ihn mit der Pistole zum Kasten.

Pasquale sagte kein Wort, bückte sich, hob das Ding hoch und trug es schweren Schrittes zum Tisch. Er stellte die Wasserkiste darauf ab.

»So ist das fein. Ich sehe, du erinnerst dich noch.«

Pasquale blieb wie angewurzelt hinter dem Tisch stehen.

»Jetzt bist du an der Reihe, Fernando«, forderte Frederik. »Aufstehen, mein Freund, und rauf auf den Tisch und die Kiste.« Er zielte mit der Pistole auf Fernando, der angestrengt versuchte, sich aufzurappeln.

»Frederik«, erklang da ganz sachte Antonio Giordanos Stimme, »bitte hör auf. Er kann doch nichts dafür. Wir sind diejenigen, die du eigentlich bestrafen willst.«

Frederik drehte sich zu ihm um. »Worauf du dich verlassen kannst. Daher werde ich mich genauso verhalten, wie ihr euch verhalten habt. Nur mit dem einen Unterschied, dass ich erst fünf Jahre alt war.« Wütend weiteten sich seine Augen, und er schob seinen Kopf nach vorn. »Fünf!«, schrie er erbost, und der Speichel flog ihm aus dem Mund.

»Frederik, es tut mir leid, ich habe … ich habe …«, stotterte Giordano, »ich habe Unrecht getan. Und ich will mich entschuldigen. Bitte lass ihn frei. Bitte.«

Frederik kam näher und sah Antonio Giordano lange in die Augen. Ein fast nur angedeutetes Blinzeln war in seinem Gesicht zu erkennen.

»Es ist einfach mit uns durchgegangen«, fuhr Giordano fort. »Schuld war dieser Druck, unter dem wir standen. Es war zu viel für uns, wir sind durchgedreht, haben gar nicht mehr gesehen, dass sie Menschen waren. Wir haben einfach … haben …« Ihm fehlten die Worte, und er blickte hilfesuchend zu Fernandos Vater, der seinem Blick jedoch auswich und die Lider senkte.

Fernando hatte es bis auf seine Knie geschafft. Über die Tischkante hinweg konnte er die Bewegung seines Vaters gerade noch sehen. Pasquales Arm schnellte nach vorn, in der Hand hielt er eine Pistole. Er gab drei Schüsse kurz hintereinander ab. Frederik war so überrascht, dass er gar nicht reagierte. Er taumelte getroffen rückwärts, ließ Fernandos Waffe fallen, prallte gegen einen Balken und glitt daran hinab. Mit einer Hand griff er sich an die Seite auf Höhe der Leber. Man konnte es auf dem schwarzen Pullover nicht sehen, doch als er die Hand wieder löste und sie betrachtete, war sie voller Blut.

»Du Schwein hast mich erwischt.« Er lachte, und sein Gesicht verzog sich zu einer grässlichen Grimasse. »Ich hab dich alten Teufel unterschätzt. Scheiße, was hab ich mir nur gedacht?« Er blickte zu Pasquale auf, der hinter dem Tisch hervorkam und auf ihn zuhumpelte. »Der verdammte Teufel«, wiederholte Frederik müde. »So etwas wie dich gibt es kein zweites Mal.« Er begann zu weinen. Tränen fielen auf seinen dichten Bart, und er fletschte die Zähne. »Du hast uns alle zerstört. Ganze Familien. Verrückt geworden sind sie. Verrückt vor Schmerz, den du ihnen beigebracht hast. Ich bin auch verrückt, sieh mich an. Aber ich werde dich nicht einfach so davonkommen lassen. Drei Kugeln hast du abgefeuert. Drei sind noch drin. Eine für Antonio, eine für deinen Sohn und die letzte für dich«, sagte er und richtete seinen Zeigefinger auf ihn. »Dann hast du dich bei mir freigekauft. Wenn du das machst, sind wir quitt.« Müde und erschöpft zuckte sein Körper in einem heiseren Lachen auf.

Von fern hörte Fernando das sich nähernde Geräusch eines Hubschraubers. Er zog sich an der Tischkante hoch und torkelte zu seinem Vater hinüber. Er legte eine Hand auf dessen Schulter und nahm ihm mit der anderen die Waffe aus der Hand.

»Entschuldige dich bei ihm, Vater.«

Pasquale stierte aus alten, wässrigen Augen auf Frederik. Er atmete schwer durch seinen geöffneten Mund.

»Vater«, drängte Fernando.

Draußen war Motorengeräusch zu hören, und der Hubschrauber schien direkt über dem Dach der Hütte in der Luft zu stehen, so laut klang das Rotieren der Rotorblätter, das zu ihnen hereindrang.

»Pasquale«, sagte nun auch Antonio Giordano, »wir haben uns schuldig gemacht. Du musst es zugeben. Bitte. Sonst findet keiner von uns jemals Ruhe.«

Doch Pasquale schwieg. Frederik blickte ihn wie aus Kinderaugen an. Er wartete, doch da krachte die Tür auf, und die Polizei stürmte herein. Die Beamten richteten ihre Waffen auf alle Beteiligten, bis sie die eigentliche Zielperson ausgemacht hatten und ihn anvisierten.

Sassner betrat die Hütte. Er war sichtlich mitgenommen. Er starrte in alle Gesichter und richtete dann ebenfalls seine Waffe auf Frederik.

»Gaudio Baldini? *Sie* sind Oberthaler?«

Frederik lachte röchelnd und spuckte Blut vor sich auf den Boden.

»Hiermit verhafte ich Sie wegen des Mordes an Enzo Giordano.«

Sassner zog seine Handschellen hervor, doch Fernando ging dazwischen.

»Er ist verletzt«, sagte er.

Sassner sah Frederik von oben bis unten an und bemerkte dessen Wunden. Gemeinsam halfen sie ihm auf, und er wurde hinausgeführt.

Draußen auf dem Plateau der Hütte standen vier Einsatz- und zwei Rettungswagen. Der Hubschrauber drehte auf Sassners Kommando hin ab und flog in Richtung Sankt Ulrich zurück. Die Ärzte und Sanitäter untersuchten Frederik und Fernando. Frederik war nur einmal getroffen worden, die Wunde ein Durchschuss. Fernando musste zum Röntgen ins Krankenhaus gebracht werden.

Sassner, der immer noch in seiner kugelsicheren Weste herumlief, kam zu Fernando, als diesem gerade eine Wärmedecke umgelegt wurde. »Sind Sie in Ordnung, Lovecchio?«

»Ja. Alles ist gut«, entgegnete Fernando.

»Ich werde Frau Templer Bescheid geben.« Er klopfte Fernando auf die Schulter und ging zum zweiten Rettungswagen, in dem Frederik behandelt wurde. »Ich fahre hier mit«, hörte Fernando ihn sagen.

Drüben an der Hütte sah Fernando seinen Vater erschöpft an der Außenwand lehnen. Sein alter Jaguar parkte hinter der Hütte. Er starrte die ganze Zeit zu dem Krankenwagen hinüber, in dem Frederik lag.

»Okay, Abfahrt«, rief Sassner im Innenraum und klopfte gegen die Seite des Fahrzeugs.

Einer der Sanitäter stieg ebenfalls hinten ein und zog die erste Flügeltür zu. In dem Moment löste Pasquale sich von der Wand und lief auf den Rettungswagen zu. Er wurde immer schneller, auch wenn sein Gang unsicher war. Die zweite Flügeltür krachte ins Schloss, und das Blaulicht sprang gleichzeitig mit dem Motor an. Pasquale streckte eine Hand aus. »Halt«, rief er. »Halt!«

Tatsächlich schien es jemand gehört zu haben. Das Motorengeräusch erstarb. Fernando stand auf und folgte seinem Vater, auch wenn er nicht wusste, was der vorhatte. Er lief hinter ihm her und verlor seine Decke.

Pasquale erreichte den Wagen und schlug mit der flachen Hand gegen die Tür. Als sie geöffnet wurde, schaute Sassner irritiert heraus. Auch der Sanitäter und der Arzt musterten Pasquale.

»Frederik«, sagte Pasquale.

Frederik, der auf der Liege an einer Infusion lag, hob seinen Kopf.

»Frederik«, wiederholte Pasquale und hob seine Hand, als wollte er ihm zuwinken.

Fernando konnte es fast nicht glauben, aber auch wenn der alte Mann nicht mehr sagen konnte als Frederiks Namen, verstand dieser anscheinend doch, was er damit meinte. Pasquale entschuldigte sich.

Frederik nickte und ließ erschöpft, erleichtert und erlöst seinen Kopf zurücksinken. Ja, er wirkte erlöst. Erlöst von einem Fluch, der ihm als Fünfjähriger auferlegt worden war.

Die Tür wurde geschlossen. Der Wagen fuhr an. Pasquales Beine gaben unter ihm nach, er stolperte und fiel auf die Knie. Wie betend sah er dem abfahrenden Wagen hinterher.

Als Fernando ihn erreichte, ging er um ihn herum, sodass er ihm ins Gesicht sehen konnte. Sie sahen sich in die Augen, eine halbe Ewigkeit, wie es schien. Dann streckte Fernando seine Hand aus.

»Komm«, sagte er und half ihm hoch.

6

Die Sonne schien von einem strahlend blauen Himmel, an dem schneeweiße Wolken hingen. Die Talfer plätscherte in ihrem seichten Flussbett dahin, und die Menschen auf den Straßen genossen die Wärme an diesem Spätsommertag. Ein leichter Wind wehte die Geräusche der auf der Brücke vorbeifahrenden Autos herüber und trug die Stimmen der Menschen im Café am Museum an ihr Ohr.

Fernando blickte von der Brücke hinunter ins Wasser. Er fragte sich, wo die Talfer eigentlich entsprang, und musste zu seiner Schande gestehen, dass er es nicht wusste. Er meinte, einen Fisch zu sehen, eine Forelle, doch im nächsten Moment hatte er sie wieder aus den Augen verloren.

»Gehen wir hinterher was essen?«, fragte er und sah zu Sarah hinüber, die, an die Balustrade gelehnt, neben ihm stand.

»Warum nicht? Ich will aber draußen sitzen. Also nimm dir einen Pullover mit«, antwortete sie und kniff ein Auge gegen die Sonne zusammen, als sie ihn ansah.

Fernando nickte und blinzelte zum Gefängnis hinüber. Die Spiegel blinkten in der Sonne. Schuhe standen auf den Fensterbänken.

»In zwei Stunden hole ich dich ab.«

»Hast du Angst?«, fragte sie.

»Er ist in Handschellen«, entgegnete er.

»Das mein ich nicht.«

Er lächelte sanft. »Ich weiß. Nein, Angst habe ich nicht. Ich denke, ich bin auf alles gefasst. Eigentlich haben wir vieles gemeinsam.«

»Du vergisst, was er getan hat«, sagte Sarah und wurde ganz ernst. Sie blickte wieder in den Fluss. Die Bäume am Ufer färbten sich bereits bunt. Der Herbst war nicht mehr weit.

»Nein, das habe ich nicht vergessen.«

Bent Ohle
INSELBLUT
Broschur, 272 Seiten
ISBN 978-3-95451-098-6

»Ein Inselkrimi, den man gar nicht beiseitelegen will. Ein toller Spannungsbogen mit überraschendem – kaum zu ahnendem – Ende. Echt lesenswert.« Leuchttuerme.de

Bent Ohle
INSELGRAB
Broschur, 384 Seiten
ISBN 978-3-95451-290-4

»Ohle spart auch in diesem Krimi nicht an dem bei seiner Fangemeinde beliebten Lokalkolorit.« ekz

Bent Ohle

DER HUF DES TEUFELS

Klappenbroschur, 336 Seiten

ISBN 978-3-95451-177-8

TV-Star Shelly Kutscher, die in einer US-Serie eine texanische Polizistin spielt, will dem Showbusiness entfliehen. Deshalb übernimmt sie den Hof ihres deutschen Urgroßvaters und lässt sich dort nieder. Doch in dem idyllischen Ort Fischbach treiben zwei junge Männer ihr Unwesen. Die beiden schrecken vor Erpressung, Tierquälerei und selbst vor Mord nicht zurück. Shelly kommt ihnen auf die Schliche und heftet sich an ihre Fersen. Damit wird sie selbst zur Zielscheibe der beiden Teufel …

Bent Ohle

KNOCHENSAAT

Klappenbroschur, 352 Seiten

ISBN 978-3-95451-434-2

»Eine heitere Lektüre für trübe Tage und empfehlenswert für alle Krimifans, die einfach mal richtig abschalten wollen.« ekz

www.emons-verlag.de

Bent Ohle
BINZ UND DIE DICKE BERTA
Klappenbroschur, 288 Seiten
ISBN 978-3-95451-543-1

Krimischriftstellerin Alberta Rose ist fassungslos: Ihre Trauung im Binzer Rettungsturm hätte so schön werden können, wäre nicht die Standesbeamtin kurz vor der entscheidenden Frage erschossen worden. Alberta nimmt die Sache persönlich und sucht auf eigene Faust nach dem Mörder. Dabei verheddert sich die schwergewichtige Hobbydetektivin nicht nur in den Fallstricken ihrer skurrilen Patchworkfamilie, sondern kommt dem Täter gehörig in die Quere – mit lebensbedrohlichen Folgen.